Jan Kott, Leben auf Raten

Jan Kott

Leben auf Raten

Versuch einer Autobiographie

Deutsch von Agnieszka Grzybkowska

Alexander Verlag Berlin

Satz und Druck Fuldaer Verlagsanstalt
Bindung Verlagsbuchbinderei Fleischmann, Fulda
ISBN 3-923854-66-8
Printed in Germany 1993

INHALT

VOM AUTOR

Die erste Ausgabe dieser biographischen Essays ist unter dem Titel *Ein Beitrag zur Biographie* auf polnisch im Londoner Verlag »Aneks« 1990 erschienen. Im Jahre 1991 erschien die französische Übersetzung im Pariser Verlag »Solin« unter dem Titel *La vie en sursis*. Sie enthält einen im Vergleich zur polnischen Ausgabe erweiterten und korrigierten Text. Diese Ausgabe ist nun die dritte und zugleich die erste in deutscher Sprache. Sie enthält neue Fragmente und ist die vollständige Ausgabe.

Ich schrieb diese biographischen Skizzen, während ich meinem Gedächtnis und seinen oftmals verwickelten Mäandern lauschte. Das Gedächtnis brachte mir bereits nach Erscheinen der ersten Ausgabe unerwartet für lange Zeit vergessene Kindheitserinnerungen wieder. Der wiedererlangten Erinnerung treu, füge ich sie dieser Ausgabe hinzu.

In diesem Sinne ist die Ausgabe persönlicher als die früheren. Als ich das Buch zum ersten Mal *in Übersetzung* las, also nicht in meiner eigenen Sprache, erschien es mir plötzlich, als ob es nicht das Zurückrufen meines Lebens wäre, sondern eines anderen, der nicht fremd ist, aber doch *ein anderer*. Als ob diese Fetzen meiner Erinnerung, meines Lebens zu einer *fremden* Geschichte geworden seien. Aber die Geschichte von wem und wovon?

Die scharfsinnigsten der Rezensenten und Kritiker nannten diese Essays eine philosophische Fabel. Aber wenn es auch eine philosophische Fabel ist, dann erzählt sie von einer Zeit, in der, wie der Meister meiner Jugend mich lehrte, die Geschichte von der Kette gerissen ist. In dieser philosophischen Fabel waren mir die Rolle und das Schicksal Candides zugefallen.

Santa Monica, April 1992

DIE REISE NACH WESTEN

1.

Die letzte Partie Boule meines Lebens spielte ich mit Aleksander Wat oder zumindest in seiner Gegenwart, während er sich vor der noch glühendheißen Nachmittagssonne in Messugière sur Grasse auf einer Bank unter Kastanien versteckte. Das war vor beinahe dreißig Jahren, 1962 oder 1963. Aber die letzte Partie Boule vor dem Krieg, im Mai oder Juni 1939, spielte ich mit dem späteren Mörder von Trotzki, in einer besonders häßlichen Pariser Vorstadt – vielleicht war es auch eine Siedlung an einer der letzten Metrostationen.

Im Süden Frankreichs und in Italien spielen Männer, vor allem alte, die noch bei vollen Kräften sind, in jedem Dorf und beinahe in jedem Städtchen, vom frühen Abend bis zur Dämmerung Boule. Boule sind Kugeln, schwarz und schwer in Frankreich, leichter und vergoldet (denn soweit ich mich erinnere, glitzern sie in der Sonne) in Italien. In Frankreich spielt man in kragenlosen, am Hals mit einer Spange geschlossenen Hemden und mit Radfahrermützen, die zum Hinterkopf verschoben sind. In Italien tragen besonders die Jüngeren bunte T-Shirts. Die Kugeln wirft man mit leicht gebeugten Knien, auf einem Platz, der möglichst uneben sein sollte, nach einer anderen Kugel, die einige zehn Schritte weit geworfen wurde und *cochonnet*, »Schweinchen«, genannt wird. Wie beim Crocket können die Kugeln des Gegners weggeschlagen werden, wenn sie zu nahe am »Schweinchen« sind. Es ist ein sehr spannendes Spiel und wird gewöhnlich mit Interesse von einer Gruppe von Jugendlichen, manchmal von Greisen, beobachtet. Oft wetten sie, welche Seite gewinnen wird. Das Boulespiel verlangt ein sicheres Auge, außerdem muß man Gewicht und Entfernung in der

Hand abwiegen. Der künftige Mörder von Trotzki war im Boulespiel viel besser als ich. Knapp ein Jahr nach unserem letzten Boulespiel spaltete er Trotzkis Kopf mit Hilfe eines Eispickels.

In diese wohl häßlichste aller Pariser Vorstädte fuhren wir gewöhnlich zu viert: Marie, Sylvia, Jacques und ich. Es gab dort eine halbzerfallene Villa, die einem Freund von Marie gehörte oder von ihm gemietet worden war. Sylvia, klein, hell und rundlich, war im Sommer 1938, einige Monate vor mir, aus New York nach Paris gekommen. Sylvia wurde am Gare St-Lazare von Marie erwartet. Ich wurde, wohl im September oder November 1938, am Gare du Nord ebenfalls von Marie erwartet. Marie und Sylvia waren Trotzkistinnen.

Marie hatte ich zwei Jahre zuvor kennengelernt. In der Senatorskastraße bei meiner Großmutter, die zwei Zimmer vermietete – der Großvater hatte immer die ärmsten Patientinnen, auch von den reicheren wollte er um keinen Preis Geld für Abtreibungen nehmen –, wohnte damals eine entfernte Cousine von Marie. Marie war aus Paris gekommen und sehr kurz in Warschau, als wir uns kennenlernten, jedenfalls nicht länger als zwei Tage. Es war der erste Sommer nach meinem Jurastudium und bevor ich zur Armee mußte. Damals war ich noch einige Monate lang zwanzig Jahre alt. Maria war wohl ein Jahr jünger, doch sie kam mir viel älter vor als ich, wie aus einer anderen Welt, einem anderen Erwachsensein als die Mädchen, mit denen ich ging. Es gab ein Fieber in ihr, unaufhörlich und nicht endend, es war aber ein kaltes Fieber. Es war das Jahr meiner Malraux-Faszination: vor allem der *Zeit der Verachtung* und vielleicht noch mehr von *Die Eroberer*. Marie schien direkt aus einem Roman erschienen zu sein. Doch es war ein anderer Malraux, nicht der, den mich Stempowski, der Meister meiner Jugend, lehrte.

Während dieser zwei Tage ihres Aufenthaltes in Warschau waren wir ständig beisammen. Ich wollte ihr die Stadt zeigen, doch Marie wollte nur die Gefängnisse sehen, in denen Kommunisten saßen: Pawiak und das Frauengefängnis Serbia. Dort wollte ich sie küssen, aber sie stieß mich so heftig zurück, daß ich torkelte. Ich führte sie zur Daniłowiczowskastraße[1], wo ich zwei Jahre zuvor in der Kommunistenzelle des Untersuchungsgefängnisses knapp eine Woche gesessen hatte, nachdem man mich bei einer Demonstration im jüdischen Viertel zur Feier der »drei L.'s« – Rosa Luxemburg, Liebknecht und Lenin – verhaftet hatte. Irgendwelche älteren Kollegen vom ZPMD (Verband der Polnischen Demokratischen Jugend), die bereits bei der Staatsanwaltschaft arbeiteten, brachten mich da wieder heraus. Ich war stolz auf die paar im Gefängnis verbrachten Tage und ging gleich zur Nałkowska, um ihr davon zu erzählen. Doch eigentlich war ich eher erschrocken als stolz. Damit endete mein »Vorkriegskommunismus«. Danach gab es nur noch Literatur, und wenn schon eine Revolution, dann in ihr.

Ich kann mich an nichts mehr von unseren Gesprächen in Warschau erinnern. Marie sprach ungern Polnisch, es widerstrebte ihr. Doch wir müssen uns gegenseitig irgendwie betört haben mit diesen Gesprächen, da wir einander dann zwei Jahre lang schrieben. Marie schrieb französisch, ich wohl ebenfalls. Im nächsten Jahr war ich bei der Armee, in einem Strafbataillon – in meinen Papieren hatte »p. v.«, politisch verdächtig, gestanden – in der Kadettenschule in Zambrów. Jeden Tag krochen wir im Dreck über die morastigen Wiesen. Jede Nacht tranken wir Wodka in der Latrine, bekleidet nur mit Unterhosen, deren Beine mit Bändern festgemacht wurden, oder in langen weißen Hemden. In Zambrów gab es nur drei Huren. Doch öfter als über die Huren sprachen wir in der Latrine über die verschiede-

1 Zwischen den beiden Weltkriegen befand sich dort der Sitz der Polizei.

nen Arten von Selbstmord. Im Spätherbst, als sogar die Kasernenplätze im Matsch versanken, wurde der Selbstmord zur allgemeinen Besessenheit. Es ist nicht leicht, sich mit einem langen Gewehr zu erschießen. Wenn man den Lauf auf die Brust richtet, muß man den Abzug mit dem großen Zeh des rechten Fußes abdrücken. Noch vor dem Winter hatten sich drei meiner Kameraden in diesem Strafbataillon in Zambrów umgebracht. Einer von ihnen war wie ich ein angehender Dichter. In jenem Herbst war Marie für mich zu einem Mythos geworden.

Vom Gare du Nord nahm sie mich mit zu sich. Sie wohnte am Ende der Rue de Vaugirard, einer der längsten Straßen von Paris. Marie erlaubte mir, bis zum Morgen dort zu bleiben, unter der Bedingung, daß ich am nächsten Morgen allein mit einem Stadtplan von Paris in der Hand die Stadt durchqueren müsse, bis an ihr anderes Ende zur Cité Universitaire, wo ich im Maison du Japon (die polnischen Stipendiaten hatten damals und haben bis heute kein eigenes Haus) wohnen sollte. Ich mußte feierlich versprechen, niemanden nach dem Weg zu fragen. Aber ich durfte einen Kompaß mitnehmen. Das war meine erste Nacht in Paris.

In den darauffolgenden zwei Wochen sah ich Marie fast täglich. Am frühen Morgen fuhren wir mit Bussen oder mit der Metro in die Vorstädte, wo wir in obskure Hotels oder kleine Bistros gingen, in denen sich Marie mit irgendwelchen bärtigen Typen traf. Es waren meistens Griechen oder Serben. Doch selten wurde ich zu diesen Gesprächen zugelassen. Es sei denn, daß ich bei diesen seltsamen Sprachverwirrungen als Dolmetscher diente. Meist wurde ich im Korridor zurückgelassen oder saß stundenlang an einem anderen Tisch. Als wir an Notre-Dame vorbeifuhren, befahl mir Marie, den Kopf wegzudrehen. Ich durfte nicht in den Louvre. »Du sollst kein Tourist sein.« Die Faszination durch Marie dauerte an.

Schon in der ersten Nacht hatte sie gesagt, sie sei für die Weltrevolution verantwortlich. Sie war im Sekretariat der Vierten Internationale, in der *Section des Jeunes*. Nach den ersten Prozessen war sie aus der Partei ausgetreten. Doch sie sprach ungern und nur selten über sich selbst. Mit vierzehn oder fünfzehn hatte sie Polen verlassen. Ihr Vater war Direktor von Erdölraffinerien in Drohobycz, die französischen Aktiengesellschaften gehörten. Sie wohnten in einer Vorstadtvilla, der Garten war so groß wie ein Park. Bohrer nach Erdöl wandern über die ganze Welt, von Java bis Drohobycz. Ein junger Bohrmann, ein Franzose oder vielleicht ein reemigrierter Pole, installierte auf dem Dachboden des Schlößchens ihres Vaters gemeinsam mit der Direktorentochter eine kleine kommunistische Druckerei. Vielleicht war es nur eine Vervielfältigungsmaschine. So oder so, es dauerte nicht lange, bis die Polizei die Vervielfältigungsmaschine auf dem Dachboden und die Flugblätter entdeckte. Marie wurde verhaftet, dann schnell freigelassen, und ihr Vater schickte sie eilig nach Frankreich.

Sie wurde, glaube ich, in eine Klosterschule in Nancy oder Strasbourg gegeben. Die Mädchen trugen Uniformen, gingen nur in Begleitung der Nonnen spazieren, in Paaren, mit Schnürstiefeln, kleinen Hütchen und Handschuhen. So sehe ich Marie in Nancy. Aber vielleicht wird dieses Bild von einem französischen Film überlagert? Aus dieser Schule floh Marie nach zwei Monaten. Sie fand sich sofort in der Partei wieder, und den Eltern schrieb sie wohl erst nach einem Jahr. Als man sie als unerwünschte Ausländerin abschieben wollte, war sie innerhalb einer Woche verheiratet. Es war natürlich ein Genosse. Die Ehe blieb »weiß«. Doch dieser kommunistische Ehemann von Marie ging dann mit ihr zusammen zu den Trotzkisten über. Marie wurde schon damals *l'indomptable*, die Unbezähmbare, genannt. Sie schlug sich wie ein Mann bei den von der Polizei und den Parteigruppen gemeinsam auseinandergetriebenen trotzkistischen Demonstrationen, sowohl mit den Bullen als auch mit den Kommunisten.

Die Marie unserer Warschauer Begegnung habe ich in Zambrów mythologisiert. Auch die Marie aus Paris und Drohobycz habe ich im untreuen und zum Phantasieren neigenden Gedächtnis mythologisiert, viele Jahre nach dieser bis zum Morgengrauen durchgesprochenen Nacht in der Rue de Vaugirard. In diesen Phantasmen erscheint unerwartet Bruno Schulz, klein und gebeugt, wie in seinem *Buch der Götzenanbetung*, zusammengekauert an den starken Beinen der vierzehnjährigen Marie. Im Gymnasium von Drohobycz ist er tatsächlich ihr Lehrer gewesen und korrigierte, über sie gebeugt, mit dünnem Strich ihre Zeichnungen. In meinem Traumgedächtnis stehe ich mit der Marie mit den schweren Brüsten unter einer improvisierten Dusche in ihrer Wohnung in der Rue de Vaugirard. Noch ein halbes Jahrhundert lang kehrte dieser Schock der gemeinsamen Nacktheit wieder. Ich war nicht unschuldig vor meiner Ankunft in Paris und hatte bereits die Armeezeit mit ihrer Brutalisierung des Geschlechts hinter mir, aber die Hemmungen und die erotischen Tabus waren weiterhin lähmend. In jenen Jahren fand die Liebe meiner Altersgenossen bei gelöschtem Licht statt, das nur manchmal für einen kurzen Augenblick angemacht werden durfte, eilig und wie in gemeinsamer Verschämtheit. Doch in Wirklichkeit hat diese Szene unter der übrigens eiskalten Dusche niemals stattgefunden. Marie hatte strenge Sitten. Es war meine Phantasie gewesen, nicht ihre, die sich von den *Gefährlichen Liebschaften* nährte. In dieser meiner Phantasie hatte Marie drei Leidenschaften: Männer, das Mittelmeer und die Revolution. Doch in Wirklichkeit lag das »Mittelmeer« in der halbzerstörten Villa der tristen Vorstadt, wohin wir übers Wochenende fuhren, und in einem kleinen See in der Nähe, wo wir badeten. Ich war übrigens kein Partner für Marie, nicht in der Liebe und nicht bei der Revolution. Sie behandelte mich immer schlechter und lachte mich aus, ich würde alles in Literatur verwandeln. Sie hatte sicher recht, denn für mich war dieses »trotzkistische Abenteuer« sicherlich Literatur. Doch von meinen »kommunistischen Sympathien« blieb der blinde Gehorsam der Partei gegenüber zurück. Er kehrte dann nach dem Krieg wie eine unheilbare Krankheit wieder.

Marie faszinierte mich weiterhin. Aber langsam begann ich, Paris auf eigenen Wegen zu durchqueren. Im Kreis der Trotzkisten gab es neben Sylvia noch Ellen: sehr groß, sehr dunkel und sehr schüchtern. Eine Amerikanerin aus den Südstaaten, aus einer sehr reichen und alten Familie von Plantagenbesitzern. Sie versuchte beinahe verzweifelt, sich von etwas zu befreien, was sie »das Familienmal« nannte. Doch sie hatte es in der Haut. Einmal vertraute sie mir an, sie bekomme einen Ausschlag, wenn ein Schwarzer sie berühre. In Paris gab es damals das *Boule Blanche*. Dorthin gingen Schwarze und wohl die hellsten Schwedinnen, die es in Paris gab. Ellen überredete mich, sie spät in der Nacht dorthin zu begleiten. Dort sah ich zum ersten Mal die Anziehung der Haut. Und Ellen tanzte zum ersten Mal im Leben mit Schwarzen. Sie bekam keinen Ausschlag. Später ging sie allein hin. Sie sagte, es würde sie heilen.

Seitdem fuhr Ellen nur noch selten mit uns in den Schuppen bei Paris. Doch immer waren Jacques und Sylvia dabei. Ich begriff nicht ganz, was Sylvia in ihm sah. Doch sie rieb sich ständig an ihm. Jacques nahm niemals an unseren Gesprächen teil. Er gehörte woandershin. Marie sagte, daß er aus der belgischen Armee wegen einer Kartenspielaffäre oder einem Duell ausgeschlossen worden sei. Er war wohl schon mit Sylvia zusammen, bevor ich nach Paris kam. Angeblich war er Sportphotoreporter für irgendeine Wochenzeitung, hauptsächlich für Fußball.

Ich entsinne mich nur, daß er immer mit einem Photoapparat spielte. Lange wußte ich nicht einmal, wie er hieß. Mornard. Jacques Mornard.

In Wirklichkeit hieß er Ramon Mercader. Er war der Sohn einer minderjährigen Stalinagentin, die Anarchisten und Trotzkisten an die GPU verriet, schon während des spanischen Bürgerkrieges. Die Mutter muß ihn schon als Kind angeworben haben. Doch das alles erfuhr ich erst viele Jahre später. Im Jahre 1960, zwanzig Jahre nach der Ermordung Trotzkis, wurde Mercader aus dem Gefängnis in Mexiko entlassen und verschwand bald darauf in Begleitung von tschechischen Diplomaten. Ich erinnerte mich nicht mehr, wie er aussah. Erst in einer alten Ausgabe von *France Observateur* fand ich ein Photo von Marie, Mornard und Sylvia. Auf diesem Photo hat Marie ihre riesigen kastanienbraunen Augen und Sylvia Locken. Mornard trägt einen dunklen Anzug, eine dunkle Krawatte und einen Filzhut. Er lächelt. Er sieht wie ein Liebhaber aus einem amerikanischen Film aus. In der gleichen Zeitung gibt es noch ein zweites Photo von Mercader. Wohl schon nach der Freilassung. Sein Gesicht ist geschwollen, er trägt eine Sonnenbrille. Er versteckt sich hinter ihr. Doch ich hätte ihn nicht einmal auf dem ersten Photo erkannt. Bei der letzten Partie Boule vor dem Krieg hatte mich unerwartet die Geschichte berührt. Doch das einzige, woran ich mich von dieser Begegnung mit dem Mörder Trotzkis erinnere, ist die Wohnung von Sylvia und Mornard. Sie lag unweit der Seine und wohl sehr hoch, denn aus dem Fenster sah man die abgeschnittenen Türme von Notre-Dame. Damals durfte ich sie bereits anschauen.

2.

In jenem Herbst lernte ich Tristan Tzara kennen. Ich war sehr erstaunt, als ich Tristan Tzara etwa vierzig Jahre später in London bei der Premiere des Stückes *Travesties* von Tom Stoppard als einen der drei Helden auf der Bühne sah, neben Lenin und Joyce. Ich hätte niemals gedacht, daß alles so schnell Geschichte und Theater wird. *Travesties* spielt in Zürich im Jahre 1916. Es war der Anfang von Dada. Das Cabaret befand sich in der Spielgasse im alten Zürich. Genau auf der anderen Straßenseite wohnte, wie ich bei Martin Esslin gelesen habe, Lenin. Und in einer Nebenstraße, das weiß ich ebenfalls von Esslin, wohnte achtzig Jahre früher Büchner und schrieb dort seine Dissertation über das Nervensystem eines kleinen Fisches, der Barbe, die man auch in Polen fangen kann. *Dantons Tod* hatte er zwei Jahre zuvor geschrieben. Je mehr mich mein Gedächtnis im Stich läßt, desto mehr überlagern sich nicht nur die verschiedenen Zeiten, eigene und fremde, in Schichten, als ob alles, was gewesen ist, *gleichzeitig* geschehen wäre. Auch die gleichen Orte zu verschiedenen Zeiten mit verschiedenen Helden erzählen die gleichen Geschichten. So verbinden und vermischen sich für mich die verschiedenen Arten von Paris, das Vorkriegs-Paris und das zweite, gleich nach dem Krieg. Das eigene Paris und das literarische, etwa das im Abendnebel oder noch deutlicher im zitternden Licht über der Seine und manchmal am frühen Morgen im Quartier Latin wahrgenommene.

Und noch während meines letzten Aufenthaltes in Paris ging ich, nachdem ich am Morgen das Hotel »Des Balcons« verlassen (das Fenster meines Zimmers mit einem kleinen Balkon ging direkt auf das Odéon) und unterwegs *Le Monde* gekauft hatte, zur ersten Ecke des Boulevards St-Germain, wo es neben dem Denkmal Dantons das immer gleiche Bistro desselben Namens gibt. Hinter der verstaubten, leicht verschmierten Fensterscheibe sah ich die gleichen drei Studentinnen wie vor fünfzig, vierzig und zehn Jahren, ebenso zerzaust, ebenso fleißig etwas in ihre offenen Hefte notierend, und genauso saß eine von ihnen mit einem übergeschlagenen Bein und hochgerutschtem Rock. Und als ich *un petit café* und ein Croissant an der Bar bestellte, befiel mich plötzlich ein schwer beschreibbares Gefühl von Glück, als ob sich in diesem diffusen Licht und dem beißenden Gauloise-Rauch noch einmal alle Zeiten vermischt hätten.

Damals, während meines ersten Parisaufenthalts im Spätherbst 1938, las ich in *Le Monde*, daß am Todestag von Apollinaire seine Freunde und die Dichter an seinem Grab auf dem Père-Lachaise zusammenkämen. Ich kaufte Blumen und ging hin. Ich lernte dort die »schöne Rothaarige« kennen, die damals schneeweiße Madame Apollinaire. Und Marie Laurencin, damals noch in rosa Tüll und einem Hut mit riesiger Feder. Einen sehr ähnlichen Hut trug die Nałkowska während der Reise nach Moskau zum dreißigsten Jahrestag der Revolution. Bei Marie Laurencin war ich dann zweimal zum Tee eingeladen. Es war wohl Kamillentee. Oder Pfefferminztee. Ich erinnere mich noch an seinen süßlich-faden Geschmack.

Ich habe noch das Doppelporträt Marie Laurencins und Apollinaires von Rousseau dem Zöllner aus dem Jahre 1908 vor Augen. Marie trägt darauf ein knöchellanges, antik geschnittenes Kleid. Guillaume hat einen dunklen Anzug an und hält eine Gänsefeder in der Hand. Unten auf diesem »Verlobungsporträt« sind riesige Nelken gemalt, denn Verliebte waren laut Rousseau immer im Paradies. Ich kannte die Gedichte, die Apollinaire für Marie geschrieben hatte. Eines von ihnen paßte zu dem Pfefferminztee.

Liebe und Geist – du bist
Die Taube, die zeugte den Christ.
Wie du lieb ich eine Marie.
Wart nur, ich heirate sie.

Ich war damals ausgehungert nach Dichtern. Tzara erlaubte mir, mit ihm durch Paris zu streifen. Er ging gern abends durch die Straßen, manchmal bis spät in die Nacht hinein. Meistens gingen wir zum Montparnasse. Er zeigte mir, vielleicht war es auch schon in meinem zweiten Paris ein Jahr nach dem Krieg, die auf den verglasten Terrassen der *Rotonde* und des *Dôme* sitzenden alten Frauen. Sie ähnelten Papageien mit gekrümmten Nasen, deren Gesichter weiß verputzt oder zur Abwechslung dick mit Rouge bedeckt waren. Er zeigte mir das Modell zu Matisse' Odalisken, zwei Mulattinnen, die mit Hemingway geschlafen hatten, und die schrecklichste der Greisinnen, die »russische Fürstin« aus dem Bordell in Clichy, die Henry Miller mit großer Zärtlichkeit beschrieb. Er nannte sie mit den Kosenamen Poupette, Mini, Kiki und »Malysia«. Wer war diese Marysia, die sich Tzara gemerkt hatte? Einmal, als wir vom Ende des St-Michel zurückkehrten, wo bereits der Jardin du Luxembourg endet – ich wohnte dort in der Nähe im billigen und ziemlich heruntergekommenen Hôtel des Mines –, versuchten wir ins bereits leere *Closerie des Lilas* zu kommen. Eine alte Frau, die dort Blumen verkaufte, erkannte Tzara. »Sie sind früher immer mit Monsieur Apollinaire hierhergekommen.« In diesem Hotel hatte ich damals ein riesiges Zimmer, dessen Fußboden aber schief war. Meine Freunde lachten, man könne dort Skifahren. Die Heizung funktionierte nicht, dafür kam aus dem Wasserhahn nur heißes Wasser. In der Mitte des Zimmers stand ein Bidet. Im Winter setzte ich mich darauf, um mich zu wärmen, ließ das Wasser laufen und übersetzte Apollinaire. Breton sagte mir, daß ein Bidet der beste Ort sei, um Lyrik zu übersetzen. Und ein noch besserer zum Schreiben. »Es befreit die Phantasie von den Hemmungen. Das Bidet ist eine Metonymie der Frau ...« Ich begriff nicht ganz, warum das Sitzen auf einem Bidet meine dichterische Phantasie anregen sollte, aber zumindest fror ich weniger.

Breton hatte mich einmal zu sich eingeladen. Im Korridor hing ein riesiges, wohl zwei Meter hohes Photo einer nackten Frau. Ausgeschnitten waren nur die Augenbrauen. *Je vous présente ma femme.* »Meine Frau«, schrieb er, »mit dem Geschlecht des Spiegels.« (Ma femme au sexe du miroir.) Mir schien, daß ich mit dem Surrealismus vertraut sei oder eher: darin belesen. Noch vor meiner Reise nach Paris hatte ich in *Przegląd współczesny*, einer sehr geachteten Zeitschrift, die von Professor Wędkiewicz geleitet wurde, einen meiner ersten »seriösen« Essays veröffentlicht – *Die Tragödie des Surrealismus.* Ich erinnere mich nicht mehr, worin diese Tragödie bestanden haben sollte, wohl darin, daß ihnen das »Unterbewußte« sogar beim automatischen Schreiben weggeblieben sei. Stempowski lehrte mich die viel tieferen Quellen der Avantgarde. Er gab mir Lautréamont zu lesen, Bretons Haß verblaßte beim Vergleich mit den *Gesängen des Maldoror.* Doch Breton ließ mich de Sade lesen.

Er gab zu dieser Zeit noch *Surrealisme au service de la Révolution* heraus. Damals war er schon Trotzkist. Über Trotzki können wir lesen: »Ein alter Genosse Lenins, Mitunterzeichner des Friedenspaktes von Brest-Litowsk, ein denkwürdiges Beispiel für Wissen und revolutionäre Intuition; Organisator der Roten Armee, die dem Proletariat erlaubte, trotz der Verschwörung der kapitalistischen Welt an der Macht zu bleiben.« Das Zitat stammt aus dem *Surrealistischen Manifest.* Und darin steckt der volle Geschmack auch des Wahnsinns jener Jahre und des Surrealismus. Aber auch dieser Trotzkismus, der etwas später halb und halb mit Freud vermischt war, wie Spiritus mit Wermut, hatte doch etwas Gemeinsames mit den Leidenschaften und Gesten von Marie und ihren Bärtigen, die ich in schmutzigen Zimmern der höchsten Stockwerke (natürlich immer ohne Fahrstuhl) in billigen Hotels von Nordparis traf. Trotz des Aktes der »Ehefrau« im Korridor und hervorstehender Phalli an seinen afrikanischen Skulpturen kam mir Breton wie ein gutmütiger älterer Herr vor. Marie brachte mir ebenfalls Mißtrauen bei, aber ein anderes als Stempowski.

Diesen Lektionen des Surrealismus verdanke ich wohl meine Faszination für Schaufenster, vor allem in den Vorstädten, wo auf rosa Schaufensterpuppen riesige Büstenhalter hängen oder zwischen Spitzenunterröcken säuberlich Cremegläser und Haarpomade aufgestellt sind. Nach Jahren erinnere ich mich noch an ein solches Schaufenster eines Friseurs mit dem rosafarbenen Brustbild einer Frau mit hellen Locken; es war winzig, die lächelnde Frau mit Locken war eine Zwergin. Ich mochte auch Marktbuden mit Grabkränzen aus Gips, deren Blüten rosa und hellblau bemalt waren, ebenso mit gipsernen Statuen der Venus von Milo, sich küssenden Brautpaaren und Eiffeltürmen verschiedener Größe. Aber vielleicht verdanke ich diese Vorliebe für Unordnung, für die unerwarteten und plötzlichen Verwandtschaften der Gegenstände (die der Ästhetik des Traumes ähneln, wie die Surrealisten es lehrten) noch mehr den *Illuminationen* von Rimbaud, die ich damals zu übersetzen begann, und natürlich Apollinaire. Aber Apollinaire übersetzte ich erst nach dem Krieg.

Eines Tages kämpften zwei große
Flugzeuge über Paris
Rot das eine das andere schwarz
Und lodernd stand im Zenith
Das ewige Sonnenflugzeug.
Collines

Mich faszinierten Phantasiesprünge, und ich fand sie im Zirkus wieder. Diese Vorlieben teilte ich im stillen mit Adam Ważyk sogar in den schlimmsten Jahren des Stalinismus. Aber wir bekämpften sie heftig, in uns selbst und noch unbeugsamer bei anderen. Doch seit dieser Pariser Zeit sammle ich alte Postkarten mit Aktphotos der Belle Epoque.

Damals stand mir Zbigniew Bieńkowski in diesen Vorlieben nahe, obwohl er Supervielle noch ernster nahm als die Surrealisten. Einmal waren wir vor einem Laden mit Waschbecken und Klosettbecken stehengeblieben, wo sich im Schaufenster dank irgendeiner einfallsreichen Maschine das Wasser hob und senkte. Zbigniew sagte: »Es geht durch das Rohr und fließt an ihm herunter.« Dies wurde zu unserem Spruch. Wir wiederholten es bei jeder Gelegenheit, es war beinahe eine Besessenheit. »Es geht durch das Rohr und fließt an ihm herunter« war ein Prinzip der Welt, angefangen von unserem monatlichen Stipendium, das schnell ausgegeben war, bis zu den erotischen Kollisionen, die schnell und erfolglos endeten. Dann kam noch ein ebenso obsessives Sprichwort dazu. Als wir nach Rouen gefahren wurden und aus dem Morgennebel die weiße Rosette auftauchte, wie auf den Bildern Monets, sagte Zbyszek: »C'est pas mal comme cathédrale.« Nur Przyboś, der neben uns mit seinen kleinen Schritten trippelte, den Kopf immer nach oben gewandt und nur in seinen Gedichten anwesend, verlor seinen Ernst nicht. Zusammen mit der Kathedrale in Rouen erhob er sich langsam und majestätisch vertikal in den Himmel. Bis er zusammen mit der Kathedrale unter ihm hing.

Von diesen Treffen und Begegnungen des ersten Pariser Winters und Frühlings blieb mir Eluard am dauerhaftesten im Gedächtnis. Trotz des großen Altersunterschiedes entstand zwischen uns eine gegenseitige Zärtlichkeit. Ich war empfänglich für seine Gedichte, als ob ich sie seit langem kennen würde, noch bevor ich sie kennenlernte. Ich übersetzte sie, bevor ich nach Paris fuhr und noch oftmals nach dem Krieg. Ich erinnere mich an seine hellen Augen, die durchsichtig zu sein schienen, gleichzeitig sehend und nichtsehend. Diese offenen Augen kehren in Eluards Gedichten oft wieder. »Immer hat sie die Augen offen und und läßt mich nicht schlafen.« Ich vergesse auch nicht das Fingerflattern Eluards, das niemals, nicht einmal für einen Augenblick, aufhörte. Dieses Fingerflattern verwandelt sich in den Gedichten in Vogelgeflatter. Das Flattern des pulsierenden Flügels ist luftiger Eros und, wie in der Berührung der Lippen, das Körperlichste. Es verbirgt sich darin die physische Berührung.

Über dem wahnsinnigen Haar
Das Schaumgeräusch zwischen sonnenlosen Lippen
Wo der schlagende Flügel deines Blutes ist.

Ich besuchte Eluard oftmals. In seiner Wohnung gab es an den Wänden und auf allen Tischen Frauenakte, von immer derselben Frau, immer beleuchtet, wie durchleuchtet, wie in seinen Gedichten, wenn das Licht die Dunkelheit durchdringt. Die Frau Eluards war auf tragische Weise umgekommen, sie war eine große Schönheit. Ich hatte sie nie kennengelernt. 1938 lebte Nush nicht mehr. Von Porträts bei Eluard konnte ich mich nicht mehr an ihr Gesicht erinnern. Erst fünfzig Jahre später sah ich ihr Gesicht. Während meines letzten Aufenthaltes in Paris nahm mich Michel am ersten Abend zum Place de la Contrescarpe mit, wo ich früher immer so gerne hinging. Michel verließ mich für einen Augenblick und brachte mir aus dem nächsten Zeitungskiosk eine Postkarte mit Nush und Eluard mit. Sie hatte dort zwischen Generälen mit hochgedrehten Schnurrbärten oder Spitzbärten wohl noch aus dem ersten

Weltkrieg, zwischen halbnackten Frauen mit Straußenfedernbüschen und einer ganzen Serie von Postkarten aus irgendeinem alten Film über Prinz Rudolf und Mary Vetsera gesteckt. Die Postkarte mit Nush und Eluard muß die Reproduktion einer Photographie aus den frühen dreißiger Jahren gewesen sein, denn Eluard sieht darauf jünger aus, als ich ihn mir gemerkt hatte, und Nush hat eine Lockenfrisur wie Filmstars jener Zeit. Wieder haben sich die Zeiten vermischt. »Ich stehe auf deinen Augenlidern.« (Je suis debout sur tes papières.) Dieses Gedicht Eluards an Nush wiederholte ich vor fünfzig Jahren Lidia oft vor dem Einschlafen.

Ich entsinne mich nicht mehr, ob ich Eluard nach dem Krieg besucht habe. Und ich erinnere mich nicht mehr, ob Eluard noch an der gleichen Stelle wohnte, als ich ihn nach dem Krieg besuchte. An den Straßennamen erinnere ich mich ebenfalls nicht. Ich weiß nur, daß es in einem Arbeiterbezirk war, beinahe in der Vorstadt, nicht weit von den Metrostationen Jaurès und Stalingrad. Eluard war im besetzten Frankreich einer der wenigen »sauberen« Schriftsteller geblieben, vom Anfang an in der Résistance, und damals wohl verband er sich mit der französischen kommunistischen Partei. Ein Jahr nach dem Krieg erschienen mir die beiden Metronamen in der Nähe von Eluards Wohnung im roten Ring von Paris symbolisch.

Im Sommer 1947 kam Eluard nach Warschau. Damals war meine Tochter Teresa gerade geboren. Eluard legte ihr seine Hand mit den noch stärker zitternden Fingern aufs Köpfchen. Wie eine Märchenfee. Und er schenkte mir damals ein großes Photo von sich mit der Unterschrift: »... avec toutes nos raisons d'esperer.« In diesem Jahr 1947 war die »Hoffnung« blind. Doch ich weiß nicht, wie damals die »Hoffnungsgründe« von Eluard waren. Gründe der Hoffnung, Gründe der Verzweiflung? »Die Morgendämmerung zerstreut die Ungeheuer«, schrieb er in den Jahren der Besatzung. Zerstreute sie sie weiterhin? Und wie waren die Ungeheuer, und welches Morgengrauen war es im Jahre 1947?

3.

Im Spätwinter oder vielleicht erst im Frühjahr 1939 begann ich, immer öfter Jacques und Raïssa Maritain zu besuchen. Maritain hat in meinem Gedächtnis einen langen weißen Bart, und manchmal ähnelt er den riesigen Aposteln der Petruskirche in Rom. Aber in Wirklichkeit habe ich mir nur seinen herabhängenden Mund gemerkt, der wie ein Hufeisen aussah. In ihm lag große Trauer. Besser kann ich mich an Raïssa erinnern – nicht physisch, ich kann ihr Bild nicht ins Gedächtnis zurückrufen. Aber ich erinnere mich anders an sie, sie war durchleuchtet wie Eluard, doch dieses Licht schien in ihr selbst zu sein und aus ihr auszustrahlen. Falls ich eine Heilige in meinem Leben getroffen habe, dann war es Raïssa. Aus einer chassidischen litauischen Familie stammend, aus Vilnius oder seiner Umgebung, konvertierte sie schon als junges Mädchen zum Christentum. Aber sie hatte die tiefe Inbrust beider Glauben. Jetzt, nach Jahren, denke ich, daß sie in einem sehr tiefen Sinn Simone Weil ähnelte. In ihr war die Unruhe des erneuerten Bundes. Und die ständige Unruhe, ob sie das Geschenk der Gnade erhalten habe. Sie war Dichterin. Furcht und Gnade sind in ihren Gedichten, denn – obwohl in einer anderen Poetik und in anderen Symbolen als bei Eluard – »das Morgengrauen verdrängt die Ungeheuer«.

An die Maritains hatte ich Empfehlungsbriefe von Pater Kornisłowicz und von Schwester Miriam aus Laski. Pater Korniłowicz kam in die Senatorskastraße zu meiner Großmutter Stefania, im letzten Jahr vor meiner Abreise nach Paris. Aber meine

Großmutter ließ sich erst nach meiner Abfahrt oder erst zu Beginn des Krieges taufen. Viele Juden der seit langem assimilierten Warschauer Intelligenz sind von Pater Korniłowicz getauft worden. Ich weiß nicht, wie viele religiöse Bekehrungen darunter waren und wieviel Angst vor der Welle des Antisemitismus. Aber es steckte sicherlich auch die apostolische Fähigkeit von Pater Korniłowicz darin.

Ich erinnere mich nicht mehr, ob ich durch Pater Korniłowicz oder Schwester Miriam nach Laski kam. Schwester Miriam von den Franziskanerinnen, die ein Heim für blinde Kinder in Laski führten, die Verlobte von Liebert[2], ist wohl noch zu seinen Lebzeiten konvertiert, vielleicht ist sie auch bereits während seiner tödlichen Krankheit ins Kloster gegangen. Sie war nicht die einzige Konvertitin in Laski. Schwester Teresa, Zofia Landy, redigierte zusammen mit Korniłowicz *Verbum* und schrieb unter dem Pseudonym Sylwester über Literatur und Philosophie. Sie hat dort eine der ersten und enthusiastischsten Kritiken über Gombrowicz' *Ferdydurke* veröffentlicht. Die Zeitschrift war ungewöhnlich für jene Zeit. Im polnischen provinziellen Katholizismus, der offen oder wenigstens insgeheim antisemitisch war und sich vor jedwedem Modernismus wie vor einer Seuche hütete, erschienen *Verbum*, Laski und der »Kreis« von Pater Korniłowicz wie eine Insel. In den Jahren, als die Ökumene beinahe noch ein unbekanntes Wort war, war es ein Ort der Begegnungen von Glaubenden und Zweifelnden, ein Dialog Verschiedengläubiger oder am meisten vielleicht ein Dialog der Unruhe.

In der Zeitschrift *Przegląd Współczesny* hat Wędkiewicz meinen theologischen Essay, *Der Katholizismus der Lyrik von Lie-*

2 Jerzy Liebert (1904–1931), polnischer Dichter, der jung an Tuberkulose starb.

bert gedruckt. In Laski gab es einen Liebert-Kultus. Im *Verbum* veröffentlichte ich, aufgefordert von Schwester Teresa kurz vor meiner Abreise nach Paris, den wohl theologischsten meiner Essays, *Der katholische Sinn von Rimbauds Drama*. Ich schrieb damals auch über Mauriac. Noch zehn Jahre später, das war wohl im zweiten Jahr der stalinistischen Erstickung, schrieb Włodzimierz Słobodnik in Łódź ironisch über mich:

Geht er nach rechts, ist er wie Mauriac
und untersucht den Boden des Katholizismus;
Geht er nach links, dann kommen Marx, die Geschichte,
Materialismus und Malraux.

Ich denke, daß in diesem Hin- und Hergerissensein nicht nur Unentschlossenheit steckte. Eher – aber das wurde mir erst Jahre später bewußt – waren es der Status und die Natur des Neubekehrten, die ich zusammen mit der Taufe übernahm. In einem meiner Gedichte aus jener Zeit schrieb ich:

An welche Maria wirst du dich wenden, wo findest du
Schwestern und Brüder?
Hinter dir ist der fünfarmige Kranz der Sternsynagogen.
Umsonst wäschst du dich mit Wasser, umsonst versuchst du
zu verraten –
im Spiegel wirst du erblicken, wie die Schatten der Väter dir
die
Stirn zerfurchen.

Getauft wurde ich im Jahre 1919 in der Heiligkreuzkirche in Warschau. Die Familie meiner Mutter war seit drei Generationen assimiliert; noch mehr, sie war polonisiert. Mein Urgroßvater, Hilary Nusbaum, hatte eine *Geschichte der Juden* veröffentlicht und die fünf Bücher Mose ins Polnische übersetzt. Er forderte, daß die Predigten in der Tłomackie-Synagoge in polnischer Sprache stattfinden sollten, und organisierte Hilfe für die nach Sibirien Verbannten. In diese Synagoge ging ich, getrieben von gemischten Gefühlen, die für mich nicht ganz klar waren, eines Samstags nach meiner Beichte in der Visitinnenkirche. Bei dieser »Pilgerfahrt« begleitete mich mein Schulfreund Zdzisiek Jeziorański, der schon so bald zum Jan Nowak wurde, dem mehrmaligen »Kurier aus Warschau«. Was führte uns dahin?

Schon in der dritten Generation gab es in der Familie meiner Mutter Konvertiten: Józef Nusbaum Hilarowicz, einer der ersten polnischen Darwinisten, ließ sich taufen, sobald er Professor an der Universität Lemberg geworden war. Vielleicht war es auch eine Bedingung für die Übernahme des Lehrstuhls? Im Hause meiner Großeltern, der Wertensteins, wo ich aufwuchs, als meine Eltern nach Bielsko gezogen waren, feierte man Weihnachten festlich, und es gab immer einen Weihnachtsbaum. Bei meinen Eltern hatte meine Schwester noch in Bielsko immer einen Ostertisch mit einem Lamm. Vater war nicht gläubig und kannte nur einige Sprüche auf jiddisch. Ich erinnere mich aus der Kindheit, wie er »meschugge« und »stumpf« sagte. Aber vielleicht habe ich diese Wörter in der täuschenden Erinnerung verdreht. Bei den Großeltern väterlicherseits, die aus Konin nach Warschau eingewandert waren, sprach man ebenfalls nur Polnisch, und es gab keine koschere Küche, obwohl man Purim und Pascha feierte. Ich erinnere mich noch an einen süßen Kuchen mit Mandeln und Rosinen, der die Spezialität meiner Großmutter war.

Vater ließ mich taufen, als Polen entstand, denn er war der Meinung, daß der Junge sonst keine Zukunft unter den Polen haben würde. Er selbst nahm die Taufe nicht an, zwang aber meine Mutter dazu, sich zusammen mit dem Sohn taufen zu lassen. Der Junge sollte zu Hause zumindest einen Elternteil haben, der dem neuen Glauben angehörte.

Ich erinnere mich aus meiner Kindheit – wie alt war ich damals? Sieben, acht, vielleicht neun –, wie ich meinem Vater befahl, sich hinzuknien, und wie ich über ihm ein Kettchen mit einer heiligen Medaille schwenkte. Oder vielleicht stand Vater über mir, und ich kniete? Alles hat sich in meinem Gedächtnis verwirrt und kam erst nach Vaters Tod wieder. Vater hatte nie daran gezweifelt, daß die Entscheidung, mich taufen zu lassen, gut war. Und ganz sicher nicht in den Jahren der deutschen Besatzung.

Ich suchte nach meinem Platz und nach Bestätigung. Und Laski zog mich an, weil es ein Ort der Konvertiten war, in einer wörtlichen und symbolischen Bedeutung. Nach Laski hat mich auch – oder vielleicht habe ich ihn dort kennengelernt? – Rafał Blüth gebracht. Oder habe ich vielleicht Blüth durch Stempowski kennengelernt? In diesen letzten Jahren vor dem Krieg verbanden und kreuzten sich verschiedene und andersartige Kreise der Verzweiflung und der Hoffnung. Blüth schrieb über die letzten Jahre von Mickiewicz *Die Katastrophe von Konstantinopel*, Stempowski seinen *Essay für Kassandra*. Auch Ludwik Fryde hatte wohl Kontakt mit Laski und *Verbum*. Blüth kam, von der Gestapo in Oktober 1939 verhaftet, in einer der ersten öffentlichen Exekutionen um. Fryde kam in Weißrußland im Frühjahr 1942 ums Leben. Vor seinem Tod ließ er sich taufen. Fryde hat mir wohl als erster Maritain zugeschoben.

In jenen Pariser Monaten war ich vielleicht der einzige, mit Sicherheit aber einer der wenigen jungen Leute, die sowohl Breton besuchten als auch zu den Donnerstagstreffen bei Jacques und Raïssa kamen: die also beinahe gleichzeitig, ganz an der Quelle, an einem surrealistischen und einem thomistischen Kursus teilnahmen. Erst viele Jahre später wurde mir die Ähnlichkeit dieser Kreise bewußt. Vielleicht nur in den Vorlieben. Aber es war bedeutungsvoll. Sowohl bei den Maritains als auch bei Breton rief man als Zeugen der Poesie Aloysius Bertrand und die Romantische Schule auf und den düsteren Nerval, diesen allerdüstersten. In beiden Häusern schwärmte man für Max Jacob, auch einen Neophyten, und man nahm die junge Wut Lautréamonts todernst. Ich muß sagen, daß ich vorbereitet war. Lautréamont ist mir von Stempowski zugeschoben worden, den es wunderte, daß er Mickiewicz unter den verdammten Dichtern erwähnte, und Jacob bekam ich von Napierski zu lesen. Auch ein Konvertit, aber zu einem noch anderen Glauben. Unabhängig vom *Confiteor* und der Ontologie kann man dem Geschmack der Epoche nicht entfliehen. Schwester Teresa, eine Thomistin, war von *Ferdydurke* entzückt.

Zwischen der »konvulsiven Schönheit«, die Breton verkündete, und der transzendenten Schönheit, die die *Form* eines Gegenstands ist, gab es mehr Ähnlichkeiten als Unterschiede. Unterschiede gab es in der Sprache und der Metaphysik, doch die Spucke und die irdische Nahrung waren gleich. Weder der dämonische Breton, der eine Dressur der Phantasie betrieb, noch die mystische Raïssa oder Maritain, der letzte der großen Scholastiker, vertrauten der Natur. Weder die Kunst noch die Moral sollten ihr dienen und sie nachahmen. Sie sollten sie besiegen, auseinandernehmen, durchleuchten oder zumindest alles, was natürlich ist, erschüttern. Artaud verkündete damals auch die Dressur des Körpers und rief die Pest als ein Double des Theaters herbei.

Große und tatsächliche philosophische Streitgespräche fanden in den wenigen Jahren zwischen dem Spanischen Bürgerkrieg und dem Zweiten Weltkrieg statt zwischen den Schülern des Augustinus und des hl. Thomas, des hl. Kant und des hl. Hegel. Zwischen der Phänomenologie und Dialektik beider Glauben.

Zwischen den erneut ausgehungerten Teufeln der Geschichte und der Tat und den unfaßbaren Engeln der reinen Erkenntnis. Die Engel Husserls waren auf der anderen Seite des Spiegels. Zum Schluß stieß man mit seiner Nase auf Glas. Sie ließen sich nicht berühren.

Im späten Frühjahr 1939 schrieb mir Stefan Żółkiewski aus Warschau nach Paris: »Ich bin schon beinahe ein Thomist. Ich lese bis zum Umfallen die *Summa* und werde verrückt. Es ist wunderbar gemacht. Es gibt keine Löcher. Wie die Kugel des Parmenides. Aber es hat nicht den Humor von Marx. Mein Perserkater wird immer dicker. Erinnerst du dich, du hast ihn Emil Meyersohn genannt. Aber er ist kein Konventionalist. Sein Fell ist ständig gesträubt, und er hebt seinen wunderbaren Schwanz, wenn ich mich an den Thomas setze. Ach, wenn man die Metaphysik wegwerfen und bei der reinen Ontologie bleiben könnte. Wenn man intellektuell ehrlich sein und dabei an Gott glauben könnte. Vielleicht hat der bärtige Alte doch recht, daß man den Geschmack von Pudding kennenlernt, indem man ihn ißt. Aber man kann den Pudding gleichzeitig haben und ihn aufessen. Der aufgegessene Pudding ist ein intentionelles Sein, wie Husserl sagen würde, die Idee des aufgegessenen Puddings. Die armen Positivisten werden das nie begreifen. Emil Meyersohn hat sein Fell wieder gesträubt und spuckt. Er möchte ebenfalls, daß ich zuerst seine Ontologie annehme. Zur Beruhigung lese ich die *Aufzeichnungen des Pickwick-Klubs* im Bett. Ophelia, geh ins Bordell. Sam Weller läßt grüßen.«

4.

Noch im gleichen Frühjahr fand ich mich in einem Kloster wieder. Ich hatte Paris satt. Alle Arten von Paris. Ich hatte sie alle berühren wollen. Ich ging noch in die Bibliothèque Nationale an der Rue de Richelieu, durch das bereits leere Palais Royal, wo die Huren zum letzten Mal zu Balzacs Zeiten spazierten, doch nicht in den Hauptlesesaal, sondern in den *enfer* im Kellergeschoß. Dort las ich mit besonderer Genehmigung alle Pornographien der Welt. Meine gelehrte Doktorarbeit an der Sorbonne hatte Apollinaire als den Herausgeber von de Sade zum Thema. Doch auch diese Lektüre hatte ich satt. Ich bekam eine Art Schwächeanfall. Ich fühlte mich leer, als ob ich plötzlich alles, was ich gegessen hatte, ausgespuckt hätte.

Ich ging zu Maritain. Er wußte, daß ich nicht gläubig war. Aber damals sagte ich es ihm noch einmal. Er lächelte nur. Er lächelte selten. »Laß deinen Körper und deine Seele ausruhen. Frische Luft wird dir gut tun, mein Junge.« Und er schrieb einen Brief an den Rektor der Dominikaner.

Das Kloster befand sich im Massif Central. Und es gab dort tatsächlich viel Luft. Alle Fenster der Refektorien waren geöffnet, aus dem Garten kam ein scharfer Kräutergeruch. Oft flogen sogar Vögel herein und schlugen gegen die Wände. Ich habe noch das Weiß des Klosters vor Augen. Die Mauern, die Korridore, die Zellen waren weiß und die Kutten ebenfalls. Nur die Kapelle war dunkel, leer, mit einem bunten Glasfenster und einem Kruzifix, und dunkel waren auch die Kapuzen. Wir warfen sie über den Kopf, wenn in den Gebeten und im stillen, wie gemurmelten Gesang der Name Gottes fiel. Die Glocken riefen uns alle drei Stunden in die Kapelle zum Gebet und zur lateinischen Hymne, angefangen von Mitternacht, achtmal während des ganzen Tages. Die Seminaristen waren von den Gebeten um Mitternacht und um drei Uhr morgens befreit. Um sechs lief ich in die Kapelle, direkt aus dem Schlaf. Manchmal dauerte er noch an. Die dunklen Kapuzen hoben und senkten sich in diesem morgendlichen Ballett wie von selbst, die Bärte flogen im von Kerzen erleuchteten Dunkel hoch wie auf den Bildern von Chagall.

Ich war dort einer der Seminaristen. Aber es war kein Noviziat. Nicht einmal sein Anfang. Es war eine »Probe«, wie sich das Jacques und Raïssa ausgedacht hatten. Zu meinem Führer und Sorgevater, wohl dem jüngsten der Pater, sagte ich schon am Anfang, daß ich nicht gläubig sei. Er wunderte sich nicht. »Wir glauben nicht daran, daß wir glauben«, sagte er. »Mache lange, einsame Spaziergänge. Am besten in der Morgendämmerung, noch vor dem Läuten. Ich entbinde dich von der Kommunion, aber du mußt beichten.«

Zur Beichte ging ich, nach der Regel, schon am ersten Freitag. »Ich bin nicht gläubig«, sagte ich. »An andere Sünden erinnerst du dich nicht?« hörte ich hinter dem Gitter. Und bevor geklopft wurde, damit ich gehen könne: »Spaziere zwischen den Bäumen und lies Pascal.« Pascal kannte ich gut, noch von Warschau. »Weder Tier noch Engel.« In diesem Kloster hatte das Erbe der Jansenisten überdauert. Sie trauten der Natur nicht. Aber den Engeln trauten sie ebenfalls nicht. Diesen christlichen Pessimismus hatte ich vorher schon in Laski gefunden. Und in Maritains Mund, dessen Winkel wie ein Hufeisen herabgelassen waren.

Dieses Kloster war ein Seminar. Wir waren etwas mehr als dreißig, die meisten ein wenig älter als ich oder in meinem Alter. Kleriker oder Leute mit verschiedenen Laiendiplomen, aus vielen Ländern Europas, Asiens und Afrikas. Meistens zwei aus jedem Land. Erst später erfuhr ich, wie präzise sie ausgesucht und welcher strengen Auswahl sie unterzogen wurden. Es war die Universität der Dominikaner. Wir waren nach einem langen Weg für die höchsten Würden des Klosters bestimmt. Oder vielleicht der ganzen Kirche. Doch davon erfuhr ich erst später, nachdem ich das Kloster bereits verlassen hatte.

Der Unterricht begann um acht und dauerte bis zum Mittagessen. Dann kehrten wir nach einem einstündigen Spaziergang in unsere »Zellen« zurück. Es waren Zimmer mit Fenstern, die auf den Garten hinausgingen. Ein großer Holztisch, zwei Stühle, ein Waschtisch mit einem Krug für kaltes und einem für heißes Wasser, ein Eisenbett und darüber ein Kruzifix. Und Bücherregale. Man durfte die Bücher aus der Klosterbibliothek in die »Zellen« mitnehmen. Wir machten dort unsere Aufgaben, manchmal waren es kurze Essays oder Berichte über die Lektüre. Es gab Philosophie-, Theologie-, Griechisch- und Hebräischkurse, Latein hielt man für die »Haussprache«, nur manchmal mußten wir unsere Aufgaben in Latein schreiben. Es gab auch Fakultativseminare, wie die Geschichte der Malerei. Dieses Seminar besuchte ich am fleißigsten. Es war die Vorlesung eines spanischen Dominikaners über Goya und die Grausamkeit in der Kunst. Eine der Pflichtlektüren war Artaud. Damals hörte ich zum erstenmal von Bataille. Doch zu meinem Erstaunen befand sich auch de Sade auf der Lektüreliste. Einen Augenblick lang kam es mir vor, als befände ich mich wieder in der »Hölle«, in den Kellergeschossen der Bibliothèque Nationale. Eines der Bücher, die uns empfohlen wurden, war *120 Tage von Sodom*. Doch in diesem Dominikanerkloster war dies nicht das einzige Unerwartete.

Während des ersten Monats fanden eine Messe und Exequien für die Basken statt. Die Basken waren fanatische Katholiken, kämpften aber während des Bürgerkrieges auf der Seite der Republikaner, wurden mit besonderer Grausamkeit bekämpft und dann in den Lagern gemartert. Sowohl durch die katholischen Einheiten Francos als auch die moslemischen Einheiten aus dem spanischen Marokko. Erst jetzt begriff ich, mit welchem Ziel der Dominikaner aus Spanien für das Seminar über die Geschichte der Malerei die *Caprichos* und die *Kriegsniederlagen* gewählt hatte. Bei diesen Exequien für die Basken und bei dem Colloquium über die Grausamkeit und Bestialität der Faschisten kam es mir einen Augenblick lang vor, als ob ich mich wieder unter den bärtigen Trotzkisten aus dem Kreise Maries befände, in den obersten Stockwerken der kleinen Pariser Hotels und in den verrauchten Bistros der Vorstädte.

In diesem erstaunlichen Kloster spürte ich im Frühjahr 1939 zum ersten Mal so etwas wie einen Windstoß des kommenden Krieges. In Paris habe ich ihn nicht gespürt; am Tag, besonders an der Seine, war die Luft perlend, in der Nacht war sie, wie Brzękowski schrieb, »wie ein roter Himmel der Begierden«. Ich denke, daß die Patres in ihren langen Kutten aus weißer Wolle in diesem Kloster im großen Garten ahnten, was nahte. Dieses geschlossene Kloster war weltoffen. Dominikaner gab es in Madrid und Berlin, natürlich auch in Rom, obwohl die Verhältnisse zwischen der Kurie und dem Kloster weit entfernt von Harmonie und Hierarchiehörigkeit waren. Die Zeitschrift *Sept*, die sie herausgaben, wurde auf deutliches Verlangen Roms eingestellt. Während der ersten Wochen meines Aufenthaltes lag sie noch auf den Tischen im Klosterrefektorium, dann verschwand sie. Das Verbot von *Sept* stand in Beziehung zu dem Auftauchen der »Arbeiter-Priester«. Diese Bewegung begann in Frankreich. Am Anfang hatten sechs junge Priester auf das Vikariat verzichtet und ihre Gemeinden verlassen, um unter den Arbeitern zu sein und wie diese zu arbeiten. Einige von ihnen wurden suspendiert. In *Sept* sahen die Dominikaner darin eine Erneuerung der Kirche der »Reichen«. Vielleicht ahnten sie schon den Ruf nach einer »Kirche der Armen«, wie er später, nach beinahe einem halben Jahrhundert, in Lateinamerika erklang. Ich hatte einen dieser neuen »Apostel« bei irgendeinem Treffen Maries mit ihren bärtigen Trotzkisten kennengelernt. Marie hatte, obwohl sie eine Trotzkistin war und in ihrer Jugend in stalinistischer Disziplin erzogen wurde, kein Vertrauen zu den Dissidenten. Die Dominikaner hatten es.

Ich war in diesem Kloster glücklich oder hatte zumindest einen Augenblick der Leichtigkeit, ich kann es nicht richtig benennen. Vom frühen Morgen bis zum Ende des Abendessens (während einer der Patres laut, natürlich in Latein, entweder die *Summa* oder Augustinus las, doch nicht *De civitate dei*, sondern die *Confessiones*) waren wir zum absoluten Schweigen verpflichtet. Wir durften nur die Fragen der Patres in den Seminaren beantworten und mußten bei den Colloquien um Sprecherlaubnis bitten. Freundschaften entstanden bei den abendlichen Spaziergängen im Garten. Weder später unter meinen Schülern noch vorher und nachher bei meinen Kollegen stieß ich auf eine solche Dichte von glänzenden Köpfen, eine Offenheit allem gegenüber und eine solche nahezu spürbare Vibration der Gedanken. Die langen Stunden des Schweigens in einsamer Konzentration in meiner hellen »Zelle«, die zu den scharfen Gerüchen des Gartens hin offen war, gefielen mir. Ich gewöhnte mich an die fleischlose Kost, die Fische waren immer ausgezeichnet, ob aus dem Fluß oder dem Meer, auch jetzt noch assoziiere ich die Erinnerung an das Kloster mit der Zartheit der Fische.

Es gab Stunden, in denen es mir vorkam, als könnte ich mein ganzes Leben auf diese Weise verbringen; und wie Stendhals Julien Sorel von der Infule oder dem violetten Kardinalsgürtel träumen. Doch Julien Sorel schickte aus dem Kloster geheime Briefe an Madame de Rénal. Als ich das Kloster verließ, sagte ich meinem geistigen Vater noch einmal, daß ich weiterhin ungläubig sei. Er lächelte wie am ersten Tag: »Uns allen kommt es nur so vor, als ob wir nicht glauben würden. Mache morgens lange Spaziergänge, und denke daran, daß das für immer dein Haus sein wird und daß du immer zurückkommen kannst.«

Beinahe vierzig Jahre später hörte ich am anderen Ende der Welt fast die gleichen Worte, als ich ein anderes Kloster verließ.

Es war in Thailand, beinahe schon an der Grenze zu Burma. Ich fuhr eine ganze Nacht von Bangkok, am Tag war die Hitze erstickend, die Nächte waren erträglicher, obwohl die Luft einem wie ein den Mund verstopfender nasser Lappen vorkam. Der Bus war in dieser Nacht, ich weiß nicht warum, voller Verkäufer von Strohhüten und riesiger geflochtener Taschen. An jeder Haltestelle, und es waren viele, verkauften halbnackte Jungen Reis in Schälchen und aufgespießte, gebratene Hähnchenhälften in einer roten Paprikasoße, die im Hals brannte. Das Städtchen lag bereits im Gebirge. Es war für seine Mädchen berühmt, die mit nackten Füßen über die Wirbelsäulen der Männer liefen, hin und zurück in dieser riskanten – denn ein unvorsichtiger Schritt hätte einen zum Krüppel machen können –, aber raffiniertesten aller Massagen. Jetzt aber, am Ende des Sommers, nach einer langen Hitzewelle schien das Städtchen wie ausgestorben, und die Wonneorte waren geschlossen.

Ich kam mit einem anderen Ziel in das Städtchen. Im Gebirge gab es einen der berühmtesten buddhistischen Holztempel. Doch im Städtchen sagte man mir, daß die Mönche nur ungern Gäste sähen, ihre Einsamkeit verteidigten und niemandem erlaubten, dort über Nacht zu bleiben. Ich schreckte nicht davor zurück. Ich mietete einen Esel mit einem Führer. Der *Shrine* befand sich im Gebirge, sechs Stunden Weg mit oder auf dem Esel, und dann noch eine gute Stunde auf einem steilen Pfad zwischen Steinen.

Der Tempel war klein, wie eingefallen. Ich kannte das Ritual, schlug dreimal in den Messingteller und zündete ein Kienholz vor dem Buddha an. Er war anders als die, die ich kannte. Wie immer hatte er Falten auf dem dicken Bauch. Doch diese Falten waren zersprungen. Und er hatte tiefe Falten, wie Schwertnarben, auf den Wangen. Er lächelte, aber dieses Lächeln auf dem zersprungenen, vom Holzwurm angefressenen Gesicht erschien sehr traurig. Seine Lider waren geschlossen, als wenn er nichts mehr sehen wollte. An den Wänden hockten einige Mönche mit rasierten Köpfen, bewegungslos wie schlafende, große goldene Käfer. Ich konnte nicht lange mit flach niedergedrückten Knien sitzen, ich stützte mich auf die Ellbogen und streckte die Beine. Ich schaute lange den Buddha an, bis sich auch mir in dieser stickigen Luft die Lider schlossen. Buddha verehrt man im Schlaf und im Wachen. Vielleicht kommt man ihm im Traum sogar näher, denn Buddha wacht und schläft außerhalb der Zeit. Als ich wach wurde, war es schon beinahe dunkel. Vor mir stand ein ganz junger Mönch, wohl der jüngste von allen, er legte seine kleine Hand mit wie zum Gebet gefalteten Fingern auf die Brust und führte mich zu einem Liegeplatz auf einer Matte. Dann brachte er mir grünen Tee im Krug, kalt und wohlriechend. Am Morgen, als ich aufwachte, stand er schon über mir mit Reiskuchen und Kräutertee.

Der nächste Tag und der übernächste und noch ein weiterer unterschieden sich in gar nichts voneinander. Nach dem Waschen im Bach, der einige hundert Schritte von unseren Schlafplätzen entfernt war, ging ich zum *Shrine* mit dem Buddha, dessen Wangen Narben hatten wie byzantinische Madonnen. Ich schlug den Gong, zündete Räucherstäbchen an, aus denen lange ein Band weißen Rauchs hochstieg, schaute den halbschlafenden Buddha an und schlief ein. Ich wachte oft auf und schlief wieder ein. Langsam unterschieden sich der Schlaf und das Aufwachen nicht mehr voneinander. So wie sich die nächsten Tage nicht voneinander unterschieden.

Es war das buddhistische Zen, das nur den Meditationen und der Kontemplation ergeben ist. Zen befiehlt dir, leer zu sein. Wie das durchsichtige Wasser des Gebirgsbachs, wenn du es für einen Augenblick in der gekrümmten Hand sammelst. Frei von Wünschen, denn sie stören nur, wie ein Windhauch die glatte

Wasseroberfläche stört. Wenn du Hunger hast, stille deinen Hunger; wenn du durstig bist, stille deinen Durst. Wenn dich dein Körper quält, verbinde dich mit einer Frau, und wenn sie geht, wird dein Körper mit ihr wegfließen.

Diese Zen-Mönche mit kahlrasierten Köpfen, die in vollkommener Armut leben mußten, durften nicht einmal betteln. Jeden Abend kamen einige Frauen aus den Nachbardörfern in den *Shrine* und brachten in Weidenkörben, wie bei uns auf dem Dorf, Krüge mit grünem Tee, Reis in kleinen Säckchen und manchmal Früchte, die ich nicht kannte, mit fadem Geschmack wie Mango. Ein- oder zweimal legten sie sich nach Einbruch der Dämmerung, ohne ein Wort zu sagen und nur für einen kurzen Augenblick neben die jüngsten Mönche. Der Mann und die Frau schienen in dieser Vereinigung versteinert wie kopulierende Insekten. Es war eine Opfergabe, wie die Reiskuchen und die Stücke getrockneten Fisches. Die Frauen vom Dorfe teilten das, was sie hatten.

Mit den Mönchen in gelben Kutten verständigte ich mich meistens mit Hilfe der einfachsten Gesten. Nur zwei von ihnen konnten ein paar Worte Englisch. Ich weiß nicht, wie es eigentlich geschah, daß diese Mönche mit rasierten Köpfen, Fremden gegenüber unwillig eingestellt, mich dort übernachten ließen. Noch weniger weiß ich, woran es lag, daß sie mich aufnahmen und mich nicht als Fremden behandelten. Als wäre es vollkommen natürlich, daß ich in diese Gebirgseinöde kam. Sie stellten mir keine Fragen, abgesehen vom zweiten Abend, als mich der älteste von ihnen fragte, wie er mich nennen solle, und dann oftmals wiederholte: Yon, Yon, Yan, bis er den Unterschied zwischen »a« und »o« herausgefunden hatte. Und noch einmal, wohl am dritten Abend, als man mich fragte, aus welchem Land ich käme. Ich weiß nicht, ob »Polen« ihnen irgend etwas sagte, doch sie wußten, daß es hinter dem Ozean liegt.

Sie schauten mir nicht direkt in die Augen, denn das wäre nach der fernöstlichen Etikette ein Zeichen der Arroganz. Scheinbar bemerkten sie meine Anwesenheit nicht, doch sie kümmerten sich mit einer erstaunlichen Zärtlichkeit um mich. Damals rauchte ich noch, meine Zigaretten waren schnell aufgeraucht, aber bei dem Wegschwimmen des Körpers spürte ich keinen Nikotinhunger. Eines Morgens fand ich an meiner Schlafstelle vier Zigaretten. Sie müssen die Dorffrauen darum gebeten haben. Eines anderen Abends kam eine dieser Frauen zu mir und zeigte mit einer Geste, ich solle das Hemd ausziehen. Sie gab es mir zurück, nachdem sie es im Bach gewaschen hatte.

Ich verlor das Zeitgefühl. Die Tage und Nächte ähnelten sich. In diesem Halbträumen-Halbwachen kam immer öfter meine Kindheit zurück: Vater, Mutter, die Großeltern, Tante Marychna, die Wohnung in der Oboźnastraße, in der Senatorskastraße; es kehrten die Toten zurück, aber es gab darin keine Trauer, als ob sie weiterhin neben mir wären, nur waren alle Bilder dunkel wie auf dem Negativ eines Zelluloidfilms, sie durchdrangen sich gegenseitig und waren vernebelt.

Mir schien, als ob ich in diesem buddhistischen Kloster Wochen verbracht hätte. In Wirklichkeit war ich dort sieben oder acht Tage, wie ich mühevoll errechnete, an den Fingern und mit Hilfe eines wiedergefundenen Kalenders, nachdem ich in das Städtchen zurückgekehrt war, in dem die Mädchen barfuß auf den Rücken der Männer liefen. Am letzten Abend im Gebirge war der Himmel im Westen rot, wie bei einem herannahenden Gewitter. Ich verabschiedete mich von dem jüngsten und dem ältesten der Mönche. Der älteste sagte zu mir: »Du gehst nach Westen, aber hier ist dein Haus, und hierher wirst du zurückkehren.«

5.

Knapp zwei Wochen nach dem Verlassen des Dominikanerklosters sprang ich aus einem bereits abfahrenden Bus am Place de la Concorde gleich an der Ecke Rue de Rivoli. An der Haltestelle stand ein Mädchen von rührender Schönheit, in einem grauen, wadenlangen Pelzmantel und mit bloßem Kopf. Ich hatte sie einige Wochen, bevor ich ins Kloster ging, bei irgendeiner polnischen Namenstagsfeier in Paris kennengelernt. Wir hatten nur ein paar Worte gewechselt, weil sie schnell wegging. Doch ich erfuhr, wie sie hieß: Steinhaus. Im Dominikanerkloster dachte ich oft an sie. Einige Monate vor meiner Reise nach Paris sagte mir Irena Krzemicka einmal, die nachher, während des Krieges, Kronskis Ehefrau wurde (damals nannte ihn noch niemand Tiger), daß ich Lidia Steinhaus heiraten würde. Irena war ein paar Jahre älter und besuchte mit der Steinhaus-Tochter das gleiche Gymnasium in Lemberg. Irena hatte braune Augen, die, wenn sie sich aufregte, gelb wurden, und dann erinnerte sie an eine Eule. Sie übersetzte Plato und sagte die Zukunft voraus. Die Steinhaus-Tochter wohnte damals in Lemberg, ich hatte sie nie kennengelernt, und Irenas Prophezeiung erschien mir wie ein Witz.

Drei Wochen nachdem ich aus dem Bus am Place de la Concorde sprang, wohnten Lidia und ich in dem kleinen Hotel *Henri IV.* am dreieckigen Place Dauphine neben dem Pont Neuf. Der Ort war wunderschön, kam aber erst nach dem Krieg in Mode. Das Hotel war billig, ohne Bequemlichkeiten, mit einer Toilette im Flur. An dem Platz gab es hinter dem Palais de Justice nur ein einziges Restaurant, *Chez Paul*, das für seine Kalbsrouladen berühmt war. Doch wir sind niemals dort gewesen, weil es für uns zu teuer war.

Von diesem Hotel fuhren wir Anfang August 1939 nach Polen. Ich ließ dort einen alten Koffer mit meinen Tagebüchern und Notizen zu meiner Arbeit über Apollinaire und den schrecklichen Marquis zurück. Während unserer ersten Reise nach Paris ein Jahr nach dem Krieg gingen wir in das Hotel. Die Notizen und der Koffer waren verlorengegangen, aber in demselben Gästebuch, obwohl sein Wachstuchumschlag vielleicht noch etwas lädierter war, fanden wir unsere Namen.

Eben während dieser ersten Reise mit Lidia nach Paris nach dem Krieg lernten wir Alexander Glasberg kennen. Pater Glasberg trug immer dieselbe Soutane mit Fettflecken. Er sah bereits schlecht und trug eine sehr dicke, fast gewölbte, runde Brille. In Vilnius ging er zuerst in eine jüdische Schule und ließ sich erst später – er sprach nie davon, wie es passiert ist –, wohl noch in Polen, taufen, aber das Priesterseminar muß er in Frankreich lange vor dem Krieg absolviert haben. Er war vielleicht zehn Jahre älter als ich. Er muß auch Herzprobleme gehabt haben, denn manchmal ging ihm der Atem aus.

Polnischer Botschafter in Paris war damals Skrzeszewski. Zusammen mit Pater Glasberg wurden wir zu den Skrzeszewskis zum Mittagessen eingeladen. »Sie sprechen Französisch genauso wie Polnisch, Pater«, sagte die Ehefrau des Botschafters beim Käse. »In welcher Sprache denken Sie?«

»In welcher Sprache?« antwortete Pater Glasberg, der damals wohl schon päpstlicher Prälat war und auf seiner fettigen Soutane ein rotes Bändchen hatte. »Natürlich in jiddisch.«

Pater Glasberg hatte die höchsten französischen Orden. Er war vom Anfang an in der Résistance. Seine Berufung war die Rettung von Menschen. Er rettete Juden aus den besetzten und den nicht besetzten Teilen Frankreichs und führte sie nach Spanien: vorher rettete er Spanier aus der Republikanischen Armee, die nach der Niederlage nach Frankreich geflohen waren und denen die Deportation drohte. Man erzählte sogar, daß er nach dem Krieg Deutsche, die untertauchen mußten, rettete.

Einmal brachte er mich und Lidia in ein Kinderferienlager bei Paris. Es gab dort Mädchen und Jungen, von fünf bis zwölf Jahren. Alle, Mädchen und Jungen, bekamen denselben Namen: Korczak. Peter Korczak und Isidor Korczak, Isa Korczak und Suse Korczak. Alle wurden Korczaks. Diese Kinder waren nach dem Pogrom in Kielce aus Polen hierhergebracht worden. In jener Zeit verließen über hunderttausend Juden – die den Krieg in sowjetischer Verbannung überlebt hatten und, nachdem sie zurückgekehrt waren, Friedhöfe mit zerbrochenen Grabsteinen, ausgebrannte Synagogen vorfanden und ihre Häuser, in die man sie nicht hineinlassen wollte – Polen durch die undichten Grenzen. Wie verlief das weitere Schicksal der knapp hundert Korczaks? Niemand hat sie auch nur mit einem Wort erwähnt.

Und noch eine letzte der Erfüllungen der zurückkehrenden Zeit. Im Jahre 1959 oder vielleicht 1960 fand in Paris unter der Schirmherrschaft der UNESCO eine Konferenz der Vertreter von Radiouniversitäten statt. Mit Universitätsprogrammen im polnischen Radio hatte ich – soweit es sie überhaupt gab – nicht viel zu tun, doch wie es eben bei uns war, ich war gerade zur Hand und konnte Französisch, also schickte man mich dorthin. Am Ende des Tisches bemerkte ich, daß mich jemand mit prüfendem Blick anschaute. Ich erkannte an der violetten Kappe und dem Gürtel, daß es ein Bischof sein müsse. Einen Augenblick später fiel er in meine Arme. Er hatte sich an mich aus der gemeinsamen Zeit im Dominikanerkloster erinnert. In der Città dei Vaticano leitete Monsignore Z. Programme der ökumenischen Universität.

OKKUPATIONEN

1.

Während der ersten zwei oder sogar drei Wochen in Lemberg[1] ging ich kaum aus dem Haus. Lange Zeit verließ ich nicht das Bett. Ich konnte ununterbrochen essen. Lidias Mutter oder das Dienstmädchen Pazia brachte mir morgens in einer Schüssel – denn ein Suppenteller reichte mir nicht aus – Klöße, Grießbrei oder Mehlgraupen mit Milch. In Lidias Zimmer war alles weiß: das Bett, die Wände, die Möbel, sogar die Bücherregale. Ausgerechnet in diesem weißen Zimmer, das seit ihrer Kindheit fast unverändert geblieben war, wurde mir bewußt, daß alles, was gewesen ist, nun ein für allemal vorbei war. Es lag kaum vier Wochen zurück, daß ich mich von Lidia in Kamień Dobosza verabschiedet hatte. In Kamień Dobosza hatten wir gemeinsam mit ihren Eltern den ganzen August verbracht. Es war wohl der idyllischste unserer gemeinsam verbrachten Monate. Frühmorgens brachte man uns auf einem Holztablett Himbeeren oder Walderdbeeren aufs Zimmer, Konfitüre auf kleinen Tellern, frisches selbstgebackenes und oft noch warmes Brot und Kaffee mit Sahne. Wir schafften es noch, in den letzten Augusttagen eine Fußwanderung nach Worochta auf die sonnenerwärmten Almen zu machen, auf denen wilde Kühe weideten, die Lidia immer erschreckten. Am ersten Nachmittag wurden wir zu-

1 Entsprechend dem Ribbentrop-Molotow-Pakt marschierte die Rote Armee am 17. September 1939 in Polen ein und besetzte die Ostteile des Landes mit den Städten Vilnius, Białystok und Lemberg. Die polnischen Soldaten, die sich dort befanden, da sie sich vor der deutschen Offensive zurückgezogen hatten, wurden interniert. Ein Teil der Bevölkerung (ungefähr 1,5 Millionen) wurde umgesiedelt und in Arbeitslager oder in entfernte Kolchosen in Asien gebracht.

rückgeschickt. Die Mobilisierung war bereits bekanntgegeben worden[2].

Auf dem Bahnhof in Kamień Dobosza, nicht weiter als einen Tag auf einem Wagen mit einem huzulischen Pferdchen von der rumänischen Grenze entfernt, nahm ich von Lidia Abschied – im »Auf Wiedersehen« steckt die so oft trügerische Sicherheit der Rückkehr. Die Frauen auf dem Bahnsteig, Mütter und Ehefrauen, weinten. Doch diese Szene, die knappe vier Monate zuvor stattgefunden hatte, verlagerte sich plötzlich in weit entfernte Vergangenheit, und vielleicht erinnere ich mich gar nicht an sie, sondern an irgendwelche Bilder aus Filmen über den Ersten Weltkrieg. Der Urlaub in Kamień Dobosza und unser Paris gehörten bereits einer anderen Zeit an. Zwar kam ich zu Lidia aus dem Krieg zurück, doch der Krieg sollte für uns erst beginnen. Paris kehrte auch zurück, doch es war das Paris ein Jahr später, im Quietschen und Rauschen der gestörten Kommuniqués der BBC, die verkündeten, daß die Deutschen soeben in die Stadt einmarschiert seien.

Ich war noch gar nicht richtig aus dem Haus, als Broniewski, Wat und einige andere Schriftsteller verhaftet wurden, nach einem provozierten Streit bei einem Abendessen, zu dem sie zusammen mit einem Gast aus Moskau von Daszewski eingeladen worden waren. In jenen ersten Wochen besuchte uns Herling-Grudziński mit Krysia Boniatowska. Der Weg nach Rumänien schien bereits versperrt, doch Litauen war noch frei und der Weg nach Grodno und Vilnius noch immer offen. Diesen Weg gingen damals Gustaw und Krystyna. Gustaw wurde einige Monate später ein paar Meilen hinter Grodno gefaßt. Lidia und ihre Eltern hatten noch vor meiner Ankunft Besuch von meinem Vetter Kazik Kott bekommen. In Warschau gehörte er

2 Die allgemeine Mobilisierung wurde am 31. August 1939 bekanntgegeben.

gleich nach der Kapitulation (vielleicht hatte er sie auch selbst mitorganisiert) zur ersten militärischen Konspiration. Er wurde während einer Aktion gefangengenommen und in der Szucha-Allee[3] festgesetzt. Er sprang aus der Zelle auf den Kopf des Wärters und floh. In ganz Warschau hingen in der kurzen Zeit, als ich dort war, immer noch Plakate mit einem Photo von Kazik, in Polnisch und Deutsch, die einen Preis auf seinen Kopf versprachen. Er sollte wieder zu Lidia kommen, ist dort aber nicht aufgetaucht. (Bereits nach meiner Ankunft in Lemberg erreichten uns dunkle und nie geprüfte Nachrichten über Anschläge auf Transporte, die ins Generalgouvernement gingen.) Er soll gefangengenommen worden sein, aber man wußte nicht, ob er an Ort und Stelle getötet oder abtransportiert wurde.

Bevor ich richtig auszugehen begann, wurden wir oft von Mieczysław Jastrun besucht. Er erzählte von den Versammlungen der gerade organisierten *Profspilka*, des Schriftstellerverbandes der Westukraine. Sie fanden in der Kopernikusstraße im ehemaligen Palais des Grafen Bielski statt. Es gab dort von Anfang an drei Sektionen: die ukrainische, die polnische und die jüdische. Jede tagte für sich allein, aber die Kandidaten wurden nach demselben Protokoll aufgenommen, das sehr an das Verhör eines Angeklagten erinnerte. Mieczysław nannte sie »Schlammbäder«. Die Aufnahme in die *Profspilka* versprach Deputate für Lebensmittel und, was am wichtigsten war, für Kohle sowie vor allem eine Wohnungszuweisung. Doch man bezahlte dafür mit dem Anhören der hinterhältigsten Fragen und mit einer »ehrlichen Selbstkritik«. In der jüdischen Sektion wurden diese Verhöre zur düstersten Farce. Als Z. aufgehört hatte, von seinem Leben im unaufhörlichen Elend zu erzählen, schrie jemand aus dem Saal: »Du hast aber nicht gesagt, daß dein Vater

3 Hauptsitz der Gestapo in Warschau.

einen Laden hatte!« Der arme Delinquent wurde zuerst bleich, dann rot und schrie mit Genugtuung zurück: »Er hatte zwar einen Laden, hat aber Pleite gemacht!«

Die Aufnahme in die polnische Sektion war bösartiger. Der Hauptinquisitor war die mit verkniffenem Mund in der Kommission hinter dem Tisch sitzende Elżbieta Szemplińska; es schien, als ob sie alle haßte. Polnische Schicksale sind beinahe immer verworren, doch die Schlingen, die die Szemplińska umschnürten, waren ebenso erschreckend wie abstoßend. Ich erinnere mich noch an sie von einem frühen Morgen nach einer durchzechten Nacht, als wir plötzlich den Entschluß faßten, einen Ausflug aufs Land zu machen. »Zum ersten Mal«, sagte Elżbieta damals, »sehen wir uns alle im Tageslicht.« Sie hatte flaumiges, leicht rötliches Haar, wohl schon einen verkniffenen Mund und gerade einen Gedichtband mit bitterer, aber für diese Zeit sehr mutiger Erotik veröffentlicht. Einen Tag vor dem Einmarsch der Deutschen in Lemberg floh sie auf einem Motorrad zusammen mit ihrem schrecklichen Ehemann, den Jastrun »Pedro« nannte, und mit ihrem einige Monate alten Kind. Tief in Rußland sollen sie ein schreckliches Schicksal erlitten haben, und das Kind starb vor Hunger. Sie kamen 1944 mit der I. Armee nach Polen zurück und fuhren bald als Diplomaten nach Luxemburg. Ein paar Monate später nahmen sie irgendwelche Dokumente und Valuta aus dem Safe mit – vielleicht beschuldigte man sie auch nur deswegen – und flohen. Sie lebten lange ohne Papiere, nachdem ihre Pässe ungültig geworden waren, und irrten heimatlos und hungernd umher. Schließlich landeten sie in Casablanca. Szempliński soll dort angeblich eine antisowjetische Tätigkeit aufgenommen haben. Er wurde auf ein Schiff gelockt, und seitdem hat man nichts mehr von ihm gehört. Elżbieta kam später nach Madrid. Gemeinsam mit Łobodowski sendete sie von dort polnische Radiosendungen. Später, wohl nach Francos Tod, hörte das auf. Wieder vergingen Jahre. Die Szemplińska wurde angeblich melancholisch, schrieb an Putrament, daß sie zurückkehren wolle. Putrament holte sie zurück, das war schon in den sechziger Jahren. Sie wohnte in einem kleinen Zimmerchen ganz oben im Haus der Literaten in der Krakowskie Przedmieście. Einmal sah ich sie auf der Treppe. Ich erkannte sie nicht wieder: eine kleine, ausgetrocknete Greisin, damals angeblich schon halb wahnsinnig. Eine von den düstersten polnischen Kriegsgeschichten, die die Tragödie streift. Und eines der großen Kapitel der Erzählung über das Schicksal der Emigranten aus Mitteleuropa, die ergreifende *Education européenne*, die nie geschrieben wurde.

Als ich meine Kriegserzählung bei dieser Aufnahme in die *Profspilka* beendet hatte, fragte die Szemplińska mit verbissenem Gesichtsausdruck, warum ich denn nicht meine Freude über den Fall des »Herrenpolen« und die Befreiung der Westukraine zum Ausdruck gebracht hätte. Das »Herrenpolen« wurde damals bei jeder Rede wie ein kanonischer Ausdruck wiederholt, mindestens ein paarmal in jeder Ausgabe auf den ersten Seiten des *Czerwany Sztandas* (Rotes Banner). Ich antwortete damals unter Gemurre des Publikums, daß ich mich nicht über die Befreiung von Lemberg freuen könnte, wenn Warschau sich noch in deutscher Gefangenschaft befände. Szemplińska nahm meine Antwort säuerlich an, aber ich wurde in die *Profspilka* aufgenommen und brachte irgendein Deputat mit nach Hause.

Dieser neue Verband und das ganze Palais in der Kopernikusstraße wurden von einem aus Kiew geschickten Ukrainer namens Petro Pantsch geleitet. Er war groß und hatte elegante Manieren. Unten in der Eingangshalle der *Profspilka* konnte man Tee trinken, manchmal gab es auch belegte Brote mit Tschatka, sibirischen Krabben. Auf den Tischen lagen Schachbretter. Stundenlang und am besten von allen spielte dort Bruno Winawer. Pantsch ging immer eifrig, mindestens zweimal täglich um die Tische. »Winawer«, sagte er einmal, »es ist gut, daß Ihr Schach spielt, aber schlecht, daß Ihr viele Gesichter habt. Ich habe gehört, daß Ihr Romane, Komödien und Traktate über die Wissenschaft schreibt. Das ist schlecht: Ein Schriftsteller sollte nur ein Gesicht haben. Nehmen Sie sich ein Beispiel an mir. Ich schreibe nur Kinderbücher.«

Schon in den ersten Wochen der Besatzung in Lemberg, noch bevor ich kam, hatten die Registrierungen begonnen. Die Registrierung der Offiziere, die Registrierung der Förster, die Registrierung derjenigen, die zurück über den Grenzfluß Bug wollten. Sogar viele Juden ließen sich für die Rückkehr registrieren. Die Zukunft war unsicher und unvorhersehbar, hier und auf der anderen Seite. Und auf der anderen Seite befanden sich oft die Familie und die Nächsten. Die Juden im Generalgouvernement mußten bereits Armbinden mit dem Davidstern tragen, doch die Ghettos waren noch nicht geschlossen, und keiner konnte die »Endlösung« voraussehen. Nur Lidias Vater sah das Schlimmste kommen. Anfang 1940 siedelten Maria Dąbrowska und Stanisław Stempowski über Przemyśl ins Generalgouvernement über. Wir besuchten sie mit Lidia bei den Blumenfelds vor ihrer Abreise. Damals ging auch Winawer auf die andere Seite. Einige Monate später wurde er von den Deutschen erschossen. Auch Leon Grunwald, der Onkel von Lidias Mutter, meldete sich für die Rückkehr an, ein ehemaliger Legionist, der sich weiterhin kerzengerade hielt und ein Monokel trug. Ihm drohte natürlich ein Abtransport durch die Sowjets. Vater versteckte ihn bei uns oben in einem kleinen Zimmer und riet ihm von der Abreise ab. Doch Onkel Leon fuhr weg und wurde in Krakau, wo ihn alle kannten, von den Deutschen erschossen.

Aus unserem Haus wurde Muta, eine Cousine von Lidia, abtransportiert. Sie hatte sich für die Rückkehr angemeldet, schaffte es aber nicht, rechtzeitig abzureisen, und wurde nach Nordsibirien, nahe dem Polarkreis gebracht. Lidias Mutter schickte ihr bis zum Schluß Pakete mit Graupen, Mehl und Zucker. Roman Karst hatte sich für das Dableiben registrieren lassen, wurde aber ebenfalls abtransportiert und hackte ebenfalls Holz während des Polarwinters. Lidias Vater riet mir, mich nicht registrieren zu lassen. Als Mitglied der *Profspilka* befand ich mich auf der Liste der Schriftsteller und dachte, ich wäre vom Abtransport nicht bedroht. Übrigens mußten sich alle *Bieschentsi*, wie man die Flüchtlinge auf Russisch allgemein nannte, registrieren lassen. Alle hatten Angst, und alle meldeten sich. Es hing eine Furcht in der Luft, von der langsam alle angesteckt wurden, und die Überzeugung vom Allwissen und der Allanwesenheit des NKWD. Wir wurden übrigens von Ukrainern bewacht, die sich innerhalb eines Augenblicks von Nationalisten in die eifrigsten Kommunisten verwandelt hatten.

Mich holten sie während des zweiten, vielleicht auch dritten Massenabtransports. Um zwei Uhr morgens, ein Korporal und ein einfacher Soldat. Sie fragten nach mir und befahlen zu packen. Sie waren, im Gegensatz zu den Deutschen in ähnlichen Situationen, leise und auf ihre Art menschlich. Als Lidias Mutter weinte, trösteten sie sie, daß der Sohn zurückkommen werde, und wenn nicht, so sei »die Heimat groß, und die Leute lebten überall«. »Sie werden«, sagten sie zu Lidia, »einen anderen Ehemann finden und Ihr Ehemann eine andere Frau.« Der Abtransport ans andere Ende des Landes hinter den Polarkreis oder in die Steppen Kasachstans war für diese beiden Sowjets etwas vollkommen Normales, Gewöhnliches und überhaupt nicht Grauenvolles. Doch beide, sowohl der Korporal als auch der einfache Soldat, der, wie sich herausstellte, direkt hinter dem Ural zu Hause war, halfen Lidia dabei, meine Sachen zu packen, und kümmerten sich darum, daß ich auch Seife und warme Unterhosen zum Wechseln mitnähme. Und daß ich die Wolldecke nicht vergäße.

Auf dem Bahnhof in Zamarstynowo war der Zug, der auf uns wartete, beinahe noch leer. Er war lang. Als ich den Bahnsteig entlangging, zählte ich zwanzig Waggons. Und dabei war ich noch gar nicht am Ende des Zuges angelangt. Innerhalb von ein oder zwei Stunden, noch vor Tagesanbruch, waren alle Waggons mit Menschen beladen. Überwiegend waren es junge Männer, aber es gab auch Frauen, sogar mit kleinen Kindern.

Boy-Żeleński wurde durch irgendeinen seltsamen Zufall in meinen Waggon gebracht. Ich kannte ihn nur vom Sehen; aus Warschau, von irgendwelchen öffentlichen Vorträgen, nur von weitem in überfüllten Sälen, und jetzt aus Lemberg, von einer Feier in einem Theater, wo er hinter dem roten Präsidiumstisch unter den Bildnissen von Lenin, Stalin und Mickiewicz gesessen hatte. Jetzt saß er mir gegenüber, unscheinbar geworden, gebückt, mit großen Tränensäcken unter den Augen in seinem rechteckigen Gesicht. Er sah wie ein Greis aus. Er war damals mindestens acht Jahre jünger als ich heute, da ich diese Seiten schreibe.

Schon während meiner Schulzeit verschlang ich alles, was er schrieb. Am besten erinnere ich mich an seine Artikel über die bewußte Mutterschaft. Ich las sie mit glühenden Wangen. Nach dem Erscheinen seiner *Verlobten* auf der ersten Seite der *Wiadomości* schickte ich einen fünfmal abgeschriebenen langen Brief an ihn (ich stand damals schon kurz vor dem Abitur), in dem ich schrieb, ich sei vollkommen mit ihm einverstanden und daß die Verlobten nicht den kirchlichen Segen abwarten, sondern sofort und gleich eine kameradschaftliche Ehe schließen sollten. Boy antwortete mir umgehend auf einer Karte mit seinem Photo auf der Rückseite, er danke mir für meinen Brief und meine Unterstützung, doch mit der kameradschaftlichen Ehe sollte ich noch ein paar Jahre warten. Boy war einer der Klassiker der rationalistischen Vorkriegstradition, an die wir trotz der bourgeoisen Belastungen in unserer Łódźer *Kuźnica* anknüpfen wollten. Ich wurde Boys Fortsetzer genannt, als ich meine Theaterkritiken *Wie es euch gefällt* zu veröffentlichen begann. Tymon Terlecki nannte mich damals »Boykott«. Boys *Wörtchen* veröffentlichte ich in den frühen fünfziger Jahren mit einem enthusiastischen Vorwort. Viele dieser *Wörtchen* kannte ich auswendig. Jetzt saßen wir uns gegenüber, in diesem Zug der Flüchtlinge, die nach Osten abtransportiert werden sollten.

Boy schwieg die ganze Zeit. Es muß wohl schon sieben gewesen sein, denn es wurde ganz hell, als Wanda Wasilewska über den Bahnsteig eilte, begleitet von zwei Sowjets, die wie Weihnachtsbäume mit Orden behangen waren. Sie suchte jemanden. Es stellte sich heraus, daß sie Boy suchte. Jemand hatte es geschafft, sie zu benachrichtigen, daß Boy in Zamarstynowo beim Abtransport sei. Sie zog Boy aus dem Waggon und mich zusammen mit ihm. Und außerdem noch zwei Maler, die ich nicht kannte. Als ich die Kadeckastraße zurückging, stand Lidia auf dem Balkon. Ich winkte ihr von weitem mit der gelben Wolldecke. Seltsam sind manchmal die Geschichten von Dingen. Manchmal besitzen sie eine erstaunliche Dauerhaftigkeit. Als ob sie ihre außermenschliche Unsterblichkeit hätten. Diese gelbe, warme und immer kuschelige Decke überdauerte den ganzen Krieg und beide Besatzungen. Lidias Eltern müssen sie schon in Berdechów gehabt haben, wenn sie sie dann bis zum Schluß in ihrem Haus in Wrocław hatten.

Die Wasilewska hatte in jenem Winter und Frühjahr der Massenabtransporte einige zehn Menschen gerettet. Schriftsteller und Schauspieler. Und dann noch ein- oder zweimal eine Familie mit Kleinkindern. Ich hatte sie vor dem Krieg nicht gekannt. Oder ich kannte sie nur von Photos in *Sygnały* (Signale) oder

Oblicza Dnia (Antlitz des Tages) und den Angriffen der nationalistischen und nationaldemokratischen Presse auf die »kommunistische Vorhut« in *Płomyk* (Die Flamme) oder sogar in *Płomyczek* (Das Flämmchen) für Vorschulkinder. Ich versuchte ihre Romane zu lesen. Sie erschienen mir wie eine schlechtere Rodziewiczówna, fahl und sentimental. Nur, daß sie rot war. In Lemberg war die Wasilewska von Anfang an die Wichtigste. Zumindest unter den polnischen Kommunisten. Damals war sie noch keine Lemberger Deputierte im Kiewer Sowjet, denn das muß erst nach den »Wahlen« gewesen sein, aber man erzählte sich bereits, daß Stalin ihren Roman *Die Erde unter dem Joch* gelobt habe. Sie redigierte *Nowe Widnokręgi*, das die literarische und politische Monatszeitschrift der polnischen Schriftsteller und Gelehrten werden sollte. In der ersten oder zweiten Nummer erschien dort eine große Skizze Boys über Balzac.

Einige Monate nach unserer Befreiung aus dem Transportzug wurde Wasilewskas Ehemann Bogatko frühmorgens in ihrer Wohnung erschossen. Angeblich soll er sehr hoch in der kommunistischen Hierarchie gestanden haben. Wohl noch vor der Auflösung der Partei. Die Mörder wurden nie entdeckt. Man sprach sehr unterschiedlich darüber.

Am dritten Tag nach dem Überfall Hitlers auf Rußland, als sich die Deutschen bereits Lemberg näherten, erschien die Wasilewska plötzlich bei einer zusammengerufenen Massenveranstaltung im Palais in der Kopernikusstraße. Sie trug eine Uniform und fuchtelte mit einem Gewehr herum. »Niemand wird evakuiert, wir werden Lemberg bis zum Schluß verteidigen.« Wanda war sehr polnisch. Am nächsten Tag früh fuhr sie mit allen Lemberger Oberen direkt nach Kiew. Wohl am gleichen Tag schlug eine Bombe in der Straße neben dem Palais Kopernikusstraße ein und tötete Franek Parecki, der in alten Zeiten im »S«-

Klub im Baryczko-Haus in der Altstadt erschien, in Begleitung seiner wunderschönen Frau mit ihren unglaublich durchsichtigen Augen im kalten Gesicht. Von beiden wurde gesagt, sie seien gefährlich. Mit ihnen wurde Aleksander Hawryluk von derselben Bombe getötet, ein ehemaliger Gefangener von Bereza Kartuska[4]. Er war dort zusammen mit Leon Pasternak. Hawryluk war der menschlichste aller ukrainischen Kommunisten, es gab keine Verbitterung und keinen Haß in ihm. Er war einer der wenigen, der die Flüchtlinge aus dem »Herrenpolen« nicht nur verstand, sondern auch Mitleid mit ihnen empfand. Er war wohl ein guter Dichter, sehr in der polnischen postromantischen Tradition verankert. Irgendwelche Gedichte von ihm über den Rauch aus hungrigen Hirtenfeuern auf einem Stoppelfeld poltern in meinem Kopf herum. Eben diese »hungrigen Hirtenfeuer« habe ich mir gemerkt.

In diesem Reigen der Toten, zu dem diese Seiten unvermeidlich werden, vermischen und verflechten sich verschiedene Zeiten miteinander, denn die Toten leben gleichzeitig in vielen Zeiten. Noch in der ersten Woche nach dem Einmarsch der Deutschen in Lemberg wurde Boy-Żeleński zusammen mit vierundzwanzig anderen Professoren erschossen. Unter ihnen waren Freunde von Lidias Vater: Professor Stożek mit zwei Söhnen, Longchamp ebenfalls mit zwei Söhnen. Sie wurden im Morgengrauen erschossen, gleich nachdem sie aus ihren Häusern in Wólka Kadecka gezerrt worden waren, einige hundert Meter von unserem Haus entfernt. Noch am selben Tag befahl uns Vater, das Haus sofort zu verlassen. Wir kehrten nie mehr dorthin zurück.

In diesem ersten Kriegswinter begann ich zu arbeiten. Ich er-

4 Bereza Kartuska, Isolierungslager im östlichen Polen für politische Gefangene 1934–1939.

innere mich nur nicht mehr, ob bevor oder nachdem mich die Wasilewska vor dem Abtransport bewahrt hatte. Mit der ganzen Gruppe, es waren hauptsächlich Warschauer, ordneten wir das durcheinandergeratene Gerichtsarchiv im alten Jesuitengebäude neu. Jeden Morgen verbrannten wir einen größeren Teil der uns genau zugemessenen Papiere, um uns ein wenig aufzuwärmen und irgendwie die Norm zu schaffen. Zur Arbeit kam ich mit einem dicken grauen Pullover, der über die Knie ging, und einer breiten grünen Hose aus dickem Flanell, die Vater manchmal im Garten trug. Zu Hause nannte man diese Kleidung, in der ich tatsächlich wie aus dem Zirkus entlaufen aussah, »dummer Bill«.

Später, wohl schon im späten Frühjahr, wurde ich *Pombuch* (Hilfsbuchhalter) beim *Nazmenisdat*, dem *Isdatielstwo* (Verlagshaus) für nationale Minderheiten: die jüdische und die polnische. *Glawbuch*, der Hauptbuchhalter, war in der sowjetischen Bürokratie eine wichtige Figur, in großen Betrieben gehörte er zur Nomenklatura, von ihm hing es ab, ob der Plan, also auch die Prämien und Orden, für übererfüllt anerkannt wurden. Der *Pombuch* war natürlich ein Nichts. Wenn ich nach Hause zurückkehrte, begrüßte mich Lidia immer mit dem Kindergedichtchen: »Glawbuch und Pombuch lebten in einem Haus, / der Glawbuch war ruhig, störte keinen, / der Pombuch beging die wildesten Tollheiten...«[5] Tatsächlich, einmal, am Vortag eines Feiertages, zahlte ich allen Angestellten Vorschüsse für den Zweiwochenlohn aus, und jeder unterschrieb die Summe, die er erhalten hatte, auf einem riesigen Blatt Papier mit seinem Namen. Unten auf dem Papier war ein Stempel. Ich weiß nicht, wie es passierte, jedenfalls verlor ich dieses Papier mit den Unterschriften und dem Stempel. Zu meinem Glück gaben alle die

5 Paraphrasierung eines bekannten polnischen Kindergedichts.

von ihnen empfangenen Summen an. Aber ich hörte auf, als *Pombuch* zu arbeiten.

Ich wurde Korrektor im gleichen Verlag. Es war kein Aufstieg, und ich bekam weniger Geld, aber die Beschäftigung war ruhig und scheinbar sicher. Die Namen von Lenin und Stalin durften nie getrennt und von einer Zeile in die andere übertragen werden. Einmal hatte eine meiner unglücklichen Kolleginnen in den Spalten einen Stalin durchgelassen, der als zweiten Buchstaben ein »r« hatte[6]; sie wurde wegen Sabotage angeklagt. Stundenlang wurde sie von speziellen Kommissionen gequält, und es gelang nur mit größter Mühe, sie zu retten. Doch als im *Czerwony Sztandar* (Rotes Banner) zur größten Freude aller plötzlich zu lesen war: »G. B. Shaw, der größte Spötter des Jahrhunderts, nannte Stalin den größten Staatsmann des 20. Jahrhunderts«, hat vor lauter Angst niemand auch nur gestottert. Lidias Vater nannte die Sowjets nach Kiplings *Dschungelbuch* »Bandarologen«.

Direktor des *Nazmenisdat*, jedenfalls der polnischen Sektion, war Adam Bromberg. Ich kannte ihn noch aus den dreißiger Jahren, als er Gehilfe in der Hoesick-Buchhandlung in der Senatorskastraße hinter dem Theaterplatz war. Ich wohnte damals bei meinen Großeltern ebenfalls in der Senatorska, doch auf der anderen Seite, Ecke Miodowa. Bromberg war sehr mager und sehr groß, kannte alle Bücher aus dem Kopf, die es in der Buchhandlung gab, er fand sie sofort und holte sie mühelos sogar von den höchsten Regalfächern herunter, wobei er sich nur auf einen niedrigen Schemel stellte. Es schien auch, als ob er alle Bücher kannte, sogar solche, die es in der Buchhandlung nicht gab. Die Buchhandlung und der Verlag wurden von Steinsberg gelei-

6 Das Wort »srać« bedeutet auf polnisch »scheißen«. Also würde »Sralin« »Scheißer« heißen.

tet – vielleicht gehörten sie ihm auch. Neben den Mortkowiczs war er der Hauptverleger der Dichter. Natürlich gegen Bezahlung. Wenn auch niedrige. Vielleicht hatte uns Bromberg, mit dem ich im Laden manchmal lange Gespräche über die Avantgarde und die Revolution führte, dazu überredet, jedenfalls gaben wir gerade dort die ersten Bände der *Bibliothek des Künstlerklubs »S«*, wie es großmäulig hieß, heraus. Am Anfang einen gemeinsamen Band unter dem gleichen Titel *»S«* mit Gedichten von Matuszewski, Pietrzak und mir. Meine hatte ich teilweise noch in der Schule geschrieben, aber wir studierten bereits im zweiten Jahr Jura. Zwei Jahre später erschienen dort, ebenfalls für wenig Geld, für das die »Subskribenten« zusammengelegt hatten, meine *Doppelte Welt* und Pietrzaks *Räuberisches Gesetz*.

Auf diese Weise nahm dieser ziemlich ungewöhnliche Gehilfe aus der Hoesick-Buchhandlung, der voll erstaunlichen Wissens und sehr ungewöhnlicher Ideen war, an der Veröffentlichung meines ersten Buches teil. Ich vermutete damals nicht, daß er noch einmal mein literarisches Schicksal beeinflussen würde. Sogar mein Schicksal. Bromberg konnte sich gut an mich erinnern und nahm mich in den *Nazmenwydaw* auf, wie es offiziell auf ukrainisch hieß. Nach dem Einmarsch der Deutschen in Lemberg erfuhr ich, daß er die Stadt am letzten Tag zu Fuß verlassen hatte. Jahrelang habe ich dann nichts mehr von ihm gehört. Ich wußte nicht einmal, ob er noch lebte.

Im Juli oder August 1946, es war der erste Nachkriegsurlaub, ich sonnte mich am Strand in Sopot. Plötzlich wurde ich von einem großen Schatten bedeckt. Bromberg stand vor mir. Er war noch dünner als früher, dafür trug er eine großartige Uniform. Mir schien, ich träumte. Doch es war tatsächlich Bromberg in der Galauniform eines Konteradmirals. Die Bänder, Borten und Tressen reichten ihm bis zu den Schultern.

»Ich suche dich an der ganzen Küste«, sagte er. »Ich wollte dich fragen, ob du Kriegsmarinekapitän werden möchtest.«

Wieder schien mir, ich träumte. Doch Traum oder nicht Traum, ich fragte:

»Soll ich über ein Schiff befehlen?«

Bromberg antwortete vollkommen ernst:

»Nein. Du bekommst nur ein Motorboot mit einem Bootsmann und drei Matrosen. Du wirst mein Vertreter sein. Ich trage die Verantwortung für die politischen Ausbildungsoffiziere bei der Verwaltung in Gdynia. Wir haben einen Seeverlag gegründet.«

Ich schaute erneut auf Brombergs Tressen und Borten.

»Hör mal«, fragte ich, plötzlich den Verstand zurückgewinnend, »wie weit wird bei mir das Silber gehen?«

Der Konteradmiral Bromberg zeigte von den Manschetten bis zum Ellbogen. Und fügte hinzu:

»Und am Kragen.«

Ich dachte mir, daß eine Revolution, der Zweite Weltkrieg, zwei Besatzungen und die Zerstörung von halb Europa notwendig waren, damit man mir, der ich in einer auf Marken gekauften Badehose im Sand lag, vorschlagen konnte, ab morgen Marinekapitän zu werden. Vielleicht hätte ich mich auch einverstanden erklärt, weil ich wußte, daß ich ein solches Angebot kein zweites Mal in meinem Leben bekommen würde, aber ich zweifelte nicht daran, daß Lidia es mir nie verzeihen würde. Doch später tat es mir manchmal leid, daß ich den Vorschlag nicht angenommen hatte.

Bromberg hörte bald auf, Konteradmiral zu sein. Er wurde Hauptredakteur des Staatlichen Wissenschaftlichen Verlages *PWN*. Er entpuppte sich als ein ausgezeichneter Verleger. Unter seinem Direktorat begann der *PWN* mit dem Druck der Bibliothek der Klassiker der Philosophie und der Enzyklopädie. Die

Kleine erschien im Oktobertauwetter 1956; in der Großen, dreizehnbändigen, wirkte sich die Zensur in jedem folgenden Band immer zerstörerischer aus. In der zweiten Ausgabe der Kleinen Enzyklopädie, in den letzten Jahren der Herrschaft von Gomułka, sind dann nicht nur die großen Emigranten verschwunden (Czesław Miłosz wurde durch Miłosz Obrenowicz ersetzt), sondern sogar Andrzejewski, Jasienica und Turowicz. In der Großen (die Bände bis S waren noch in der »guten« Zeit erschienen) und in der ersten Kleinen stehe ich noch drin, aber in der zweiten Ausgabe der Kleinen bin ich bereits verschwunden, und an meiner Stelle gibt es, wohl um aus Sparsamkeit die Spalte nicht zu brechen, zwei neue Stichworte: »Hauskatze« und »Wildkatze« (Kot heißt auf polnisch Katze, A. d. Ü.). In dieser verstümmelten Neuauflage der Kleinen Enzyklopädie war auch, wie Lidia es als erste bemerkte, »Schinken« verschwunden. Die marxistischen Zensoren entpuppten sich unerwartet als Nominalisten.

Nach dem März 1968 wurden im »Zionistenpogrom« Bromberg und alle »Enzyklopädisten« aus dem Staatlichen Wissenschaftlichen Verlag entlassen. Kurze Zeit später stieg Bromberg zusammen mit anderen »Juden«, nachdem sie gezwungen worden waren, die polnische Staatsbürgerschaft aufzugeben, am Gdański-Bahnhof in einen Zug und fuhr nach Wien. Er ließ sich dann in Schweden nieder, wo er – unermüdlich und unbesiegbar – einen eigenen Verlag gründete. Er veröffentlichte als erster Miłosz auf schwedisch, noch lange vor dem Nobelpreis. Ich verdanke Bromberg ebenfalls einen meiner ersten »Auftritte« in der Welt. Er schlug mir – damals war er noch Direktor des PWN – die Veröffentlichung meines *Shakespeare heute* auf Englisch vor. Das war ein Jahr nach der polnischen Ausgabe. Diese Idee schien mir eher verrückt, als daß sie unerwartet kam. Bromberg bestellte die englische Übersetzung bei Bolesław Taborski. Und bezahlte für diese Übersetzung in Valuta. Er hatte nicht nur die Vorstellungskraft eines großen Verlegers, sondern auch einen Sinn für das Geschäft. Die englische Ausgabe meines *Shakespeare heute* bei Methuen wurde von den polnischen Matrizen gedruckt. Gegen Valuta.

Im zweiten Kriegswinter, vielleicht war es auch erst im Frühjahr 1941, begann man, massenhaft Ausgaben von ukrainischen Dichtern vorzubereiten, alten und neuen, in polnischer Übersetzung. Redakteure waren Adam Ważyk und Mieczysław Jastrun. Mieczysław verteilte die Gedichte unter seinen Freunden, auch ich bekam meinen Anteil. Zum Übersetzen gab es ganze Seiten von Dichtungen und Gedichten von Tytschina und Sosjura, Bashan und Maxim Rylski. Es wurde ausgezeichnet bezahlt, pro Zeile. Damals wurden gerade nach Lemberg tiefgefrorene Bjeluga-Fische geliefert. Sie waren groß wie ein Elefant, ihr Fleisch schmeckte wie Putenfleisch. Für vier Zeilen Sosjura oder Rylski konnte man im »Univermag« zwei Pfund der besten Bjeluga bekommen. Am meisten lohnte sich natürlich die Übersetzung von Gedichten, die nach Majakowskis Beispiel wie Treppchen geschrieben waren. Aber leider gab es meistens nur traditionelle und gereimte Gedichte. Dafür gab es ihrer viele. Mieczysław verteilte sie meterweise. Schon an der Türschwelle rief er: »An die Gedichte! An die Gedichte! Ich habe einen halben Meter Bashan und anderthalb von Sosjura!« Lidia begann, im Akkord wunderbar zu übersetzen. Die gereimten Gedichte übersetzte sie besser als ich und viel schneller. Sie übersetzte sogar das große Poem von Taras Schewtschenko. Mieczysław konnte sie nicht genug loben.

Im zweiten Kriegsjahr begann ich, wieder an die Doktorarbeit zu denken. Natürlich über französische Literatur. Von Shakespeare träumte ich damals nicht einmal. Meine Notizen waren in dem Pariser Hotel am Place Dauphine zusammen mit den

Büchern und Lidias Pelzmantel geblieben. Ich hatte vorgehabt, über Apollinaire als Verleger des Marquis de Sade und der großen Renaissancepornographen zu schreiben. Schon damals, an der traditionellen Vorkriegs-Sorbonne, erschien eine solche Doktorthese riskant. Es konnte keine Rede davon sein, sie im sowjetischen Lemberg fortzusetzen. Aber an der Lemberger Universität, die sehr schnell zur Iwan-Franko-Universität[7] umbenannt wurde, gab man Wettbewerbsprüfungen für Aspiranturen bekannt. Die Aspiranturen waren in jenem System Doktorandenstudien mit hohen Stipendien. Es gab eine solche Aspirantur auch für Romanistik. Boy-Żeleński hatte dort bereits mit den Vorlesungen angefangen. Sie sollen zwar sehr langweilig gewesen sein, aber ich träumte trotzdem davon, sein Schüler zu werden und bei ihm meine neue Doktorarbeit zu schreiben. Zygmunt Czerny war der Dekan. Er war berühmt für seine Rigorosität und die peinliche Beachtung aller Vorschriften, ob alt oder neu, sogar an dieser Universität, die gewaltsam nach sowjetischem Muster umgewandelt worden war und einen ukrainischen Rektor, Martschenko, hatte; dieser war, wie im *Roten Banner* geschrieben stand, »auf eigene Bitte hin« nominiert worden. Mit Czerny freundete ich mich erst viele Jahre später an, nach meiner Łódźer Doktorarbeit, aber schon damals erzählte er mir am Ende unseres ersten Gesprächs, daß man in den Dolomiten in sehr weichen Schuhen klettere, da der Felsen brüchig sei, und lange, nadelscharfe Haken benutze. Er war begeisterter Alpinist und muß Sehnsucht nach den Bergen gehabt haben. Diese Sehnsucht lernte auch ich viele Jahre später kennen.

Es gab eine Prüfung in Literatur, in beiden Grammatiken – der beschreibenden und der historischen – und in Marxismus-Leninismus. Vor der Literaturgeschichtsprüfung hatte ich keine

7 Iwan Franko, ukrainischer Schriftsteller (1856–1916)

Angst, obwohl ich Villon und Racine hauptsächlich aus Boys Übersetzungen kannte, aber ich wiederholte, soweit es ging (was ich nur konnte), alles nach Lanson und Thibaudet. Dafür lernte ich mühevoll, zum erstenmal seit dem Abitur, die Grammatiken. Beim »Marxismus«, so schien mir, müßte ich ihnen imponieren: Das *Manifest* hatte ich mit glühenden Wangen in der Schule, im Jahre der ersten kommunistischen Verführungen, gelesen, und dann, schon beim Studium, wohl zusammen mit Stefan, das erste Kapitel des *Kapitals*; das zweite habe ich nicht mehr geschafft, und dann Lenins *Staat und Revolution*. Aber die Marxismus-Leninismus-Prüfung war etwas vollkommen anderes, als ich es mir vorgestellt hatte. Es war einfach eine Prüfung im *Kurzen Lehrgang der KPdSU(B)*[8]. Man mußte es auswendig können. Vor allem den »vierten Kopf«. Es war das vierte Kapitel über die Dialektik, geschrieben von Stalin selbst. Anders als auswendig hat man es sowieso nicht lernen können. Lidia hörte mich ab wie beim Einmaleins. Aber eben diese »Marxismus«-Prüfung bestand ich nicht. In Literatur und Grammatik verlief die Prüfung natürlich auf französisch, im Marxismus aber – auf ukrainisch. Ich verstand die Fragen nicht, verwechselte die Konterrevolution mit Interventionen oder umgekehrt, Denikin mit Petlura, und bekam die Aspirantur nicht.

Gerade zu jener Zeit, wohl im gleichen Frühjahr, kam Helena Usijewicz aus Moskau nach Lemberg, vielleicht sogar zusammen mit Zofia Dzierżyńska, doch dessen bin ich mir nicht mehr sicher. Die Usijewicz war die Tochter von Feliks Kon.

8 *Kurzer Lehrgang der Geschichte der Kommunistischen Partei der Sowjetunion (Bolschewiki)* – die einfachste, populäre Interpretation des Marxismus-Leninismus, angepaßt an die stalinistische Politik, Pflichtlektüre in allen Schulen usw.

Kon, der, glaube ich, noch dem I. Proletariat[9] angehörte, war eine legendäre Figur. Und wohl deshalb entging seine Tochter den Säuberungen und der Vernichtung der polnischen Partei. Sie war schlank, grauhaarig, mindestens zwanzig Jahre älter als ich und sprach ein reines Polnisch, jedoch mit deutlichem Akzent. Sie wußte von den Prozessen, wenn nicht alles, dann doch sehr viel. Aus dem Kreis von Feliks und ihrem Kreis, dem polnischen und russischen, wurden fast alle hingerichtet oder verschwanden für Jahre, manche für immer, in Gefängnissen und Lagern. Aber Helena Usijewicz erzählte kein Wort darüber. Sie kam übrigens, um uns über unsere Meinung zu fragen, was kommen würde. Sie war angeblich sehr hoch oben beim NKWD und kam uns vielleicht deshalb so liberal vor. Sie fragte nach unseren Hoffnungen; vielleicht hatte die Tochter von Feliks Kon irgendwo in tief versteckten Winkeln ihres Herzens ebenfalls die Hoffnung, daß es anders werden möge. »Wenn nur Warschau...«, sagte sie einmal, doch sie sprach es nicht zu Ende. Im Kreml sprach man anscheinend schon leise darüber, daß es Krieg mit Deutschland geben werde.

Damals kam nach Lemberg auch Professor Tschernobajew aus Leningrad zu den Mickiewicz-Feiern, ein ausgezeichneter Slawist, der wohl sein ganzes Leben Rußland nicht verlassen hatte. Lemberg, das schon sehr zerstört war, kam ihm wie eine sehr gut versorgte, blühende europäische Stadt vor. Lidia ging mit ihm, warme Socken und eine Uhr zu kaufen. Tschernobajew war ein sehr weicher Mensch, mit großem persönlichem Charme. Er sprach ehrlich mit uns. Doch als wir äußerten, daß es nach dem Krieg Polen wieder geben werde, schaute er uns wie Irrsinnige an.

9 Das I. Proletariat war eine von Ludwik Waryński 1882 gegründete revolutionäre Partei.

Das Haus war voller Gäste. Abends oder nachmittags zum Tee kam immer jemand zu den Eltern oder zu uns. Nicht nur von jener Seite wie Tschernobajew, sondern auch aus nahe gelegenen Orten. Im ersten Kriegswinter und -frühjahr schaute Artur Rzeczyca oft zu uns herein, klein, schwarz und so zartgliedrig, daß er fast nicht zu existieren schien. Ich kannte keines seiner Gedichte außer einem oder zweien, die in der Lubliner *Kamena* veröffentlicht worden waren. Seine Gedichte müssen märchenhaft gewesen sein und, nach seinem Pseudonym zu urteilen, voller Gräser und Kräuter. Er brachte Czechowicz und Schulz mit. Zu Schulz fuhr er im Herbst 1940, nach Borysław oder Truskawiec. Von diesem winzigen Dichter blieben durch die unberechenbaren Zufälle des Schicksals nur neun Worte mit einer Unterschrift übrig, mit Bleistift auf Schulz' Brief an Anna Płockier geschrieben. Anna Płockier, eine Malerin, wurde zusammen mit ihrem Verlobten in November 1941 in Borysław von der ukrainischen Miliz ermordet. Schulz' Brief mit dem Nachtrag von Rzeczyca wurde von Freunden auf dem Fußboden ihrer ausgeraubten Wohnung gefunden. Er wurde erst kürzlich von Jerzy Ficowski veröffentlicht. Aber es ist nicht das einzige Stückchen Schrift, das von Rzeczyca übrigblieb. In den 1989 von Alina Dawidowicz, der Tochter von Leon Chwistek, veröffentlichten Erinnerungen *Vertrocknete Blätter und eine Blume* gibt es eine Eintragung in ihr Stammbuch, niedergeschrieben kurz vor seiner Abfahrt. »Wer trinkt denn aus der Flasche, die mit Hahnengeschrei gefüllt ist/ Optimistisch wie ein Maurer oder Geldbote? – Artur Rzeczyca in Borysław, 28. November 1940.« Es blieb von ihm also noch diese absurde Frage in seinem wohl letzten Zweizeiler. Artur Rzeczyca wurde 1942 erschossen, als er von Drohobycz auf die ungarische Seite zu kommen versuchte.

Von Vaters Gästen machte Jakub Parnas den größten Eindruck auf mich. Er war riesig, sah wie ein Elefant aus, sogar seine Nase sah aus wie ein Elefantenrüssel. Er war Biochemiker, in der Enzyklopädie stand geschrieben, er habe dieses Fach erschaffen. Er besaß eine der schönsten Privatbibliotheken, die ich jemals im Leben gesehen habe. Während eines Besuches mit Lidias Vater bei ihm zeigte er uns die ersten Renaissancedrucke der *Äneis*, der *Metamorphosen* und Lukians. Er hatte einige zehn Exemplare von auf Papier gepreßten arabischen und griechischen Papyri, die, wenn man sie gegen das Licht hielt, die Farbe von Elfenbein hatten. Ich werde das Gleiten des Fingers über das Papier nie vergessen. Wie über den zartesten Körper.

Parnas fuhr mit seiner Frau am letzten Tag vor dem Einmarsch der Deutschen aus Lemberg weg. Mit dem letzten Evakuierungszug, zusammen mit dem Rektor der Medizinischen Akademie. In Moskau bekam er ein großartiges Labor und ein ganzes Institut zur Verfügung. Er wurde beinahe sofort Mitglied der Akademie und bekam bald den Leninorden. Als Parnas' Sohn mit durchschossener Lunge im Feldhospital bei Monte Cassino lag, erhielt er von Molotow die Genehmigung, den Jungen mit einem speziellen Flugzeug nach Moskau zu holen.

Parnas besuchte Lidias Vater nach dem Krieg in Wrocław. Es war wohl 1946. Mama sagte, er sei noch dicker geworden als vorher. Man versuchte, ihn zu überreden, in Wrocław zu bleiben und einen Lehrstuhl zu übernehmen. »Ich habe nur noch wenige Jahre vor mir«, berichtete Vater von dem letzten Gespräch mit ihm. »Ich habe hier keine Ausrüstung und muß noch einige Arbeiten beenden.« Ich glaube, daß Anfang der fünfziger Jahre ein Brief von Parnas' Frau aus Moskau an ihren Sohn nach Wrocław kam, der Vater sei im Krankenhaus. Als sich in den nächsten Briefen wiederholte, daß »der Vater im Krankenhaus« sei, wußte man bereits, daß Parnas tot war. Ein oder zwei Jahre später kam ein Biochemiker, auch ein Akademiker und Ordensträger, von Moskau nach Wrocław zu irgendeiner Konferenz. Vater fragte ihn nach Parnas. »Parnas?« staunte der Wissenschaftler. »Ein Akademiker? Nie gehört.«

Parnas' Frau kehrte bald nach Polen zurück. Sie sprach nie von den Umständen des Todes ihres Mannes. Erst in den sechziger Jahren, ein oder zwei Tage vor ihrem Tod, sagte sie zu Frau Tuszkiewiczowa, der Sekretärin des damaligen Rektors Kulczyński, Parnas sei im Morgengrauen auf die Treppe geführt und mit einem Schuß in den Hinterkopf getötet worden. Angeblich hatte er Lysenko kritisiert. Jakub Parnas wurde zu Chruschtschows Zeiten rehabilitiert.

Zusammen mit Lidia besuchte ich oft die Chwisteks. Leon Chwistek, »Onkelchen Leo«, hatte die schöne »Tante Olga« geheiratet, die Schwester von Lidias Vater. Chwistek hatte ich vor dem Krieg in Zakopane kennengelernt, als er mich gemeinsam mit Włodek Pietrzak zu einem Gelage zu Trzaska oder Karpowicz[10] einlud; es entpuppte sich als Wasser mit Himbeersaft. Chwisteks *Vielheit der Realitäten* war eines der ersten »philosophischen« Bücher, das ich gelesen hatte. Ich kannte damals noch nicht alle Personifizierungen, in denen er unter den verschiedensten Pseudonymen in den Romanen und Stücken von Witkiewicz auftrat, aber wir wußten mit Włodek wohl, daß er früher sein Freund war, der dann plötzlich, nach Witkiewicz' Angewohnheit, auf der Liste seiner Freunde ganz ans Ende gesetzt wurde, und daß er dem Kreis von Szymanowski und Malinowski angehört hatte. Chwistek imponierte mir und Włodek sehr. Włodek nannte ihn Marchołt. Für mich hatte er irgendwas von Gargantua (ich las damals zum ersten Mal Rabelais): in der Fi-

10 Café und Restaurant in Zakopane, damals beliebter Treffpunkt der Gesellschaft.

gur – er war dick –, in seiner Naschhaftigkeit, sogar in gewissen Erzählungen, die uns zu Ohren kamen, über Liebesaffären mit Kindermädchen, die immer auch sehr dick waren und mit Kindern im Kinderwagen in den Park kamen.

Im Schlafzimmer von Lidias Mutter in der Kadecka hatte Chwistek ein großes Fresko an die Wand gemalt, das einen Strand darstellte. Es war in der Zeit seiner »Zonalmalerei«. Das Fresko hatte grelle Farben, grüne und orangefarbene Quadrate und Zylinder. Im Vordergrund war eine »zonale« Frau im Badeanzug mit einem Riesenpopo. In der Wohnung in der Kadeckastraße gab es noch andere Bilder von Chwistek. Durch einen seltsamen Zufall unversehrt geblieben ist nur eine kleine, mit schwarzer Tusche gezeichnete abstrakte Landschaft. Mama hat sie uns mal aus Warschau mitgebracht, und jetzt hängt sie bei uns in Stony Brook.

Damals in Lemberg interessierte ich mich mehr für Chwisteks Logik als für seine Malerei. Chwistek war ein ausgezeichneter mathematischer Logiker. Er wurde mit Russell und Whitehead verglichen. Sowohl in der Logik als auch in der Malerei war er voller Erfindungen. Er erschuf ein eigenes binäres System der Notierung von Sätzen und Kardinalzahlen, das bereits die Computeraufzeichnung voraussagte. Es gab zwei Zeichen darin: Punkt und Strich. Die Eins war ein Punkt, die Zwei ein Punkt und ein Strich, die Drei ein Strich und ein Punkt, die Vier zwei Punkte und so weiter. Dieses neue Alphabet beschäftigte mich sehr. Ich erinnere mich, wie ich einmal nachts von Lidias lautem Lachen geweckt wurde, als ich im Schlaf wiederholte: Punkt, Strich, zwei Striche.

Chwistek verließ Lemberg wohl auch am letzten Tag vor dem Einmarsch der Deutschen. Er war lange Zeit in Tiflis. Dann, schon am Kriegsende, in Moskau. Er wohnte in einem Haus für Privilegierte neben dem Kreml. Als die Russen an der Weichsel angekommen waren, wurde er zu einem großen Empfang in Anwesenheit von Stalin eingeladen. Chwistek soll bei diesem Empfang die sozialistisch-realistische Malerei kritisiert haben. Er kam dann in ein Krankenhaus, wo er bald starb. Man sagte, er sei vergiftet worden. Aber das wurde nie bestätigt.

Diese ganze Lemberger Periode, von Dezember des ersten Kriegswinters bis Juni 1942, kommt mir vor, als hätte sie in der Zeit geschwebt, die für einen Augenblick zwischen der Vorkriegszeit und den drei Jahren, von 1942 bis 1945, in Warschau des Generalgouvernements bewegungslos stehengeblieben war. In diesem Warschau dachten Lidia und ich so manche Nacht, als wir auf die Schritte im Treppenhaus oder das Geräusch der vorfahrenden Gendarmenautos horchten, an Lemberg wie an eine Insel einer noch sicheren Zeit. Und einer glücklichen Zeit. Wir hatten beinahe immer nur ein sehr schmales Bett und mußten uns, eng umschlungen, gleichzeitig von der einen Seite zur anderen drehen. Die eine unserer Seiten nannten wir die silberne Seite, die andere die goldene. Wir waren ein sehr junges Ehepaar, immer nacheinander durstend, immer aufeinander neugierig, und wir trennten uns nur für die Stunden, wenn ich arbeiten gehen mußte. Wir hatten ein Haus. Lidias Eltern behandelten mich wie einen Sohn, und ihre Mutter hatte sich damit abgefunden, daß ich der Ehemann bin.

In diesem Haus gab es sehr viel Sanftheit. Und viel Güte, für Lidia und mich und unsere Gäste. Sogar dann, wenn Mutter, nachdem sie gegangen waren, sie mit imitatorischem Talent, das Lidia von ihr geerbt hat, zu Vaters großer Freude nachspielte. Vater brachte mir Mathematik bei: die Zahlentheorie und die Anfänge der Wahrscheinlichkeitsrechnung. Im ersten Universitätsjahr besuchte ich, abgesehen von Jura, noch eine Zeitlang Mathematikvorlesungen bei den Naturwissenschaftlern, weil ich dachte, sie wären einfacher. Doch bald gab ich es auf, denn ohne in die Seminare zu gehen, verlor ich den Faden. Dann ging ich zu Łukasiewicz zu Kursen über mathematische Logik und zu Seminaren von Tarski, der damals wohl sein Assistent war. Aber zur reinen Mathematik kehrte ich erst bei Vater im sowjetischen Lemberg zurück.

Lidias Vater meinte, ich könnte Mathematiker sein. Aber diese Mathematik, die er mir eröffnete, ohne Formeln und technische Operationen, war nur ein Denken mit Hilfe von Zahlen, Relationen, Körpern und Raum. In ihr öffnete sich eine schwindelerregende Welt, die für Vater Schönheit und Ordnung darstellte. Ich verbrachte damals viele Nachmittage in seinem Arbeitszimmer, als er die zweite Auflage seines *Kaleidoskops* vorbereitete und aus ausgeschnittenen Quadraten oder Rhomben von buntem Karton und Gummis erstaunliche Körper konstruierte, die sich öffneten und wieder flach legten. Damals arbeitete Vater auch am Introvisor, der die räumliche Lokalisierung auf Röntgenbildern erlauben sollte. Ich erinnere mich an eine kleine Glasscheibe, die auf einem Brettchen zwischen zwei Kugeln auf Draht plaziert war. Auf dieser Scheibe erschien die Kugel in einer Kartoffel wie in der dritten Dimension.

Vater brachte mir nicht nur Mathematik bei. Er hatte zwei Lieblingsautoren: Joyce und Karl Kraus. Kraus' Aphorismen zitierte er auf deutsch und wollte bis zum Schluß nicht daran glauben, daß ich nicht nur kein Deutsch spreche, sondern nicht einmal zwei Wörter kenne. Vater machte auch seine eigenen Paradoxa und Aphorismen. Nach Vaters Tod sind sie in einem Büchlein veröffentlicht worden. Eines von ihnen wiederhole ich immer wieder: »Die Erde: eine Kugel am Bein.« Ich denke, daß nur der »Sonnenuhrmacher« solch einen Aphorismus sehen konnte.

Ich stritt damals mit Lidias Vater hartnäckig um die Sprachregeln und den Kommunismus. Vater nannte die Sowjets »Väter der Lüge«. Erst viele Jahre später, schon nach Vaters Tod, gab ich ihm langsam in allem recht, sowohl was die Sprache als auch was den Kommunismus anging. Und ich begriff, zwar mit Spätzündung, daß niemand meinen Schreibstil so sehr beeinflußt hatte wie Jerzy Stempowski und Lidias Vater.

Während der Besatzung in Warschau dachten Lidia und ich an Lemberg wie an einen verlassenen Hafen zurück. Wir sahen schon damals viele Ermordete. Doch wir waren jung und konnten nicht einen Augenblick lang vermuten, daß eine Zeit kommen würde, in der wir von allen Einwohnern und Gästen des Hauses an der Kadeckastraße die einzigen Überlebenden sein werden.

2.

Nachdem die Professoren der Lemberger Universität von den Deutschen erschossen worden waren und Vater uns befohlen hatte, sofort das Haus zu verlassen, zogen wir zu den Ziemilskis, die in der Czarneckiegostraße mitten in der Stadt wohnten. Über die Kalauer des Doktor Ziemilski, in denen sich aus nur ihm bekannten Gründen »choroba« (Krankheit) mit »wątroba« (Leber) reimte, lachte man bei uns zu Hause sehr. Aber Doktor Ziemilski war ein ausgezeichneter Arzt und hatte Lidia vor gar nicht so langer Zeit von einer bösartigen Hepatitis geheilt. Er war der Hausarzt von Lidias Eltern.

Bei den Ziemilskis wohnten wir beinahe volle sechs Monate, von Ende Juni bis Mitte Dezember 1942. Ich kann mich nur an sehr wenig aus dieser Zeit erinnern. Auch Lidia hat sich nicht viel gemerkt. Diese Zeit hat sich für uns beinahe vollkommen verfinstert, als wäre sie eine einzige lange Woche gewesen, und ich kann dem, woran wir uns erinnern, nur mit größter Mühe irgendeine Reihenfolge und ein Datum geben.

Am besten erinnere ich mich an den Anfang und den Schluß. Die Sowjets hatten in der letzten Nacht, als sie Lemberg verließen[11], die Gefangenen des Brygidki-Gefängnisses ermordet. Man sagte, es seien die Ukrainer gewesen, doch es war noch vor dem Rückzug der Russen. In jener ersten Woche erschienen die Terrorakte noch unbegreiflich. Als schreckliche Zufälle. Aber wir gewöhnten uns an sie, begriffen, daß dieser schreckliche Zufall die Regel war.

Viele der Ukrainer, die unter den Sowjets eifrig den Machthabern gedient hatten, zogen jetzt gelb-blaue Armbinden an. In den Straßen wimmelte es von ihnen. Im Generalgouvernement waren die Ghettos bereits geschlossen. In Lemberg befahl man den Juden vorerst nur, Armbinden mit dem blauen Stern zu tragen; man schlug sie, trieb sie zur Zwangsarbeit und warf sie oft aus ihren Häusern. Lidias Eltern zogen kurze Zeit nach uns in die Tarnowskiegostraße, zu Vaters Schwester, der Frau von Chwistek. Lidias Eltern banden die Armbinde niemals um. Vater wußte, daß das ein Todesurteil war. Und wir wußten es auch.

Doch aus den ersten Wochen erinnere ich mich nicht an Angst, sondern an Hunger. Und noch mehr als an normalen Hunger an den Nikotinhunger. Ich hatte ununterbrochen Lust zu rauchen. Ich ging durch die Straßen und sammelte Kippen. Ich zerdrückte das Papier zwischen den Fingern, körnte den Tabak oder öfters Machorka, der nie bis zum Schluß verglühte, sorgfältig aus, wickelte den Tabak nach alter Soldatenart in ein abgerissenes Stück Zeitung und atmete den Rauch wie verrückt ein, als wollte ich diese gedrehte Zigarette auf einmal verschlucken.

11 Am 4. Juli 1941

Die Rubel hatten jedweden Wert verloren. Man mußte verkaufen, was man hatte. Lebensmittel konnte man nur auf dem Markt gegen Kleidung bekommen. Oder gegen neue deutsche Złoty. Lidia ging auf den Markt, um ihre Kleider zu verkaufen. Sie kam nach ein paar Stunden zurück. »Was machst du denn hier?« hatte ihre ehemalige Gymnastiklehrerin, noch vom Königin-Jadwiga-Gymnasium, sie zur Seite gezogen, »alle kennen dich doch hier. Man wird dich umbringen.«

Damals in Lemberg erkannte ich, daß, wenn der Tod billig ist, die Lebensmittel teuer werden. Und dann wußte ich schon genau, daß der Tod und der Handel die nächsten Nachbarn im Krieg sind. Ich begann, Geschäfte zu machen. In der zweiten Woche wurden die alten sowjetischen Läden geöffnet, und man kaufte alles auf. Um vier Uhr morgens stellten sich die Leute in langen Schlangen an. Um acht begann man mit dem Verkauf. Pro Kopf bekam man zwei Paar Strümpfe. Es waren lange Damentrikotstrümpfe. Ich verkaufte sie auf dem Markt sofort weiter für den dreifachen oder vierfachen Preis. Die Dorfweiber kauften sie gerne. Für zwei Paar Strümpfe mit Strumpfhalter brachte ich Kartoffeln, Grütze, manchmal ein halbes Brot nach Hause.

Dann, ich erinnere mich nicht genau, wie und wann es passierte, begann ich mit Zucker zu handeln. Und das beinahe als Großhandel. Der Zucker wurde schwarz von den Deutschen verkauft. In Säcken. Es waren ziemlich gefährliche Geschäfte. Ich erzählte Lidia nichts davon. Von einem dicken und immer besoffenen Deutschen bekam ich den Schlüssel zum Lagerhaus. Am frühen Morgen sollte ich einen Zuckersack herausbringen. Eigentlich rollen, denn er war für mich zu schwer, um ihn tragen zu können. Hinter dem Drahtzaun warteten schon zwei Soldaten, die ihn nach Hause bringen sollten. Lidia war erschrocken, als sie in ihr Zimmer kamen und den Sack auf ihr

Bett warfen. Nachdem der Deutsche seine Provision bekommen hatte, blieb uns vom Verkauf des Zuckers eine gute Woche Geld für Brot mit Speck, aber ich mußte schwören, kein zweites Mal auf einen solchen Handel einzugehen.

Damals (oder es muß schon später gewesen sein, die Züge nach Warschau und Krakau fuhren zwar noch nicht, aber es gab keine Kontrollen mehr auf dem Fluß San, und es konnten sogar Lkws durchfahren) ließ ich mich auf Geschäfte mit drei Vertretern der neuen menschlichen Unterklasse der »Kaufleute des Kriegszustandes« ein. Sie kamen, um Pelzmäntel und Teppiche zu kaufen, hauptsächlich aber Gold und Diamanten. Sie wußten, daß nicht nur die Juden, sondern auch die Polen alles verkaufen mußten. Auf ihre Weise waren sie bei den Geschäften ehrlich, aber ungebremst gefräßig. Beinahe wie Mutter Courage, die Brecht doch so ungerechterweise »Kriegshyäne« nannte. Dieses Meisterwerk des Theaters, das auf so erstaunliche Weise seine Doktrinen verneint, schrieb Brecht beinahe im gleichen Jahr, in dem ich in Lemberg meinen Handel trieb. Ich lebte von der Provision durch meine »Kriegshyänen«.

Der Kreis meiner Geschäfte erweiterte sich. Ich handelte jetzt hauptsächlich mit Dollars und Gold. »Handelte« ist übertrieben, ich brachte einfach von Herrn Lindenfeld, der meine »Bank« war, Dollars und manchmal auch Ringe zu meinen Warschauer Käufern, die jetzt einmal in zwei Wochen zum Handeln oder eigentlich Schmuggeln nach Lemberg kamen. Herr Lindenfeld war ein Vorkriegskaufmann, er hatte, wie er mir mal erzählte, ein wunderschönes Schmuckgeschäft in der Hauptstraße von Stanisławowo. Vor den Abtransporten machte er alles dicht und fand in Lemberg Zuflucht. Seinen Laden nannte er ein »Kontor«. Er konnte den Verlust seiner Präzisionswaage aus vergoldetem Messing nicht verschmerzen. Solche Kontore sah ich wohl zum letzten Mal in Athen; in den schmalen Gassen, die zur Akropolis führen, bevor sie steil nach oben ansteigen. Die Kaufleute waren vermutlich Türken oder Armenier, denn sie hatten immer ein buntes Käppchen auf dem Kopf. Die Läden waren klein, wie kleine Keller mit Eingang von der Straße. Auf dem Ladentisch stand immer eine Waage und lagen die Messinggewichte, die gleichen, mit denen ich in meiner Kindheit gespielt habe. Die Transaktionen bei Herrn Lindenfeld fanden im hintersten Zimmer der Wohnung statt, im Schlafzimmer mit zugezogenen Vorhängen. Vom ehemaligen Kontor war ihm nur das immer sorgfältig geputzte Vergrößerungsglas geblieben.

Einmal habe ich zu Herrn Lindenfeld mehrere hundert deutsche Mark gebracht. Es waren günstige Transaktionen. Das Geld wurde von Soldaten aus dem Reich gebracht. Sie mußten es gegen Złoty des Generalgouvernements tauschen, sonst konnten sie nichts dafür kaufen. Herr Lindenfeld breitete seine Hände aus, dann erhob er sie, als ob er mich abweisen wollte: »Ich handle mit Valuta und nicht mit Papier. Nehmen Sie diesen Müll gleich wieder mit.« Herr Lindenfeld hatte die Prinzipien eines Kontoreigentümers in der Hauptstraße von Stanisławowo beibehalten. Meine Warschauer Kaufleute hatten zwar niemals Marx gelesen, aber alles war für sie nur Ware: Dollars und Seife, Kerzen und Reichsmark, falsche und gefälschte Geburtsurkunden, sogar zwei Pakete sowjetischer Büstenhalter, die ich ihnen einmal gebracht hatte.

Mein Betriebskapital betrug, und das schon zum Schluß, nie mehr als fünf Dollar. Die Transaktionen verliefen »auf Ehrenwort«, doch gewohnheitsmäßig gab man einen Vorschuß als Garantie dafür, daß man sich im Falle einer Kursänderung nicht aus dem Geschäft zurückziehe. Einmal hat sich einer meiner Kunden von irgendeiner größeren Transaktion zurückgezogen. Ich kehrte zurück, um den Vorschuß zurückzuholen. »Sie, Herr

Kott«, sagte Herr Lindenfeld, »sind jetzt kein Literat, sondern ein Kaufmann. Das Wort des Kaufmanns ist heilig.« Und schließlich berechnete er mir nur einen Dollar für die Lehre. So lernte ich, die Kaufleute des Kriegszustandes von den Vorkriegskaufleuten zu unterscheiden. Doch als ich zwei Wochen später wieder zu Herrn Lindenfeld ging, wurde ich im Hauseingang gewarnt, daß er am Vortag zusammen mit seiner Frau von den Deutschen abgeholt worden war.

Mit meinen Kaufleuten handelte ich weiter, jetzt aber hauptsächlich mit Sachen. Einmal bekam ich von Bekannten von Bekannten zum Verkauf eine kleine Tasche aus Rohseide, darin war ein japanischer Batik-Kimono mit Blumen und Vögeln aus dem gleichen Stoff. Es war ein ungewöhnlich schöner Kimono. Er war nicht teuer, und ich beschloß, ihn nicht zu verkaufen, sondern Lidia zu schenken. Ich hatte ihr lange nichts mehr gekauft, nur manchmal Äpfel. Mein Geburtstag nahte, ich wollte es ihr als ein Geschenk für mich kaufen. Lidias Mutter kaufte sich zu Hugos Geburtstag immer einen neuen Hut. Vater freute sich sehr über ein solches Geschenk. Lidia hatte Plinsen in Öl gebacken, und wir luden die Ziemilskis zum Geburtstagsabendessen ein. Lidia zog den Kimono an. Ich erinnere mich an diesen Abend, weil dieser Kimono mit japanischen Blumen und Vögeln eine plötzliche und unerwartete Freude in all diesem Grauen und Elend war.

Ständig besuchte uns jemand. Aleksander Bocheński hatte erfahren, daß wir Schuhe zu verkaufen hätten. Er war sehr erstaunt, daß die Schuhe von der Steinhaustochter verkauft wurden. Ab und zu kam Karol Kuryluk vorbei, wie früher in der Kadeckastraße. Ich kannte ihn noch aus der Vorkriegszeit. In seinen *Sygnały*, einer mit dem Kommunismus liebäugelnden und einheitsfrontlichen Zeitschrift, veröffentlichte ich noch 1937 einen großen Artikel auf der ersten Seite unter dem Titel

Feuerwehrleute und Schriftsteller. Ich schrieb dort, daß die Schriftsteller wie Feuerwehrleute den Brand löschen sollten. Der Brand war natürlich das Feuer des Faschismus. Karol war sehr erstaunt, als er Lidia einmal antraf, wie sie mit einem Stück Glas aus einer zerbrochenen Flasche den Fußboden schabte. Späne konnte man natürlich nicht bekommen. Dieses Schaben des Fußbodens war für Lidia eine Medizin gegen die Angst. Aber nicht nur; es lag darin auch das innere Bedürfnis der Zucht, die ich nie kannte und die Lidia nicht losließ. Kann sein, daß das uns beiden auch geholfen hat, den Krieg zu überleben.

Auf die Straße ging Lidia nur noch dann, wenn sie mußte. Die Jastruns kamen in dieser Zeit auch nur selten zu uns. Vielleicht waren sie auch schon weggefahren. Am dramatischsten war der letzte Besuch von Zuzanna Ginczanka. Ich kannte sie aus Warschau, noch vom letzten Jahr vor meiner Reise nach Paris, von Gombrowicz' Tisch im »Zodiak«-Café. Neben Gisela Ważyk war sie dort die schönste Frau. Und wohl damals die jüngste. Sie sah wie eine Sulamith aus. Eines ihrer Augen war so schwarz, daß die Iris die Pupille zu verdecken schien, das andere war braun, mit gelben Flecken auf der Iris. Alle waren von ihren Gedichten begeistert, in denen es, genau wie in ihrer Schönheit, etwas von einer persischen Kasside gab. Zuzanna kam eines Abends sehr erschrocken zu uns. Das Visum, das ihr eine Tante aus einem neutralen Land, wohl aus Südamerika, schicken sollte, war nicht gekommen. Die Hauswartin des Hauses, in dem sie wohnte, begann sie zu erpressen.

An diese Hauswarts-Denunziantin schrieb die Ginczanka wohl ihr letztes und eines ihrer erschütterndsten Gedichte. Auf irgendeine Weise ist es erhalten geblieben und wurde nach dem Krieg veröffentlicht. Die Ginczanka überlebte nicht. Woźniakowski, schon damals ein guter Maler, brachte sie glücklich von Lemberg nach Krakau. Wenn er ausging, schloß er sie in seinem

Zimmer ein. Einmal wurde er auf der Straße von der Gestapo verhaftet. Er steckte tief in der Konspiration der Polnischen Arbeiterpartei. Aus dem Gefängnis gelang es ihm, nach ein paar Tagen einen Kassiber an Freunde zu schicken, sie sollten die in seinem Zimmer eingeschlossene Ginczanka rausholen. Doch als sie kamen, war die Tür offen. Wie und wann sie herausgekommen und wie sie umgekommen ist, darüber gibt es bis jetzt nur Vermutungen.

Auch Wikta Wittlin, die Schwester von Józef, besuchte uns. Wikta und ihr Bruder waren seit langem mit Lidias Eltern befreundet. Ich hatte Wittlin schon vor dem Krieg kennengelernt. Wikta war sehr groß, sehr hell, niemand konnte meinen, sie sei Jüdin. Damals in Lemberg begann man schon ab der zweiten oder dritten Woche zu sagen, jemand habe ein »gutes« oder »schlechtes Aussehen«. Es war damals eine Sache des Überlebens. Wikta sagte uns, wir sollten so schnell wie möglich nach Warschau fahren.

Wir hatten schon früher daran gedacht. Von Rysiek Matuszewski hatte ich die Nachricht, daß wir zu ihnen kommen könnten. Doch wir schoben die Entscheidung immer vor uns hin, weil wir Angst vor der Reise hatten. Eines Tages, es war in der ersten Dezemberhälfte, rief mich die Verwalterin des Hauses zu sich. Sie war eine Ukrainerin. Sie forderte mich auf, eine Erklärung zu unterschreiben, daß meine Frau keine Jüdin sei. Was mich betraf, hatte sie keinen Verdacht, in Lemberg kannte mich niemand. Ich unterschrieb alles, was sie wollte, sogar dem Teufel hätte ich jedes Schreiben unterschrieben, aber ich wußte, daß diese Unterschrift kaum vierundzwanzig Stunden halten würde. Meine Warschauer Händler waren damals gerade mit ihrem Lkw in Lemberg. Sie erklärten sich ohne Wenn und Aber einverstanden, uns mitzunehmen. Und sie fragten nicht, warum wir so plötzlich wegfahren mußten. Während des Krieges kommen merkwürdige Dinge aus den Tiefen und Verstecken an die Oberfläche der Seele: Mut und Feigheit, Gier und Selbstlosigkeit, Edelmut und die niederträchtigste Gemeinheit. Doch, was am seltsamsten ist, diese entgegengesetzten Charaktereigenschaften treten öfter als in Zeiten der Ordnung und Sattheit gleichzeitig zutage. Meine Warschauer »Kriegshyänen« nahmen von uns keinen Pfennig für die Reise.

Sie deckten uns mit einer Plane und irgendwelchen Säcken zu. Mit den Deutschen müssen sie heimlich Abmachungen getroffen haben, denn sie sprachen lange und laut mit ihnen, doch es ging ohne Durchsuchung. Am Morgen waren wir in Warschau. Einer von ihnen, der älteste, lud Lidia und mich zum Frühstück zu seiner Frau ein. Wir waren sehr durchgefroren. Man servierte uns echten heißen Tee und jedem ein großes Glas Wodka. Dann brachte er uns mit seinem eigenen Auto zu Rysiek in Żoliborz. Und schleppte unsere beiden Koffer in den ersten Stock.

3.

Von Rysiek zogen wir schon nach einigen Wochen zu Marysia Zarębińska. Ich hatte sie kennengelernt, noch bevor sie Broniewskis Frau wurde. Sie kam einst in ein Café mit Stempowski und Wichuna Rettinger. Die Zarębińska debütierte wohl erst im Theater und sah – hell, zartgliedrig, rosig – wie ein Mädchen aus. Ich fragte Stempowski, ob sie die Tochter von Frau Wichuna sei. Damals besuchte ich ihn noch nicht in der Florastraße, wo er bei den Rettingers wohnte. In meiner Situation war das die unpassendste Frage, die ich stellen konnte, und Stempowski erklärte mir lange und auf sehr komplizierte Weise, daß kleine Altersunterschiede nicht unbedingt vom Verwandtschaftsgrad zeugen müssen. In Lemberg wurde Marysia nach der Verhaftung Broniewskis nicht wie Ola Wat abtransportiert, aber sie zeigte sich selten. Nach Warschau war sie kurz nach Ankunft der Deutschen gefahren.

Sie wohnte in einem kleinen Häuschen in der Dziennikarskastraße, zusammen mit ihrer Tochter, Vater und Bruder, nicht weit von Rysieks, hinter dem Platz der Invaliden. Wir hielten uns dort kurz auf, nicht mehr als einige Wochen. Marysias Bruder, übrigens ein zuvorkommender und sympathischer junger Mensch, war im »Schwert und Pflug«, der nationalistischsten aller Widerstandsorganisationen. Bei Marysias Bruder fanden oft Versammlungen statt, und er soll Waffen versteckt haben. Marysia nahm das sehr ernst, nicht nur weil es sie, sondern weil es uns betraf. Wir begannen, nach einem anderen Platz zu suchen, zögerten den Umzug aber immer wieder hinaus, bis eine Nachbarin zu Marysia kam, die Lidia aus dem Fenster gesehen hatte und sagte, sie würde sie aus Lemberg kennen und wissen, daß es eine Jüdin sei. Schon am nächsten Tag zogen wir um; Beata hatte für uns gebürgt und für uns ein Zimmer bei Frau Holnicka gemietet, auch nicht weit entfernt, Ecke Zajączka und Mickiewiczastraße.

Einige Monate später wurde Marysia aufgrund einer Denunziation oder nach einer Razzia verhaftet. Auch ihr Bruder wurde verhaftet und auf grausame Weise in der Szucha Allee ermordet. Marysia saß im Pawiak Gefängnis, dann wurde sie nach Auschwitz abtransportiert. Nach dem Krieg kam sie voller Energie wieder zurück. Sie spielte Klara in der *Rache*[12] und *Fräulein Maliszewska*[13]. Es war ihre große Rolle und ihr großer

12 *Die Rache*, Komödie von Aleksander Fredro (1793–1876) über den Streit um die Grundstücksgrenze zwischen zwei Nachbarn.

13 *Fräulein Maliszewska*, ein Stück von Gabriela Zapolska (1857–1921).

Erfolg noch vor dem Krieg. Nichts deutete auf eine tödliche Krankheit hin. Zum letzten Mal hat Lidia mit ihr am Telefon gesprochen, als wir für ein paar Tage in der Schweiz waren. Marysia war in einem Sanatorium in Zürich und starb dort im Juli 1947. Ihre Asche wurde in Warschau begraben. Alle menschlichen Schicksale in meiner Geschichte verflechten sich immer für kurze Zeit, um sich dann für immer zu entflechten. Frau Wichuna befand sich im Herbst 1939 in Słoboda Rungurska, bei Kołomyja im Hause der Vincenz' oder irgendwo daneben. Sie hatte seit Jahren Brustkrebs. Stempowski pflegte und behandelte sie mit Rezepturen, die nur er selbst kannte. Sie starb in jenem ersten Kriegswinter oder im nächsten Frühjahr. Lidia lernte Stempowski erst nach dem Krieg kennen, als wir ihn in Bern besuchten. Eben damals sprach Lidia am Telephon mit der sterbenden Marysia Zarębińska.

Die Wohnung von Frau Holnicka befand sich im ersten Stock eines langen Mietshauses mit sechs Aufgängen, in die man gelang, wenn man von der Straße in einen offenen Hof mit ausgetretenem Rasen und ein paar schwindsüchtigen Bäumchen einbog. Im vorletzten Hauseingang wohnten schon die Zagórskis, doch wir kannten sie damals noch nicht. Maryna, mit Haaren wie goldenes Messing, wurde uns einmal von Tadeusz Hollender gezeigt, aus dem Fenster, als sie über den Hof ging.

Lidia war mit Tadeusz noch aus der Lemberger Zeit befreundet. Er war bereits ein bekannter Dichter. Er verkehrte bei Stasia Blumenfeld, bei den Chwisteks und bei Lidias Eltern. Als meine Schwester nach Warschau kam, versprach er, für sie eine »echte« Geburtsurkunde zu besorgen. Lidia war mit ihm verabredet, doch er kam nicht zu dem Treffen. Er wurde in einer Massenexekution zusammen mit fünfzig anderen Gefangenen des Gefängnisses von Pawiak am letzten Maitag 1943 erschossen. Im November des gleichen Jahres druckte man auf einem

Zinkographen ein kleines Bändchen seiner *Satiren und Epigramme* unter dem konspirativen Pseudonym Tomasz Wiatraczny.

Diese drei Jahre in Warschau unter den Deutschen kommen mir manchmal, noch mehr als vorher Lemberg unter den Sowjets, wie ein einziges langes Jahr oder sogar ein unendlich langer Monat vor. Die Daten und sogar die Jahreszeiten vermischen sich. Vielleicht ist es am leichtesten, sie in der Erinnerung nach den Wohnungen und der meist eiligen Flucht aus ihnen zu ordnen. Lidia bekam Übung in diesen plötzlichen Umzügen. Sie zog zwei Röcke übereinander und, wenn sie sie zur Hand hatte, zwei Mäntel; um nicht aufzufallen packten wir das Wichtigste in ein Bündel und gingen sehr langsamen Schrittes fort. In der ersten Not beinahe immer zu Rysiek und Beata.

Bei Frau Holnicka wohnten wir bis zum Sommer relativ ruhig, denn ich erinnere mich an beinahe nichts aus diesen Monaten. Lidia hatte schon eine neue Geburtsurkunde, die Mutter von Irena Krzemicka hatte sie gebracht. Die Urkunde war nicht ausgefüllt, hatte aber echte Stempel. Wir schrieben »Lidia Janina Wójcicka« hinein. So lautete Lidias Mädchenname dann bis zum Schluß. Ich hatte einen irgendwo wiedergefundenen alten polnischen Personalausweis, in dem von den Technikern der Regierungsdelegatur[14], wieder dank Rysiek, mein Name in Adam geändert und aus dem Familiennamen das zweite »T« gelöscht wurden. Wie sich später herausstellen sollte, gab es einen solchen »Kot« mit einem »T« noch einmal.

Etwa im Juni oder Juli jenes Jahres hatte Beata vor, für zwei oder drei Wochen nach Kazimierz an der Weichsel zu fahren.

14 Konspirative Vertretung der Londoner Exilregierung in Polen von 1940–1945. Ihre Aufgabe bestand darin, einen polnischen Staat aufzubauen und den Administrationsapparat für die Zeit nach der Befreiung zu organisieren.

Rysiek arbeitete beim Magistrat und hatte keinen Urlaub. Beata überredete uns dazu mitzufahren. Weder ich noch Lidia können uns an irgend etwas von diesem Aufenthalt erinnern. Nach dem Krieg, als wir wieder in Kazimierz waren, versuchten wir die Wirtsleute zu finden, bei denen wir damals mit Beata gewohnt hatten. Aber wir konnten das Haus nicht finden. Wir wußten nur, daß es vom Markt aus bergauf ging. Vielleicht gibt es tiefe Gründe für eine solche Amnesie.

Ein paar Tage vor unserer Rückkehr nach Warschau wurde bei Puławy ein Deutscher getötet. Es begannen Strafrazzien, meistens am Bahnhof in Puławy. Doch es gab keine andere Wahl. Vor den Razzien schützten am besten Ausweise einer deutschen oder für die Deutschen arbeitenden Institution. Beata hatte ihretwegen keine Angst, sie war hochschwanger. Ihren Ausweis mit der Krähe (dem deutschen Reichsadler, A. d. Ü.) gab sie Lidia und lieh ihr für den Weg auch ihren Siegelring. Sie hatte ihn Lidia schon früher einmal gegeben, als sie zum Einwohnermeldeamt gehen sollte. Als der Beamte anfing, sie aufmerksam anzuschauen, schob sie ihm Beatas Siegelring unter die Nase.

Auf dem Bahnhof in Puławy bekam Lidia als erste mit, daß die Deutschen die Ausgänge besetzt hatten. Doch es war bereits zu spät. Lidia wurde mit ihrem Ausweis durch die Absperrung gelassen. Mich hielt man zurück. Wir wurden auf den Bahnsteig getrieben. Es wimmelte dort von Menschen. Vom frühen Morgen an wurden alle Züge ausgeladen. Wir legten uns hin, wo es nur einen freien Platz gab, um in der Nacht liegen zu können. Irgendwann vor Morgengrauen, es war noch dunkel, begannen die Deutschen, über den Bahnsteig zu laufen, leuchteten mit Taschenlampen und riefen: »Einen Arzt! Einen Arzt!« Niemand meldete sich. Ich hatte bereits vor Jahren bei den Pfadfindern, bei denen man bestimmte Fähigkeiten unter Beweis stellen mußte, einen Erste-Hilfe-Kurs gemacht, und so ging ich mit den Deutschen zum Ende des Bahnsteigs. Ich dachte, jemand sei zusammengeschlagen worden. Doch zu meinem Entsetzen lag da eine Frau mit monströs großem Bauch auf dem Bahnsteig und winselte ganz schrecklich. Die danebenstehenden Frauen sagten, sie würde gleich gebären. Mein Wissen über das Gebären stammte damals – O Jahre großen Unwissens! – aus dem Roman *Die Geschichte einer Sünde* von Żeromski. Die unglückliche Ewa, so hieß wohl die Heldin, hatte nur eine Schüssel mit heißem Wasser da. Und schnitt dann – das wußte ich auch aus dem einmal mit glühenden Wangen verschlungenen Buch – mit einer Schere die Nabelschnur ab. Aber an welcher Stelle? Ich legte die Frau bequem hin, schob ihr irgendeine Decke unter den Kopf, damit sie sich nicht auf dem Beton verletzte, verlangte einen Kübel heißes Wasser und eine Schere. Ich gab ihr auch noch irgendwelche Tropfen, die man mir reichte. Die Frau hörte auf, zu winseln und mit den Füßen zu treten. Ihre Schmerzen vergingen wahrscheinlich mit dem ersten Fruchtwasser. Doch das erfuhr ich erst viel später. Die Deutschen und sogar die Frauen schauten meinem Vorgehen mit Bewunderung zu. Und da kam der aus dem Krankenhaus geholte Krankenwagen. Die Frau wurde auf eine Trage gelegt. Drei Personen waren gerettet worden: die Gebärende, das Kind und ich.

Am Morgen wurden wir alle in Viehwaggons geladen. Wir fuhren nicht lange. Die Frauen wußten sofort, wohin wir gebracht wurden. Majdanek war damals noch kein Wort, das Grauen hervorrief. Es war ein Übergangslager für das Umladen derjenigen, die zur Zwangsarbeit ins Reich fuhren. Mitten auf dem Feld standen da drei oder vier verstreute Baracken, umgeben von Stacheldraht. Von der Eisenbahnrampe waren es wohl nicht mehr als zwei Kilometer. Vielleicht noch näher. Ich schloß mich der Männerkolonne an, doch die Deutschen schrien wieder »Arzt!«, zogen mich heraus und stellten mich zu den Frauen.

In die Waschräume wurden wir alle zusammen getrieben, Männer und Frauen. Es gab dort primitive Duschen, aus denen abwechselnd kochendheißes und eiskaltes Wasser kam. Nach Jahren kehrte dieses Bild des Waschraums voller nackter Männer- und Frauenkörper, Glucksen, Prusten, Klatschen auf die nackten Schenkel, mit Weinen und abwechselndem Lachen in einem Film von Fellini zurück. Aber vielleicht ist mein Gedächtnis auch nicht genau. Doch ich erinnere mich gut daran, daß ich noch am gleichen Nachmittag aus der Männerbaracke geholt wurde und ein Gestapomann in schwarzer Uniform mich in den Frauenblock führte, in etwas, was ein Krankenzimmer sein mußte, denn an der Tür war etwas in großen Buchstaben mit Kreide geschrieben, wahrscheinlich »Krankenstube«, und auf dem Boden lagen vier Strohmatratzen.

Der Deutsche wandte sich mit »Herr Doktor« an mich. Er sprach noch lange zu mir, ich verstand kein Wort, und schließlich ließ er mich allein. Erst nach einem längeren Augenblick begann in meinem Kopf wie nach dem Aufwachen der Gedanke zu dämmern, daß ich Arzt in Majdanek geworden war. Und dazu noch im Frauenblock. Die Deutschen hatten mit ihrer Unteroffizierslogik festgestellt, nachdem sie meine Vorgehen mit heißem Wasser und der Schere auf dem Bahnsteig in Puławy sahen, daß ich nicht nur Arzt, sondern auch noch Gynäkologe sein müsse. Ich denke übrigens heute, daß sie meine medizinische Spezialisierung nicht besonders interessierte.

Damals gab es in dem Übergangslager Majdanek hauptsächlich Frauen. Die Eisenbahnlinie von Lublin war, vor allem hinter Puławy, die Hauptstrecke des Schmuggels zur Versorgung Warschaus. Alle Schweine wurden damals gekennzeichnet, und die Gendarmen nahmen den Frauen auf dem Bahnhof und sogar in den Waggons Fleisch und Speck ab. Doch die Frauen kamen zurecht, vor allem die untersetzten und dickeren umwickelten sich mit Speckstücken unter den Röcken.

Das waren meine »Patientinnen«. Man wußte, daß in ein paar Tagen eine Ärztekommission für Untersuchungen vor der Abfahrt ins Reich kommen würde. Sie fragten mich, was man »vorspielen« könne, um freigestellt zu werden. Sie kamen zu zweit oder zu dritt, zogen ihre Röcke und Blusen aus: »Schauen Sie doch, Herr Doktor ... « Ich war der einzige Mann in diesem Block. Manchmal litten sie wohl tatsächlich an irgendwas. Mit meinem »medizinischen Wissen« konnte ich ihnen nicht viel helfen, aber auch nicht viel schaden. In der kleinen Apotheke der »Krankenstube« gab es ein Abführmittel, wohl Rizinusöl, Jodtinktur, eine Flasche mit furchtbar stinkendem Lysol, ein paar Bandagen und Watte. Es hatte wohl auch Methylspiritus gegeben, doch davon war nur die Flasche übrig. Und eine Salbe gegen Läuse.

Lidia kann sich aus der Warschauer Zeit nicht an Hunger erinnern. Ich erinnere mich an den Hunger auch nur während der ersten Wochen nach dem Einmarsch der Deutschen in Lemberg. Und trotzdem dachte ich während dieses ersten Jahres in Warschau ständig ans Essen. Unser häufigster Gast in der Zajączkastraße bei Frau Holnicka und der meistgesehene in allen späteren Wohnungen war Mietek Jastrun. Noch viele Jahre nach dem Krieg, als er zum Tee kam, meinte er, Janek sehe ihn wie in der Besatzungszeit an, als ob er ihn bei lebendigem Leibe auffressen wolle. Meine Patientinnen in Majdanek brachten mir als Dank für die Ratschläge und Untersuchungen Weißbrot, Hackfleisch mit Knochen und in Kohlblätter gewickelte frische Butter mit. Ihre Brüder, Ehemänner und »Verlobten« warfen ihnen Eßkörbe über den Zaun. Sie teilten es mit mir. Während des ganzen Krieges habe ich nicht so viel gegessen wie in Majdanek.

Das alles kann nicht länger als ein paar Tage gedauert haben.

Die ärztliche Kommission kam. In weißen Kitteln und mit Gummihandschuhen. Auf alle Fälle führten sie die Selektion der Gesunden und Kranken aus dem sicheren Abstand von zwanzig Schritten durch. Von mir mußten sie schon gehört haben, denn sie fragten nur nach meinem Namen. »Kot?«

»Jawohl!« Ich wurde in die Kanzlei geführt. Man gab mir meine Sachen zurück, befahl mir, mich anzukleiden, gab mir ein Papier mit der Krähe und sagte, daß ich nach Hause fahren dürfe. Eines der Mädchen, das ein paarmal zu mir gekommen war, schaffte es noch, mir einen Ring Wurst mit Majoran mit auf den Weg zu geben.

Ich war stolz auf mein ärztliches Praktikum und die Wurst, mit der ich nach Hause zurückkehrte. Aber Lidia schaute mich verdächtig an und glaubte meiner Geschichte nicht ganz. Gleich nach der Rückkehr nach Warschau war sie natürlich zu Rysiek gelaufen. Beata war auch schon zurückgekommen. Beide waren erschrocken. Am nächsten Tag sollte Tucha Dewitz, unsere gemeinsame Bekannte noch aus den Pfadfinderzeiten, nach Lublin fahren. Tucha hatte in Lublin Kontakte zu der dortigen Landesarmeekommandatur. Damals konnte man aus Majdanek, vor allem in den ersten Tagen, noch für Schmiergeld Leute herausbekommen. Aber wir hatten nicht das nötige Geld. Tucha versprach jedoch, nachzufragen und alles in ihren Möglichkeiten Liegende zu tun. Sie kam eine gute Woche nach meiner Rückkehr zurück und erzählte Beata alles. Bei der Razzia in Puławy wurde der persönliche Fahrer irgendeines wichtigen deutschen Treuhänders aus Lublin mitgenommen. Der Treuhänder rief empört den Lagerkommandanten von Majdanek an. Der Fahrer hieß Kot. Er ist ins Reich zur Zwangsarbeit gefahren. Anstelle des einen Kot wurde der andere entlassen. Lidia hat dann lange über meine Auftritte als neuer Zagłoba[15] gespottet.

15 Zagłoba – eine Art polnischer Falstaff. Komische Figur aus der Romantrilogie *Mit Schwert und Feuer* von Henryk Sienkiewicz.

Aber ich denke, daß Lidia nicht im Recht war, als sie mich verspottete. Meine Geschichte aus Majdanek hatte zwar zweifellos etwas von einer Farce, die genauso absurd wie vulgär war. Doch was wäre, wenn sie ein anderes Ende genommen hätte? Wäre sie dann weiterhin eine Farce? In der Alltäglichkeit der Verschleppungen und Verbannungen gibt es mal das gute und mal das böse Ende, doch in diesem seltenen Dem-Strick-Entkommen gibt es etwas von der Unberechenbarkeit des Zufalls, den man je nach Temperament oder Philosophie zugleich wunderbar und unsinnig nennen kann. In der Übertragung dieser Lebenssituationen (vielleicht wäre es besser zu sagen »Todessituationen«) auf die dramatischen Gattungen sieht man deutlich die Vermischung des Hohen mit dem Niedrigen, des Reinen mit dem Schmutzigen, des Pathetischen mit dem Vulgären. In psychologischen oder sogar moralischen Kategorien sieht man in ihnen oft die gleichmäßige Vermischung der Tapferkeit und der Feigkeit, der Menschlichkeit und des Tierischen, wie in dem erschütternden Film über die Besatzung und die Résistance in Frankreich, *Le Chagrin et la Pitié* (Mitleid und Trauer), von Ophüls. Das glückliche Ende hat in der Allgemeinheit des Unglücks etwas von moralischer Scham an sich.

Die Abenteuer des braven Soldaten Schwejk in der österreichischen Armee erscheinen bei oberflächlicher Lektüre, vor allem in Jahren der Sattheit und des Friedens, wie eine heitere und gutmütige Farce. Die Besatzungen in jenen Jahren des Ersten Weltkrieges waren weniger tödlich als ein halbes Jahrhundert später, aber unter den gutmütigen Abenteuern des tschechischen Rekruten ist oft Grauen versteckt. Es scheint, als ob es am scharfsinnigsten von Kundera gelesen wurde, bei dem das Lachen düster ist, das Grauen komisch und unter dem Vulgären Mitleid und Zärtlichkeit sorgfältig versteckt sind. Im unwiderstehlich Komischen von Chaplin gibt es ebenfalls Mitleid und

Zärtlichkeit. Und das tief versteckte Entsetzen über die Grausamkeit der Welt.

Einige Monate nach meinem Abenteuer in Majdanek, es war wohl der Anfang unseres zweiten Warschauer Winters, kam ich einmal am frühen Nachmittag aus der Universitätsbibliothek. Ich hatte gerade mit einem Kapitel über Tacitus angefangen, mit dem mein *Mythologie und Realismus* begann. Schon damals wollte ich in der klassischen Lektüre das zeitgenössische Grauen aufzeigen. In der Mickiewiczstraße hinter dem Wilsonplatz sah ich, als ich aus der Straßenbahn ausstieg, eine deutsche Patrouille. Ich floh in den ersten Hauseingang und dann über den Hof in einen Garten, wo ich steckenblieb. Am Zaun war Stacheldraht. Ich hatte die schwere Jacke aus englischem Vorkriegskord an, die ich in Lemberg bekommen hatte. Ich kämpfte noch mit dem Stacheldraht, als mich die Deutschen umstellten. Sie riefen »Hände hoch!« und zielten bereits mit Maschinengewehren auf mich. Aber ich konnte die rechte Hand nicht heben, weil mein Ärmel im Stacheldraht hängengeblieben war. Die Faschisten begrüßten sich mit dem Erheben der Hand, die Kommunisten mit dem Erheben der Faust. Ich in dieser Situation konnte nur langsam die offenen Hände in der Höhe der Hüften bewegen. Im System der Zeichen war es die Begrüßung eines hilflosen Intellektuellen. Die Deutschen rissen mir die Mappe aus der Hand, es waren Notizen aus Tacitus' *Germania* darin. »Germania, Tacitus, Deutsche, Deutsche«, sagte ich. Die Deutschen halfen mir, vom Zaun herunterzuklettern.

Wir wohnten damals bereits in der dritten Wohnung in Żoliborz, in der Mickiewiczastraße, aber schon hinter dem Wilsonplatz, in einem Wohnhaus der Versicherungsgesellschaft bei Kamilla Olsienkiewicz. In Wirklichkeit hieß sie Irena, doch ich hatte sie noch in den Universitätsjahren Kamilla genannt, und sie blieb Kamilla nicht nur für ihre Freunde, sondern auch für sich selbst. Wir besuchten gemeinsam das Ästhetikseminar bei Tatarkiewicz. Eigentlich war es ein Konversatorium und im nächsten Jahr dann ein Privatissimum bei ihm zu Hause. Tatarkiewicz lud, so erzählte man sich, zur Teilnahme an diesem Privatissimum zwölf große blonde Mädchen mit blauen Augen und zwölf seiner glänzendsten Schüler ein. Das stimmte nicht ganz, Kamilla war groß, hatte einen wunderbaren Hals, schwarze Augenbrauen und blaue Augen, war aber dunkel, obwohl sie ihr Haar leicht rot färbte. Sie konnte sehr attraktiv sein, plötzlich aber fiel sie in sich zusammen, wurde schläfrig und fade wie Goplana in *Balladyna*[16] für den Grabiec aus Haut und Blut.

Neben Włodek Pietrzak und Alfred Łaszowski, der bald nicht mehr kam, war ich einer der Jüngsten bei diesen Ästhetiksymposien von Tatarkiewicz. Der älteste von uns war Sobociński, mager, groß und bereits gebeugt, immer im schwarzen Anzug und mit steifem Kragen. Er versprach ein ausgezeichneter Logiker zu werden, ich wußte damals nur nicht, daß er ein verbissener Antisemit war. Das Thema des Konversatoriums war der Begriff der Schönheit. Im letzten Jahr vor dem Aufstand wurden Hanna Krahelska und Professor Handelsman entführt und erschossen. Sie waren von einem der »Informationsdienste« zu einem »Verhör« mitgenommen worden, wegen Gesprächen mit den Kommunisten. Sobociński wurde nach dem Krieg angeklagt, für dieses »Urteil« verantwortlich gewesen zu sein. Doch die Sache wurde nie richtig geklärt. Sobociński ging nach Amerika und starb wohl noch in den siebziger Jahren als Philosophieprofessor an der Universität Notre Dame in Indiana.

Die »Götter« bei diesem Seminar waren: »der Teufel« Stęp-

16 Stück von Juliusz Słowacki. Die Feenkönigin Balladyna verliebt sich in den Bauern Grabiec – einen Trunkenbold.

niewski, Miciński und Kroński. Stępniewski, gedrungen, mit glänzenden Augen und wehendem Haar, konnte wirklich wie der »Teufel« erscheinen, wenn er von der ständigen Anwesenheit des Teufels in der Geschichte sprach, Trentowski und Hoene-Wroński zitierend. Er benutzte ähnlich wie Jerzy Braun, den er einmal mitbrachte und der der führende Neohegelianer war, die seltsamsten Terminologien, und Tatarkiewicz bat vergeblich um eine Erklärung, was die »Zweiheit« und die »Beidheit« des Seins bedeuteten. Bolek Miciński, immer blaß, schon damals kränkelte er an der Lunge, selbst symbolisierender Dichter, schrieb poetische Kritiken für Piaseckis Zeitschrift *Prosto z mostu*, doch er war (noch mehr als ich in Stempowski vernarrt) weit von jedwedem Nationalismus entfernt. Er hatte vor, ein Buch über die Erfahrungen eines Philosophen zu schreiben, der wie Kant niemals die Grenzen seiner Stadt verlassen hatte. Der Krieg führte die Micińskis mit einer kleinen Tochter auf schwere und weite Wanderungen. Er starb vor Ende des Krieges, im Mai 1943 an der nie geheilten Schwindsucht. Tadeusz Kroński, befreundet mit Czesław Miłosz, war der perfideste Diskutant, jede Aussage brachte er zu einer am wenigsten erwarteten Schlußfolgerung. Er hatte ein rundes Gesicht, sein Nacken wurde rot, und seine Augen leuchteten. In *West- und östliches Gelände* nennt ihn Miłosz »Tiger«, so nannte ihn auch Irena Krzemicka von Anfang an. Es war wohl Kroński mit seiner erstaunlichen Begabung sowohl für das Nachäffen als auch für Spitznamen, der Tatarkiewicz »Apcio« nannte. »Apcio« war eine Koseform von Apollo. Tatarkiewicz war immer sehr vornehm, im gutgeschnittenen Anzug mit immer neuer, zum Anzug passender Krawatte. Die Studentinnen waren im allgemeinen in ihn verliebt.

Kamilla beachtete mich bei diesen Seminaren lange Zeit nicht. Bis sie einmal selbst einen Vortrag halten mußte. Ich erinnere mich nicht mehr worüber, wohl über den Begriff der Schönheit bei Plato. Was sie sagte, war geschickt und sogar ziemlich gelehrt, doch ich griff sie so heftig an, wie ich nur konnte, bis Tatarkiewicz mich unterbrach und auf seine wie immer höfliche Weise sagte, ich solle wie ein Philosoph auf die Vornehmheit achten. Nach dem Seminar brachte ich Kamilla zum ersten Mal nach Hause. Als ich nach dem Diplom für ein Jahr zur Armee ging, verlor ich sie aus den Augen. Ich traf sie erst in Żoliborz wieder, als wir mit Lidia noch bei Frau Holnicka wohnten. Kamilla schlug uns vor, zu ihr zu ziehen. Ihr Mann war in einem Gefangenenlager für Offiziere. Sie hatte zwei Zimmer; das größere, wo ihr von Tymon Niesiołowski gemaltes Porträt mit weißem Sommerkleid aus Tüll hing und ein großes Bett stand, behielt sie für sich, das kleinere gab sie uns.

Gerade damals bekam ich eine neue »Kennkarte«. Diese von den Deutschen ausgestellten Personalausweise waren im Generalgouvernement obligatorisch. Man mußte sie immer bei sich tragen. Die Kennkarte bekam ich auf einem mir unbekannten Weg wieder über Rysiek von der Delegatur. Sie war »echt«, mit echten Stempeln und einem Blanko-Vordruck. Jetzt mußte ich, um mich legal anzumelden und ins Register zu kommen, zuerst ein Dokument der Abmeldung haben. Immer auf den gleichen Vor- und Nachnamen: Adam Kot. Das war nicht mehr schwer. Die »Technik« hatte auch echte Stempel verschiedener Gemeinden und Orte bei Warschau. Ich konnte wählen. Ich wählte Świdry Dolne.

Es war Anfang August, einige Tage nach Erhalt dieser Kennkarte. Ich erinnere mich gut an diesen Tag, denn Lidia hatte zur Feier der augenblicklichen Beendigung unserer Sorgen Piroggen mit Blaubeeren gebacken. Sie hatte sogar irgendwo ein halbes Töpfchen Sahne erstanden. Es war eine große Delikatesse. Damals hungerten wir nicht mehr. Aber im Alltag gab es nur lehmartiges Brot auf Marken, manchmal von einem Marktweib gekauften Zichorienkaffee oder Tee-Ersatz, Rübenmarmelade, auch auf Marken, und meistens Kartoffelpuffer, gebraten in schwarzem Öl, das so stank, daß man nach dem Braten lange lüften mußte. Lidia hatte eine große Schüssel dieser Blaubeerpiroggen gemacht. Sie waren wunderbar. Ich beschloß, die Hälfte für das Abendessen aufzuheben. Plötzlich kamen vor dem Abend, es war noch hell, zwei polnische Polizisten von der deutschen Kripo, um mich zu holen.

Sie brachten mich zur Daniłowiczowskastraße, die ich noch vor dem Krieg kennengelernt hatte, als ich bei einer »Demo«, also Demonstration, um im Parteijargon zu bleiben, verhaftet wurde. Wir waren damals irgendwo in den jüdischen Straßen, der Twarda, Nowolipki oder Złota im Zug losgegangen, mit roten Transparenten. Die »Techniker« warfen sie über die Straßenbahndrähte. Wir waren nicht mehr als zweihundert, hauptsächlich Halbwüchsige, aber auch einige ältere Genossen. Die Polizei trieb uns mit Stöcken auseinander. Wir liefen auseinander, um uns wieder an einer vorher verabredeten Ecke zu versammeln. Ich geriet in einen Hauseingang und wurde im Treppenhaus von einem Spitzel gefaßt.

Damals im Daniłowiczowska-Gefängnis war ich photographiert worden, und man hatte meine Fingerabdrücke genommen. Das war 1934, ich studierte im zweiten Jahr Jura. Jetzt nahm man mir nur den Gürtel und wohl auch die Krawatte, die ich damals noch trug, und führte mich sofort zum Verhör. Es waren drei in dem Arbeitszimmer, ein Dicker und zwei Dünne, in Uniformen ohne Abzeichen. »Na, gib lieber gleich zu, wie du sie abgeschlachtet hast? Mit einem Fleischermesser? Wo hast du es hingeworfen?« Und der Dünne haute mir gleich eine runter. Ich antwortete nicht, bekam noch einen Schlag ins Gesicht, begriff aber längere Zeit nichts. »Kot? Adam? Aus Świdry Dolne? Fleischergeselle ...« Alles stimmte. Kot, Adam, hatte in Świdry Dolne drei Personen ermordet. Eine Woche zuvor. »Gib es zu.« Und ich bekam zum dritten Mal einen Schlag ins Gesicht. Diesmal von dem Dicken, der dort der Älteste war. »Das bin ich nicht«, sagte ich. »Er soll mal seine Hände zeigen«, sagte der Dicke zum Dünnen. Ich zeigte sie. Der Dicke kam auf mich zu, guckte in mein Gesicht, dann nochmal auf die Kennkarte. »Das sind keine Fleischerhände.« Und dann zu mir: »Wer bist du denn, du Schlappschwanz?« Ich hatte keine Wahl. Meine Fingerabdrücke von vor kaum zehn Jahren waren noch hier in der Daniłowiczowskastraße. »Wer ich bin, ist nicht euer Scheißproblem. Und ich rate euch, ihr Arschlöcher, euch lieber nicht damit zu beschäftigen!« Sie waren verdattert. Der Dicke schaute noch einmal auf meine Kennkarte. »Führt ihn ab!«

Die Nacht verbrachte ich in der Sammelzelle ganz unten. Wir waren zusammengedrängt, beinahe schlief einer auf dem anderen. Nachts wurden wir nicht hinausgeführt. Die Urinbäche kamen von allen Seiten. Manche wimmerten, sie waren schwer geschlagen worden. Ich dachte nur an die Piroggen mit Blaubeeren, die ich mir zum Abendessen gelassen hatte. Daß ich sie nie essen würde. Am Morgen gab man uns ungesüßten Kaffee und begann, die Gefangenen nach oben zum Verhör zu führen. Ich blieb allein. Erst nach einigen Stunden wurde auch ich aufgerufen. Diesmal brachte man mich in den dritten Stock. In einem Arbeitszimmer mit Sesseln und einem hellen, offenen Fenster saßen die gleichen drei: der Dicke und zwei Dünne. Doch diesmal waren alle in Zivil. Sie setzten mich gleich in einen Sessel. »Verzeihen Sie uns bitte, Herr Oberst, dieses Mißverständnis. Vielleicht möchten Sie, Herr Oberst, etwas Kaffee ...« Ich trank ihn. »Und jetzt«, sagten sie, »gehen wir einen Imbiß nehmen.« Ich war bis zum Schluß nicht ganz sicher, wohin sie mich bringen. Ich atmete erst auf, als sie mich in eine Kneipe in

Wilanów brachten, die, wie sich später herausstellte, sowohl den Krieg und die Besatzung als auch den Stalinismus und Gierek überstand und im Warschau von Urban und Rakowski neu erblühte. Beim zweiten Glas Wodka sagte der Dicke: »Denken Sie bitte nach dem Krieg an uns, Herr Oberst.« Und erst da begann ich zu verstehen. Meine Kennkarte stammte aus Vorräten, an die die Delegatur auf einem nur ihr bekanntem Wege herangekommen war. Diese Polizisten der Kripo müssen diese verschwundenen Nummern gekannt haben. Meine Kennkarte hatte eine dieser Nummern, und die Landesarmee erschoß zu jener Zeit bereits die Denunzianten.

Sie brachten mich nach der Polizeistunde nach Hause und warfen mich direkt aufs Bett. Lidia dachte, sie brächten eine Leiche. Ich war tatsächlich eine Schnapsleiche. Doch am Morgen aß ich die Piroggen mit Blaubeeren. Lidia hatte sie aufbewahrt. Einige Wochen später lasen wir im *Biuletyn informacyjny* (Informationsbulletin), daß an dem Dicken ein Todesurteil vollstreckt worden sei, da er Juden erpreßt und an die Gestapo verraten habe. Wieder war ich dem Strick entronnen.

Dieses Jahr bei Kamilla in der Mickiewiczastraße war für uns, Lidia und mich, lange sehr ruhig. Aber nur für uns. Um uns herum war es schrecklich. Immer schrecklicher. Schon damals begann man langsam, alle Ghettos zu liquidieren. Es fuhren verplombte Züge nach Belsen, Treblinka und Auschwitz. Wir wußten schon von den Gaskammern. Von den Grünhuts in Truskawiec kamen immer beunruhigendere Nachrichten. Wir hatten sie auf unserer Rückreise aus Paris in Krakau besucht. Grünhut war Mäzen vieler Maler, hatte in seiner Wohnung eine der schönsten Sammlungen von Kislings. Er war ein bekannter Arzt, seine Frau war die Schwester von Lidias Großmutter. Nach dem September fanden sie sich in Lemberg wieder, doch sie konnten sich dort nicht als Flüchtlinge anmelden, und so übersiedelten sie nach Truskawiec. Dort wurden sie von den Deutschen überrascht. Vor unserer Abfahrt aus Lemberg hatte mir Lidias Vater gesagt, wo ich im Garten ein Säckchen mit Münzen und Gold ausgraben soll. Die Grünhuts hatten es Lidias Eltern zur Aufbewahrung gelassen. Diese Münzen verkaufte ich die ganze Besatzungszeit über. Lidia wirtschaftete damit. Von dem ausgegrabenen Säckchen lebten viele Familien. Einige von diesen Münzen, versteckt in einem Wollknäuel, nahm noch Rysieks Mutter mit, als sie nach dem Aufstand aus Warschau abtransportiert wurde. Diese langjährige Geographielehrerin von seltener Güte und Wachheit dachte im Augenblick der Panik daran, den den jüdischen Freunden ihres Sohnes anvertrauten »Schatz« zu retten. Lidia besorgte für die Grünhuts Geburtsurkunden und fand eine Wohnung für sie in Warschau. Jurek Kreczmar sollte sie abholen und aus Truskawiec bringen. Als alles geplant war, kam von den Grünhuts ein aus einem Heft gerissener Zettel: »Wir fahren ins Unbekannte.« Ungefähr zur gleichen Zeit wurde in Drohobycz während einer überraschenden Aktion Bruno Schulz erschossen. Leute aus dem Kreis des WRN (Freiheit, Gleichheit, Unabhängigkeit) hatten dank Rysiek »arische« Papiere und ein Versteck in Warschau für ihn vorbereitet, doch, wie sich herausstellte, zu spät. Ungefähr zur gleichen Zeit verscholl mein Vater. Er wurde ermordet, als er bereits das Gefängnis in Krakau verlassen sollte. Im Sommer dieses Jahres bei Kamilla kam meine Mutter im schwarzen Schleier zu mir und wohnte bei uns, bevor sie für kurze Zeit nach Józefów kam.

Kamillas Wohnung schien uns lange Zeit sicher. Ein großer Wohnblock mit vielen Eingängen, niemand beachtete uns, es gab keinen Hausmeister. Einer der ersten, der uns dort besuchte, war der junge Węgierko mit seiner wunderschönen Frau, einer jungen Schauspielerin, die vor dem Krieg gerade debütiert hatte. Aleksander absolvierte wie sein Onkel, ein berühmter und ausgezeichneter Regisseur, vor dem Krieg zusammen mit Erwin Axer das Regiestudium der PIST[17]. Er war natürlich von Schiller fasziniert und, auf eine andere Weise, aber nicht weniger stark, von Jerzy Stempowski. Beide kamen, um sich zu verabschieden. Sie sollten mit einem Spezialtransport durch das Reich in die Schweiz fahren, die Deutschen hatten es für eine Gruppe von Juden gegen hohe Dollar-Schmiergelder organisiert. Der vorhergehende Transport war angekommen. Mit ihm war die statuenhafte Fela Kon gefahren, eine der schönsten Frauen, die ich kannte; sie hatte sich noch in Lemberg in Adolf Rudnicki verliebt, ich wollte sagen »tödlich«, aber dieses Wort war während der Besatzung niemals eine Metapher. Zum letzten Mal sah ich sie in Paris, kurz nach dem Krieg; sie war nicht mehr so schön und hatte einen harten Zug um den Mund. Sie gab mir einen Brief für Adolf und einen schönen Schal für mich, blau mit weißen Streifen, aus Wolle mit Seide. Aber der zweite Transport, mit dem Aleksander mit seiner jungen arischen Frau fuhr, kam in der Schweiz nicht mehr an. Dieser Weg in den Ofen, den man mit Dollars bezahlen mußte, war eine der teuflischsten Ideen der Gestapo.

Kamilla verreiste oft für Wochen zu ihrer Mutter nach Starachowice. Wir hatten also zwei Zimmer zur Verfügung. Viele Menschen übernachteten damals bei uns. Manchmal eine Nacht, manchmal zwei, manchmal eine Woche. Oft war es eben jene Nacht, in der sie keinen Ort mehr hatten, wo sie noch hätten hingehen können. Eine solche Nacht, vielleicht eine der letzten, verbrachte bei uns der Vater von Antek Rosental, meines und Rysieks Pfadfindergruppenführer im Mickie-

17 Warschauer Theaterhochschule der Vorkriegszeit, damals sehr modern in ihrem Unterrichtskonzept.

wicz-Gymnasium. Er hatte ein sehr schlechtes Aussehen, damals wurde das immer wichtiger. Jeder von uns schaute sich lange im Spiegel an, bevor er auf die Straße ging. Lidia überlegte, ob sie ihr Haar nicht blondieren sollte. Anteks Vater plazierte ich im Keller, weil wir in dieser Nacht bereits andere »Gäste« hatten. Kurze Zeit später erfuhr ich, er habe Selbstmord begangen, denn er hatte keinen Ort mehr, wo er hingehen konnte. Anteks Mutter wohnte auch einige Tage bei uns, dann ging sie wohl zu Rysieks. Sie konnte sich retten und überlebte den Krieg. Antek überlebte ebenfalls, war nach dem Krieg Arzt und kehrte nie wieder zu seinem Namen zurück.

Mein Onkel Ludwik Wertenstein, der Bruder meiner Mutter, der mich aus dem Krankenhaus in Puławy herausbrachte, verbrachte bei uns einmal eine Nacht im Sessel, denn es gab keinen anderen Platz mehr. Damals sah ich ihn zum letzten Mal. Nachdem die Deutschen Turczynek besetzt hatten, war er eine Zeitlang zusammen mit der ganzen Familie in Komorów. Im Dezember 1942 kam er nach Krakau. 1943 versteckte er sich auf dem Landsitz in Rzędowice. Im Februar 1944 organisierten seine Freunde unter den Krakauer Physikern, daß er nach Ungarn fliehen konnte. Er hielt sich in Budapest auf und kam dort kurz vor Kriegsende ums Leben, während die Deutschen die Elisabethbrücke sprengten.

Ehemals Assistent von Marie Curie-Skłodowska in Paris, war er ein ausgezeichneter Experimentalphysiker. Man sagte von ihm, er habe Hände, die Wunder vollbrächten. Neben Winawer war er einer der besten Wegbereiter der Physik. In unserer Familie mütterlicherseits schrieben alle seit beinahe vier Generationen. Er kam freitags zu uns in die Senatorskastraße zu Familienabendessen. Doch ich weiß nicht mehr viel von diesen Gesprächen. Am besten erinnere ich mich an ihn noch von den drei Kriegswochen in Turczynek. Er war groß, leicht gebeugt, hatte einen schwarzen, kurzgeschnittenen Schnurrbart und damals wohl noch schwarzes Haar mit Igelschnitt. Eben damals in Turczynek erzählte er von Marie Curie-Skłodowska, sie sei streitsüchtig, zänkisch und wahnsinnig ehrgeizig gewesen. Von ihrer Affäre mit Langevin hatte ich gehört, aber ich wunderte mich darüber, daß sie mit ihrem Assistenten schlief. Nicht mit Ludwik, aber mit einem anderen jungen polnischen Assistenten. Curie-Skłodowska hatte ich mir, ich weiß nicht warum, in schwarzen Spitzen vorgestellt wie meine Großmutter Bronisława auf einem erhaltenen Familienphoto. Und lange Zeit schien mir, als stamme sie aus der Generation der Orzeszkowa[18]. Es war nicht nur Ignoranz, sondern in jenen Jugendjahren die Vermischung und Mißachtung all dessen, was auch nur wenig früher gewesen ist. Erst jetzt, wo ich um mehr als ein Vierteljahrhundert älter als Ludwik bin, mit dem ich vielleicht in Turczynek 1939 über Marie Curie-Skłodowska gesprochen habe, hat sich das Frühere verdichtet und scheint näher an mich herangekommen zu sein.

Aus dieser Zeit in Turczynek erinnere ich mich noch an ein junges Mädchen, mit glatt nach hinten gekämmtem Haar und im dunklen, hochgeschlossenen Kleid, wie Marie Skłodowska auf dem Photo in der Enzyklopädie. Sie hieß Zosia und führte den ganzen Haushalt in Turczynek. Onkel Ludwik sagte mir eines Abends plötzlich, daß er verliebt und unglücklich sei. Dieses Mädchen war nur einige Jahre älter als ich, und es kam mir lächerlich und jämmerlich vor, daß ein älterer Herr solche Sachen erzählte. Ich erinnere mich noch an meine Scham. Wie Wellen, wenn man einen Stein mitten in den See wirft, kommen unerwartet Fetzen der Erinnerung oder des schon sehr unsicheren Gedächtnisses wieder. Jahre später hatte mir Jadwiga M. aus

18 Eliza Orzeszkowa (1841-1910), positivistische polnische Schriftstellerin.

Kansas in den USA geschrieben, daß ihr der Führer bei der Flucht über die ungarische Grenze gegen Kriegsende gesagt habe, er hätte vor kurzem einen gewissen älteren Professor mit einer jungen Tochter hinüber gebracht. Ob diese »junge Tochter« die Zosia aus Turczynek gewesen ist?

Wohl auch damals wurden wir bei Kamilla von Tomek Koral, dem Sohn von Tante Luta, der Schwester meines Vaters, besucht. Er war, wie mir scheint, noch nicht achtzehn. Er war groß, trug große Schaftstiefel und war in der Unteroffiziersschule im Untergrund der Landesarmee. Er kam im Aufstand um. Eine Woche lang versteckte sich bei uns die alte Frau Kasman, die Mutter von Fela, der Frau von Jurek Kreczmar und Leon Kasman, dem später langjährigen und wohl »hartnäckigsten« Redakteur von *Trybuna Ludu*. Sie überlebte den Krieg. Als man mir 1961 einen Tuberkuloseherd zusammen mit dem oberen Teil der Lunge herausgeschnitten hatte und wir Schwierigkeiten hatten, zu einer Kur nach Frankreich fahren zu dürfen, es war vier Jahre nach meinem Austritt aus der Partei, ging sie zu Kasman. Eine Woche später bekamen wir die Pässe.

Bei Kamilla wohnten wir beinahe ein Jahr, ohne Erschütterungen. Bis eines Morgens – es war Juni oder Juli 1943, wir waren damals in Józefów, nur Lidia war für einen Tag nach Warschau gefahren – ein Offizier mit schwarzem Mützenrand, begleitet von einem Soldaten, kam und sofort nach mir fragte. Dann ging er gleich zu Kamilla. Kamilla lag in ihrem großen Bett im wie gewöhnlich offenen Morgenrock mit einer Unmenge Zeitungen. Es waren natürlich Untergrundzeitungen. Sie errötete bis zu den Augäpfeln. Noch bei Tatarkiewicz hatten wir immer darüber gelacht, daß sie ständig rot wurde. Der Gestapomann dachte, es wäre seinetwegen, salutierte also und zog sich diskret zurück. Der Besuch hatte keinerlei Folgen, aber die Wohnung war verdächtig, und Lidia entschied, nicht mehr dorthin zurückzukehren. Wir zogen den Aufenthalt in Józefów so lange es ging in die Länge, und erst nach dem Vorfall mit dem »gutmütigen alten Mann« kamen wir in Panik nach Warschau zurück.

Lidia mietete damals über eine Anzeige ein Zimmer bei Frau Majewska, wieder in Żoliborz. In Żoliborz hatte der Krieg für mich angefangen, von der Zitadelle wurde unsere Kompanie schon am ersten Tag in die Wohnblocks hinter dem Wilsonplatz gebracht. Dort erlebten wir das erste Bombardement, und von da aus zogen wir zur »Frontlinie« in Bielany und bei Młociny los. Und in Żoliborz waren alle unsere Warschauer Wohnungen der Besatzungszeit außer der letzten in Bielany, in der Szregerastraße, gleich neben den Zagórskis und Andrzejewskis. Żoliborz am anderen Ende Warschaus, weit vom deutsch besetzten Dolny Mokotów entfernt, war ein verhältnismäßig ungefährliches Viertel, hatte seine alten und neuen Einwohner, behielt aber den intellektuellen Charakter. Es gab natürlich auch Fälle, daß Juden verraten wurden, aber das war eher selten, und die Juden fanden in diesem Bezirk oftmals wenigstens zeitweise Unterschlupf mit schweigender Zustimmung der Nachbarn. Und auf der Straße gab es keine »Szmalcowniks«[19].

Nachdem wir zu Frau Majewska umgezogen waren, behielt ich weiterhin den Schlüssel von Kamillas Wohnung und ging ab und zu dorthin, sogar wenn sie nicht da war, um zu erfahren, ob nicht irgend jemand nach uns gefragt habe. Damals fand uns Fryda Kalinowska. Schon damals hatte sie ihren Namen in Michalinka geändert. In Lemberg hatten wir zusammen bei Bromberg gearbeitet. Sie beherrschte viele Sprachen und war Redakteurin beim *Nacmenwydaw*. Sie hatte ein »schlechtes Aussehen«

19 Szmalcownik – polnisches Ganoven-Slangwort für Leute, die versteckte Juden erpreßten oder gegen Geld an die Gestapo verrieten.

und hatte in Warschau schreckliche Dinge erlebt, wurde mehrmals erpreßt, man nahm ihr den Mantel weg und riß ihr das Kettchen vom Hals. Sie wurde wohl auch einmal vergewaltigt. Einige Nächte verbrachte sie in irgendwelchen Kleingärten bei Siedlungen und hatte keinen Ort, wohin sie gehen konnte. Ich schloß sie in Kamillas Wohnung ein und brachte ihr einmal am Tag etwas zu essen.

Kamillas Wohnung war nach dem deutschen Besuch nicht mehr sicher. Aber für gehetztes Wild gibt es keine guten Entscheidungen. Ich konnte mich davon einige Monate später überzeugen, als wiederum unsere Wohnung bei Frau Majewska unsicher wurde. Etwa eine Woche lang wußte ich nicht, wo ich die nächste Nacht verbringen würde. Alle Orte, wohin ich hätte gehen können, waren in den letzten Kriegsjahren unsicher geworden: Entweder gab es dort Juden oder Waffen oder Drucksachenlager. Und ich wurde ungern aufgenommen. Ein Prinzip der Konspiration war die Nichtmultiplizierung des Risikos. Oft hatte ich jedoch keine Wahl. Auch Michalinka hatte keine Wahl. Diese ganze Woche bei Kamilla häkelte sie aus Wollresten, die meine Mutter dort gelassen hatte, einen Pullover für Lidia. Michalinka hat den Krieg überlebt, arbeitete dann im Außenministerium, fuhr ins Ausland. Sie schickte uns von dort aus Geschenke: einen goldenen Füller für mich, Kleider für Teresa, Strümpfe für Lidia. Nachdem ihr nach dem März 1968 gekündigt worden war, emigrierte sie, ich glaube nach Schweden.

Bei Frau Majewska wohnten wir nicht lange, doch es waren die schwersten der Warschauer Monate. Damals hatte der Aufstand im Ghetto begonnen. Rudnicki gehörte noch in Lemberg zu unseren regelmäßigen Gästen. Dann kam er oft in unsere Wohnung bei Kamilla, aber während des Ghettoaufstands kam er jeden Tag. Oft am frühen Morgen. Wir gingen wortlos hinaus, versuchten, uns nicht in die Augen zu schauen. Schon vor der Straßenüberführung waren von dort Schüsse zu hören. Und hinter der Überführung sah man bereits das Feuer. Auf dem Krasińskich-Platz befand sich gegenüber der Mauer ein Karussell. In voller Bewegung. Die kleinen Waggons stiegen und fielen, begleitet von Kreischen und Lachen. Von dort kam der Brandgeruch. Der Wind wehte brennende Lumpen herüber. Jemand neben uns sagte: »Die Jüdlein brennen.« Aber vielleicht ist nach beinahe einem halben Jahrhundert das Gedicht von Miłosz über dieses niederträchtige Karussell auf dem Krasińskich-Platz beständiger als das eigene Gedächtnis.

Manchmal schloß sich Mieczysław uns an. Aber meistens war ich mit Adolf allein. Wir konnten sehr lange an der Mauer entlanglaufen. Auf dieser Seite. Ich denke, daß Adolf ohne diese Stunden entlang der Mauer nicht so viele Sätze hätte schreiben können, die so schwer wie Tränen aus Stein waren. Und alles, was ich über unser Schweigen schreiben könnte, klänge falsch. Damals, oder vielleicht später, als der Aufstand niedergeschlagen war und nur noch Asche und Brandgeruch beinahe bis zum Ende des Sommers blieben, schrieb ich das Gedicht *Den Verteidigern vom Ghetto*. Das war nach Jahren des Nichtschreibens mein erstes, aber auch mein letztes Gedicht. Adolf nahm es mit. Er hatte die Aufgabe übernommen, Gedichte über das Ghetto zu finden. Und wohl noch im gleichen Sommer oder im frühen Herbst kam ein kleines Büchlein heraus, nicht mehr als zwei Druckbogen, auf dünnem Zeitungspapier im Format einer halben Heftseite. Es hatte einen braunen Umschlag aus Packpapier, trug den Titel *Aus dem Abgrund* und enthielt das Gedicht von Czesław Miłosz über das Karussell *Campo di Fiori*, drei erschütternde Gedichte von Mieczysław und wohl zwei Gedichte von Boruchowicz. Borwicz-Boruchowicz kannte ich noch aus meinen Universitätsjahren, dann hatte er uns in Lemberg ein paarmal besucht. Den Krieg verbrachte er bis zum Schluß bei den

Partisanen. Wir trafen uns erst in Paris bei einem Vortrag von mir in der Polnischen Bibliothek. Das war einige Jahre vor seinem Tod. Von dem Bändchen *Aus dem Abgrund* sind nur wenige Exemplare erhalten. Eines davon habe ich. Von allen Büchern, die ich veröffentlichte oder an denen ich teilnahm, war dieses Büchlein auf Zeitungspapier, von ebenso schlechter Qualität wie die Ausgabe meines *Gedächtnis des Körpers* bei der NOWA[20], für mich am wertvollsten. Wie auch das Andenken des schweigenden Adolf in jener Woche des erlöschenden Ghettos.

Lidia vertrug Warschau immer schlechter. Sie ging fast nicht mehr aus und wollte unbedingt wegfahren. Eine Stelle annehmen. Das war die einzige Möglichkeit wegzufahren. Kamilla fuhr damals gerade zu ihrer Mutter bei Starachowice. In einem Försterhaus, nicht weit von dort, suchte man gerade eine Lehrerin für ein zehnjähriges Mädchen. Gegen Unterkunft und Verpflegung. Vielleicht gab man auch ein bißchen Kleingeld »als Nadelgeld«, wie man damals noch sagte. Kamilla nahm Lidia im Zug mit, dann wurde sie von Starachowice aus mit einem Pferdefuhrwerk abgeholt.

Ich blieb allein. Es fiel mir schwer, die Einsamkeit zu ertragen. Ich schrieb jeden zweiten Tag an Lidia, aber es reichte mir nicht. Im Försterhaus gab es kein Telephon, also schickte ich ab und zu Telegramme. »Komm schnell zurück« oder »Ich liebe dich sehr« oder »Ohne dich bin ich traurig«. Und noch einmal »Komm unbedingt zurück«. Der Förster tobte, wie ich später erfuhr. Im Wald gab es Partisanen. Nach zwei Telegrammen begann er zu vermuten, es sei irgendeine Chiffre aus Warschau. Er konnte sich nicht vorstellen, daß man ständig dasselbe telegra-

20 Polnischer Untergrundverlag, gegründet in den siebziger Jahren, der die meisten der in Polen verbotenen Bücher illegal veröffentlichte.

phieren könne. Nach dem fünften oder achten Telegramm setzte er Lidia in den Wagen und schickte sie zum Bahnhof.

Lidia gab nicht auf. Ich mußte versprechen, nie wieder zu telegraphieren, und sie begann, nach einer neuen Stellung zu suchen. Diesmal in den Anzeigen. Es gab eine Stellung bei zwei Kindern, in der Gegend von Sandomierz, auf einem Dorf namens Kotkowo[21], was sie sehr amüsierte. Lidia hielt es für ein gutes Omen.

Herr Wizbek, dessen Kinder sie unterrichten sollte, kam mit einem gemieteten Sammelauto – es gab dort noch drei fremde Personen –, um sie abzuholen. An der Stadtgrenze wurde das Auto von der Gendarmerie angehalten, sie befahlen allen auszusteigen und überprüften die Dokumente. Sie schauten vor allem Lidia sehr aufmerksam an, sagten dann »Jude« und brachten sie zur Kripo. Dort wurde sie nicht vernommen, sondern in eine Kutsche gesetzt und in Begleitung von zwei polnischen Polizisten in dunkelblauer Uniform zur Gestapo gebracht. Bei der Gestapo lieferte einer der Polizisten Lidia gegen eine Quittung ab und sagte noch beim Weggehen: »Eine Jüdin, sie hat ›Ei wei, wo ist mein Regenschirm?‹ gerufen.«

Lidia wurde von zwei Offizieren verhört, beide hellblond, groß, in ihren schwarzen Uniformen schön wie die Erzengel. Sie forderten sie auf, zu beten, fragten, welche Form die Hostie habe, und verlangten ihr Einverständnis, diese sei quadratisch. Dann schickten sie sie zu einem Anthropologen, den sie mit »Herr Doktor« anredeten. Er stand im Dienstgrad eines Majors. Er schaute Lidia von allen Seiten an und gab sein Urteil ab: Körperbau nordisch, eurasischer Typ. Wieder begannen Untersuchungen, diesmal in Gesellschaft von drei Experten: eines Juden, eines Ukrainers und eines Polen. Als sie sich darüber wun-

21 Kotkowo – etwa: Kätzchendorf.

derten, daß sie so dunkel sei, sagte sie, sie sei eine Tatarin und stamme aus Kotkowo. Wie sie erst später erfuhr, war Herr Wizbek Tatare. Man führte sie in den Korridor und befahl ihr zu warten. Über den Flur liefen ununterbrochen Spitzel hin und her, ein paarmal wurden Juden vorbeigeführt. Alle waren sie geschlagen worden. Es war schon nach der Liquidierung des Ghettos, auf Juden wurde sofort geschossen. Lidia war ruhig, sie hatte keinerlei Hoffnung. Nach einer oder zwei Stunden befahl man ihr, nach Hause zu fahren und den Ehemann herzuschicken.

Lidia fuhr zuerst zu Grażyna Terlikowska, die nicht zu Hause war, nur ihre Mutter war da. Im Hause waren Waffen versteckt, und das Verstecken von Lidia, die direkt von der Gestapo kam, wäre zu riskant gewesen. Grażynas Mutter rief Rysiek an. Auch sie wußten bereits, daß Lidia zur Gestapo gebracht worden war. Lidia und ich nahmen bis dahin an, daß uns außer dem Kreis unserer Nächsten niemand kennen würde. Doch Warschau war während der Besatzungszeit eine seltsame und ungewöhnliche Stadt, wo oft parallele, manchmal sich kreuzende Fäden des Widerstandes und des Handels verliefen, die man wohl nur mit einem Kommunikationssystem im Ameisenhaufen vergleichen könnte. W., von der wir gar nicht wußten, daß sie uns auch nur vom Sehen kennen könnte, hatte Lidia in der offenen Droschke mit zwei Polizisten in Richtung der Gestapo fahren sehen und rief sofort Beata an: »Sagt Janek, daß seine Frau heute nacht nicht nach Hause kommt.«

Seit Lidias Abfahrt zur Arbeit am Morgen waren nicht viele Stunden vergangen. Bei Rysiek war ich gute zwei Stunden vorher gewesen, bevor der zweite Anruf kam, daß Lidia wieder zurück sei. Rysiek holte sie sofort ab. Lidia war blaß, aber absolut ruhig. Sie sagte, sie sei unter der Bedingung entlassen worden, daß der Ehemann kommen werde. Ich beschloß, sofort zur Gestapo zu fahren. Lidia und Rysiek waren der Meinung, es sei Wahnsinn. Aber ich blieb stur und entriß mich ihnen beinahe mit Gewalt. Ich denke jetzt, daß der Mangel an Vorstellungskraft in mir stärker war als der Mut. Und die Abneigung gegen jedwede Änderung. Nicht hinzufahren bedeutete nicht nur, sofort bei Frau Majewska auszuziehen, die Kennkarte und alle Dokumente zu ändern, sondern auch, das Schreiben für mindestens zwei Wochen zu unterbrechen. Und gerade damals konnte ich gut schreiben. Ich begann gerade den Essay über Malraux und Conrad. Er trug den Titel *Über die Laientragik*.

Zur Gestapo zu fahren bedeutete, für viele Monate Ruhe zu gewinnen. Natürlich, wenn... Ich hatte keine Angst. Alle meine Adam-Kot-Dokumente waren »echt«. Und, was am wichtigsten war, ich war nicht beschnitten. Ein paarmal schon hatten mich die »Szmalcowniks« oder die dunkelblauen Polizisten in einen Hauseingang geschleppt und aufgefordert, den Hosenschlitz zu öffnen. Wenn es keine extra Denunziation gab und nur das Gesicht verdächtig war, genügte dieser »Personalausweis«. Auf der Gestapo gab man mir einen Passierschein und führte mich in die obere Etage, in das Zimmer der schwarzen Erzengel.

Sie waren nicht da. Man befahl mir, am Abend oder am nächsten Tag zu kommen. Doch bevor ich noch an diese Tür gebracht worden war, wußte ich bereits, wo ich mich befand. Als Lidia freigelassen wurde, sagte sie, wie immer beherrscht, zu dem jüdischen Spitzel: »Auf Wiedersehen.«

»Sagen Sie nicht ›auf Wiedersehen‹, und kommen Sie nie wieder hierher, es ist ein schrecklicher Ort.« Ich sah nichts Schreckliches, während ich durch die Etagen und durch Korridore in das Zimmer der tödlichen Verhöre geführt wurde. Es gab nur Korridore, Türen, die nur auf der einen Seite mit einer Klinke zu öffnen waren, schwarze Uniformen, das Klopfen der Stiefel und tödliche Stille. Aber ich wußte bereits, daß es ein schrecklicher Ort war. Und ich wußte auch, ich würde nie wieder freiwillig hierherkommen. Lidia, die immer wußte, daß ich von überall her zu ihr zurückkommen würde, begann zu weinen, als sie mich wiedersah.

All dies schrieb ich am nächsten Tag genau in einem langen Brief nach Stróże, an Lidias Eltern. Detailliert. Daß sie zur Arbeit fuhr, daß ein Auto sie abholte, daß sie an der Stadtgrenze herausgeholt wurde, daß Rysiek die Nachricht bekommen hätte, sie werde zur Gestapo gebracht, bis zum glücklichen Ende. Aber dieses Ende befand sich, laut dem Suspense-Gesetz, am Ende des Briefes. Lidias Vater bekam Herzschmerzen, als er den Brief las. Lidia konnte mir diesen Brief nicht verzeihen.

Dieser Tag, als Lidia zur Arbeit fahren sollte, war sehr lang. Und dann vergingen wieder lange Wochen, bevor wir wieder zusammen waren. Noch am gleichen Abend kam Maryna Zagórska zu Rysiek. »Sie kommen mit mir«, sagte sie zu Lidia. Włodzimierz Zagórski war damals vier Jahre alt. Lidia wurde Włodzimierz' »Kindermädchen«. Die Zagórskis schützten Lidia in der für uns schwierigsten Zeit. Ohne ein Wort zu sagen.

Ich kehrte in unsere Wohnung bei Frau Majewska zurück. Rysiek und Lidia hielten es für einen neuen Wahnsinn. Ich hätte verschiedene Übernachtungsmöglichkeiten finden können, die ebenfalls nicht sehr sicher waren, und ich konnte jederzeit zu den Rysieks gehen, aber ich wollte weiter an dem Essay *Über die Laientragik* schreiben. Schreiben konnte ich nur zu Hause oder eher dort, wo es wenigstens einen provisorischen Tisch unter einem Dach gab. Ich beschloß, dem Schicksal zu vertrauen und ihm eine faire Chance zu geben. Zu Frau Majewska kam ich jeden zweiten Tag. Die Deutschen kamen nicht, um mich zu holen, aber nach etwa zwei Wochen erfuhren wir auf Umwegen von Herrn Wizbek, daß die Gestapo nach mir gefragt habe. Damals war ich schon bei Frau Majewska ausgezogen. Ich ging nur noch manchmal hin, um zu fragen, ob es Post für mich gegeben habe. Beim letzten Mal fand ich Frau Majewska sehr aufgeregt vor. Sie war eine verbissene Antisemitin, nicht einmal die Vernichtung des Ghettos hatte sie gerührt. Doch am Tage vorher waren Polizisten gekommen, um ihren zweiten Mieter, der in einem kleinen Zimmer neben uns gewohnt hatte, zu holen. Es war ein Apotheker aus Sambor, ein älterer und sehr stiller Herr. Er ging selten aus dem Haus. Wir waren beinahe sicher, daß er Jude sei. Und er dachte sicher dasselbe von uns. Aber weder er noch wir ließen erkennen, daß wir Bescheid wußten. Das war die Grundregel. Frau Majewska erzählte, die Polizisten hätten ihn ins Treppenhaus geschleppt und geschlagen.

Maryna Zagórska fand eine Wohnung für uns in der Szregerastraße, in einem Haus neben ihr und den Andrzejewskis. Es war weit draußen in Bielany. Eine kleine Straße inmitten von ähnlichen Straßen mit zwei- oder dreistöckigen Häusern mit ärmlichen Gärten, die mit zerbrochenen Zaunlatten umgeben waren. Es war unsere letzte Wohnung in Warschau vor dem Aufstand und wohl die glücklichste. Wir fühlten uns plötzlich beinahe sicher. Wir hatten Kennkarten mit echten Stempeln, ich sogar zwei Stück, mit verschiedenen Vor- und Nachnamen, für zu Hause und für die Stadt. Durch Kontakte von Rysiek wurden wir aus dem zentralen Register der Anmeldebehörde auf alle Fälle gestrichen. Wir fühlten uns auch besser, weil nebenan die Zagórskis und Andrzejewskis waren.

Meine Freundschaft mit Jerzy und Maryna hatte wohl noch ein Jahr früher angefangen. Handelstransaktionen brachten uns zusammen. Jerzy war mein Makler und Bankier, vor allem aber Experte, als ich nach Lemberg noch einmal begann, mit Valuta und Gold zu handeln. Wir trafen uns gewöhnlich in der Złotastraße, auf der anderen Seite der Marszałkowska, in einem kleinen Restaurant, das einige Häuser vom Hauptbordell der Wehrmacht entfernt war. In diesem Restaurant »Zur goldenen Orange« oder vielleicht in einem anderen daneben arbeitete Natalia Gałczyńska als Kellnerin, schön wie eine Zigeunerin oder eine Kaukasierin. Sie half uns auch bei den Geschäften und fand Kunden. Jerzy ging fast immer mit Maryna dorthin.

Von allen Ehen, die ich kannte, war es die unzertrennlichste. Unzertrennlich nicht im übertragenen Sinne, sondern physisch, im Alltag, tags und nachts, und dann nach dem Krieg bei Premieren in Warschau und in fast allen Provinzstädten, bei Autorenlesungen und im Schriftstellerverband, bei Reisen außerhalb Warschaus und ins Ausland, in London, auf der Krim und in Rom, wo ich Jerzy und Maryna zum letzten Mal vor seinem Tod sah. Maryna kam in diese obskure Kneipe in der Złotastraße in seltsamen Hüten und Schals, an einem Tag sah sie mit ihrem goldenen Haar wie die Primavera von Botticelli aus, am nächsten wie eine Hexe. Jerzy fiel schon damals, wenn er sich erzürnte, und er zürnte sehr oft, die untere Zahnprothese heraus. Er war imstande, unwahrscheinlichen Unsinn zu erzählen, doch unter seinen apokalyptischen Prophezeiungen tauchten plötzlich und unerwartet Intuitionen oder eher Voraussagen auf, die erstaunlich treffend und erstaunlich realistisch waren. In seiner *Ankunft des Feindes*, noch aus den Vilniusser Jahren, war Zagórski der erste und wohl authentischste katastrophische Surrealist, aber das Visionäre half ihm auf erstaunliche Weise bei Börsenspekulationen. Stempowski bemerkte in seiner ausgezeichneten *Chimäre als Zugtier* schon viele Jahre vor dem Krieg, daß die neue Kunst, die für verrückt erklärt wurde, die beste Schule der Phantasie für große Spieler an den Weltbörsen war. Jerzy sah ausgezeichnet die täglichen Steigerungen der »Harten« oder der zaristischen »Schweinchen«, der goldenen Fünfrubelmünzen, die im Kongreßpolen[22] als sicherste Geldanlage zwei Weltkriege und die Revolution überdauert hatten. Die Sparsamen sind die letzten Traditionalisten in einer Welt, die zusammenfällt.

Jerzy spielte an dieser Warschauer Schwarzbörse sicher und ohne zu zögern. Sogar wenn er verlor, konnte er immer zurückgewinnen. Leider war nicht nur mein, sondern auch sein Geschäftskapital begrenzt. Doch von diesen Expeditionen in die Złotastraße, zu denen sie sich jeden Morgen wie Vögel zum Fressen aufmachten, konnten Jerzy und Maryna ein ganzes Haus ernähren: Außer Włodzimierz gab es noch zwei Töchter, Bożenka und Elżbieta, und das Dienstmädchen Rózia. Nach Lidia nahm Maryna Frau Danusia zu sich, die ebenfalls Jüdin war. Maryna hatte überhaupt kein Gefühl für Gefahr. Nicht für andere, nicht für sich selbst. Das Retten von Menschen war für sie ebenso natürlich wie heiße Suppe zum Mittagessen. Wahnsinn und Sinn für das Praktische, Lieben und Hassen waren bei Maryna so miteinander verwachsen, daß man sie nicht trennen konnte. Wie die Visionen des Surrealisten und die Prognosen des Statistikers bei Jerzy. Beide waren sehr verschieden und gleichzeitig in einem sehr tiefen Sinne einander sehr ähnlich.

Warschau hatte außer dem politischen und geschäftlichen auch ein literarisches Untergrundleben. Ich nahm nicht daran teil. Wir gingen nicht zu den Mittagessen in die Literarische Küche in der Pierackiegostraße. Wir gingen nicht einmal zum gemeinsamen Essen am Heiligabend hin. Aus verständlichen Gründen. Wir fürchteten einfach die menschliche Unvorsichtigkeit und das Gerede. Jastrun erzählte, wie er, als er an der Stufe einer Straßenbahn hing, das laute Flüstern von Allan Koska zu hören bekam, der auch auf den Stufen hing, nur auf

22 Der beim Wiener Kongreß 1815 gegründete polnische Staat mit Zar Alexander I. als konstitutionellem Herrscher.

der anderen Seite des Waggons: »Mieczysław! Versteckst du dich?«

Beide Jerzys, Andrzejewski und Zagórski, waren in dieser Hinsicht sehr vorsichtig. Als wir einmal mit Lidia abends nach der Polizeistunde durch den Garten zu Besuch kamen, trafen wir Andrzejewski an, wie er Bogen aus buntem Karton zerschnitt. Er sagte uns, es seien Deckblätter für einen Gedichtband, der im Untergrund erscheinen sollte. Doch er wußte nicht mehr, wessen. Sie waren von Miłosz. Wir hatten uns nach einem stürmischen Morgen oder Abend des »Überfalls der Avantgarde auf Warschau« kennengelernt. Das war wohl 1937. Ich wußte jetzt, daß er in Warschau war, aber ich sah ihn zum zweiten Mal seit den längst vergessenen Vorkriegszeiten (bei einem Namenstag oder irgendeiner anderen Feier mit Unmengen von Leuten bei Kropka Minkiewiczowa) wieder; die Nacht verwandelte sich nach der Polizeistunde in eine nicht enden wollende Suffnacht, die man nicht verlassen konnte. Als ich im Morgengrauen aufwachte und in die Küche ging, um Wasser zu trinken, sah ich, wie Miłosz und Andrzejewski nebeneinander knieten. Sie schnitten furchtbare Gesichter. Wie Syfon und Miętus in Gombrowicz' *Ferdydurke*. Sie schlugen mit ihren Köpfen gegen den Fußboden, erhoben sie dann auf »eins, zwei, drei!« und verzogen ihre Gesichter zu grauenvollen Mienen. Es waren private und öffentliche, unschuldige und obszöne Mienen; die Miene eines Generals und eines Zivilisten, die Miene einer Jungfrau und eines Homosexuellen und große historische Mienen: die Miene von Beck[23], die Miene von Hitler, die Miene von Stalin. Es gab noch die Mienen des Vaters und des Königs. Und vielleicht noch die letzte der Mienen von Miłosz – die Miene

23 Józef Beck (1894-1944) polnischer Außenminister in der Zeit zwischen den beiden Weltkriegen.

des Herrgotts, vor der sich Andrzejewski ehrerbietig nicht mehr erhob. Wem schnitten sie diese Gesichter – den Vorkriegsjahren oder dem, was kommen sollte?

4.

Im Frühjahr 1978 hatte ich das endgültige Verhör beim Amt für Naturalisierung und Immigration. Die *green card*, die mir vorher ein paarmal verweigert worden war, hatte ich bereits. Lidia und die Kinder hatten die Staatsbürgerschaft vorher bekommen, aber meine Bemühungen stießen immer wieder auf Absagen. Der Grund dafür war natürlich meine Parteizugehörigkeit. »Unsere Vorschriften berücksichtigen die verschiedensten Umstände«, sagte bei diesem Interview ein Herr mittleren Alters mit Igelschnitt, im dunkelblauen Anzug und einer dunkelblauen Krawatte mit den Streifen einer der Fraternities aus Yale. »Wenn jemand in die Kommunistische Partei eingetreten ist, um sein Leben zu retten, ist es ein zu rechtfertigender Umstand, und es spricht nichts dagegen, ihm die Staatsbürgerschaft zuzuerkennen. Wenn jemand in eine solche Organisation eingetreten ist, um das Leben seiner nächsten Familie zu retten, ist es ebenfalls ein mildernder Umstand. Wenn«, er schaute mich scharf an und rieb sich die glattrasierte Wange mit einer Hand, an der der große Siegelring eines Yale-Absolventen zu sehen war, »jemand Mitglied einer umstürzlerischen Partei geworden ist, um sich das Leben zu erleichtern und wegen offensichtlich materieller Vorteile, dann«, er rieb sich wieder die Wange mit der Siegelringhand, »ist das in moralischen Kategorien gesehen zwar keine lobenswerte Tat, aber wir sind ja alle nur Menschen... Aber Sie«, hier schaute er mich, diesmal ohne zu lächeln, an, »traten der illegalen Kommunistischen Partei«, hier schaute er in eine dicke Aktenmappe, »in Warschau während des Krieges bei, als Todesstrafe darauf stand. Dafür gibt es keine Entschuldigung mehr. Sie sind ein *hardcore* Kommunist.«

Als wir im Dezember 1941 von Lemberg nach Warschau kamen, steckte Stefan Żółkiewski schon tief im kommunistischen Untergrund. In der Partei waren auch Władysław Bieńkowski (vielleicht noch tiefer als Stefan) und Dawid Hoppensztand, wie ich nach seinem Tod erfuhr. Er starb einige Tage vor dem mißlungenen Versuch, ihn aus dem Ghetto herauszubringen. In diesem intellektuellen kommunistischen Hinterland befand sich auch Franek Siedlecki. Alle stammten aus dem Polonistenkreis der Vorkriegszeit. Sowohl damals im Kreis der Polonisten als auch nach der Rückkehr nach Warschau stand ich am meisten unter dem Einfluß von Żółkiewski. Er war eine meiner drei Faszinationen der Universitätsjahre und der letzten zwei Jahre vor der Reise nach Paris.

Die früheste dieser Faszinationen, noch vor dem Abitur, war Julian Przyboś. Ich schrieb damals Gedichte, doch es war nicht nur die Wahl des Vorbildes und der Poetik. Es war vielleicht noch mehr eine Faszination von der Hartnäckigkeit, beinahe Verbissenheit des Neuartigen, als durch das künstlerische Programm, das fanatische Bekenntnis des Glaubens an poetische Schöpfung, die Julian nie verließ, nicht einmal bei Spaziergängen durch die stillen Straßen des provinziellen Cieszyn. Diese Faszination von der Avantgarde, die, wie niemand nach ihm, der mit kleinen Schritten über die Hügel an der Olza schreitende dreißigjährige Erzengel dieser Lyrik personifizierte; der Inquisitor mit verbissenem Mund, winzigen Händen und schönen, manchmal erstaunlich sanften Augen blieb in mir noch viele Jahre, sogar dann, als Przyboś' Gedichte für mich trocken und seine Poetik ein Korsett geworden waren.

Dauerhafter, wenn ich mir das aus der Perspektive der späteren Jahre anschaue, waren meine Faszinationen von Stempowski und Żółkiewski. Sie kehrten und kehren immer noch manchmal abwechselnd in verschiedener Zeit und mit unterschiedlicher Kraft zurück. Doch damals, in den dreißiger Jahren, kreuzten sie sich und waren manchmal, trotz des Altersunterschiedes, der verschiedenen Erfahrung und intellektueller Verwandtschaften gar nicht so unterschiedlich. Das Lieblingsbuch von Jerzy Stempowski, aus dem er ganze Seiten leise flüsternd zitierte, war Gides *Verliese des Vatikan*; Stefan trennte sich nie von den *Nachgelassenen Aufzeichnungen des Pickwick-Klubs* und rief bei Versammlungen mit lauter Baßstimme die Redewendungen von Samuel Weller. Er hatte nicht nur den wohlbeleibten und üppigen Körper von Herrn Pickwick, sondern auch seine tief versteckte gutmütige Seele.

Stefan brachte mir das Lesen bei und zwang mich zur theoretischen Lektüre. Jerzy Stempowski lehrte mich zu schreiben. Er erwies sich als Lehrer besser denn Stefan. Stefan wiederholte dann oft, immer genauso erstaunt: »Wie kann das sein, daß du besser schreibst als denkst? Und bei mir ist es umgekehrt!« Aber beide Faszinationen, durch Stempowski und Żółkiewski, waren auch Faszinationen der Persönlichkeiten. Stefan wurde schon damals von allen *Hetman*[24] genannt. Stefan war unzertrennlich von Wanda. Sie war eines der schönsten Mädchen bei den Polonisten, wohlgestaltet und groß, von sehr polnischer, vielleicht sogar bäuerlicher Schönheit. Sie heirateten wohl erst ein oder zwei Jahre nach Abschluß des Studiums, doch sie drückten und umarmten sich in allen Universitätskorridoren und sogar im großen Lesesaal der Bibliothek. In jenen Jahren der Sitteneinschränkung hatten sich Paare nie öffentlich geküßt, das geziemte nur Stefan und Wanda.

24 Bezeichnung der polnischen Heerführer im 17. Jahrhundert.

Unter meinen Universitätsprofessoren hatte ich eigentlich keine Meister. Beide, Jerzy und Stefan, verhielten sich den Lehren und den Autoritäten der Universität gegenüber mit nur wenigen Ausnahmen sehr spöttisch. Schon im ersten Semester wurde mir bewußt, daß der Besuch der Vorlesungen reine Zeitverschwendung war. Seitdem gab ich dem Pförtner das Studienbuch, damit er es zur Unterschrift reichte, und für die Jahresprüfungen genügten einige Wochen, in denen man sich von morgens bis abends oder eher von abends bis zur Morgendämmerung mit für den halben Preis gekauften Aufzeichnungen vom letzten Jahr befaßte.

Ins Romanistik-Seminar, man ließ mich schließlich auch in das Doktorandenseminar, ging ich zu Stanisław Wędkiewicz. Er war ein breitschultriger, wie mir damals schien, älterer Herr, leicht gebeugt, mit einem großen, beinahe rechteckigen Gesicht. Sein Gedächtnis und seine Gelehrsamkeit waren ungewöhnlich. Als ob er eine ganze Bibliothek, vor allem eine französische und schwedische, im Kopf hätte. Die Seminare begannen mit dem Vorlesen der Arbeit eines der Doktoranden. Aber Wędkiewicz unterbrach sie schon nach einigen Sätzen und hielt dann eine endlose Vorlesung voller Zitate in den verschiedensten Sprachen. Auf diese Weise gelang es dem unglücklichen Kandidaten mit Sicherheit nicht, bis zum Diplom mehr als drei Seiten seiner Arbeit vorzulesen. Wędkiewicz war einer der wenigen Professoren, die ich zu Hause besuchte. Er wohnte in einem Professorenhaus an der Skarpa, nicht weit von der Weichsel. In seinem Arbeitszimmer türmten sich auf dem Schreibtisch, dem Fußboden, dem Sofa und allen Stühlen Berge von Büchern und Zeitschriften. Einmal fragte ich ihn schüchtern, wie er in diesen Papierbergen das gesuchte Buch finden könne. »Wieso denn«, Wędkiewicz war erstaunt, »die Bücher, die ich brauche, befinden sich oben, und wenn ich nicht mehr in sie hineinschaue, rutschen sie auf natürliche Weise nach unten.« Wędkiewicz verdanke ich drei Dinge: die Wahl von Romanistik für die Doktorarbeit und das Jahr an der Sorbonne, die Veröffentlichung des ersten »erwachsenen« Essays in *Przegląd Współczesny*, die von Wędkiewicz herausgegeben wurde, und endlich bis zum heutigen Tag die »natürliche« Methode des Hinlegens und der Selektion der Handbibliothek zu Hause.

Ich ging auch, bereits am Ende des Studiums, zum Seminar und zur Vorlesung von Stefan Czarnowski. Czarnowski hatte einen Lehrstuhl für Soziologie, aber der Wissenschaftszweig, den er verfolgte, und seine eigenen Arbeiten gehören wohl mehr zur Kulturanthropologie. In den dreißiger Jahren hatte diese Art von Forschung sehr wenige Vorgänger im Westen, eigentlich wohl nur in Frankreich; in Polen war sie vollkommen unbekannt. Czarnowski stand sicherlich unter dem Einfluß von Dumézil. In Czarnowskis Seminar (das eher an eine Vorlesung erinnerte, nur mit dem Unterschied, daß es um einen Tisch herum und für eine kleine Gruppe stattfand) ging es um die alte Zivilisation der Kelten. Aber in dieser Darlegung verbanden sich die Mythen, die Wirtschaft, das Handwerk, die Stammeszeichen der Fremdheit und der Verwandtschaft, Rituale der Geburt, der Ehe und des Begräbnisses, Armbänder, Vasen und Gräber in einem gemeinsamen System von Zusammenhängen und Interpretationen und in einem kohäsiven und klaren Gefüge. Czarnowski war damals wohl der einzige unter den Professoren, der immer Hemden mit offenem Kragen à la Słowacki trug. Ich habe ihn niemals mit Krawatte gesehen. Er war ein Sympathisant der Polnischen Kommunistischen Partei, vielleicht hatte er auch engere Bindungen zu ihr. Seine Vorlesungen hatten den Ruf, »marxistisch« zu sein, aber es war ein Marxismus, der dem von Kautsky, Plechanow und allem, was man marxistische Soziologie nannte, gar nicht ähnlich war. Czarnowskis Vorlesungen waren damals für mich noch zu schwierig, ich verließ sie verwirrt und wie angetrunken. Sie kehrten dann in Träumen wieder.

Aber das war nicht der einzige Grund, warum mich Czarnowski anzog. Der Arbeitskreis der Positiven Soziologie an seinem Lehrstuhl war neben dem Kreis der Polonisten der einzige wissenschaftliche Arbeitskreis an der ganzen Universität, dem noch Juden angehören konnten. Ich lernte dort Rafał Gerber kennen, der mit seinem Gesicht, das einem großen Ei ähnelte, und den fleischigen Lippen aussah, als käme er direkt aus Pudowkins *Sturm über Asien*. Schon damals beschäftigte er sich mit der Geschichte der Assimilierung der polnischen Juden. Ich lieh ihm die Tagebücher unserer Urgroßmutter, der »Oma Bronia«, wie unsere Mutter sie nannte, Bronisława Lande, geborene Nusbaum. Die Tagebücher bestanden aus drei Büchern mit dicken, grauleinenen Einbänden. An die Einbände erinnere ich mich, nicht aber an die Tagebücher. »Oma Bronia« korrespondierte mit der Orzeszkowa, und es gab dort wohl Abschriften der Briefe an sie oder von ihr. Die Tagebücher schrieb sie auf polnisch, aber die Verlobungsbriefe an ihren zukünftigen Ehemann auf französisch und erst nach der Hochzeit auf deutsch, als sie immer nur familiäre und materielle Dinge betrafen. Rafał machte Abschriften dieser Tagebücher und hielt beim ersten Historikerkongreß nach dem Krieg, im Jahre 1948, einen Vortrag über die Assimilierung der Juden im Polnischen Königreich in der zweiten Hälfte des 19. Jahrhunderts. Der Vortrag stützte sich gänzlich auf die Notizen, die er in der Vorkriegszeit aus den Tagebüchern unserer Urgroßmutter gemacht hatte. Leider hatte ich ihn nicht um die Abschriften gebeten. Damals waren mir meine familiären Traditionen, die näheren und die ferneren, noch gleichgültig. Dann war es zu spät. Die Tagebücher der Urgroßmutter verbrannten in Warschau in der Wohnung meiner Großeltern in der Senatorskastraße. Rafał starb 1970. Von seinem Vortrag beim Historikerkongreß ist keine Spur erhalten.

Der Arbeitskreis der Positiven Soziologie war klein, unsichtbar, beinahe verloren an der Universität. Der Arbeitskreis der Polonisten war einer der größten und wichtigsten. Die Studentenorganisationen *Bratniak* wurden an allen Universitäten außer der in Vilnius, wo die gemeinsame Front der Katholiken mit der Linken für kurze Zeit die Wahlen gewann, von Angehörigen des Nationallagers oder der Nationaldemokraten beherrscht. Für Juden gab es dort schon lange den *Numerus nullus*. Im Kreis der Polonisten kam der Vorstand seit Jahren mit Hilfe der gemeinsamen Stimmen der »Volksfront« zustande, die von mehreren Jugendorganisationen gebildet wurde, von der Jungen Legion und dem Verband der Polnischen Demokratischen Jugend bis zum Verband der Landjugend und dem Verband der Unabhängigen Sozialistischen Jugend. Doch der wirkliche Organisator und die Triebkraft, die die ganze Wahlkampagne und die Verhandlungen führte, war die illegale, obwohl in diesem Kreis beinahe offen zutage tretende kommunistische Zeitschrift *Życie* mit der stillen, blassen und schüchternen Wanda Markowska und dem hinter dem Vorstandstisch wie von einer Revolutionstribüne donnernden Bieńkowski. In meinem letzten Universitätsjahr wurde auch ich Vorsitzender einer Kommission. Die Zeitung der Nationaldemokraten *Gazeta Warszawska* veröffentlichte damals auf der ersten Seite eine Notiz, veranlaßt wohl von Alfred Łaszowski, der nach einer kurzen Zeit der Freundschaft mit mir seinen blutrünstigen Antisemitismus an mir auslebte: »Chaja Skwara und Jojne Kott an der Spitze des Kreises der Polonisten.« Die gutmütige Irena Skwarek stammte aus einer frommen katholischen, bürgerlichen Familie. Aber sie erregte sich nicht darüber, daß sie zur Chaja geworden war.

Der Kreis der Polonisten – das waren meine Universitäten. Im wortwörtlichsten Sinne. Der Kreis hatte gerade begonnen, zweimal wöchentlich, am Nachmittag und Abend, eine eigene »Universität« zu führen. Das alles wurde von Franek Siedlecki initiiert, der nicht nur der älteste von uns allen war, sondern auch der reifste. Immer gebeugt, mit schmalem Brustkorb – er litt schon damals an fortgeschrittener Schwindsucht –, sanft und wie verloren hinter seinen Brillengläsern; er hatte nicht nur eigenständige Arbeiten vollbracht, sondern auch eine eigene Theorie der Verifikation. Er war Schüler und Fortsetzer von Wójcicki, aber vor allem der russischen Formalisten und des »Prager Linguistenkreises« mit Mukarowsky und Jakobson. Siedlecki führte an dieser »Universität« Seminare über die Systeme des polnischen Gedichts. Von ihm hörte ich zum ersten Mal von Saussures Linguistik und über das Phonem. Siedlecki sagte, daß man, so wie Einstein das »Atom zerschlagen« hatte, im »Prager Kreis« das Wort in Elemente zerschlagen habe. Einstein hatte das Atom nicht zerschlagen. Siedlecki kannte sich in der Phonetik besser aus als in der Physik. Aber die Worte wurden plötzlich auf eine neue Weise durchsichtig, sie bestanden nicht mehr aus Buchstaben, Präfixen, Suffixen und Stämmen, die Phoneme existierten dank der Oppositionen und setzten sich zu Morphemen zusammen, die die Bedeutungen unterschieden.

Der Antriebsmotor dieser unabhängigen Studien war natürlich »Hetman«. Er führte ein Nachtseminar über die Grundlagen der Humanistik, und von ihm hörte ich bereits damals vom Strukturalismus. Dawid Hoppensztand sprach in seiner Gruppe von der Soziologie der Literatur am Beispiel von Kadens *Schwarzen Flügeln*. Das war das marxistischste Seminar, aber dieser Marxismus war sehr vom Formalismus infiziert. Das vierte Konversatorium wurde von Ludwik Fryde geführt, über

Literaturkritik. Er war groß, sehr mager, mit abstehenden Ohren, sehr jüdisch und am meisten von der Sendung und Moral der Literatur ergriffen. Er hatte die meisten Hörer, und ich ging auch am häufigsten zu ihm. Der Nałkowska warf er Posen, Plattheit und Sittentratsch vor, ein Vorbild der Prosa waren für ihn *Nächte und Tage* von Maria Dąbrowska, in dem die menschlichen Schicksale wahrhaftig seien und die objektive Moral des Epos besäßen. Ludwik stand damals vermutlich unter dem Einfluß von Maritain und seines Thomismus. Sein letzter Essay, wohl über die Transzendenz in der Lyrik, wurde in der letzten Ausgabe des *Piòro* veröffentlicht. Das Heft verließ die Druckerei in der ersten Kriegswoche. Nur ein vergilbtes Exemplar ist unversehrt geblieben. Stefan Napierski, der *Piòro* finanzierte, wurde von den Deutschen kurz vor dem Aufstand ermordet. Seine Wohnung, die Bibliothek und das Archiv sind verbrannt. Fryde entkam nach Litauen und versteckte sich nach Ausbruch des sowjetisch-deutschen Krieges im Städtchen Dzięcioł in Weißrußland. Sicherlich in einem Pfarrhaus. Verhaftet im Winter 1942, wählte er im Gefängnis die Taufe. Noch eines der vielen polnisch-jüdischen Schicksale.

Nach diesen abendlichen und sich manchmal bis spät in die Nacht hinziehenden – noch bei langen Spaziergängen vom Kopernikusdenkmal bis zur Siegesmundsäule, hin und zurück – fortgesetzten leidenschaftlichen Diskussionen, erschienen nicht nur das Jurastudium, sondern auch der philosophische Salon bei Tatarkiewicz und sogar die Geysire der Bildung bei Wędkiewicz fade und lau. Im Kreis der Polonisten fand sich Mitte der dreißiger Jahre eine ziemlich ungewöhnliche Gruppe von Menschen zusammen, die (beinahe alle waren einige Jahre älter als ich), auch wenn sie wie Ludwik und Franek den Krieg nicht überlebt haben oder früh gestorben sind, eine dauerhafte Spur hinterließen. Wir, die wir überlebt haben, bleiben für immer verflochten und verbunden mit der verwirrten und bitteren Geschichte dieser vier Jahrzehnte nach dem Krieg.

Damals, in der zweiten Hälfte der dreißiger Jahre, lernte ich bei diesen nächtlichen Seminaren zum ersten Mal die Versuchung des universellen Systems und der universellen Methode, eines anderen Marxismus und eines neuen Thomismus kennen. Ich war immer sehr ausgehungert nach großen Theorien, die Fakten interessierten mich viel weniger. Damals, und das war wohl schon nach meinem Diplom, versammelten wir uns jeden Sonntag um zwölf Uhr mittags im ehemaligen Jesuitengebäude neben der Visitinnenkirche zur gemeinsamen Lektüre. Außer Stefan, der diese »Sonntagsevangelien« führte, kamen, soweit ich mich erinnere, Zdzisław Libera dorthin, schon damals sehr arbeitsam und sehr brav, und der spätere Direktor der Universitätsbibliothek, Janek Baculewski. Wir lasen Husserls *Cartesianische Meditationen* und Carnaps *Der logische Aufbau der Welt*. Für Zwanzigjährige in den dreißiger Jahren war es eine sehr weitgehende Lektüre.

Heute, wenn ich es aus einem Abstand von beinahe einem halben Jahrhundert betrachte, sehe ich, wie aus der Gruppe der Gleichaltrigen im Kreis der Polonisten der Vorkriegszeit und aus der Tradition dieser »eigenen« Universität das Institut für Literarische Forschungen emporwuchs, mit dem, was daran am wertvollsten war. Und auch der Anfang, die ersten Jahre der Zeitschrift *Kuźnica* aus Łódź, schöpften aus dem, was am besten daran war.

In Warschau fand ich mich nach unserer Rückkehr aus Lemberg erneut im Kreis von Bieńkowski und Żółkiewski wieder. Natürlich war dieser Stefan schon sehr weit von der Lektüre von Carnap und Husserl entfernt. Doch als ich, wie ich es schon einmal beschrieben habe, in der Küche von Kamillas Wohnung den Schwur des Soldaten der Volksarmee ablegte, abgelesen von einem Zigarettenblättchen durch Leszek Guzicki, war es nicht nur der Einfluß von Żółkiewski. Ganz sicher war mir nicht bewußt, daß diese paar Sätze von einem Zigarettenblättchen, das gleich danach über der Gasherdflamme verbrannt wurde, eine solche Bedeutung in meinem Leben haben würden, aber ich wußte, daß ich eine Wahl treffe. Bei dieser Wahl kamen viele Ursachen zusammen. Manche von ihnen reichten in die nicht sehr entfernte – aber damals schon abgelegte – Vergangenheit, manche waren miteinander verknüpft, andere waren unabhängig und erschienen sogar widersprüchlich.

Ich hatte in den ersten Universitätsjahren mit dem Kommunismus zu liebäugeln begonnen. Ich war damals noch im ZPMD (Verband der Polnischen Demokratischen Jugend), der allgemein für das Transitvehikel zwischen den Kommunisten und der schon sehr rechten Piłsudsker Legion der Jungen gehalten wurde. Ich installierte einen »Kontaktkasten« in der Wohnung meiner Großeltern in der Senatorskastraße, hatte einigemal bei illegalen Demonstrationen, die fast immer im jüdischen Viertel stattfanden, eins mit dem Knüppel auf den Kopf bekommen, saß eine Woche in der Kommunistenzelle des Gefängnisses in der Daniłowiczowskastraße, bekam dann aber für lange Zeit Angst. Übrigens wurde die Polnische Kommunistische Partei gleich danach auf Stalins Befehl von der Komintern aufgelöst. Polnische Kommunisten wurden damals aus Polen, Frankreich und Deutschland nach Moskau gerufen. Sie kamen in der Lubljanka durch einen Kopfschuß ums Leben, entweder ohne Gerichtsverhandlung oder gleich nach Verlesung des Urteils; das beste Schicksal, das sie erleiden konnten, war die Verschickung in Arbeitslager am Polarkreis. In Paris, im letzten Jahr vor dem Krieg, kam ich mit einer internationalen Gruppe von Trotzkisten in Berührung; alle waren vorher in der Partei gewesen, oft auch in der Komintern; viele von ihnen hatten langjährige Haftstrafen in ihren Heimatländern hinter sich. Sie gingen nach den großen Säuberungen und dem »Verrat an der Revolution« durch Stalin außer Landes. Ich konnte mich nicht auf Nichtwissen berufen.

Und dann gab es noch Lemberg in den beiden ersten Kriegsjahren zwischen den Massenverschickungen, den »Vätern der Lüge«, wie Lidias Vater die Sowjets nannte, und dem Haß auf das »Herrenpolen«. Aber aus der Perspektive von Warschau mit öffentlichen Massenexekutionen von Geiseln mit zugepflastertem Mund, damit sie nicht schreien konnten, dem Martyrium des polnischen Volkes und der endgültigen Vernichtung der Juden nahm die Lemberger Erfahrung eine andere Dimension an. Meine Freunde aus Żoliborz und der Szregerastraße, die mehr oder weniger eng mit der Delegatur, der Organisation Freiheit – Gleichheit – Unabhängigkeit oder der Landesarmee verbunden waren, glaubten immer noch, daß die Alliierten die Befreiung bringen würden. Die meisten Polen glaubten daran. Es schien mir wie eine freiwillige Täuschung. Die Lemberger Erfahrungen waren bitter, nahmen einem aber im zweiten Jahr des Krieges zwischen Deutschland und Rußland, vor allem nach Stalingrad, nicht die Hoffnung. Die Befreiung konnte nur von *jener* Seite kommen.

In Lemberg spottete Mieczysław über die Versammlungen und die neue Art der Heiligen Messe in der Lemberger *Profspilka*, Adolf versuchte, ähnlich wie ich, sich vorbeizuschleichen und, so gut es ging, unsichtbar zu bleiben. Keiner von uns schrieb für *Czerwony sztandar* (Rotes Banner) oder *Nowe Widnokręgi* (Neue Horizonte), keiner nahm an den Feiern teil oder setzte sich hinter den roten Tisch unter den Bildnissen. Aber jetzt fand ich nicht nur mich, sondern auch Mieczysław und Adolf im engeren oder entfernteren Kreis der Parteiverbindungen wieder. Mieczysław veröffentlichte wohl nur Gedichte im

Przełom (Die Wende), der von Żółkiewski und Bieńkowski herausgegeben wurde. Nach dem Krieg fanden sich in der ersten *Kuźnica* in Łódź sowohl Adolf als auch Mieczysław wieder. Und neben ihnen Paweł Hertz, der als einer der ersten von Lemberg abtransportiert worden war, und Adam Ważyk, der Lemberg am Vortag der Ankunft der Deutschen verließ, zusammen mit der Ersten Armee zurückkam und lange in Łódź in der Uniform eines Hauptmanns mit einer riesigen Mauser im tief herabhängenden Halfter herumlief.

Bald nach der Ankunft in Warschau besuchten wir die Krońskis. Tadeusz war damals schon mit Irena Krzemicka verheiratet; mit ihr war Lidia in Lemberg zu ihrer Gymnasialzeit befreundet. Tadeusz befand sich nicht einen Augenblick lang im sowjetischen Lemberg. Aber jetzt beschwor er lange und genüßlich das Bild einer endlosen 1.-Mai-Demonstration: ausgemergelte Menschenmengen mit riesigen, drei Stockwerke hohen, sich tausendfach ohne Änderungen wiederholenden Ikonen des lächelnden Stalin und des spitzbärtigen Lenin. Und schon einige Wochen später wurde der sich vor Kichern krümmende »Tiger« zu einem Apostel des Marxismus. Tadeusz war immer der hinterhältigste der Hegelianer, und ich vermute, daß der von Miłosz stammende Begriff des »Hegelschen Bisses« hauptsächlich mit dem Gedanken an Krońskis Verwandlungen geprägt wurde[25]. Aber für mich im damaligen Warschau, und vielleicht noch mehr für Mieczysław und Adolf, war es keine hegelsche Heimsuchung durch die Vernunft der Geschichte, sondern der letzte Versuch, Hoffnung in ihr zu finden.

Die Hoffnung war der Titel eines Romans von Malraux über

25 Czesław Miłosz analysiert die Gründe der Zusammenarbeit von Intellektuellen mit der Kommunistischen Partei nach dem Krieg in seinem Buch *Das verführte Denken*. Eines der Kapitel seines Buches *West- und Östliches Gelände* mit der Überschrift »Der Tiger« ist Tadeusz Kroński gewidmet.

den Bürgerkrieg in Spanien. Wieder verflechten sich unterschiedliche einzelne Stränge auf seltsame Weise. Von Malraux erzählte mir Jerzy Stempowski als erster. Den *Königsweg* hielt er für ein charakteristisches Buch. Stempowski interessierten die bei Malraux aufgezeigten neuen Regeln des Handelns, die sich sowohl von denen der Boheme als auch von denen der Gutsituierten und Reichen unterschieden. Es waren die Spielregeln des Abenteurers. (Manchmal nannte Stempowski ihn den neuen Typus des Konquistadors.) Sie waren frei und voller Verachtung für die bürgerliche Moral. In weiteren Romanen Malraux', die in China spielen, fand Stempowski dieselben Spielregeln (das Wort »Spiel« hatte das Wort »Moral« bereits ersetzt, und es war nicht nur ein semantischer Unterschied) in den Prinzipien und in der Vorgehensweise der Terroristen. Aber ich las diese Romane damals bereits anders. Jede Generation hat ihre »Räuberbücher«. Für mich, und wohl nicht nur für mich, stellten die Romane von Malraux solche Räuberbücher dar. Sie entzündeten nicht nur die Phantasie, sie zeigten auch, daß man das Leben in anderer Weise nur in der Handlung auskosten kann. Dieses Eintauchen in das »zerstörerische Element«, von dem Conrad schreibt, zerstörend und gleichzeitig betörend, war die Revolution.

Das Buch, das mich am tiefsten beeindruckte, war *Die Hoffnung* von Malraux. Für viele Intellektuelle meiner Generation in Italien, Frankreich, England und sogar Amerika, die manchmal nur einige Jahre älter als ich waren und den Kommunismus mitgemacht haben, war der spanische Bürgerkrieg der Anfang des politischen Bewußtseins und ihre erste Wahl. *No pasaran!* Sie kommen nicht durch. Sie sind durchgekommen. Aber die Welt war seitdem für lange Zeit in Rote und Schwarze gespalten. Das war die einzige Wahl. Und die einzige Hoffnung. Zwar eine bittere, aber immerhin eine Hoffnung.

Für diese meine Wahl während der Besatzungszeit gab es noch andere Motivationen. Angst ist erniedrigend. Vor allem die aufgezwungene Angst, vor der man nicht fliehen kann. Nicht erniedrigend ist nur eine Angst, die, die man selbst wählt. Man kann sich mit ihr messen. Sie wirkt wie Therapie nach jener erniedrigenden Angst. Viele Jahre nach dem Krieg begann ich im Tatra-Gebirge zu klettern. Meine Hände waren zu schwach, und ich hatte große Angst. Aber ich hatte mir diese Angst selbst ausgesucht. Ich konnte mich aus eigenem Willen mit ihr messen. Lähmend war jene Angst der Besatzungszeit. Der Eintritt in die Partei war eine Wahl der eigenen Angst. Ich hatte Angst, als ich zu den Treffen unserer Gruppe ging. Aber es war eine andere Angst. Die Revolutionäre von Malraux kannten sie auch. In den *Eroberern* und in *So lebt der Mensch* berauschten sie sich an ihr. Sie war das menschliche Maß.

Aber in Wirklichkeit hatte ich in meiner Volksarmeegruppe nicht sehr viele Gründe, Angst zu haben. Meine Parteiaufgaben beruhten beinahe ausschließlich auf dem Schreiben von Artikeln für die *Młoda Demokracja* (Junge Demokratie). Ich brachte sie zu den Treffen mit Hedda, immer um dieselbe Zeit und in der gleichen Woche, in unser »Lokal« in der Vulkanisierwerkstatt in der Żurawiastraße. Hedda war unsere Meldegängerin. Außerdem traf sich ein- oder zweimal in der Woche unsere ganze Gruppe dort. Wir verabredeten uns meistens einzeln, um nicht aufzufallen, auf dem Bahnhof der EKD-Vorortbahn in der Nowogrodzka. Es war ein beliebter Treffpunkt vermutlich für alle Splittergruppen der Warschauer Untergrundbewegung. Nach ein paar Wochen kannten wir uns alle schon vom Sehen, wir beschnupperten einander und tauschten manchmal sogar Informationen und Warnungen aus, daß es hier und da Razzien gegeben habe.

Im letzten Winter vor dem Aufstand kehrte Hedda mit Władek und Stefan kurz vor der Polizeistunde von irgendeiner Versammlung des Viertels zurück. Stefan hat es wohl im ersten Jahr von *Kuźnica* beschrieben. Sie sahen eine Patrouille mit »Kugelspritzen« an der nächsten Ecke. Es war sicher in der Hożastraße, nicht weit von unserem Vulkaniseur, wo ich mich mit Hedda traf. Die Patrouille ging direkt auf sie zu. Sie drehten sich um, aber es war bereits zu spät. Die Gendarmen nahmen sie in einen Hauseingang mit und dann in die Hauswartswohnung. In der Hauswartswohnung war es heiß, in einem offenen Eisenofen, der mit Kohlestaub geheizt wurde, brannte das Feuer. Stefan erzählte, wie der Anführer der Deutschen den Hausmeister mit den Kindern hinauswarf und befahl, die drei sollen sich ausziehen. Hedda war *sauber*, Stefan auch. Władek hatte in der Seitentasche des dicken Wintermantels einen Stapel Zeitschriften und Flugblätter der Polnischen Arbeiterpartei. Stefan zog sich als erster aus und blieb nur im Hemd stehen. Als Hedda begann, ihre Bluse auszuziehen, erwachte in dem Deutschen plötzlich ein Anstandsgefühl, denn er blieb in der Tür stehen und drehte sich um. »Schnell«, sagte er. Hedda reichte ihm durch die Tür hindurch nacheinander den Rock, die Bluse, den BH und nacheinander sogar die dicken Wollsocken, die sie trug. Mit der linken Hand warf sie währenddessen die ihr von Władek ebenfalls nacheinander gereichten Papiere in den Eisenofen. In der Terminologie von Brecht würde man diese doppelte Bewegung von Heddas Händen, die kommunistische Flugblätter in den Ofen warfen und gleichzeitig dem deutschen Soldaten die Kleider und die Unterwäsche zur Durchsuchung reichten, höchstwahrscheinlich *Gestus* nennen. Der *Gestus* ist für Brecht gleichzeitig Geste und Situation, in denen sich die in seinem epischen Theater für einen Augenblick angehaltenen und wie bewegungslos gewordenen dramatischen Widersprüche entblößen. In dieser Geste Heddas, die in Unterhosen vor dem rauchenden Rohr des

Ofens stand, kann man sowohl das Pathos als auch das Vulgäre jener Zeit wahrnehmen. Sie waren oft miteinander verbunden. Das Pathos ohne das Vulgäre endete damals mit dem Tod.

In jenen Zeiten ging ich immer öfter bei Wanda und Stefan in der Tarczyńskastraße vorbei. Noch heute erinnere ich mich, wenn ich das Wort »Tarczyńska« (etwa: Sägewerkstraße) höre, an den Geruch von frischen Brettern, der in der Luft hing, und ich spüre den Geschmack des Sägemehls im Mund. Aber vielleicht kommt mir das alles nur so vor, und es gab in der Tarczyńska damals kein Sägewerk. Zu Stefan und Wanda stieg man eine dunkle Treppe hinauf, und dann kam man in einen noch dunkleren Korridor. Das Eßzimmer war ebenfalls dunkel, das Balkonfenster vermutlich mit einer Wolldecke verhängt; über dem mit Papier bedeckten Tisch, auf dem immer ein paar Gläser mit nicht ausgetrunkenem Tee standen, hing eine Glühbirne an einer Schnur.

Bei Stefan lernte ich den Genossen Tomasz kennen. *Tomasz* war in der Besatzungszeit das Pseudonym von Bierut, was ich natürlich erst nach dem Krieg erfuhr. Aber ich wußte, daß er vom Landesrat kam und daß er *wichtig* war. Der Landesrat war in der Twardastraße in der Silvesternacht ein Jahr zuvor entstanden. Ich wußte, daß Stefan bei dieser Versammlung dabei war, Hedda als Melderin zwischen den Teilnehmern arbeitete und zu den Mitgliedern aus unserer Gruppe noch Szczęsny gehörte. Tomasz schien mir damals viel älter als ich, er behielt den Mantel an, obwohl es im Zimmer gar nicht kalt war. Er war glatt rasiert und machte auf mich den Eindruck eines Magistratsbeamten der Vorkriegszeit. Die Genossen aus der Parteileitung hatte ich mir anders vorgestellt. Tomasz war mittelmäßig. Er sprach sehr leise und monoton. Damals hatte ich den seltsamen Eindruck, als habe er gleichzeitig zu mir und nicht zu mir gesprochen, als wiederhole er Sätze, die er auswendig gelernt hatte.

Genosse Tomasz leitete damals, wie mir scheint, zusammen mit Stefan, die »theoretische« Monatszeitschrift, die noch auf einer Vervielfältigungsmaschine gedruckt wurde, *Rada Krajowa* (Landesrat). Er wollte, daß ich einen Artikel über die Genossenschaften schreibe. Ich sagte, ich hätte keine Ahnung von Genossenschaften. Tomasz schaute mich streng an und sagte sanft: »Macht nichts, Genosse. Du wirst es lernen, du wirst es später brauchen können.« Erst viele Jahre später wurde mir bewußt, daß für Bierut die Realität Bausteinen ähnelte, aus denen Kinder Häuser, Brücken und Türme nach immer derselben Vorlage bauen. Schließlich schrieb ich für *Rada Krajowa* einen großen Artikel über die Organisation der Universitäten im befreiten Polen.

Bei Stefan und Wanda gab es immer »Gäste«. Juden, die nirgendwohin gehen konnten, für eine oder zwei Nächte, Melder und Delegierte. Stefan stellte mich ihnen selten vor. Manchmal lagen noch Wolldecken auf dem Fußboden. Es gab in der Wohnung wohl auch ganze Lager von »Literatur«. Die Wohnung von Stefan und Wanda machte auf mich den Eindruck eines Pulverfasses. Ein angezündetes Streichholz hätte genügt, damit alles in die Luft flog. Außerdem gab es ein Problem mit der »blöden Zośka«. So nannte Wanda ihre Untermieterin, die ein kleines Zimmer an der Tür, links vom dunklen Korridor, bewohnte. Es war ein junges Mädchen, nicht gerade schön, mit Stupsnase, aber mit üppigem Busen. Sie arbeitete in einer Fabrik. Sie muß Erfolg bei den Männern gehabt haben, denn Wanda beklagte sich, daß sie ständig den Männern hinterherlaufe. Von einem hatte sie einen Photoapparat bekommen. Sie spielte damit am Fenster. Hinter dem Fenster war ein Hof, dahinter eine niedrige Mauer und ein zweiter Hof, der auf eine SS-Kaserne ging. Dort exerzierten Soldaten. Nach einer Weile war im Treppenhaus Stiefelgetrampel zu hören, die Deutschen kamen herein, rissen dem Mädchen den Photoapparat aus der

Hand und schrien, sie sei eine Spionin. Zośka begann zu weinen und sagte, sie habe kein einziges Photo gemacht. Nach ein paar Tagen kam der Offizier wieder, ein großgewachsener blonder Österreicher aus Tirol, sehr gut aussehend, wie mir Wanda später erzählte, und gab dem Mädchen den Photoapparat zurück. Das Unglück lag aber darin, daß er ein Auge auf sie geworfen hatte. Und, was noch schlimmer war – sie fand ebenfalls Gefallen an ihm. Er begann, sie zu besuchen. Das Risiko wurde immer größer. Doch Wanda ging es nicht nur um die Sicherheit. Nicht einmal die etwas auf sich haltenden Warschauer Huren schliefen mit den Deutschen. Wanda war in diesen Dingen sehr prinzipiell. »Wenn du mit ihm schläfst«, sagte sie ihrer Untermieterin, »werde ich dich so verhauen, daß dich die eigene Mutter nicht mehr wiedererkennt, dann werfe ich dich die Treppe runter und schmeiße alle deine Klamotten auf die Straße.« Der Österreicher kam nicht mehr. Zum Glück schickte man ihn irgendwohin.

Als ich nach einigen Wochen wieder zu Stefan und Wanda kam, war das Eßzimmer fast dunkel vor Zigarettenrauch. Auf dem Tisch standen noch mehr Gläser mit Teeresten als gewöhnlich. Bei Stefan war kein einziger Gast. Wanda legte mir ihren Finger auf den Mund. »Sie sind gerade gegangen«, sagte sie. »Tomasz und noch drei andere.« Später erfuhr ich, daß es Zarzycki und Spychalski waren. Es war eine Militärberatung, denn es lag eine Landkarte auf dem Tisch. »Ausgerechnet in dem Moment mußte er kommen. Noch in der Tür sagte er, er sei gekommen, um sich zu verabschieden, weil er zur Front geschickt werde ... Ich schob Zośka hin und befahl ihr, mit ihm sofort ins Bett zu gehen und ihn drei Stunden nicht rauszulassen ... « Sie schaute auf die Wanduhr. »Sie machen es noch immer ... « Wanda benutzte niemals ordinäre Wörter. Und sie lachte mit einem Lachen, das ich nie bei ihr gehört hatte.

Das Mädchen war glücklich, daß sie mit Frau Wandas Einverständnis ihren deutschen Mann bekam. Auch er war glücklich an diesem Nachmittag. Aber die »blöde Zośka« erfuhr nie, daß sie mit ihrem Arsch die ganze Kommandatur der Volksarmee vor einem Reinfall gerettet hatte. Sie hat den Krieg nicht überlebt. Sie kam während des Aufstands unter den Trümmern des Hauses in der Tarczyńska um.

Während dieses letzten Jahres vor dem Aufstand war mein Warschauer Leben, man könnte sagen, das politische und wohl auch das Innenleben, zwischen der Tarczyńskastraße sowie Żoliborz und Bielany geteilt. Die ideologischen Unterschiede waren damals noch nicht so scharf, und die Zugehörigkeit zu verschiedenen Organisationen zerriß nicht die Freundschaften und das gegenseitige Vertrauen zwischen Freunden, besonders in diesem halb literarischen Milieu. Rysiek nahm übrigens meine Sympathien für den Kommunismus nicht ernst, und Maryna lachte sogar offen darüber. Übrigens kreuzten sich diese Milieus oft und vermischten sich miteinander, und das nicht nur bei Feiern und Namenstagen. Es gab auch gemeinsame Treffen, halb literarisch, halb politisch.

Bei den Matuszewskis las Jerzy Andrzejewski seine Erzählung *Vor Gericht* vor. Miłosz, Żółkiewski und Bieńkowski waren gekommen. Auch Mieczysław Jastrun und Krystyna waren da. In dieser einer der letzten Kriegserzählungen von Andrzejewski verrät der Held seinen Freund an die Deutschen, weil er nicht einsam sterben möchte.

In dieser düsteren Erzählung trieben sich noch gewisse Schatten von Bernanos herum. Als Jerzy zu Ende gelesen hatte, begann eine heftige Diskussion. Sie war heftiger als gewöhnlich bei solchen Treffen. Als erster griff Bieńkowski Andrzejewski an und warf ihm vor, er entschuldige auf maskierte Weise den Verrat. Es kam zu einer deutlichen Teilung. Miłosz verteidigte

Andrzejewski. Stefan, Jastrun und ich sprachen dann vom Gericht der Geschichte, die entscheide... Das Licht ging aus, denn damals wurde oft der elektrische Strom abgeschaltet; beim Flimmern der Karbidlampe und ihrem Gestank war es schwer, die Stimmen zu unterscheiden, denn alle schrien auf einmal.

In dieser leidenschaftlichen Diskussion, die uns so heftig spaltete, fiel kein einziges Mal das Wort *Landesarmee*. Und erst spät in der Nacht, als ich nicht einschlafen konnte, wurde mir bewußt, daß es doch darum ging. Um die Verteidigung oder die Verdammung der Treue in der Niederlage. Einige Wochen später begann der Aufstand. Ich schaffte es noch, das Kapitel über Conrad und die Moral der Kapitäne von untergehenden Schiffen zu beenden, das mir noch viele Jahre nach dem Krieg nicht nur die Feinde, sondern auch die Freunde nicht verzeihen konnten.

Für meine Generation waren sowohl die Entscheidungen als auch die Schicksale verworren. Mit diesen seltsamen Schicksalen, die sich trennen und wieder verbinden, trafen sich alle Teilnehmer jener Diskussion in Rysieks Wohnung zur Besatzungszeit zum letzten Mal beim triumphalen Abend von Miłosz im Warschauer PEN-Klub, nachdem er den Nobelpreis bekommen hatte.[26]

26 Czesław Miłosz erhielt im Oktober 1980 den Nobelpreis für Literatur und kam im Juli 1981 zum ersten Mal seit seiner Emigration nach Polen (siehe auch Anhang).

DER MANTEL

1.

Drei oder vielleicht sogar vier Wochen vor dem Aufstand zog ich in die Słupeckastraße, nahe der Filtrowa. Vorher hatten wir in der Szregerastraße im weit entfernten Bielany[1] neben den Zagórskis und den Andrzejewskis gewohnt. Es war unsere letzte, wahrscheinlich sechste oder siebte gemeinsame Wohnung in Warschau nach der schnellen Flucht aus Lemberg. Glücklicherweise bestand sie aus einem Zimmer mit Küche. Diesmal zog ich aber allein um. Ich wollte die Chancen und das Risiko trennen. Um mich herum wurde es immer enger. »Reinfälle« rückten immer näher.

Ich hatte damals zwei Kennkarten und zwei Arbeitsbescheinigungen. Beide waren natürlich echt, denn ich hatte sie von Freunden bekommen. Zwei Paar, für den Tag und für die Nacht. Wenn ich nach Hause kam, versteckte ich die »Ausgangspapiere« in einem kleinen hölzernen Hocker, den ich ebenfalls von Freunden aus ihrer »Technikabteilung« bekommen hatte, die besser war als die unsrige. In diesem Hocker gab es unter einer Sperrholzplatte, die man zur Seite schob, ein Versteck für Dokumente. Im Falle eines »Reinfalls« in der Stadt oder an einem Treffpunkt sollte diese »Ausgehkennkarte« davor schützen, die Gestapo ins Haus zu führen. Jeden Morgen, bevor ich das Haus verließ, ließ mich Lidia die andere Biographie aufsagen: Vater, Mutter, wo und wann ich geboren wurde. Und das Wichtigste: meinen Namen. Ich wiederum brachte Lidia abends das Vaterunser, das »Gesegnet seist du Maria« und das Glaubensbekenntnis bei. Lidia war eine bessere Schülerin als ich – ich

1 Bielany – nördlicher Bezirk von Warschau.

brachte ständig alles durcheinander. Und bin sogar ein- oder zweimal mit beiden Paaren von Dokumenten aus dem Haus gegangen, in jeder Tasche eins.

In die Słupeckastraße zog ich zwei oder drei Wochen, nachdem unser Treffpunkt beim Vulkaniseur in der Żurawiastraße entdeckt worden war. Aber es war nicht der einzige Reinfall um mich herum. Abgesehen natürlich von nahen oder entfernteren Bekannten (manchmal kannte ich nur ihre Vorkriegsnamen), die wegen ihres »schlechten Aussehens« von der Straße oder aufgrund von Anzeigen von zu Hause geholt wurden. Doch ich hatte noch andere Gründe, ans andere Ende der Stadt zu ziehen. Die sowjetische Offensive war schon nahe, kam beinahe jeden Tag näher. Es gab bereits keinen Zweifel mehr, daß bis zur Befreiung nur noch Wochen, vielleicht sogar nur Tage vergehen würden. Bis zur Entscheidung und bis zur Machtergreifung. Freunde »von der anderen Seite« warnten mich, daß das Informationsbüro der Regierungsvertretung oder irgendeine der Spezialabteilungen Listen von Kommunisten aufstelle. Mit Adressen und oft auch Decknamen. Und daß mein Name auf dieser Liste sei. Dieses Bulletin sollte streng geheim sein und nur in fünf Exemplaren gedruckt werden. Doch es gab immer die Möglichkeit, daß eine der Kopien in die falschen Hände geriet. Ich hatte nie die Möglichkeit, diese Information zu überprüfen.

Die Słupeckastraße hinter dem Narutowiczaplatz war eine ruhige, stille kleine Straße. Beinahe wie in einem Vorort. In der Nähe gab es Gärten und Kleingartenkolonien. Ich mietete ein Zimmer bei einer alleinstehenden älteren Dame. Ich war der einzige Mieter in ihrer Dreizimmerwohnung. Die Fenster der Wohnung gingen auf den Hof, die Wohnung war ruhig. Sie lag in der dritten Etage. Es gab kein Telefon. Zu Hause hatten wir auch keins, es gab nur eines bei den Zagórskis. Aber ich übernachtete oft in Bielany.

Am Montag, dem 31. Juli 1944 – den ganzen Sonntag hatte ich mit Lidia verbracht –, kamen am frühen Morgen Bieńkowski und Żółkiewski zu mir in die Słupeckastraße. In der Nacht war andauerndes Geschützfeuer aus der Richtung von Grójec[2] zu hören, und der Himmel war dort rot. Bieńkowski brachte die Nachricht, daß der Aufstand jeden Augenblick ausbrechen könne. Doch er glaubte selbst nicht daran. Es erschien uns als reiner Wahnsinn. Gerade jetzt. Die sowjetischen Armeen standen bereits auf der anderen Seite der Weichsel. Sie konnten noch diese Nacht einmarschieren.

Alle drei wurden wir vom Fieber erfaßt. Wir begannen, Aufrufe zu schreiben aus Anlaß des Einmarsches der Polnischen Armee und der brüderlichen Befreiungsarmee. »Landsleute ...« Wir diktierten abwechselnd, Żółkiewski und ich. Bieńkowski schrieb es auf schmale Papierstreifen. »Lehrer, Demokraten ...« Und ein Aufruf an die Pfadfinder im Namen der Freiheit und der Erfüllung der Prophezeiung von Mickiewicz[3] an die ganze patriotische Jugend der befreiten Hauptstadt. Und eine Deklaration der Klubs der Katholischen Intelligenz, daß sich die Gläubigen und die Ungläubigen die Hände reichen sollten.

Den Begriff »Fälschung« gab es damals noch nicht. Mein Spezialgebiet war schon seit einem Jahr die Herausgabe von Zeitungen und das Verfassen von Flugblättern der fortschrittlichen Katholiken. Bieńkowski schrieb noch zum Schluß einen feurigen Aufruf an die Schriftsteller und Gelehrten. Er wollte »Gemeinde Kuźnica« darunterschreiben. Soweit ich mich richtig erinnere, schrieb er oder wollte zumindest über Kołłątaj schreiben. Gegen Mittag waren wir fertig. Bieńkowski nahm die beschrie-

2 Ort südlich von Warschau.

3 »Vierundvierzig« ist die prophetische Bezeichnung eines geheimnisvollen Befreiers Polens in Mickiewicz' Drama *Die Ahnenfeier*.

benen Zettel und fuhr nach Praga. Wohl zur »Technik«. Żółkiewski blieb noch. Ich machte uns Tee. Wir begannen, über *Candide* zu sprechen. Ich schrieb gerade darüber. Es sollte das letzte Kapitel meines Buches sein. »... nur in einer philosophischen Fabel wird der Wahnsinn der Welt ohne Illusionen gezeigt ...«

»Doch wo ist dieser Garten«, sagte Żółkiewski, »den wir bestellen sollen. Wohl nur Kartoffeln in einem Laubengärtchen pflanzen.« Und als er bereits an der Tür war: »Aber diese geistesgestörten Arschlöcher sind noch imstande, den Aufstand wirklich zu machen.«

An den Aufstand glaubte ich immer noch nicht. Nicht einmal, als am nächsten Tag so gegen drei Uhr nachmittags Leute in das Eingangstor hereingelaufen kamen und sagten, daß es auf dem Narutowiczaplatz weiß-rote Fahnen gäbe. Und daß in der Grójeckastraße ein Panzer brenne. Doch schon am frühen Abend war eine Schießerei in der Nähe zu hören. Über der Innenstadt und von der Seite von Czerniaków her gab es einen Feuerschein. In der Nacht war der Himmel überall rot, und man roch den Gestank von Verbranntem. Später roch man ihn am Tage und in der Nacht, bis zum Schluß.

Vom frühen Morgen an erzitterte das Haus. Über das Haus flogen heulend schwere Geschosse. Meine Wirtin war noch in der Nacht in den Keller gegangen. Sie erschien kurz am Mittag, nahm das Bettzeug und ein Bündel mit Sachen. Die Vorräte aus den Regalen und der Speisekammer – es gab dort Speck, Schmalz, Marmelade und einen Sack Kartoffeln – teilte sie auf; die eine Hälfte nahm sie mit, die andere ließ sie mir zurück. Sie bekreuzigte mich und die Wohnung. Ich half ihr, die Sachen in den Keller zu tragen. Aus diesem Keller kam sie die ganze Zeit über bis zum Schluß vielleicht nur ein- oder zweimal nach oben.

Ich blieb allein in der leeren Wohnung. Im Einfahrtstor, auf dem Hof und der Treppe lagerten immer mehr Menschen. Der Aufstand war am Mittag ausgebrochen. Die Leute kamen nicht mehr zu ihren Häusern durch, oder sie gingen los, um verzweifelt nach ihren Angehörigen zu suchen. Sie hatten nichts zu essen, nichts zum Schlafen, nicht einmal etwas, das man unter den Kopf legen könnte. Noch am zweiten Abend suchte ich aus dieser lagernden Menschenmenge eine Frau und einen Mann aus. Sie waren nicht viel älter als ich. Er war riesig, sie klein und dünn, ich weiß nicht mehr, ob sie ein Ehepaar oder Geschwister gewesen sind. Welche Bedeutung hatte das schon. Ich quartierte sie im Schlafzimmer meiner Wirtin ein. Nach drei Tagen hatte ich in den drei Zimmern drei Paare. Ich selbst legte meine Matratze und das Bettzeug in die Küche. Dort war die Speisekammer. Aber die Vorräte teilte ich gerecht auf. Abwechselnd machten wir Kartoffelpuffer.

Die Nachrichten waren spärlich. Nur Gerüchte. Sie wurden immer seltsamer, immer unwahrscheinlicher. Keiner im ganzen Haus hatte ein Radio. Drei- oder viermal erreichten uns Aufstandszeitungen. Nichts stimmte darin mit dem überein, was man nachts aus dem Feuerschein über der Innenstadt ersehen konnte. Mitte der zweiten Woche erschienen im Einfahrtstor – das immer noch, wenn die fliegenden Geschosse stiller wurden, ein Treffpunkt war, wo Informationen und Voraussagen ausgetauscht wurden und wo es vor allem eine kleine Lebensmittelbörse gab – drei junge Frauen. Die älteste war wohl noch nicht zwanzig, die jüngste sah nicht einmal wie sechzehn aus. Sie waren erschöpft und außer Atem, wie nach einem langen Lauf. Anders als alle, die es bisher in unser Einfahrtstor verschlagen hatte.

Ich nahm sie mit nach oben und machte Tee. Sogar mit einem Rest von Zucker. Einen Augenblick später wußte ich schon alles. Sie kamen von einem Standort der Landesarmee in Ochota, sollten eine Meldung an die Oberbefehlshaber in die Innenstadt bringen. Die Słupeckastraße war zwar immer noch ruhig, aber wir waren von der Stadt abgeschnitten. Die Grójeckastraße blieb die ganze Nacht über unter Maschinengewehrbeschuß und wurde von Scheinwerfern beleuchtet. Die Aleje Niepodległości war vom Anfang an von den Deutschen besetzt. Ein Durchkommen war unmöglich. Die Mädchen wollten aber nicht einmal davon hören. Man hatte ihnen gesagt: um jeden Preis.

Am gleichen Abend (die Tage waren noch lang, in der Abenddämmerung gab es meistens eine oder zwei Stunden Pause in der Kanonade) führte ich sie durch Minengänge und Keller an den Ausgang der Grójeckastraße. Die Häuser standen noch auf beiden Seiten, nur hin und wieder waren die oberen Stockwerke ausgebrannt. Die Straße war vollkommen leer, und es schien, als ob seit langem niemand mehr dort wohnte. Nur an der nächsten Kreuzung, als wir um die Ecke spähten, waren zwei ausgebrannte Lkws zu sehen.

Das älteste der Mädchen lief zuerst los und wurde noch auf dem Bürgersteig von einer Feuergarbe getroffen. Es gelang mir, sie am Bein heranzuziehen. Aber sie lebte nicht mehr. Einen Augenblick später lief die zweite los. Sie wurde mitten auf der Straße getroffen. Sie versuchte noch, zum gegenüberliegenden Bürgersteig zu kriechen, aber dort blieb sie liegen. Jetzt wollte die dritte springen. Ich hielt sie an der Taille fest und wir begannen zu kämpfen. Ich schlug sie lange ins Gesicht, bis sie fiel. Dann saßen wir umarmt bis spät in der Nacht auf der Treppe des nächstliegenden Kellers. Bewegungslos, wortlos. Damals erfuhr ich nur, daß sie Anna hieß.

An die folgenden Tage erinnere ich mich kaum. Es waren übrigens nicht viele, bis der Stadtteil Ochota liquidiert wurde und wir von der Słupeckastraße abtransportiert wurden. Vielleicht drei, höchstens vier Wochen. Ich erinnere mich nur daran, daß wir die Älteste im Garten begruben, gleich hinter dem Haus, denn wir hatten sie damals in unser Einfahrtstor geschleppt. Ich erinnere mich noch, daß ein paar Tage später ein schweres Geschoß das Nebenhaus traf. Ich war gerade auf der Toilette, zog an der Schnur, um die Spülung zu betätigen, als alles erzitterte. Ich fand mich einen halben Stock tiefer wieder, ganz mit Staub bedeckt, doch ohne einen Kratzer. Ich begann wie wahnsinnig zu lachen: diese Handbewegung, so gewöhnlich, so unschuldig, seit der Kindheit tausendmal wiederholt, und davon erzitterte das ganze vierstöckige Haus und sackte ab.

Dann verschwimmen alle diese Tage in der Erinnerung. Als ob es ein einziger langer Tag gewesen wäre. Und eine Nacht. Jeden Tag, kurz vor Sonnenaufgang, noch im Morgengrauen, schlichen wir alle zusammen oder abwechselnd in die Schrebergärten, um Kartoffeln oder Rüben auszubuddeln. Einmal fanden wir Zwiebeln. Ich erinnere mich an diese Expedition, denn ich schrieb damals eine ganze Seite des angefangenen und nie beendeten Kapitels über *Candide*. Eben über den Nutzen der Bestellung des eigenen Gartens im Angesicht des Weltendes. Schmalz und Speck waren längst alle. Anna kochte morgens und abends Grütze und machte Mehlklößchen mit Wasser. Ein paar Abende lang aßen wir diese mit Zwiebeln.

Ich erinnere mich kaum an etwas anderes. Die Geschosse flogen mit ihrem grauenvollen Geheul immer tiefer und schlugen immer näher ein. Auch das Feuer kam immer näher, der Feuerschein bedeckte den ganzen Himmel. Aber aus der Richtung von Czerniaków hörte das Geschützfeuer auf. Wir brauchten keine Zeitungen, es war klar, daß die russische Offensive zurückgewichen war. Das Ende nahte schnell: das Ende der Stadt und davor unser Ende. Im Tor sprach man immer öfter davon, daß Leute aus den Häusern getrieben und auf der Stelle erschossen würden.

Ich weiß nicht, worüber ich in diesen zwei oder drei Wochen mit Anna gesprochen habe. Doch wir redeten ununterbrochen, am Tag und in der Nacht. Als alle in die Keller hinuntergingen, blieb ich mit Anna allein in der Küche. Ich las ihr Gedichte vor. Ich hatte in die Słupeckastraße einige Bücher mitgenommen. Und meine Rimbaud-Übersetzungen. *Die Abfahrt* kannte ich auswendig:

> »Genug gesehen. Die Vision ist sich in allen Formen wiederbegegnet.
> Genug besessen. Der Städte Lärm, am Abend und bei Sonnenschein und überhaupt.
> Genug erfahren. Die Aufenthalte des Lebens. – O Geräusche und Visionen!
> Fort nun mit neuer Leidenschaft und neuem Lärm!«
>
> (Deutsch von Gerhart Hang)

Jetzt kommt es mir vor, als ob wir diese letzte Woche im vollen Bewußtsein des Todes und im Taumel erlebt hätten. Wir waren zusammen, doch zum ersten Mal sahen wir die eigene Nacktheit im roten Schein einer Rakete, die einen Augenblick lang wie unbeweglich vor unserem Küchenfenster hängenblieb. Beide waren wir schamhaft.

Das Ende kam jedoch schneller, als wir erwartet hatten. Die Deutschen kamen mittags um zwölf und befahlen allen, auf die Straße zu gehen. »Schnell! Schnell!« Ich schaffte es noch, in den Keller zu rennen und im entferntesten Winkel unter einem Schutthaufen das Manuskript meines Buches zu verstecken. Ich hatte es in den letzten zwei Jahren geschrieben. Oft in der Universitätsbibliothek. Diese war lange Zeit ein ruhiger Ort. Bohdan Korzeniewski brachte mich mit einem falschen Ausweis dort hinein. Ich saß im Lesesaal, versteckt hinter einem Berg von deutschen Enzyklopädien. In der Słupeckastraße hatte ich eine von drei Kopien des Manuskripts. Die einzige, die erhalten geblieben ist. Als ich im Februar 1945 zum ersten Mal zurück nach Warschau kam, ging ich direkt in die Słupeckastraße. Das Haus war vollständig ausgebrannt. Doch ich kam in den Keller. In der Ecke unter dem Schutt lag mein Manuskript. Alle Ecken waren angebrannt und fielen bei der leichtesten Berührung auseinander. Aber die mittleren Teile des Papiers blieben wie ein riesiges Ei unversehrt. Aus diesen »Eiern« rekonstruierte ich mein Buch wie ein Archäologe. *Mythologie und Realismus* erschien 1946 als eines der ersten polnischen Bücher nach dem Krieg.

Als ich aus dem Keller nach oben gelaufen kam, hatte vor dem Haus bereits die Selektion begonnen. Ich sah aus dem Fenster, wie Männer und Frauen mit erhobenen Händen mit dem Gesicht zur Mauer standen. Unter ihnen stand auch meine Wirtin. Ich hatte in der Słupeckastraße eine sehr gute Jacke, eine Vorkriegsjacke aus grünem englischem Kord, deren Taschen, Revers und Kragen mit Leder besetzt waren. Wir nannten sie mit Lidia die »Grafenjacke«, denn ich hatte sie noch in Lemberg »zu Zeiten der ersten Sowjets«, wie man damals sagte, von Stasia Blumenfeld bekommen. Graf Cz. ließ diese Jacke bei ihr zurück, als er bereits im September plötzlich verschwand.

Diese Jacke hatte ihre Geschichte. Verschiedene Okkupations- und Kriegsgeschichten könnte man als die wechselnde Geschichte von Dingen aufschreiben, die sich für längere oder kürzere Zeit als beständiger denn ihre Eigentümer erwiesen. Cz. war, wie sich herausgestellt hat, ein Spion, oder er arbeitete einfach mit den Deutschen zusammen. Er wurde noch vor Kriegsende getötet, doch das erfuhr ich erst in Łódź, wie auch das endgültige Schicksal der Familie Blumenfeld, von der nur noch der älteste Sohn Janek lebte. Stasia Blumenfeld, die kurz nach dem Septemberumherirren die leidenschaftlichste Liebe im Leben von Maria Dąbrowska war, was ich erst aus deren Tagebüchern erfuhr, wurde im Winter 1941 im Gefängnis von Lemberg erschossen. Herr Ineczek, ihr Mann, wartete noch zu Weihnachten mit einem Mittagessen auf sie. Er überlebte den Aufstand, starb kurze Zeit später oder wurde umgebracht, aber ich weiß nicht wie und wann. Der jüngere Sohn ist wahrscheinlich von den Deutschen bei Czortków gefangengenommen worden, und seine Spur verschwand wohl noch im Winter 1942.

Janek Blumenfeld besuchte uns in Zakopane im Sommer 1946. Er kam, um sich zu verabschieden, denn er wurde zu Manövern in Biały Dunajec einberufen. Dort bekam er den Auftrag – wie immer kamen wir nur scheibchenweise an Informationen erst viele Jahre später heran –, seine ehemaligen Kollegen von den Landesarmee-Partisanen aus dem Wald herauszuholen. Sie waren wahrscheinlich in der – wie man damals sagte – »Bande« von Ogień[4]. Entweder widersetzte sich Janek dem Befehl, oder er ging in den Wald und kam allein zurück. Man erschoß ihn sofort, um ein Exempel zu statuieren. Keiner hat die Geschichte der Vernichtung der Familie Blumenfeld und die Geschichte von Janek zu Ende geschrieben. Die letzten Briefe von Stasia aus dem Gefängnis veröffentlichte Anna Kowalska in ihrem Buch *Zum Andenken*. Ein Photo von Stasia gibt es in den Tagebüchern der Dąbrowska. Ein noch schöneres Photo von Stasia steht seit Jahren bei uns zu Hause auf Lidias Kommode.

4 Ogień (poln.: Feuer), eigentlich Józef Kuras (1915–1947). Partisanenführer in Südpolen, kämpfte nach 1945 gegen die Kommunisten, wurde von ihnen 1947 umgebracht.

Stasia war eine der faszinierendsten Frauen, die ich je im Leben kennengelernt habe. Sie faszinierte sowohl mich als auch Lidia.

Im Hof waren bereits zwei Gewehrsalven zu hören. Es kam mir lächerlich vor, in dieser wunderbaren, grünen Grafenjacke zu sterben. Ich ließ sie zurück. Später bedauerte ich es bitter. Jerzy Stempowski hätte eine solche pathetische und hoffärtige Geste niemals gutgeheißen. Aber damals hatte ich noch nicht gelernt, daß man im Angesicht des Letzten Gerichts Sachen achten muß. Die Winterjacke blieb in der Słupeckastraße. Wieder ertönten zwei Salven. Ich lief mit Anna auf die Straße, uns an den Händen haltend. Wir wurden nach links gestoßen, dann mit Gewehrkolben ins Einfahrtstor und auf die Straße. Ich werde die Prinzipien dieser Selektion niemals erfahren. Zwei ältere Frauen aus der zweiten Etage, die ich kannte, weil sie mir einmal Milch gegeben hatten, wurden knapp vor uns mit Fußtritten nach rechts gestoßen, und ich sah sie noch einen Augenblick lang an der Mauer mit über dem Kopf gekreuzten Armen.

Auf der Straße kamen wir in eine dichte Menschenmasse, die in die Grójeckastraße getrieben wurde. Von hinten wurden wir mit Gewehrkolben vorangetrieben, doch von vorn kamen Wlassow-Leute[5] auf uns zu. Sie waren betrunken. Sie schlugen wahllos mit der Hand zu oder mit Knuten über die Köpfe, schleppten die Frauen in Häusereingänge oder rissen ihnen noch auf der Straße die Kleider herunter. Sie verlangten Gold. Ich hatte zwei goldene Ringe mit, die ich einige Monate vor dem Aufstand von Zygmunt B. bekommen hatte, mit dem die Eltern meiner Frau verwandt waren. Das ganze letzte Jahr hindurch lebte ich mit Lidia hauptsächlich vom Verkauf von Schmuck und Uhren, die ich von ihm bekam. Die Vetter von

5 Wlassow-Leute; Angehörige der Russischen Befreiungsarmee, die von General Wlassow 1941 organisiert wurde und der Wehrmacht unterstellt war; in Polen berüchtigt für ihre Brutalität.

Zygmunt B. hatten vor dem Krieg einen Juwelierladen. Es war ihnen gelungen, einen Teil des Schmucks zu verstecken. Von diesen Schweizer Uhren und fünfzig Gramm schweren, dick geflochtenen Armreifen, »Panzer« genannt, lebten drei Familien und mindestens zwanzig Menschen, die sich »auf der arischen Seite« versteckten. Mit diesen beiden Ringen von Zygmunt B. und dann noch einmal mit einem Ehering vor dem Zieleniak-Markt kaufte ich Anna und mich frei. Von der Słupecka bis zum Gemüsemarkt ist es nicht weiter als drei Kilometer. Unser Lauf kann nicht länger als eine Dreiviertelstunde gedauert haben. Er schien eine Ewigkeit zu dauern.

Der Zieleniak in Ochota war der größte Marktplatz Warschaus auf der linken Seite der Weichsel. Die Deutschen hatten ihn als ersten Umschlagplatz gewählt, als »Konzentrationsplatz« für die zusammengetriebene Bevölkerung aus den nacheinander »gesäuberten« Südvierteln von Warschau. Es lagerten dort schon mindestens fünf- oder sechstausend Frauen, Männer und Kinder. Auf dem Markt verkaufte man früher Blumen, Gemüse und Früchte für ganz Warschau. Die Verkaufsstände hatten dicht nebeneinander gestanden. Jetzt war keine Spur von ihnen übriggeblieben. Die Unternehmerischen oder diejenigen, die früher hierhergetrieben worden waren, hatten sich primitive Schlafgelegenheiten aus Brettern und Dächer gegen den Regen zusammengezimmert.

Wir legten uns auf den nackten Boden. Er war aufgeweicht von den Körpern, die vor uns hier gelegen hatten. Auf zwei Seiten des Platzes gab es noch Reste von öffentlichen Toiletten. Man kam da übrigens nicht durch, und ein immer breiterer Bach von Urin und Exkrementen floß heraus. Vor dem Abend fuhren zwei mit Brot beladene Lkws auf den Platz. Die Deutschen ließen sie mitten auf dem Platz stehen. Die Menschen stürzten sich auf das Brot. Die Deutschen schossen zweimal.

Wahrscheinlich in die Luft. Die Menschen liefen in Panik auseinander, aber neben den Lkws und den liegengelassenen Brotlaiben blieben drei Körper von Erschossenen oder Niedergetrampelten liegen. Einen Augenblick später liefen zwei kleine Jungen hin, um das liegengelassene Brot zu holen. Am nächsten Tag wiederholte sich die gleiche Szene. Die Menschen trampelten einander nieder und schritten über die Körper. Doch diesmal schossen die Deutschen nicht. Ich habe es nicht gesehen, aber man erzählte mir, die Deutschen hätten die Menschenmasse, die sich auf das Brot stürzte, gefilmt.

Doch am schlimmsten waren die Nächte. Die Soldaten gingen einzeln oder zu zweit zwischen den Liegenden durch, leuchteten mit Taschenlampen in die Gesichter und suchten junge Frauen heraus. Ich beschmierte Annas Gesicht, Brust und Beine mit Matsch, der mit Blut vermischt war, bis er wie eine Schale anlag. Während der ersten Nacht gingen sie zweimal an uns vorbei, ließen sie aber in Ruhe. Am zweiten Tag begegnete Anna auf dem Platz ihrem Freund. Ich sah ihn nur von weitem. Er muß drei oder vier Jahre älter als sie gewesen sein, hellblond, sehr groß. Er ging an einem aus Brettern gemachten Stock, er hatte eine Schußverletzung am Bein. Anna ging zu ihm und kam nach zwei Stunden zurück. Später sagte sie mir, es sei ihr zweiter Freund gewesen, und sie habe sich vor dem Aufstand mit ihm verlobt. Wenn es Entscheidungen gibt, die endgültig erscheinen, dann eben auf einem solchen Platz, unter fünftausend Körpern, auf von Schweiß, Urin und Unflat aufgeweichter Erde. Aber Anna wählte damals nur die Errettung. Sie glaubte, ich würde sie da herausbringen.

Am dritten Tag mittags wurde der Gemüsemarkt langsam leerer. Man nahm Leute für den nächsten Transport. Wir waren in der letzten Kolonne, die zum Westbahnhof geführt wurde. An der Rampe wurden wir angehalten. Am Ende der Rampe stand eine Lokomotive. Einige Männer aus unserer Kolonne liefen hin und kamen mit Wasser zurück – es tropfte von der Dampfmaschine. Wir hatten seit drei Tagen nichts im Magen und starben vor Durst. Auf dem Gemüsemarkt gab es zwei zerstörte Pumpen, aus denen nur Tropfen sickerten. Anna hatte keine Kraft, um hinzugehen. Ich hatte ein abgeschlagenes Töpfchen mit, das ich vom Platz mitgenommen hatte, und lief zum anderen Ende der Rampe. Aus der Lokomotive spritzte Wasser. Wie aus einem Hahn. Vom Führerstand der Lokomotive schrie jemand, der für mich unsichtbar war: »Piotr, bist du das?«

»Piotr« war mein Pseudonym in unserer Gruppe. Aber außerhalb? Eine Hand wurde mir gereicht, dann eine zweite, ich wurde nicht ohne Schwierigkeiten in die Lokomotive hineingezogen. Dort waren zwei Männer, beide nicht mehr jung. Der eine war Deutscher. Mir schien, ich hätte keinen von beiden vorher getroffen. Doch der jüngere, ein Pole, muß sich mein Gesicht wohl von irgendeinem Treffen bei Żółkiewski in der Tarczyńskastraße gemerkt haben. Sie gaben mir einen vollen Blechnapf. Es war kaltes Kompott. Mit Früchten. Ich glaube, es waren geschnittene Birnen. Niemals im Leben, nicht vorher und nicht nachher, hatte ich den Geschmack vom Paradies im Mund. Sie warfen mir einen Eisenbahnermantel über die Schultern, auf den Kopf eine Mütze mit einem Schwarzen Adler auf dem Hakenkreuz und ließen mich, wieder mit Hilfe der Hände, auf die Rampe hinunterrutschen. Aber auf der anderen Seite der Gleise.

Ich begann, mit dem Blechnapf zu Anna zu rennen. Doch gerade in diesem Augenblick fuhr der Evakuierungszug auf die Gleise. Pfiffe, Rufe, Hundegebell waren zu hören. Der letzte Transport wurde in die Waggons verladen. Ich kam an, aber auf der anderen Seite. Alles zusammen dauerte nicht länger als vielleicht fünf, vielleicht zehn Minuten. Der Transport fuhr ab. Zusammen mit Anna. Ich hatte sie nicht gerettet. Sie blieb allein. Ohne Hoffnung. Joseph Conrad las ich lange Zeit mit inneren Widerständen. Doch wenn etwas in meinem Leben »das verzweifelte Aussehen des Verrats« hatte, dann war es eben dieser Lauf, um Wasser zu holen am anderen Ende der Gleise und das Bleiben auf der anderen Seite.

Die Lokomotive vom anderen Ende der Rampe war ebenfalls weggefahren. Ich blieb allein auf dem plötzlich leer gewordenen Bahnsteig und bekam Angst. Ich befürchtete, jeder würde mich sofort in dem Mantel des deutschen Eisenbahners erkennen. Ich war aufgeschwollen, schmutzig, seit drei Tagen nicht mehr rasiert. Am anderen Ende des Bahnsteigs fand ich einen Stock mit einer Metallspitze. Auf diesen weggeworfenen Stock begann ich sehr genau, langsam und methodisch die auf dem Bahnsteig herumfliegenden Papiere aufzuspießen und sie mitten auf dem Bahnsteig neben einem kaputten Papierkorb zu sammeln. Langsam wurde es dunkel. Über der Stadt schwebte eine schwarze Wolke, durch die ab und zu hochragende Flammen durchkamen. In ihrem Schein sah man deutlich das ausgebrannte Skelett des Hochhauses von Pasta. In Richtung Altstadt flogen drei aufeinanderfolgende Wellen von Messerschmidts. Der Wind brachte immer wieder neue angebrannte Papiere und Lappen. Manche stanken noch nach Eiter und Blut. Ich pickte sie hartnäckig auf meinen Stock und häufte sie auf eine Stelle. Ich war immer noch allein auf dem leeren Bahnsteig. Warschau brannte weiter.

Nach einer, zwei oder drei Stunden – die Zeit war wie erstarrt –, als der Bahnsteig fast aufgeräumt war, fuhr ein Zug voller Soldaten ein. Er hielt kurz. Als er wegfuhr, sprang ich auf die Treppe des letzten Waggons. Keiner hatte mich bemerkt. Keiner fragte mich nach irgend etwas. Was gibt es Gewöhnlicheres als einen deutschen Eisenbahner in einem Militärkonvoi. Nach knapp einer Stunde stieg ich in Grodzisk aus.

Noch am gleichen Abend traf ich einen Bekannten, den ich vom Valuta- und Goldhandel her kannte. Er hatte seine Geschäfte bereits wiederaufgenommen. Er nahm mich zu sich, ich wusch mich, und wir tranken die ganze Nacht. Der Dollar war gestiegen, doch man kaufte nur noch »harte«, das Papier brannte zu leicht.

Am nächsten Tag fuhr ich nach Milanówek[6]. Die elektrische Bahn funktionierte, als ob nichts passiert wäre. Ich fand Zygmunt B. Aus Warschau gab es keine Nachrichten. Dann fand ich »Kontakt«. Die Transporte vom Gemüsemarkt gingen nach Pruszków. Dort gab es ein Übergangslager, die Selektion und dann Transporte ins Reich. Zur Zwangsarbeit, aber manche sagten, sie gingen nach Auschwitz. Vom Krankenhaus in Milanówek aus fuhr jeden Morgen eine Gruppe von Ärzten und Krankenschwestern mit Spezialpassierscheinen nach Pruszków. Ich erfuhr, daß sie Landesarmeemitglieder und benötigte Personen oder einfach Bekannte aus dem Lager herausbrachten. Am Abend war ich bei einem jungen Arzt, dem Chef der Gruppe. Er taumelte vor Müdigkeit. »Wird gemacht«, sagte er, »wir ziehen ihr einen Kittel und das Käppi über. Passierscheine gibt's«, lachte er, »wie Sand am Meer. Es gibt schon Listen vom letzten Transport. Aber wie heißt die denn ...«

»Anna, Anka, so eine kleine Blonde ...«

»Aber der Nachname ...« Ich wußte ihn nicht. Er schaute mich wie einen Verrückten an. »Hören Sie«, sagte er. »Dort gibt's Unmengen von Annas, und jede zweite ist blond ...« Er winkte nur mit der Hand ab. Erst in diesem Augenblick begriff ich, daß ich nichts über Anna wußte, außer daß sie zwei Freunde gehabt hatte und in den Grauen Reihen, den militarisierten Abteilungen der Pfadfinder, war. Mir schien, ich würde mich

6 Vorort südlich von Warschau.

daran erinnern, daß sie graubraune Augen hatte, aber ich war mir dessen nicht mehr sicher. Wir waren die ganze Zeit über zusammen, Tag und Nacht, Nacht und Tag ohne einen Augenblick Pause, und ich hatte nicht gefragt, wie sie heißt. Nur den Vornamen. Damals brauchte man nicht mehr.

2.

Langsam erreichten uns Nachrichten aus Warschau. Doch nichts über Lidia, ich wußte nicht, ob sie lebte und wer überhaupt noch lebte. Nur, daß es in Bielany ruhig gewesen sein soll, von Anfang an seien die Deutschen dort gewesen. Aber eben dort sollten vom Kampinoskiwald her die Partisanen Warschau zu Hilfe eilen. Die schwersten Kämpfe gab es in der Altstadt, die Stadtmitte verteidigte sich noch und auch Powiśle. Die Deutschen hielten weiterhin die Durchfahrtsstraßen. Die Hilfe aus London war ausgeblieben. Die Sowjets hatten den Allierten nicht erlaubt, auf ihren Flugplätzen zu landen. Es gab Abwürfe für Warschau, doch sie hörten auf. Der Aufstand erstarb. Man brauchte keinen Horchposten, es genügte, den Himmel anzuschauen. Der schwarze Rauch über der Stadt wurde immer dichter und verdeckte bereits den Feuerschein.

An den Bahnstationen, neben den ehemaligen Briefkästen, auf jedem freien Mauerstück hingen Zettel, daß einer lebe, suche und weitere Namen und Adressen. Man solle hier und dort fragen. Aber es gab noch mehr Zettel in Schönschrift. Verkaufe Pelzmantel, Coupons, Motorrad, ein Service für zwölf Personen, ein Bild von Kossak oder einen persischen Teppich. Ich erinnere mich noch, wie jemand annoncierte, er wolle einen Krummsäbel verkaufen. Häuslicher Mittagstisch und Kaffeebars annoncierten dort auch. Sie schossen wie Pilze aus dem Boden.

Im elegantesten Café von Milanówek verkaufte man eine ganz ungewöhnliche Schokoladentorte mit einer Unmenge gemahlener Mandeln. In diesen Bars erschienen neben den »Hiesigen« von der Strecke der Elektrobahn – Banditen und Spekulanten – immer öfter junge Männer und Frauen in Reithosen, die in sogenannte »Offiziersstiefel« – hohe Schaftstiefel – gesteckt waren, in Jacken, die meiner Grafenjacke ähnelten, die ich unbedacht in der Słupeckastraße zurückgelassen hatte, oder in Sakkos. Die jungen Männer ließen sich Schnurrbärte und Bärte wachsen. Es war die Post-Aufstands-Mode. Es ist vielleicht kein Zufall, sondern vermutlich ein gewisses historisches Gesetz, daß diese Mode im zweiten Jahr der Solidarność, vor allem in den Monaten vor dem Dezember, wiederaufgelebt ist.

Diese jungen Leute, die stundenlang beim Kaffee oder Schnaps saßen, gehörten sicherlich zu einer der vielen konspirativen Gruppen, doch mir kam dieses erotische, geschäftliche und politische Leben ekelhaft normal vor. Nicht viele dieser Wochen nach dem Aufstand hinterließen eine Spur, die in Erinnerungen oder in der Literatur beschrieben worden wäre. Am lebendigsten und vielleicht am wahrhaftigsten gab Stanisław Dygat die Atmosphäre von Milanówek und Podkowa Leśna in seinen *Abschieden* wieder.

Aber gerade zu dieser Zeit erfuhr ich, daß sich die Volksarmee dem Aufstand angeschlossen hatte. Wohl in der zweiten Woche. Wenn ich das in der Słupeckastraße gewußt hätte, hätte ich mich zur AL-Kommandatur der Volksarmee in Ochota durchgeschlagen. Jetzt wurde mir übel in Podkowa, obwohl ich mich zwei Tage lang außerhalb der Stadt halbnackt im Sand in der Sonne wärmte, mit einer wiedergefundenen Cousine. Ich beschloß, zu den Partisanen zu gehen, jetzt war mir ganz gleich, welche Gruppierung es war. Es war nicht schwer, sie zu finden. »Gehen Sie in den nächsten Wald«, sagte einer der jungen Leute in Jägerjacken zu mir, »rufen Sie hopp! hopp!, und sofort springt aus dem Gebüsch irgendein Typ mit einer MP heraus.« Ich war nicht sicher, ob er mich nicht auf den Arm nahm, doch es war beinahe so, wie er sagte.

Von Bekannten bekam ich dickbesohlte Schuhe und einen Rucksack, in den ich Unterhosen, dicke Socken und – die Nächte wurden bereits kühl – den deutschen Eisenbahnermantel packte. Er war nützlich, aber für noch ganz andere Zwecke. Wir gingen zusammen mit dem Vetter meiner Frau, Fred B., in Richtung Weichsel und Góra Kalwaria. Noch vor Einbruch der Nacht des gleichen Tages stießen wir auf eine Gruppe von Partisanen. Es wurden nicht viele Fragen gestellt, nur, woher wir kämen. Wir sagten, aus Warschau. Das genügte. Wir bekamen Brotbeutel, jeder zwei Granaten und Pistolen, die früher von den Wildjägern benutzt wurden, mit abgeschnittenem Lauf. Und knapp zwanzig Patronen.

Wir selbst stellten auch nicht viele Fragen. Es war die Abteilung von Hauptmann Lanca, wie uns gleich gesagt wurde – eine Landesarmeegruppierung, die zweimal zerschlagen worden war. Den Kern der Gruppe bildete eine Sondereinheit, doch davon und von ihren Aufgaben erfuhr ich erst später. Zu dieser Landesarmeegruppierung hatte sich eine Abteilung der Nationalen Wehrkräfte NSZ[7] hinzugesellt. Dieser Waldweg, den ich gewählt hatte, war nicht der beste gewesen. Doch es war zu spät, um zurückzuweichen. Und es gab eigentlich nichts, wohin man zurückweichen konnte. Ich war aber immerhin so weitsichtig, daß ich kein Wort über meine Zugehörigkeit zur Volksarmee verlauten ließ. Und natürlich auch nicht, daß ich Jude war. Ich war nicht beschnitten, am ersten Brunnen begossen wir uns

7 NSZ – Nationale Streitkräfte, nationalistische, rechte Untergrundorganisation.

nackt mit Wasser und zeigten uns gegenseitig, wer was für einen hatte. Übrigens ist mein ganzes Partisanenabenteuer schneller zu Ende gegangen, als ich dachte, und ganz anders.

Als größter Vorteil erwies sich mein deutscher Eisenbahnermantel. In der Abteilung gab es zwei oder drei Verletzte aus einem zufälligen Zusammenstoß mit Gendarmen, der einige Tage vor unserer Ankunft stattgefunden hatte. Der eine war schwer verletzt, ein komplizierter Einschuß in die Hüfte, er lag auf dem Wagen und fieberte die ganze Zeit. Es gab zwei Sanitäter, doch nur, um einen Angeschossenen auf einer improvisierten Trage aus Stöcken und einer alten Decke wegzutragen. In der Feldapotheke gab es, wie ich mich bald überzeugen konnte, nur drei Bandagen, Jodtinktur, zwei Flaschen Brennspiritus, von denen jede bis zur Hälfte ausgetrunken war, und ganze Schachteln deutscher Präservative. Die Jungs machten sich einen Spaß daraus, sie aufzublasen, und wetteten um eine Zigarette, welches als erstes platzen würde.

»Ihr werdet nach Zalesie fahren«, sagte Lanca. »Es sind etwa zwanzig Kilometer. Ich gebe euch einen Einspänner und zwei Leute. Der Korporal Wrona kennt den Weg. Es gibt dort einen Arzt, wohl einen Gynäkologen, aber vielleicht hat der auch Chirurgie gelernt.« Auf einem Blatt Papier zeichnete er mir einen Plan auf. »Paßt auf, hier ist hinter der nächsten Ecke die Gestapo. Macht nicht zu viel Zirkus. Ihr sagt, an der Bahnstation sei jemand erkrankt, oder denkt euch irgend etwas aus ... Ihr bringt ihn noch vor Morgengrauen hierher. Hier habt ihr ... « Er öffnete einen Kasten, der mit zwei Vorhängeschlössern verschlossen war, und nahm einen dicken Ledergürtel heraus. »Das ist von den Luftspenden«, lachte er. »Sie waren nicht genau für uns bestimmt, aber wir haben sie übernommen.« Im Gürtel steckten wie Patronen goldene Zwanzigdollarmünzen. Er nahm zwei heraus. »Gebt ihm das, und wenn er es schafft, bekommt er noch mehr ... «

»Und wenn er nicht will?« Hauptmann Lanca schaute mich wie einen Regenwurm an. »Was heißt denn, wenn er nicht will... Hat man's dir bei der Eisenbahn nicht beigebracht... Du kannst ihn auch ohne Zähne hierherbringen, Hauptsache, er bewegt sich noch...«

Ich ging, einen Trommelrevolver zu holen und ein Maschinengewehr. Doch kaum hatte ich es in der Hand, als eine Serie von Schüssen losging. Die hausgemachten »MG« hatten keine Sicherung. Wrona lief zum Hauptmann, um sich zu beschweren. »Der schießt uns alle tot, dieser verdammte Eisenbahner. Wenn der ein MG hat, fahre ich nicht mit. Das ist der sichere Tod. Lieber gehe ich mit bloßen Händen auf die Deutschen los...«

Ich gab Wrona das MG zurück. In Zalesie kamen wir am frühen Abend an. Wir hielten am ersten Platz. Dort standen irgendwelche Fuhrwerke. Weiter gab es zwei gekreuzte Straßen mit anämischen Bäumchen und Holzhäuschen mit Verandas, deren Dächer mit geschnitzten Herzchen geschmückt waren. Die gleichen Häuschen im gleichen Pseudostil von Zakopane gab es auch in Józefów. Wir haben dort drei oder fast vier Monate gewohnt. Von Juli bis Anfang Oktober im Jahr vor dem Aufstand. Zwei Adressen in Warschau waren nacheinander »abgebrannt«. Und eine Sommerfahrt aufs Land schien uns am sichersten. Tatsächlich war es lange Zeit so.

Ich erinnerte mich an eine Bude an der Bahnstation. Hier gab es eine ähnliche. Mit Eis und noch irgendwas. Doch die andere war, von oben bis unten, völlig mit seltsamen und komischen Postkarten beklebt. Vielleicht hatte eben mit dieser Bude in Zalesie mein Hobby angefangen, das letzte, was mir noch geblieben ist, das Sammeln von Kitsch. Roman Karst, mein nächster Nachbar in Stony Brook, war von meiner Neigung zum Schmalzigen sehr peinlich berührt. Jahrelang ging man links von unserem Haus »zum Griechen« und rechts die gleiche Quaker Path »zu Roman«. Das griechische Restaurant, das wir mit Roman so mochten, brannte vor drei Jahren ab, und Roman lebt nicht mehr.

Die Eisbude wurde von Henryk Tomaszewski geführt. Wir waren sicher, daß er Jude war und wie wir der Meinung, Józefów sei sicherer als die Stadt. Doch es verhielt sich anders: Während er die Eisbude führte, versteckte er in Józefów seine Frau und ihre ganze Familie. Alicja, die wir manchmal trafen, war damals sehr attraktiv; sie hatte überhaupt kein »Aussehen«. Sie kannte uns damals noch nicht, hat uns aber, ohne uns zu kennen, vielleicht gerettet. Ich kehrte mit Lidia am frühen Vormittag aus Warschau zurück, und wir gingen die leeren Gleise der kleinen Bahn entlang. Da kam eine junge Frau auf uns zugelaufen und stammelte, die eigenen Worte verschluckend: »Fliehen Sie, oder steigen Sie gleich in den nächsten Zug, denn hier passieren schreckliche Dinge.« Seit dem frühen Morgen gab es in Józefów eine Razzia, es waren Lkws mit der Gestapo gekommen, und sie suchten ein Haus nach dem anderen nach Juden ab.

Aber abgesehen von diesem Tag verbrachten wir in Józefów die ruhigsten Monate der Besatzungszeit. Eine Woche lang war meine Mutter aus Krakau bei uns. Ich hatte sie seit September '39 nicht mehr gesehen, als wir nach der Rückkehr aus Frankreich von Krakau aus nach Bielsko fuhren, um Lidia meinen Eltern vorzustellen. Ein- oder zweimal besuchte uns Rysiek Matuszewski, der uns oftmals rettete und zu dem wir gleich nach der Flucht aus Lemberg gefahren waren. Rysiek und Beata retteten nicht nur uns; die Liste derer, die für kürzere oder längere Zeit in ihrer Wohnung in Żoliborz Unterschlupf fanden, ist lang. Von den alten Freunden war Włodek Pietrzak bei uns. Er war wohl damals schon Stabschef bei Piasecki[8], doch die ideologischen Unterschiede, wie prinzipiell sie auch sein mochten, brachen nicht einmal in den schlimmsten Jahren der Besatzung die alten Freundschaften und die alte Kameradschaft.

Włodeks Frau, die blonde Iwa, war mit der Gruppe von Wojeński und dem sozialistischen Untergrund verbunden. Als meine Schwester mit uns, bereits nach der Rückkehr aus Józefów, kurze Zeit bei Kamilla wohnte, brachte Lidia sie zu Doktor Loth, einem berühmten Orthopäden. Er betrachtete meine Schwester und Lidia und nahm kein Geld an. Die helle Iwa diente als Schutz beim Transport meiner Schwester durch Warschau. Für die letzte Nacht in Warschau – bei Kamilla war es nicht mehr sicher, weil ich bereits gesucht wurde – brachte sie sie zu den Bieńkowskis, wo sie auf den Küchentisch gelegt wurde. Unter dem Tisch lagen die Lettern der Zeitung, die Wladek Bieńkowski redigierte. Am nächsten Tag brachte Iwa meine Schwester zum Bahnhof, von wo aus sie glücklich nach Krakau kam.

Auf irgendeine Weise, ich weiß nicht mehr wie, kam auch Zdziś Jeziorański zu uns nach Józefów, nach der Rückkehr von seinem ersten Transport nach Schweden. Er sollte bald als Kurier nach London gehen. Doch das erfuhr ich erst viele Jahre nach dem Krieg. Zdziś hielt damals, wie auch nach dem Krieg, als er diktatorisch den Sender Freies Europa leitete, und auch später, bis heute, die Bindungen zu den Klassenkameraden, wie manche es mit den Armeekameraden tun, für beinahe heilig. Er schlug uns seine Hilfe vor. Doch uns schien, wir hätten alles, was man braucht: ein bißchen Geld, einen ganz guten Ausweis und »echte« Kennkarten mit natürlich falschen Angaben. Und

8 Piasecki, Bolesław (1915–79) seit 1934 Politiker des rechtsextremen, antisemitischen National-Radikalen Lagers, dann Anführer der polnischen Falange, nach dem Krieg Vorsitzender der mit den Kommunisten zusammenarbeitenden katholischen Gruppe PAX.

einen Sack Kartoffeln und zwei Gläser mit Griebenschmalz, die wir bei Rysiek für den Winter zurückgelassen hatten.

Bis zum Ende des Sommers hatten wir keine Schwierigkeiten. Anfang September wurde es in Józefów langsam leer. Die normalen Urlauber, die Ehefrauen mit Kindern, zu denen die Männer am Sonntag kamen, kehrten nach Warschau zurück, als die Ferien zu Ende waren und die Schule begann. Wir hatten eigentlich keinen Ort, an den wir zurückkehren konnten, und beschlossen zu bleiben, so lange es ging. Man mußte die Anmeldung verlängern. Ein alter Mann aus der Gemeinde, der sich damit beschäftigte, kam zu uns. Ich sagte, daß Lidia lungenkrank sei und daß wir aufgrund ihres Gesundheitszustandes hierbleiben müßten. Der Alte schaute Lidia lange an und sagte dann: »Ich weiß nicht, ob Sie krank sind, aber sie sind eine sehr schöne Brünette.« Als sich die Tür hinter ihm schloß, begann Lidia zu packen. »Wir fahren sofort ab –«, sagte sie. Ich wollte sie wenigsten bis zum nächsten Tag zurückhalten, aber sie wollte nichts davon hören. Sie war niemals an Dinge gebunden, nicht einmal an Andenken wie ihr Vater. Die Eltern von Lidia sind ein oder zwei Tage nach dem Einmarsch der Deutschen in Lemberg so, wie sie standen, aus der Wohnung gegangen. Wir packten das Notwendigste in einen Korb und einen Rucksack, um nicht zu sehr aufzufallen, und fuhren noch am gleichen Abend nach Warschau. Wohl zu Rysiek, denn sie waren immer die erste und sicherste Wohnung. Am nächsten Tag fuhr ich jedoch zurück nach Józefów, um die Sachen zu holen. Tomaszewski sprang aus seiner Eisbude heraus, als er mich sah: »Gestern abend war bei euch ... « Der gute Alte aus der Gemeinde wurde einige Wochen später erschossen. Er wurde verurteilt, lasen wir Wochen später in einer der Zeitungen von Freiheit – Gleichheit – Unabhängigkeit (WRN), weil er Juden erpreßte und an die Deutschen verriet.

Es waren noch gute dreißig Minuten bis zur Polizeistunde, als ich an die Villa des Arztes klopfte. Zuerst wollte man mich nicht hineinlassen, doch als man durch die mit einer Kette versperrte Tür meine Eisenbahneruniform sah, wurde die Tür endlich geöffnet. Der Doktor ließ mich im Eßzimmer Platz nehmen. Man gab mir Tee mit Konfitüre, es waren wohl Johannisbeeren, und natürlich etwas Stärkeres. »... aus Kartoffeln, der Nachbar brennt den Schnaps, Sie können ruhig trinken, ist die Gesundheit selbst.« Hinter der Glastür waren Kinderstimmen zu hören. »Ein Kollege hatte einen Unfall, er liegt an der Bahnstation ...«

»Was für einer Bahnstation«, unterbrach mich der Arzt. »Die Bahn fährt doch seit drei Wochen nicht mehr ...« Ich hatte mich mit meiner Ausrede verhaspelt und mußte jetzt direkt losschlagen: »Der Junge hat eine schwere Schußwunde, man kann ihn nicht in ein Krankenhaus fahren ... Ich habe einen Einspänner, Sie müssen mitkommen, und zwar sofort.« Der Arzt stand auf und wies mit der Hand zur Tür. »In den Wald«, sagte er. »Sie sind verrückt geworden, gehen Sie bitte sofort hinaus ...« Ich legte ein Zwanzigdollarstück auf die Tischdecke. Gleich neben die Karbidlampe, mit dem Adler nach oben, es war neu und aus reinem Gold und glänzte im Licht. Ich hatte damit das letzte Jahr über in der Bar *Zur goldenen Orange* in der Chmielnastraße gehandelt, drei Häuser von dem Bordell für deutsche Soldaten entfernt. Es gab keine bessere Ware als die »Harten«, ihr Kurs stieg beinahe jede Woche. Für ein goldenes Zwanzigdollarstück konnte man damals einen Monat lang leben, und zwar gut leben; eine tragende Kuh kostete wohl nicht mehr als zwei solcher Goldstücke.

Der Arzt kam an mich heran, wog die Münze in der Hand. »Ich würde es gern tun, aber es ist unmöglich.« Er machte eine unbestimmte Handbewegung in Richtung Fenster, wohl in

Richtung der deutschen Wache, und zur verglasten Tür, hinter der Kinderstimmer zu hören waren. »Nichts zu machen. Wir sitzen hier wie ein Floh auf einem Bettlaken, gleich wird man uns denunzieren ...«

»Sie bekommen noch eine zweite, Herr Doktor ...« Er breitete die Arme aus. Ich zog aus der Seitentasche meines Eisenbahnermantels die Pistole heraus, die mir Lanca gegeben hatte. »Ich gebe dir sechzig Sekunden, du Hurensohn, und dann schieß ich dir ein Loch in den Kopf!« Er hielt es bis zur fünfzigsten Sekunde aus. »Bring mir meine Schuhe«, schrie er durch die Tür, »und zwei Thermosflaschen mit Wodka und Tee!«

Bis heute weiß ich nicht: hätte ich damals geschossen? Und damals wußte ich es auch nicht, bis zum Schluß. Der Uhrzeiger ging verdammt langsam. Ich hatte natürlich im September '39 geschossen. Irgend etwas bewegte sich am Wald, vielleicht war es auch gar nichts, man gab uns das Zielrohr 1200. Dem Herrgott ins Fenster. Granaten warf ich keine, man hatte Angst, mir welche zu geben. Noch in der Strafausbildung in Zambrów – Gott sei Dank waren es nur Übungen – warf ich sie immer mir selbst oder den anderen vor die Füße. Im Krieg fällt einem das Schießen leicht. Alle schießen ja. Außerdem wurde in diesem September '39 meistens auf uns geschossen. Aber über den Tisch mit den zwei nicht ausgetrunkenen Teegläsern und den Tellern mit Johannisbeerkonfitüre? Auf jemanden, mit dem man soeben noch Wodka getrunken hat. Im Gedächtnis ist mir nur geblieben, daß er seinen Mund wie ein Fisch bewegte.

Ich denke aber, daß ich damals geschossen hätte. Es ist sehr schwierig, nicht zu schießen, wenn man einen Revolver gezogen, entsichert und gezielt hat. Ich dachte später, viel später, doch oftmals, hauptsächlich wenn ich vor Morgengrauen aufwachte, ob es mich verändert haben würde, wenn ich damals geschossen hätte? »Ein Mann, der niemanden getötet hat, ist eine Jungfrau.« Das sagt der Terrorist Tschon in Malraux' *So lebt der Mensch.* In meinem *Shakespeare heute*, der vor einem Vierteljahrhundert erschien, schrieb ich, es sei der erschreckendste Satz der Mitte des 20. Jahrhunderts. Das Töten ist der Verlust der Unschuld wie der erste Sexualakt in der Genesis der menschlichen Gattung, eine Erkenntnis, die darin einzigartig ist, daß sie sich nicht ersetzen läßt. Und sie ist unumkehrbar. »Und Adam erkannte sein Weib Eva, und sie ward schwanger und gebar den Kain...« (Gen. 4.1) Kain tötete seinen Bruder Abel. Jahrelang verführte mich diese Gleichsetzung der sexuellen Erkenntnis mit dem Töten. Heute erscheint es mir als etwas Pathetisch-Falsches. Das *Cognitio* der Zeit der Verachtung. Aber vielleicht denke ich auch deshalb so, weil ich damals in Zalesie nicht geschossen habe. Wir verließen das Haus heimlich, noch vor der Polizeistunde. Der Doktor kümmerte sich um den Jungen wie um den eigenen Sohn. Er saß noch eine ganze Nacht bei ihm und brachte ihn dann selbst ins Krankenhaus.

Seit dieser Expedition zum Arzt schätzte mich Lanca und begann, mich auf seine Art zu mögen. Wir standen am Rand eines Dorfes, am Wald. Die Bäuerinnen kochten Wasser und brachten es uns siedendheiß in Kübeln. Ich hatte bereits Läuse wie alle in der Abteilung, man hätte sich und auch seine Sachen waschen können, aber keiner hatte Lust dazu; man warf dem Bauer das Hemd und die Hose hin, nahm welche aus der Kammer oder einfach die seinen. Doch die waren auch oft verlaust. Lanca nahm mich abends in seine Hütte und bot mir selbstgebrannten Schnaps an. Damals erfuhr ich verschiedenes über ihn. Er stammte aus der Gegend von Krzemieniec. Der Vater war Schmied, er selbst war niemals bei der Armee gewesen, noch als Junge hatte er zwei Finger der linken Hand verloren. Als die Sowjets kamen, wurde ihnen die Schmiede weggenommmen, der

Vater noch im Winter '40 abtransportiert. Lanca ging dann auf die deutsche Seite, ins Generalgouvernement. Er blieb bei den Zigeunern, kannte sich mit Pferden und der Schmiedekunst aus, doch 1942 begann man, die Zigeuner zu verfolgen und nach Auschwitz zu bringen. Im weiteren stimmte nicht alles in seinen Erzählungen überein, doch es folgte aus ihnen klar, daß er in den Wald ging und eine eigene Bande gründete. Er war ein geborener Räuberhauptmann. Um ihn herum gab es eine romantische Aura, etwa wie aus Sienkiewicz' Romanen. Die Jungs erzählten abends, er habe eine Frau, Ehefrau oder Geliebte, die hinter der Abteilung in einer vierspännigen Kutsche fahre. Einmal hatte ich eine junge Frau im Schafspelzmantel gesehen, wie sie frühmorgens in einem Einspänner vom Dorfrand wegfuhr.

Wann und wie Lanca in die Landesarmee kam und Hauptmann wurde oder sich selbst dazu ernannte, habe ich nie erfahren. Die Abteilung, über die er das Kommando hatte, unterlag dem KBW (Korps für Innere Sicherheit). Er operierte im Dreieck zwischen Góra Kalwaria, Zegrzynek und Warka. Er vollstreckte Todesurteile der Untergrundsondergerichte. Aber wohl nicht nur. Kurz vor dem Aufstand sollte er zu einer Gruppierung in Kampinoskiwald stoßen, die Warschau zu Hilfe eilen sollte, doch er traf unterwegs auf Deutsche. Er ging nicht zum Kampinoskiwald. »Ich lasse aus meinen Leuten keine Grütze machen.«

Mich fragte er auch nach allem aus. Er war neugierig auf die Welt. Ich hatte mich verplappert, daß ich mal in Paris gewesen sei. Aber er glaubte sowieso nicht an meine Arbeit bei der Eisenbahn. Er ließ sich von den Pariser Bordellen erzählen. Meine Erfahrung war in dieser Hinsicht nicht groß, doch ich tat, was ich nur konnte. Der Selbstgebrannte war aus reinem Korn gemacht. Und es gab Speck dazu.

Ausgerechnet an jenem Abend, als wir seit dem Mittag tranken, wurde ein Pärchen Volksdeutscher hereingeführt. Wohl aus Nadarzyn, wo sie einen Ausschank führten. Sie hatten der Gestapo verraten, wo das Waffenlager war. Bei der Aktion waren zwei Deutsche umgekommen, danach nahm man Geiseln und erschoß sie. Das war noch vor dem Aufstand gewesen. Aber das Urteil kam erst jetzt, angeblich vom Kommando in Grodzisk. Dem Mann nahm man sofort die goldene Taschenuhr ab, dann hörte man eine Feuersalve hinter dem Haus. Die Frau war viel jünger, klein, mit großen Brüsten. »Was ist dir lieber«, sagte Lanca, »sollen wir dich erschießen, oder sollen dich die Jungs einer nach dem anderen bumsen?« Die Frau bekreuzigte sich nur. Nach etwa einer halben Stunde kam einer der beiden herein, die mit mir beim Arzt waren. »Hauptmann«, er schlug die Hacken zusammen, »es gibt nichts mehr, wo man ihr noch was reinstecken könnte.« Wir gingen nach draußen. Die Frau lag in einer Blutlache. Lanca machte seinen Gürtel mit der Pistolentasche auf und warf ihn hin. »Erschieße diese Hure!« Wir gingen zurück, um die Flasche zu leeren. Einige Jahre nach dem polnischen Oktober, nach der Verurteilung von Różański, und vielleicht erst dann, als man ihn heimlich laufenließ, erzählte man, daß sich die Bristigerowa mit jungen Offizieren der Staatssicherheit amüsierte, während im Nebenzimmer Menschen geschlagen wurden. Das habe sie sehr erregt. Als mir das erzählt wurde, war sie schon seit einem oder zwei Jahren auf ein Seitengleis abgeschoben. Jetzt arbeitete sie in der »Kultur«, wie es beinahe die Regel war für ehemalige Staatssicherheitsmitarbeiter, als Redakteurin in einem der Jugendverlage. Różański, auf ähnliche Weise aus der Staatssicherheit hinausgeworfen, wurde Direktor des Verlages PIW.

Lanca muß irgendwelche Pläne gehabt haben, denn es kam Bewegung in die Abteilung. Am Tage reinigten wir die Waffen, abends gingen wir nach Osten. Irgendeine Aktion stand bevor. Eines Abends, als wir eine Ruhepause eingelegt hatten, kamen unerwartet zwei ungarische Offiziere. Der Hauptmann fuhr mit ihnen in einem Einspänner weg und kam erst am nächsten Mittag zurück. In der Nacht hörte ich Schüsse, aber die Nacht war kalt, ich wickelte mich in meinen Eisenbahnermantel und freute mich, daß wir nicht geweckt wurden. Die ganze Aktion spielte sich nachts ab. In Lancas Haus lagen zwei Unterleutnants der Abteilungen der Nationalen Streitkräfte, mit Stricken gefesselt. Niemals habe ich erfahren, wie das alles abgelaufen ist. Angeblich hatten sie einen Anschlag auf den Hauptmann vorbereitet. Aber Lanca muß alles vorher erfahren haben, denn er stellte ihnen mit seinen Leuten eine Falle. Er hatte eine eigene Garde, noch aus der Zeit der ersten Waldbande. Die NSZ-Leute wurden nachts entwaffnet.

Es ging eben um Waffen. Lanca hatte sich entschlossen, die Weichsel zu überqueren. Ich weiß nicht und habe es nie erfahren, was seine Pläne waren. Ob er die Front durchqueren und sich der II. Division anschließen, zur Aktion »Sturm« oder weiter durch die Felder gehen wollte. Die NSZ-Leute hatten beschlossen, sich von ihm zu trennen. Und sie verlangten eine Aufteilung der Waffen. Die Haubitze und zwei MG, eines davon klemmte ständig, gehörten der Landesarmee. Doch die NSZ-Leute hatten Automatische: eigene und amerikanische MG aus aufgefundenen Abwürfen. Eben diese wollte er ihnen nicht geben. »Sie können sich zum Teufel scheren, aber mit nacktem Arsch.« Schließlich gab er ihnen irgend etwas. Den Offizieren wurden die Stricke abgenommen, und die NSZ-Leute gingen noch am gleichen Abend weg. Später stellte sich heraus, daß noch zehn andere aus unserer Abteilung mit ihnen geflohen waren.

Wir blieben etwa einhundertfünfzig, geteilt in vier Züge. Einer der Züge hatte Pferde und Wagen. Dort fuhren die zwei schweren MG, die Haubitze und die Kisten mit Munition. Wir bewegten uns jetzt ziemlich schnell auf die Weichsel zu, umgingen dabei sorgfältig die Dörfer, zwei Nächte lang. Nördlich von Góra Kalwaria sollten wir über die Weichsel setzen; die Wagen über die Brücke und wir in Booten, die da angeblich warteten. Eine ungarische Division, die dort gerade angelangt war, sollte uns beschützen und durchlassen. Jetzt wurde der Besuch der ungarischen Offiziere für mich klar. Ich wußte übrigens schon früher von den Jungs, daß Lanca Geheimnisse mit den Ungarn hatte. Er kaufte von ihnen Pferde und Waffen gegen selbstgebrannten Schnaps und Gold. Das waren eben die Zwanzigdollarstücke, von denen er zwei aus dem Ledergürtel herauszog, als ich zum Arzt fahren sollte. In jedem dieser Ledergürtel gab es hundert von ihnen. Man hätte einen ganzen Landkreis dafür kaufen können.

Es wurde bereits dunkel, als wir uns der Weichsel näherten. Doch sofort nachdem wir uns auf eine breite und nasse Sandbank geschoben hatten, kamen wir unter Beschuß. Und zwar von zwei Seiten. Von dem Brückenkopf, wo die Wagen fahren sollten, und vom hohen Ufer gleich hinter der Flußbiegung. Wir waren in eine Falle geraten. Man hatte uns erwartet. Entweder hatten uns die Ungarn verraten, oder die Deutschen trauten ihnen nicht und postierten ihre eigenen Leute dort. Es war jedenfalls kein Zufall, denn als wir in den Wald zurückwichen – unsere Sandbank war zum Glück dicht mit Weidenbüschen bewachsen –, stellte sich heraus, daß auch unser Rückweg abgeschnitten war. Von dort kamen sehr tief, fast über unseren Köpfen explodierende Schrapnelle. Wir befanden uns in einem »Sack«.

Am 17. oder 18. September 1939, als die Deutschen schon vor Warschau standen, geriet ich in ein Sperrfeuer auf dem Bielanskidamm. Wir standen in Blocks in Żoliborz und sollten von dort aus eine Infanteriekompanie ablösen. Ich rutschte damals vom Damm herunter und fiel in einen Trichter von einem schweren Geschoß. Und das hat mich gerettet. Ich wurde nur zwei- oder dreimal verschüttet und habe von der Explosion bis heute einen beschädigten Nerv im linken Schenkel. Doch dieses Sperrfeuer, bei dem es einem vorkommt, als ob der ganze Himmel über dem Kopf zerreiße, dauerte damals nicht länger als zwei oder drei Minuten. Aber bei Góra Kalwaria waren wir die halbe Nacht unter Beschuß mit verschiedener Stärke und kurzen Pausen und dann noch den ganzen nächsten Tag und einen Teil der nächsten Nacht. Im September '39 und dann bei diesen aufständischen Partisanen habe ich selbst gar nicht viel geschossen, dafür schoß man viel und oft auf mich. Von dieser Seite fehlt es mir nicht an Erfahrung. »Die Schränke« wirken lähmend durch ihr Geheul, das Artilleriefeuer ist deprimierend; man hört, wie das Geschoß angeflogen kommt, manchmal hat man noch Zeit, unterzutauchen oder sich wenigstens hinzuhocken und den Kopf zwischen den Knien zu verstecken. Doch am unangenehmsten ist das Feuer der MG, vor allem, wenn man unter Beschuß läuft. Du hörst das Pfeifen, wenn es schon zu spät ist, im dichten Feuer bist du wie im dichten Regen oder im Hagelschlag.

Wir schlugen uns aus diesem »Sack« in alle Richtungen durch. Von einem Durchkommen zur Weichsel konnte natürlich keine Rede sein. Die Schlinge wurde immer enger. Ich erinnere mich an den zweiten Tag, wie ich in einem kleinen Kiefernwäldchen lag, zusamengekauert wie ein Hase unter dem Gebüsch. Am Rande der Lichtung, einige Schritte weiter entfernt, ging eine deutsche Patrouille vorbei. Ich sah ihre Schuhe. Schließlich gelang es uns um zwei Uhr nachts durchzukommmen. Viele von uns waren tot. Bei der ersten Rast, etwa fünf Meilen weiter, fehlten beinahe dreißig. Dann kamen noch zehn, aber mindestens zwanzig sind dort bei Góra Kalwaria geblieben.

Wir gingen in einem sehr anstrengendem Marsch den Rest der Nacht und den ganzen nächsten Tag. So weit wie möglich. Wir hielten erst in der Abenddämmerung. In einem kleinen Wald, wo man über Wiesen in ein Dorf gehen konnte, bei dem wir früher gestanden haben. Aber diesmal schickte Lanca nur ein paar Jungs in die Häuser am Dorfrand, damit sie Brot und Speck brachten. Seit drei Tagen hatten wir nichts Warmes mehr im Mund gehabt. Doch es wurde uns verboten, Feuer anzuzünden. Es gab auch nur ein kleines Stück Brot und Speck für jeden. Nur, daß man in Eimern Wasser gebracht hatte. Aber wir hatten nicht einmal die Kraft, uns mit dem Wasser zu begießen. Wir schliefen im Stehen ein oder wo wir hinfielen.

Lanca bestimmte mich damals zur Wache. Die schlimmste, von drei Uhr bis zum Morgengrauen. In dieser Zeit ist man am müdesten. Es gab dort einen Heuhaufen. Ich kauerte für einen Augenblick nieder, einen kurzen Augenblick. Ich erwachte erst, als ich einen Schlag ins Gesicht bekam und mir das Gewehr aus der Hand gerissen wurde. Weiter kann ich mich an kaum etwas erinnern. Man nahm mir auch den Gürtel und wohl die Schuhe ab, denn als ich meine geschwollenen Füße im Wasser badete, konnte ich sie nicht mehr finden. Ich schlief den Tag über und die ganze Nacht. Man weckte mich zur Gerichtsverhandlung im Morgengrauen des zweiten Tages. Daran erinnere ich mich auch kaum. Es muß sehr kurz gedauert haben. Das Gericht bestand aus Lanca und zwei Zugführern. Man fragte mich, warum ich eingeschlafen sei. Was konnte ich antworten. Und außerdem drehte sich alles in meinem Kopf. Ich wurde zum Tode verurteilt. Das Urteil sollte mittags vollstreckt werden.

Ich schlief weiter. Wohl gegen elf, die Sonne stand schon hoch, kam Lanca und begann mich zu rütteln. Ich wußte anfangs nicht, worum es ging, erst langsam begriff ich, daß ich eine Frau, eine Flasche Wodka oder einen Priester haben könne. Lanca kannte die Armeebräuche. »So ist das Gesetz«, sagte er, »deine letzte Stunde, dein Schicksal!« Wieder rüttelte er mich, denn ich muß ihm wahrscheinlich in den Armen eingeschlafen sein. »Eine verdammte Welt, so viele Jungs sind weg, und jetzt muß ich auch noch dich, du Hurensohn, fertigmachen. Aber du weißt – das Gesetz ist heilig.« Ich wurde vom sauren Geruch von Tabak und Wodka aus seinem Mund geweckt. »Sollst alles haben, was soll ich in deiner letzten Stunde so geizig sein, ich schicke dir ein Weib, einen Viertelliter Wodka und zum Schluß den Priester.« Ich glaube, ich habe ihm irgendwie erklärt, daß ich nur schlafen möchte. Oder schlief gleich wieder ein.

Dann erinnere ich mich an alles wie durch einen Nebelschleier. Man schickte mir einen Sanitäter, ich fieberte, man steckte mir ein Thermometer in den Po. Ich hatte angeblich, wie man mir später sagte, über vierzig Grad Fieber. Sie beriefen eine neue Gerichtsverhandlung ein, das Urteil wurde für ungültig erklärt, und man ließ mich von einem Bauern ins Krankenhaus bringen.

Es müssen wohl gute zwanzig Kilometer bis zum Krankenhaus gewesen sein, denn wir kamen dort erst am frühen Abend an. Unterwegs wurde ich etwas nüchterner. Der Junge, der mich fuhr, gab mir abwechselnd Wasser und Wodka zu trinken. »Der Hauptmann läßt Euch sagen, daß er Sie für das Tapferkeitskreuz vorgeschlagen hat.« Tatsächlich habe ich dieses Kreuz bekommen, nach dem Krieg, für andere Verdienste, aus einer anderen Quelle.

Im Krankenhaus fieberte ich noch zwei Tage lang, am dritten Tag fiel das Fieber. Die Ärzte konnten nicht sagen, was es war. Erst als sich noch zweimal Anfälle dieses tollwütigen, ohnmächtig machenden Fiebers wiederholten, sagte man, es sei ein ziemlich seltener Fall einer bösartigen Mischung aus Malaria und Typhus. Das hat irgendeinen lateinischen Namen, aber ich habe ihn vergessen. Doch das war in Krakau einige Wochen später. In diesem Krankenhaus in Grodzisk hatte kaum einer Zeit für mich. Ich lag im Korridor, hatte aber immerhin ein eigenes Bett. Es kamen immer mehr Kranke, die alle möglichen Krankheiten hatten. Und Verletzte. Sie lagen überall, auf Strohsäcken, auf zerrissenen Matratzen, auf jedem freien Platz. Es stank, und es gab kaum etwas zu essen. Als mein Fieber fiel, bat ich um Entlassung.

Ich ging zum Bahnhof der elektrischen Bahn, um nach Milanówek zu fahren. Blätter fielen von den Bäumen, plötzlich wurde mir bewußt, daß es schon Herbst war. Im Waggon hielt jemand eine deutsche Zeitung in der Hand, ich sah das Datum: 29. September. Mir schien das nicht möglich. Irgendwo hatte ich mindestens eine Woche verloren. Die ganze Zeit über kam es mir so vor, als ob ich im Wald nicht länger als zwei Wochen gewesen wäre. Ich war über drei Wochen dort. Plötzlich wurde mir bewußt, daß es bereits zwei Monate her war, beinahe auf den Tag genau, als ich mich frühmorgens von Lidia verabschiedete und wie immer in die Słupeckastraße ging. Noch in dieser Nacht oder höchstens eine Nacht später sollte ich nach Bielany zurückkommen. Diese zwei Monate existierten außerhalb oder in einer anderen Zeit.

In Milanówek lief ich noch am gleichen Abend zu Lidias Vettern. Sie hatten keine Nachrichten von ihr oder über sie. Bielany war von Anfang an von der restlichen Stadt abgeschnitten gewesen. Noch einmal hatte sich bestätigt, daß die Deutschen sofort dort waren. Angeblich – aber das war überhaupt nicht sicher – soll es dort verhältnismäßig ruhig gewesen sein. Daß Leute von dort deportiert worden seien, hatten sie nicht gehört.

Sie hatten eine Postkarte von Lidias Eltern, die aber bereits vor einem Monat geschrieben wurde. Am nächsten Tag fuhr ich nach Podkowa Leśna, nach Stawisko[9], zu Jarosław Iwaszkiewicz. Das Haus war voller Flüchtlinge aus Warschau. Doch über die Andrzejewskis und die Zagórskis, neben denen wir gewohnt hatten, gab es keine Nachrichten. Und wieder wußte keiner, was wirklich in Bielany los war. Żoliborz war schon seit langem eingenommen. Von den Morstins, die bereits lange hier wohnten, nachdem sie aus Pławowice hinausgeworfen worden waren, erfuhr ich, daß Kaden-Bandrowski von einer Bombe getötet wurde und noch vor ihm seine zwei Jungen – die Zwillinge. Den sterbenden Irzykowski hatte Halina Dąbrowolska in das Krankenhaus in Milanówek gebracht, vielleicht erfuhr ich auch damals, daß er nicht mehr lebte. Von meinen Freunden war Włodek Pietrzak schon in der dritten Woche des Aufstands in der Altstadt umgekommen und Iwa wohl zwei Tage später im Stadtzentrum.

Ich bekam Zeitungen und das Bulletin. Halb Frankreich war bereits befreit, in Belgien wurde gekämpft. Rumänien und Bulgarien hatten sich schon ergeben. Um vom Verlauf des Aufstandes zu erfahren, brauchte ich keine Zeitungen. Der halbe Himmel in Richtung Warschau war rot und schwarz vom Morgengrauen bis in die Nacht. Die Rote Armee und die polnischen Abteilungen von Berling hatten bereits Praga[10] eingenommen, doch der Aufstand erstarb. Die Altstadt hatte sich schon längst in einen Schutthaufen verwandelt, einzelne Punkte in der Stadtmitte und in Mokotów verteidigten sich noch, doch der letzte Brückenkopf in Czerniaków war bereits gefallen. Die Verbin-

9 Landhaus des Schriftstellers Jarosław Iwaszkiewicz, in der Nähe von Warschau, in dem sich vor, während und nach dem Krieg viele Schriftsteller und Künstler trafen.

10 Stadtteil Warschaus am rechten Weichselufer.

dungsleute gingen nur durch Kanäle. Süd- und Ostwarschau waren ausgebrannt. Von Pruszków fuhren jeden Tag Transporte nach Deutschland. Doch man wußte nicht immer, wohin. Manche sagten, nach Dachau. Andere, es sei wie mit den Juden, direkt in die Öfen. Täglich erwartete man die endgültige Kapitulation der Aufständischen.

Nach diesem Besuch in Stawisko kehrte ich abends zu Fuß nach Milanówek zurück. Ich fühlte mich, als ob ich in einer fremden Welt ans Ufer gespült worden wäre. Als ob alle, die ich kannte, umgekommen wären und ich alleine geblieben wäre. Die Kapitulation von Warschau wurde am 1. Oktober verkündet. Nach Milanówek kamen noch am gleichen Abend die ersten Transporte mit Verletzten. Alle Bewohner sollten die Stadt verlassen. Zu Fuß, mit dem, was jeder tragen konnte. Ich war dann noch dreimal in Stawisko. Wieder neue Ankömmlinge, erstaunlich, wie viele dieses Haus fassen konnte. Und neue Listen derer, die umgekommen waren. Aber keinerlei Nachrichten über Lidia und die Andrzejewskis.

Erst eine Woche später, am 6. oder 7. Oktober, kam jemand aus Stawisko und hinterließ für mich die Nachricht, daß Maria Andrzejewska dort gewesen sei, daß sie Bielany verlassen hätten und zusammen mit Lidia in Koczergi Dolne seien. Ich erfuhr, daß es ein Dorf sei, das in Richtung von Wawrzyszew liege, drei oder vier Stunden Fußmarsch von Milanówek entfernt. Es war schon zu spät, um an diesem Abend loszugehen. Am nächsten Tag gegen zehn Uhr früh, etwa in der Mitte des Weges nach Koczergi, erblickte ich von weitem auf einem Feldweg einen Mann und vier Frauen. Eine der Frauen schob einen Wagen vor sich. Der Mann schien mir bekannt. Doch Jerzy erkannte mich als erster. »Es ist wohl Janek«, sagte er zu Lidia, »aber warum in einem Eisenbahnermantel?«

Sie hatten Warschau zwei Tage nach der Kapitulation verlassen, als die Zwangsevakuierung begann: die Andrzejewskis mit Marcin im Kinderwagen, er war damals wohl drei Jahre alt, und drei Jüdinnen – Lidia, das Kindermädchen von Marcin und Frau Danusia, die, als sie nirgends mehr hinkonnte, von den Zagórskis aufgenommen wurde, bei denen sie mindestens ein halbes Jahr gewohnt hat.

Sie verließen Bielany in einer Kolonne, die in das Lager in Pruszków evakuiert wurde. Doch Lidia sagte gleich am Anfang, daß sie nicht dorthingehen werde. Sie wußte, genau wie ihr Vater es am ersten Tag nach dem Einmarsch der Deutschen in Lemberg wußte, daß das Schlimmste noch besser sei, als sich freiwillig wie die Tiere zusammentreiben zu lassen. Schon am ersten Tag trennten sich Lidia, Jerzy und die drei Frauen mit dem Kind im Kinderwagen von der Kolonne. Am Waldeingang, erzählte mir Lidia später, stand eine Tafel mit Totenkopf und der Aufschrift: »Eingang auch für Deutsche verboten.« Hier muß es noch vor dem Aufstand ein »Partisanenland« gegeben haben.

Sie waren zwei Tage nach Koczergi unterwegs. Und dann einen Tag im Dorf selbst. Eine Wehrmachtabteilung war dort stationiert. Als Lidia am frühen Morgen im Trainingsanzug und mit einem Haarnetz aus der Scheune kam, wurde ein Offizier auf sie aufmerksam und wunderte sich: »Sie sind aber eine Mondäne«; er hatte keine ähnliche Frau bisher in Koczergi Dolne getroffen, und es fiel ihm nicht ein, daß in der Scheune Flüchtlinge aus Warschau schlafen könnten. Die deutschen Soldaten waren auch hilfreich, vielleicht sogar beschämt. Lidia hustete schrecklich, sie brachten ihr heiße Milch.

Noch am gleichen Abend kamen wir mit der ganzen Karawane in Milanówek an. Unterwegs galoppierte eine Abteilung Kavallerie in einer riesigen Staubwolke an uns vorbei, in schwarzen, über die Schultern geworfenen Filzmänteln und hohen

Pelzmützen auf den Köpfen. Manche hielten sogar große, gekrümmte Messer zwischen den Zähnen. Hinter der Abteilung galoppierten Frauen, mit den gleichen schwarzen Mänteln und nach türkischer Mode breiten Hosen. Manche der Männer hielten die Frauen vor sich im Sattel fest. Einen Augenblick lang kam es mir vor, als ob sie lebend aus *Mit Feuer und Schwert*[11] kämen, doch sie galoppierten auf ihren Tatarenpferden nicht im siebzehnten Jahrhundert über Sicz und die Felder zwischen Bersteczko und Zbaraż, sondern über einen von Weiden umzäunten Feldweg zwischen Koczergi Dolne und Podkowa Leśna. Es waren Donkosaken, die zu den Abteilungen von Wlassow gehörten. Ich habe sie nach beinahe einem halben Jahrhundert immer noch vor Augen.

Alle Mauern und Zäune in Milanówek waren mit Verordnungen auf polnisch und deutsch beklebt. Die Evakuierten aus Warschau sollten sich an speziellen Punkten registrieren lassen, man durfte die Orte der Anmeldung nicht verlassen, um wegzufahren brauchte man einen besonderen Passierschein. Abgesehen davon waren alle Züge in diesen ersten Wochen nach der Kapitulation von Warschau »Nur für Deutsche«. In einen solchen Zug in Richtung Krakau, voller deutscher Soldaten, stiegen Lidia und ich schon am nächsten Tag ein, natürlich ohne Passierscheine, ich in meinem Eisenbahnermantel. Wie in der *Unschuld des Pater Brown* von Chesterton, wo niemand den Briefträger am Ort und zur Zeit des Verbrechens sah, würde es auf einem Bahnhof oder im Zug niemandem einfallen, einen Eisenbahner auszuweisen. Noch am Anfang des Krieges, gleich nach der Niederlage von Warschau, hatte ich mir geschworen, niemals Deutsch zu sprechen; es war einer der wenigen Schwüre

11 Teil einer Romantrilogie von Henryk Sienkiewicz (1846–1916), die im 17. Jahrhundert spielt: *Mit Feuer und Schwert, Die Sintflut, Herr Wolodyjowski.*

in meinem ganzen langen Leben, den ich eingehalten habe, und es mußten viele Jahre vergehen, bis ich begann, es zutiefst zu bedauern.

Ich konnte nicht einmal drei Worte korrekt auf Deutsch sprechen, aber in diesem letzten Kriegsjahr sprachen nicht nur die »Sklaven« des Dritten Reiches, sondern auch deren neue Kämpfer und Funktionäre alle Sprachen und Dialekte des eroberten Europa. Ich wurde, als wir auf dem Bahnsteig warteten, nach den abfahrenden Zügen gefragt; ich hob ratlos die Hände auseinander oder sagte: »Dreiundzwanzig« oder irgend etwas, was ich stammeln konnte. Lidia kugelte sich vor Lachen. Im Zug, als die Kontrolle kam, zeigte ich auf Lidia und sagte: »Meine Frau.« Das konnte ich. Nicht einmal den Gendarmen fiel es ein, eine Fahrkarte von ihr zu verlangen.

3.

Ich erinnere mich nicht mehr, wo und bei wem wir in Krakau wohnten. Ich erinnere mich ebenfalls nicht, auf welche Weise wir über unsere Ankunft und unsere Adresse nach Stróże Bescheid gaben. Doch schon nach einigen Tagen kam Wanda Garlicka, die Tochter der Leute, bei denen Lidias Eltern wohnten, und nahm sie mit einem normalen Zug nach Stróże mit. Ihre Tochter wiederum hat später bei uns in Wrocław gewohnt, als sie Medizin studierte. In der Villa in der Parkowastraße gab es zwei kleine Souterrainwohnungen. In der einen wohnten zwei Russinen, in der anderen sie mit ihrem Mann. Jetzt ist sie schon seit langem Ärztin.

Ein oder zwei Tage nach unserer Ankunft waren wir bei Krystyna Grzybowska, der Frau von Konstanty, dem Juraprofessor von der Jagiellonen-Universität. Frau Krystyna gehörte dem

Komitee für Kleidersammlung und Hilfe für die Warschauer an (vielleicht war sie die Vorsitzende), das sicherlich unter dem Aushängeschild der Wohltätigkeitsorganisation RGO auftrat, jedenfalls irgendeine legale Deckung hatte. In diesem Komitee war ebenfalls Jerzy Zawieyski behilflich, und vielleicht war er es, der uns als erster zu Hilfe eilte. Wir hatten nichts mit, höchstens einen Pullover von Lidias Vettern und ein Hemd zum Wechseln. Ich hatte natürlich weiterhin meinen deutschen Eisenbahnermantel aus bester Wolle. Lidia bekam damals einen Wintermantel und ich ein sehr elegantes Jackett und eine Kniebundhose. Wir bekamen Wäsche, einen Bademantel für Lidia, zwei Kleider, Handtücher und, was für Lidia am wichtigsten war, zwei große Seifenstücke. Wie für Ausgebrannte. Wir kamen mit vollen Rucksäcken heraus. Und begannen wieder, Dinge zu besitzen. Mir erschien es sehr merkwürdig.

Doch am merkwürdigsten war für mich damals die Wohnung der Grzybowskis. Frau Grzybowska hieß mit dem Mädchennamen Estreicher und stammte aus der bürgerlichen Krakauer Aristokratie, wo alle Söhne seit mindestens drei Generationen Professoren waren. Über ihren Vater wurde gesagt, man habe ihm als zehnjährigem ein Katheder ins Zimmer gestellt, damit er sich darin übe, Vorlesungen zu halten. So soll die »Taufe« bei den Estreichers ausgesehen haben. Die Wohnung lag zur Straße, hatte sieben oder acht Zimmer, aus dem Korridor ging man durch drei Zimmer in den Salon. Dort wurde uns Kaffee gereicht und Kekse aus Roggenmehl. Der Kaffee war aus Zichorie oder irgendeinem Ersatz, wurde jedoch in alten Meißener Tassen serviert. In der silbernen Zuckerdose, die wie eine dicke Rokokoschachtel aussah, war braune Melasse, doch im silbernen Kännchen gab es echte Sahne, die ich und Lidia seit Jahren nicht mehr gesehen hatten.

Der Salon war groß, aber dunkel. In den Fenstern hingen

Stores. Mir fiel auf, daß sehr viele Möbel darin standen. In Warschau gab es bereits lange vor dem Aufstand keine solchen Wohnungen und keine solchen Salons mehr. In einer Reihe standen alte Kommoden, Sekretäre und Schreibtischchen mit einer Unmenge von Schubladen; an den Wänden hingen Familienporträts in dick vergoldeten Rahmen, wohl auch ein Bild von Wyspiański und zwei von Malczewski. Und überall Bücher, auf den Etageren, Tischen und Tischchen, sogar auf den Sesseln. Im zweiten Zimmer sah man durch die Glastür Bücherregale bis zur Decke. Und die Decken waren in den alten Krakauer Wohnungen hoch.

Plötzlich wurde mir bewußt, daß ich seit langem kein einziges Buch mehr besaß. Wohl zum ersten Mal im Leben. In den frühesten Kindheitserinnerungen ist um mich herum immer irgendein Buch gewesen. So oft habe ich all meine Bücher verloren. In Paris, als wir Mitte Juli 1939 und anderthalb Monate vor dem Krieg nach Polen fuhren, ließen wir unsere Bücher, zusammen mit Lidias erstem Pelzmantel, zur Aufbewahrung im kleinen und damals billigen Hotel *Henri IV.* am Place Dauphine neben dem Pont Neuf. Die Bücher von Lidia, noch aus ihren Gymnasialjahren und dem ersten Universitätsjahr, blieben in der Wohnung ihrer Eltern in der Kadeckastraße zurück, als wir am Tag nach dem Einmarsch der Deutschen in Lemberg mit zwei Gepäckstücken am späten Abend flohen. In der Schregerastraße, im letzten Jahr vor dem Aufstand, war ich auch schon zu einem Bücherregal gekommen. Bücher wurden damals beinahe umsonst auf auseinanderklappbaren Wagen in der Marszałkowskastraße und in Nowy Świat verkauft. Ich kaufte dort einmal die erste Wilnaer Ausgabe der *Dichtungen* von Mickiewicz aus dem Jahre 1824. Alles blieb in der Schregerastraße. In unserer Wohnung in der Rosenallee hatte ich bereits Bücherregale bis zur Decke. Als wir 1966 in die Vereinigten Staaten fuhren, nahm ich die eigenen Ausgaben und einige Bücher mit Widmungen mit. Der Rest wurde dann unter Freunden und fremden Leuten verteilt.

Noch vor Lidias Abfahrt von Krakau nach Stróże waren wir bei meiner Mutter. Meine Schwester wohnte damals schon seit vielen Monaten bei der mit meinen Eltern befreundeten Familie Sitko. Diese war, wie meine Eltern nach ihrer Vertreibung aus Bielsko, noch vor Ende 1939 nach Krakau umgesiedelt, da Bielsko zusammen mit dem südlichen Oberschlesien dem Reich einverleibt wurde. Sitko war pensionierter Oberst, zu jener Zeit befand er sich bereits in Auschwitz. Seine Frau hieß Grete und war deutscher Abstammung, gab es jedoch nicht zu und unterschrieb die Volksliste nicht. Ihre beiden Töchter waren die besten Freundinnen meiner Schwester. Die Sitkos unterstützten in den schwersten Augenblicken meine Eltern und später meine Mutter, als sie allein geblieben war.

Meine Schwester Lalutka war damals in Krakau noch nicht zwanzig. Doch ich erinnere mich nicht mehr, wie sie ausgesehen hat. Ich erinnere mich ebenfalls nicht, wie meine Mutter aussah. Als sie ein Jahr zuvor zuerst bei uns in Warschau und dann im Sommer in Józefów war, trug sie einen schwarzen Schleier. Es war nicht lange, nachdem sie die Gewißheit erlangte, daß Vater nicht zurückkommen werde. Mutter schrieb mir davon nach Warschau. Und sie muß mir damals, als sie in Trauerkleidern kam, alles erzählt haben. Ich habe alles vergessen. Das war damals in Warschau eine Atrophie des Gedächtnisses und dann in jenem Krakau nach dem Aufstand eine Atrophie der Gefühle. Es blieb noch viele Jahre in mir.

Erst während meines letzten Besuchs in Polen, einige Tage bevor 1981 der Kriegszustand ausgerufen wurde, kam plötzlich diese Vergangenheit zurück. Lange sprach ich mit meiner Schwester über Vater und Mutter. Erst da fiel es mir wieder ein:

Die Mutter wohnte, als wir sie damals mit Lidia besuchten, bereits allein, ohne Lalutka, in einem kleinen und dunklen Zimmer, in das man vom Gang aus kam, nicht vom Treppenhaus. Es war in der Józefastraße im ehemaligen jüdischen Viertel, die aber nicht zum Ghetto gehörte. Vater war frühmorgens weggegangen und nicht zurückgekommen. Das war im Mai oder Juni 1942. Die Eltern wohnten zusammen mit Lalutka in der Smolenskastraße. Er ging morgens oft einkaufen. Auch in Bielsko ging er oft weg. Ich erinnere mich daran, daß er hervorragende Würste mitbrachte. Sie waren wohl koscher, denn es war immer freitags. Ich erinnere mich an weiße Scheiben von Putenfleisch, denn die aß ich am liebsten, und an duftende, gut ausgebackene Brötchen, die noch im Mund knusprig waren. Manchmal kehrt ihr Geschmack wieder. Doch damals in Krakau versuchte Vater etwas zu verdienen. Er wurde im Europäischen Café verhaftet, das es bis heute in Krakau gibt. Ein sehr berühmtes Café neben dem Hawełka-Restaurant. Er saß zuerst im Gefängnis in der Montelupistraße, einem alten Krakauer Gefängnis, dann wurde er in die Senackastraße gebracht, in das ehemalige St.-Michael-Gefängnis. Wir gingen vom Planty-Park durch Seitenstraßen dorthin. Die Senackastraße war still und ganz leer. Das riesige Gebäude aus Ziegelstein mit vergitterten Fenstern im Parterre erschien ganz leer. An der Tafel über dem Tor stand geschrieben: Archäologisches Museum der Stadt Krakau.

Vater bekam nach dem Urteil des deutschen Gerichts neun Monate Gefängnis wegen umstürzlerischer Tätigkeit gegen den deutschen Staat. »Ich erinnere mich an das Dokument«, sagte Lalutka, »es gab dort eine ausführliche Begründung des Urteils, die Deutschen sind sehr genau.« Es lag lange zu Hause herum. Doch nach dem Tod der Mutter fand ich es nicht wieder. Ich weiß nicht, was Mutter damit getan hat. Schade. Solch ein wichtiges Dokument. Und eine der wenigen Spuren vom Vater.

Die Mutter bekam ein- oder sogar zweimal die Erlaubnis, Vater zu sehen. Sie nahm seine Wäsche zum Waschen mit und gab ihm Pakete. Seit dem Morgengrauen wartete sie vor dem Tor. Manchmal gelang es ihr, Vater zu sehen, als er zusammen mit anderen Männern zur Arbeit gebracht wurde. Sie nahm einen Rechtsanwalt. Er versprach, es würde gelingen, Vater freizulassen: Man wußte nicht, daß er Jude war. Nach neun Monaten, es war wohl im August im dritten Kriegsjahr, an dem Tag, an dem er entlassen werden sollte, ging Mutter im Morgengrauen zum Gefängnistor. Die ganze Nacht hatte sie für ihn das Begrüßungsessen gekocht. In der Gefängniskanzlei sagte man ihr, Vater sei nicht mehr dort. Dann konnte man nichts mehr erfahren. Nicht, wann Vater weggebracht wurde und wohin. Es muß herausgekommen sein, daß er ein Jude war. Entweder hatte ihn jemand denunziert oder jemand im Waschraum gesehen. Ich fuhr nicht nach Krakau. Angeblich hatte Mutter geschrieben, ich solle nicht kommen. Wenn ich damals gefahren wäre, hätte ich vielleicht die Erlaubnis bekommen, ihn zu sehen. Vater fragte jedesmal, wenn er Mutter sah, nach mir. Wenn ich gekommen wäre, hätte ich vielleicht irgendeinen Ausweg gefunden. Manchmal gelang es, die Verhafteten von den Deutschen freizukaufen. Ich hatte Bekannte in Krakau. Vielleicht hätte ich einen besseren Rechtsanwalt gefunden. »Du hättest nicht helfen können«, sagte meine Schwester. »Du hast Geld geschickt. Nicht viel.«

Als Vater verhaftet wurde, war er noch nicht fünfundsechzig. Er war also beinahe zehn Jahre jünger als ich heute. Ich sah ihn zum letzten Mal Ende Juli 1939, zwei Tage lang. Auf dem Rückweg von Paris fuhr ich mit Lidia für zwei Tage von Krakau nach Bielsko, um sie meinen Eltern vorzustellen. Vom Vater sind mir nur eine Anmeldung mit seiner Unterschrift und zwei Photos geblieben. Dolek, der Bruder von Lidias Mutter, hatte sie gemacht; meine Eltern hatten nach ihrer Vertreibung aus Bielsko beinahe ein Jahr lang bei Lidias Großmutter gewohnt, in einer Dreizimmerwohnung in der Zyblikiewiczastraße in Krakau. Auf diesen Photos ist Vater beinahe kahlköpfig. Doch ich erinnere mich, vielleicht kommt es mir auch nur so vor, daß Vater noch vor dem Krieg, in Bielsko, sich im Sommer den Kopf immer rasierte. Auf einem der Bilder trägt Vater einen Zwicker. Doch ich werde Vater sowieso immer ähnlicher, dem Vater von den beiden geretteten Photos. Vater hatte einen gekrümmten und in der Beuge leicht nach oben hervortretenden, wie gebrochenen vierten Zeh. Er beklagte sich oft darüber, daß ihn die Schuhe an dieser Stelle drückten. Ich habe einen genauso gekrümmten vierten Zeh am rechten Fuß. Erstaunlich sind eben solche Erbzeichen. Unerwartet, aber unverkennbar.

Ich erinnere mich an so wenig, und die Erinnerung kommt so unerwartet zurück. In seinen vor kurzem veröffentlichten Erinnerungen über seine Kindheit und Jugend schreibt Ryszard Matuszewski über die Złotastraße, in der er mit seiner Mutter gewohnt hatte. Ich besuchte ihn dort oft nach der Schule. Daneben war die Żelaznastraße. Dort gab es Kohlelager, und es fuhren Pferdewagen mit Juden in schwarzen Überziehern vor. Vater muß gerade dort ein paar Jahre lang sein Kohlegroßhandelsgeschäft gehabt haben. Und plötzlich fiel mir wohl aus der sehr frühen Kindheit das Bild von kohleverschmutzten Händen wieder ein, die er nach dem Nachhausekommen immer wusch.

In Bruno Schulz' *Zimtläden* wird der »Vater« herbeigerufen, Kaufmann von Beruf, in seinem Seidenwarengeschäft. In einer Erinnerung, die Jerzy Ficowski anführt, ist das Bild des alten Schulz nach Jahren erhalten geblieben, wie er sonntags vor seinem Geschäft die vorbeigehenden Kunden grüßte. Ich gäbe viel dafür, meinen Vater zu sehen, wie er vor seinem Kohlegroßhandel die Fuhrleute begrüßt, die grobleinene Säcke mit Kohlestaub oder Stückkohle auf Wagen mit ausgemergelten Pferden laden.

Photos sind dauerhafter nicht nur als die auf ihnen dargestellten Personen, sondern auch als die Gegenstände. Auf dem zweiten dieser Bilder, dessen Vergrößerung in meinem Zimmer in Stony Brook hängt, liegt das kleine Metallkästchen, in das Vater den Zwicker legte und das auf dem Eßzimmertisch laut zuschnappte. Im Hintergrund sieht man auf dem Bild eine große, altmodische Anrichte. Mutter sitzt Vater gegenüber am Tisch. Es muß Winter gewesen sein, denn sie trägt einen Schal und einen dicken Pullover. Und mit Sicherheit gab es in jenem Winter in Krakau keinen Heizstoff. Vater hält seine Hände vor sich erhoben, mit einer Schlinge Wollgarn. Mutter wickelt ein Knäuel daraus. Beinahe die gleiche Szene sah ich vor einigen Jahren im La Mama Theater in New York, bei der Aufführung von Tschechows *Onkel Wanja*. Im vierten Akt hält Tjelegin wie mein Vater seine Hände mit dem Wollgarn erhoben, und die alte Amme Maria wickelt ein Knäuel daraus. Mutter hatte für uns alle Pullover gestrickt. Noch nach dem Krieg bekam ich von ihr zum Geburtstag einen sehr schönen braunen Pullover. Und noch später, als Michał geboren wurde, strickte Mutter zu seinem ersten Geburtstag eine grüne Hose.

Bald nach Lidias Abfahrt aus Krakau bekam ich zum zweiten Mal das gleiche lähmende Fieber, das mich im Wald unerwartet vor dem Tode gerettet hatte, in Übereinstimmung mit dem herrschenden, wie sich herausstellte, seit undenklichen Zeiten bis zu den Partisanen in Góra Kalwaria überkommenen Gesetz, daß ein Verurteilter frisch wie ein Fisch sein müsse und bei vollen geistigen und physischen Kräften, damit man ihn ins Jenseits befördern könne. Shakespeare wußte es sehr wohl. Wenn in *Maß für Maß* der zu Tode besoffene Bernardin, in der Personenzusammenstellung als »Schwerverbrecher« bezeichnet, unters Beil geführt wird, hält der Fürst den Henker zurück: »Unvorbereitet, nicht auf den Tod gestimmt. / In solchem Zustand ihn ins Jenseits zu schaffen, / Das wär' verdammenswert.«[12] Damals hatte ich nicht vermutet, daß ich mich dreißig Jahre später beim Schreiben über *Maß für Maß* – ich denke, als einziger aller »gelehrten Shakespeare-Wissenschaftler« – auf die eigene Erfahrung würde berufen können.

Meine Schwester war Bote im Lazarus-Krankenhaus und dank ihr wurde ich in die internistische Abteilung von Doktor Miklaszewski aufgenommen. Im Krankenhaus besuchten mich Mutter, Krystyna Grzybowska und die Sitko-Töchter. Sie brachten mir Essen. Zwei- oder dreimal kam Zawieyski. Er muß verschiedenes über mich gewußt haben, denn er nannte mich »mein Nächster, der Kommunist«. Jerzy hatte immer einen etwas jesuitischen und ausgefuchsten Wortschatz und ebensolche Gesten. Mit diesen Krankenhausbesuchen begann unsere Freundschaft, vielleicht ist das ein zu großes Wort, aber auf jeden Fall Vertrautheit und gegenseitige intellektuelle Attraktivität, die alle Jahre der *Kuźnica* überdauerten. Bei meinem letzten Aufenthalt in Warschau ging ich zu Zawieyskis Grab, auf dem kleinen, stillen Friedhof in Laski. Einige Schritte vom Grab Antoni Słonimskis entfernt. Merkwürdig verwirren sich die polnischen Schicksale, sowohl im Leben als auch lange nach dem Tode. Zawieyski hatte verschiedene Informationen und Bekanntschaften. Von ihm erfuhr ich, daß in Lublin die literarische Wochenzeitschrift *Odrodzenie* (Wiedergeburt) erschien oder erscheinen sollte. Und daß sie von Karol Kuryluk redigiert werde. Und daß Ważyk und Przyboś dabei seien. Ich hörte es mit glühenden Wangen, die nicht nur vom Fieber herstammten.

Später kam noch ein dritter Anfall des gleichen Fiebers. Es war eine Art Typhus. Mit Fieberphantasien. Über 40 Grad Fieber, damals gab es noch keine Antibiotika. Doch das Fieber

12 Deutsch von Rudolf Schaller.

ging vorbei, und ich sollte bereits aus dem Krankenhaus entlassen werden, als ich wieder Temperatur und fürchterliche Hustenanfälle bekam. Am Morgen begann ich zu ersticken, schließlich spuckte ich eine ekelhafte riesige Haut mit Blasen aus, wie die Haut eines Lurches. Es stellte sich heraus, daß ich eine nicht erkannte Diphterie hatte. Wieder hatte ich das Glück des Gehängten, daß ich nicht ins Jenseits kam.

Es war noch nicht das Ende der Krankheiten. Bevor ich aus dem Krankenhaus entlassen wurde, machte man ein Röntgenbild, und es stellte sich heraus, daß ich Schatten auf der Lunge hatte. Der Arzt sagte, es wäre gut, möglichst schnell in die Berge zu fahren. Das war nicht leicht; aber es war ebenfalls nicht einfach, in Krakau zu bleiben. Ich hatte kein Geld und keine Wohnung. Von der Grzybowska, vielleicht auch von Jan Wiktor, denn sie waren im selben Komitee, bekam ich Geld für eine Reise. Man riet mir zu Szczawnica, denn es war sowohl billig als auch sicher, und eine Bekannte von ihnen führte dort eine Art Pension. Während der ganzen Zeit in Krakau hatte ich keine Kontakte mit der Organisation, doch in der letzten Krankenhauswoche fand mich jemand von der Volksarmee und sagte, daß in der Gegend von Czorsztyn und Niedzica bereits sowjetische Partisanen tätig seien und daß ich, falls ich sie treffen sollte, mich auf Zielony berufen solle.

Das Krankenhaus verließ ich am 18. Dezember. Doch ich beschloß, vor meiner Abreise nach Szczawnica, zu Lidia nach Stróże zu fahren. Niemals bis dahin, und dann im Laufe von beinahe einem halben Jahrhundert nur einmal, verbrachten wir Weihnachten getrennt. Stróże war Kriegsgebiet, und es war sogar in der Uniform eines deutschen Eisenbahners ausgeschlossen, dorthin ohne einen speziellen Passierschein zu gelangen. Sie wurden bei einer Spezialabteilung der Gestapo in Podgórze vergeben. Man riet mir ab, dorthin zu gehen, denn der Gestapomann, der für diese Dinge zuständig war, war für seine Brutalität bekannt – er konnte einen manchmal völlig grundlos ins Gesicht schlagen und treten. Mir war alles gleich. Ich hatte die Entlassung aus dem Krankenhaus, natürlich auf einen falschen Namen, und eine Urlaubskarte. Ich gab es dem Gestapomann, er schrie ganz fürchterlich, aber ich verstand kein Wort. Meine vollkommene Unkenntnis des Deutschen half mir wohl dabei. In jeder Pause zwischen seinen Schreien wiederholte ich nur »Meine junge Frau«. Ich bekam den Passierschein mit der Krähe.

Hinter Tarnów fuhren nur noch Militärtransporte. Ich setzte mich auf einen offenen Waggon, auf die Plane eines Feldgeschützes. Ich kam ohne Hindernisse an und hatte unterwegs sogar geschlafen. Beinahe alle meine Besatzungs- und Kriegstaten sowie die Errettungen hatten etwas von einer chaplinesken Groteske an sich. Aber vielleicht lag auch eine gewisse Gesetzmäßigkeit darin, nicht nur meine, sondern eine allgemeinere, daß das Dem-Tode-Entkommen etwas von einer absurden Farce hat. Die Eltern von Lidia und ihre Wirtsleute waren über meine Ankunft sehr erstaunt, seit einer Woche war niemand mehr von Krakau nach Stróże gekommen. Am wenigsten erstaunt war Lidia. Sie war sicher, daß ich kommen würde. Sogar auf einer Kanone. So kam ich denn auch.

Die Eltern von Lidia verließen ihre Wohnung sofort nach dem Einmarsch der Deutschen in Lemberg und ließen dort alles zurück. Das hat ihnen wahrscheinlich das Leben gerettet. Sie hielten zuerst in Zimna Woda, einige Kilometer hinter der Stadt. Dorthin brachte ich ihnen, noch vor unserer Abfahrt nach Warschau, die nötigsten Sachen. Wahrscheinlich soviel, wie ich tragen konnte, denn ich ging zu Fuß. Nach Zimna Woda brachte Tadeusz Hollender Lidias Vater die Geburtsurkunde von Grzegorz Krochmalny. Die Geburtsurkunde war echt, von ihrem Besitzer wußte man nur, daß er irgendwo verschollen sei. Tadeusz Hollender sah ich zum letzten Mal in Warschau, wohl kurz nach unserer Ankunft, bei irgendeinem halbpolitischen, halbgesellschaftlichen Treffen, mit einer Unmenge Alkohol, zu dem wir von Mieczysław Rettinger eingeladen wurden. Tadeusz wurde kurze Zeit später in Pawiak erschossen.

Nach Stróże siedelte aus Krakau zuerst Dolek mit seiner Mutter um; sie wurden von Freunden dorthin empfohlen. Dann holte er die Eltern von Lidia. Es war im Sommer '42. Sie wohnten alle in den ehemaligen Dienerschaftsgebäuden in Berdechów bei Stróże. Der Vater unterrichtete im geheimen Schulwesen, das den ganzen Bezirk umfaßte, Latein, Polnisch und Englisch. Briefe an Bekannte unterschrieb er mit »Grzegorz Krochmalny. Sonnenuhrmacher«. Dolek lehrte ebenfalls – Physik, Geschichte und Chemie. Als ich ankam, waren Dolek und Vater gerade dabei, Holz zu sägen. Lidias Vater war damals 56 oder 57 Jahre alt. Lidias Mutter mit ihren grünen Augen unter dichten Augenbrauen sah unglaublich jung aus. Sie war damals sechsundvierzig und war weiterhin ungewöhnlich schön. Sie buk für alle Brot.

In der ganzen Zeit ihres Aufenthaltes in Berdechów hatten sowohl Dolek als auch Lidias Eltern keinerlei Unannehmlichkeiten. Die Wirtsleute und ihre Nachbarn wußten natürlich, daß sie sich versteckten, aber entweder vermuteten sie nicht, daß es Juden waren, oder sie ließen es sich nicht anmerken. Kommandant der Blauen Polizei in Stróże war Lasko, ein Mensch von großem Mut. Er arbeitete eng mit der dortigen Landesarmee zusammen, führte noch in den ersten Kriegsjahren die ortsansässigen Juden nach Ungarn, rettete viele Menschenleben, beschützte die Bauern, wie er nur konnte, vor Requisitionen, warnte vor allen deutschen Aktionen. Gleich nach der Befreiung wurde er verhaftet, die Bauern beantragten zweimal seine Freilassung, doch es half nichts, er wurde noch im Frühjahr oder Sommer '45 weggebracht. Er kam erst 1956 zurück. Lidias Vater schrieb viel und detailliert über ihn in seinen Tagebüchern.

Ich verließ Stróże einige Tage nach Weihnachten. Die Front war seit einigen Monaten an der Weichsel stehengeblieben, doch es war klar, daß der Krieg zu Ende ging und daß die Niederlage Deutschlands eine Frage von ein paar Wochen oder höchstens Monaten war. Doch sogar damals, in den letzten Dezembertagen 1944, kaum zweihundert Kilometer von den sowjetischen Positionen, als die Hälfte Vorkriegspolens von den »Rußkis«, wie man damals sagte, besetzt war, erwies sich die Phantasie, soweit ich mich an die Gespräche mit Lidia und ihrem Vater erinnere, als ein sehr unvollkommenes und trügerisches Werkzeug der Zukunftsvoraussage. »Nach dem Krieg« war immer noch nicht vorstellbar, nicht mit Gedanken faßbar. Vater, Dolek und Lidia glaubten immer noch nicht, daß sich die Alliierten damit einverstanden erklären würden, Polen an die Kommunisten abzugeben. Ich hatte auf dieses Polen, das in Lublin begann, gewartet. Wie auf eine große Hoffnung.

In Krakau kam ich nach der Polizeistunde an. Nach dem Krankenhaus hatte man für mich ein billiges Zimmer gefunden, nicht sehr weit vom Bahnhof entfernt, es war wohl in Powiśle. Auf dem Weg traf ich eine deutsche Patrouille, ich hatte immer noch den Eisenbahnermantel an, weil ich dachte, daß das das sicherste sei. Die Patrouille kam in meine Richtung. Dann in die Straße, in der ich wohnte. Sie blieben vor meinem Haus stehen, leuchteten mit Taschenlampen, fanden die Nummer und gingen ins Haus. Erst in dem Augenblick wurde mir bewußt, daß sie kamen, um mich zu holen. Ich hörte ihre schweren Schritte auf der Treppe. In dieser Nacht machte man in Krakau Jagd auf die Warschauer. Noch einmal kam ich davon. Und noch einmal wiederholte sich die Szene aus einer absurden Filmfarce.

Am nächsten Tag war ich bereits in Szczawnica. Ich wohnte in einer großen Holzvilla, die schon ziemlich heruntergekommen war. Überall gab es kleine Balkone und Gänge; in den Brettern waren, präzis wie mit einer Laubsäge, Muster aus der Tatra ausgeschnitten. Die hölzernen Wetterdächer waren exakt in Zacken geschnitzt, die Ausstattung und der Dachstuhl unter dem schräg abfallenden Dach waren ebenfalls gänzlich mit diesen Paradeverzierungen bedeckt. Die Villa muß ihre Glanzzeit in den zwanziger Jahren gehabt haben. Sie war im sogenannten »Zakopane-Stil« erbaut, der sich in unzähligen Imitationen und immer billigeren Überarbeitungen über ganz Zentralpolen verbreitete und sogar zu den Sommerhäusern in der Gegend von Warschau gelangte, wie die Villen, an die ich mich aus Józefów und Zalesie erinnere. In Zakopane selbst sind nicht viele Andenken dieser Bauart übriggeblieben, außer der Witkiewiczówka bei Koziniec, der Kapelle in Jaszczurówka und wohl noch einigen Villen im Kościeliskatal. Dagegen fand ich zwei oder drei reine Exemplare dieses Zakopanestils unerwartet in Nałęczów wieder, als ich dort nach meinem ersten Infarkt vor acht Jahren einen Monat im Eisenbahnersanatorium verbrachte. Nałęczów war beliebt als Siedlungsort für die aus Sibirien zurückkehrenden Aufständischen des Jahres 1863. Es wurde dann in den späten Jahren des Positivismus zum Lieblingsurlaubsort für Schriftsteller und die »fortschrittliche« Warschauer Intelligenzija. Prus fuhr oft dahin, angefangen von den frühen achtziger Jahren, und kurze Zeit später kam Stefan Żeromski dort als Privatlehrer an, nachher wohnte er dort mit seiner ersten Frau. Zwischen Nałęczów und dem Zakopane der Jahrhundertwende und vielleicht noch der späteren Jahre existieren zahlreiche Bindungen und Ähnlichkeiten. Hier wie dort trafen sich die gleichen »Intelligenzler« und Künstler. Daher diese schönen und beinahe letzten noch handgeschnitzten »Witkiewiczvillen« in Nałęczów. In zwei von ihnen wohnen bis heute Herzkranke. Doch das ist schon eine andere Geschichte.

Meine »Pension« in Szczawnica war zur Hälfte leer. Einige Damen in mittleren Jahren, aus Krakau oder aus Schlesien geflüchtet, speisten dort oder hatten Zimmer gemietet. Eine von ihnen, korpulent und, soweit ich mich erinnere, nicht häßlich, die Frau eines Rechtsanwalts oder Apothekers aus Krakau, voller nicht nur intellektueller Ansprüche, nahm sich meine Edukation sehr fleißig zu Herzen. In der Pension gab es Überbleibsel einer Bibliothek. Sie brachte mir Bücher zum Lesen auf mein Zimmer. Hauptsächlich Żeromski. Einmal brachte sie mir auch *Die Geschichte einer Sünde*[13], obwohl sie sagte, es wäre vielleicht unpassend. Am liebsten sprach sie mit mir über Literatur. Sie fragte, was ich bei der Eisenbahn täte, und meinte, nach dem Krieg solle ich mich weiterbilden und vielleicht sogar zur Universität gehen. Ich erinnere mich an ihren wie bei einem großen Fisch weit geöffneten Mund, als sie mich zwei oder drei Jahre nach dem Krieg aus der ersten Stuhlreihe bei einer meiner Lesungen in Krakau sah. Natürlich war es eine Lesung über Literatur.

In Szczawnica verbrachte ich, so wie ich es jetzt ausrechne, knapp drei Wochen. Aber in der Erinnerung kommt es mir vor, als wären es Monate gewesen. Vielleicht, weil zum ersten Mal seit dem Ausbruch des Krieges nichts mit mir geschah. Von diesen Wochen ist mir nur das Schwarz und Weiß im Gedächtnis geblieben, das Weiße des Schnees und das Schwarze des zerzausten Waldes und der Bergkämme. Nach Szczawnica drangen bei-

13 Ein damals wegen seiner mutigen Erotikszenen skandalöser Roman von Stefan Żeromski.

nahe keine Nachrichten aus der Welt durch. Nicht einmal von der Front, die doch schon so nahe war. Und als man mich schließlich an ein stark beschädigtes Radio heranließ, war nur Gequietsche und Rauschen zu hören.

Ich stand spät auf. Der Arzt hatte mir vor meiner Reise empfohlen, möglichst lange im Bett zu liegen, abends und bei Wind nicht aus dem Haus zu gehen. Morgens kam das Hausmädchen ins Zimmer, um mit Holz den großen Kachelofen anzumachen. Mit ihr zusammen kam die Kälte des Morgens von draußen, und manchmal legte sie ihre noch kalten Hände unter meine Decke. Sie brachte zwei Krüge, einen mit heißem, den zweiten mit eiskaltem Wasser und auf einem großen Holztablett ein Stück Schwarzbrot, manchmal noch warm, und einen großen Becher Milch. Beim Hinausgehen nahm sie den Nachttopf mit Urin mit. Die Toilette, wie man damals sagte, »zwei Nullen«, befand sich irgendwo am Ende des Korridors, und das auch nur im Erdgeschoß. Der Nachttopf gehörte zur Ausstattung jedes Schlafzimmers, und es gab einen besonderen Platz für ihn in einem kleinen Schränkchen am Bett. Eines Morgens rief das Mädchen, als sie das Feuerholz brachte, schon von der Tür aus: »In der Nacht sind die Deutschen geflohen, und vor Morgengrauen auch die Gendarmen, und aus Krościenko ebenfalls, und die Leute sagen, in Sącz seien sie auch nicht mehr da.«

Das war am 16. Januar 1945. Mittags wurde mir gesagt, man habe die Rußkis, wahrscheinlich Partisanen, schon in der Gegend von Czorsztyn gesehen und daß sie wahrscheinlich auf der großen Waldlichtung, oberhalb der scharfen Biegung des Dunajec wären. So, wie ich stand, rannte ich dorthin. Ich warf mir nur den Mantel über. Es war aber viel weiter, als ich gedacht hatte. Als ich von der Landstraße in die Schneise einbog, über die die Stämme der großen Kiefer in den Dunajec heruntergelassen wurden, dämmerte es bereits. Die Tage sind kurz im Januar.

Die Schneise ging in einen Weg über, der von Schuhen ausgetreten war. Der Frost war stark, und der Schnee knirschte unter den Füßen. Ich dachte schon daran aufzugeben, als ich genau über mir einen Feuerschein sah.

4.

Die Tage waren ebenfalls kurz, als ich fast genau vier Jahre und zwei Monate vorher, Mitte November 1939, ebenfalls, aber zum ersten Mal, zu den »Rußkis« ging. Ich ging über den Grenzstreifen bei Małkinia zwischen den von den Deutschen und den Sowjets besetzten Gebieten. Auch damals war schon der erste Schnee gefallen.

Nach der Kapitulation von Warschau, als wir Gewehre und Bajonette auf deutsche Lkws warfen, hätte ich leicht, es war in den Wohnblocks in Żoliborz, die Uniform abwerfen, nur den Gürtel, die Fußlappen und Schuhe behalten und wieder ins Zivilleben zurückkehren können. Ich war nicht einmal Unteroffizier gewesen, ich hatte nur eine Tresse. Ich fand, daß ein einfacher Soldat nicht gefährdet sei und daß man auf diese Weise am sichersten nach Lemberg komme. Lidia hatte ich zusammen mit ihren Eltern in Kamień Dobosza zurückgelassen, beinahe an der ungarischen Grenze. Doch ich war sicher, daß ich sie entweder in Lemberg wiederfinden würde oder sie mir dort eine Nachricht hinterlassen hatte, wo ich sie finden könne. Aber alles, das sollte sich sehr bald herausstellen, war anders, als ich dachte. Gleich nachdem wir die Waffen niedergelegt hatten, befahl man uns, eine Kolonne zu bilden. Wir wurden durch die Stadt bis hinter Wilanów getrieben. Dort erst, im Feld, erlaubte man uns stehenzubleiben. Auf diese Weise wurden wir mit kurzen Ruhepausen drei Tage lang vorwärts getrieben, auf der Straße in Richtung Lublin. Unterwegs fuhren Panzerkolonnen und mit Planen zugedeckte motorisierte Einheiten auf Lkws an uns vorbei. Einmal übernachteten wir auf dem Feld (man warf uns einige Decken hin, doch sie reichten nicht für alle) und zweimal auf Steinfußböden in Kirchen. Am Morgen kamen Kessel mit einer wäßrigen Flüssigkeit, doch auch sie reichte nicht für alle. Manchmal warfen uns die Soldaten von den Lkws Brotlaibe zu. Wir hatten ständig Hunger. Damals bemerkte ich mit Staunen, daß die Intellektuellen Hunger und Durst besser aushielten als die einfachen Soldaten. Am zweiten Tag, als wir an Rübenfeldern vorbeizogen, stürzten sie sich auf die liegengelassenen Rüben und aßen sie roh. Bald danach war die ganze Landstraße an den Seiten mit blutigen Exkrementen gezeichnet.

Hinter Puławy warteten Baracken mit Pritschen auf uns. Sie waren mit Stacheldraht umgeben. Wir waren in Gefangenschaft. Es war eines der Übergangslager. Dann sollten wir in reguläre Stalags ins Reich gebracht werden. Eine Baracke mit einem roten Kreuz war als provisorisches Lazarett bestimmt. Ich bekam hohes Fieber, Fieberphantasien und mußte dort bleiben. In diesem Lazarett besuchte mich Zofia Zweibaum, unsere Cousine, die im Agrarinstitut in Puławy arbeitete. Sie hatte vom Arzt erfahren, daß irgendein Dichter aus Warschau dort liege, und benachrichtigte Wertenstein, den Bruder meiner Mutter. Nach einer, vielleicht nach zwei Wochen, kamen Onkel Lutek und ein zweiter Onkel, Adam Lande, Arzt und Bruder meiner Großmutter, mit einem für großes Geld gemieteten Auto zu mir. Meine schwere Lungenentzündung ging langsam zu Ende, aber noch hatte ich Fieber und war so schwach, daß ich mich kaum von der Pritsche erheben konnte. Wir hungerten weiter. Der Arzt im Lagerlazarett bei Puławy war ein Jude, wohl im Dienstgrad eines Majors der polnischen Armee. Zwei oder drei Tage später bereits sollten deutsche Ärzte dieses provisorische

Lazarett übernehmen. Mein Arzt war damit einverstanden, mich der Familie wiederzugeben. Doch zurückgeben konnte er mich nur als Leiche. Er schrieb mir eine Todesurkunde mit einem deutschen Stempel, der schwarzen Krähe mit dem Hakenkreuz. Onkel Lutek brachte mich nach Turczynek. In den nächsten Wochen war die Sterbeurkunde mein einziges Dokument.

Ich erinnere mich nicht, wo und ob ich danach überhaupt in Warschau gewohnt habe. Sicherlich sah ich weder Beata noch Rysiek, der damals noch nicht aus dem Krieg zurückgekommen war. Ich wohnte wohl hauptsächlich in Turczynek. Turczynek, ein großes Haus mit Garten und Park, bei Wilanówek, war die Residenz der Meyers. Onkel Luteks Frau hieß mit Mädchennamen Meyer. Die Meyers gehörten zum Warschauer Finanzadel und waren eng mit den Toeplitz verwandt. Onkel Luteks Schwiegermutter war die Schwester des berühmten Genossenschaftsaktivisten Teodor Toeplitz, der noch in den frühen zwanziger Jahren Mitbegründer der Warschauer Wohnungsgenossenschaft in Żoliborz gewesen war. Sein Sohn Leon Toeplitz, der Bruder von Jerzy, einer der ersten Filmtheoretiker und Historiker, wurde zu jahrelanger Haft in dem berühmten Kommunistenprozeß um die *Wojskówka* verurteilt. Aber es gab noch einen italienischen Toeplitz aus der Banca Commerciale Italiana, von dem man erzählte, er habe Mussolini finanziert. Und so waren die Schicksale und Teilungen manchmal auch innerhalb einer Familie unter den polonisierten und teilweise bereits getauften jüdischen Intelligenzija und Plutokratie.

Nach Turczynek fuhr ich noch während meiner Gymnasialzeit mit der Großmutter oder Tante Maryla. In Milanówek wartete eine Kutsche mit einem Kutscher in Uniform auf uns. Deren große und glänzende Metallknöpfe sind mir in Erinnerung geblieben. In Turczynek züchtete man Pferde, auf denen meine Cousine Wanda ritt. Bei Tisch bediente ein Lakai in weißen

Handschuhen. Ich fuhr nicht gern dorthin, obwohl es dort sonntags zur Vesper ausgezeichnetes Sahneeis gab.

Nach Turczynek wurde noch vor dem 1. September meine Schwester von Bielsko gebracht, denn man erwartete, daß die Deutschen das südliche Oberschlesien einnehmen würden. Meine Großmutter übersiedelte in den ersten Kriegstagen dorthin. Großvater lebte seit einigen Jahren nicht mehr. Ich muß damals meine Großmutter zum letzten Mal gesehen haben, denn später in Krakau, als ich nach dem Aufstand von den Partisanen kam, lebte sie seit ein oder zwei Jahren nicht mehr. Ich erinnere mich nicht mehr an sie aus jener Woche in Turczynek, dabei bin ich, als meine Eltern nach Bielsko umsiedelten, jahrelang in ihrem Haus erzogen worden. Ich erinnere mich nur gut an ihr Grab auf dem katholischen Friedhof in Krakau. Großmutter wurde von Pater Korniłowicz aus Laski getauft, noch vor dem Krieg. Er besuchte uns in der Senatorskastraße. Ich habe das Grab meiner Großmutter vor Augen, weil es ebenfalls das Grab meiner Mutter ist. Meine Schwester hat nicht erlaubt, eine Steinplatte darauf zu legen, damit Mutter es nicht schwer hat. Das hölzerne Kreuz ist morsch geworden, doch es gibt eine Tafel. Um dieses gemeinsame Grab der Mutter und Großmutter kümmert sich meine Schwester.

Mein Vater hat kein Grab. Und auch nicht Onkel Lutek. Aber Tante Maryla, die jüngere Schwester meiner Mutter, hat eins. Sie wurde von allen Marychna genannt, ich sagte wohl zuerst Maja zu ihr. Sie erzog mich, nachdem meine Eltern nach Bielsko umgezogen waren. Sie brachte mir das Zeichnen und Malen bei. Sogar auf Porzellan. Sie selbst war eine sehr begabte Malerin, manchmal erinnerten ihre zarten und dekorativen Zeichnungen an den Jugenstil, dann wurden sie stilisiert volkstümlich wie bei der berühmteren Zofia Stryjeńska. Sie war wohl nicht in Warschau, als ich nach Paris fuhr, denn ich kann mich nicht daran erinnern, mich von ihr verabschiedet zu haben; und ich traf sie auch nicht an, nachdem ich aus dem Krieg zurückgekehrt war. Sie muß schon damals, wie auch vorher oftmals, in den Vereinigten Staaten gewesen sein, wo sie Malerei und Polnische Volkskunst unterrichtete.

Ich erinnere mich nicht, ob irgendein Brief von ihr nach Lemberg kam, manchmal kamen dort auch Briefe aus den USA an, aber sie schrieb mir oft nach dem Krieg. Es waren sehr traurige und dann sehr verbitterte Briefe. Ich war ihr »Adoptivsohn« und ihr Liebling, und sie konnte es nicht begreifen und nicht verschmerzen, daß ich in die Partei eingetreten war. Es war gerade die Zeit meines leidenschaftlichsten Engagements. Sie wollte unbedingt, daß ich nach Amerika komme. Ich stellte mich ihren Vorwürfen und noch mehr ihren Überredungsversuchen gegenüber taub. Sie lebte in sehr schwierigen Verhältnissen und oft am Rande der Armut. Doch als unsere Tochter Teresa geboren wurde, schickte sie uns eine Säuglingsausstattung. Im Testament hinterließ sie eine sehr kleine Erbschaft, ihre ganzen Ersparnisse, von je hundert oder zweihundert Dollar, meinen und Onkel Luteks Kindern.

Jahrelang erinnerte ich mich nicht an Marychna, die so lange wie eine Mutter für mich war. Es war eine Atrophie der Gefühle und des Gedächtnisses. Als ob aus diesem Gedächtnis die Kindheitsjahre zusammen mit Marychna, meiner Schwester und sogar Mutter und Vater ausgetilgt wären. Es muß verborgene Ursachen dieser Gedächtnisatrophie, wie bei einer Atrophie eines Herzen oder Gehirnteiles, geben, die ich nicht einmal jetzt ganz aufdecken kann. Vielleicht steckte darin und steckt bis heute ein Schuldgefühl.

Die Erinnerung an meine Tante Marychna kam erst vor vier Jahren zurück. In Los Angeles habe ich zwei- oder dreimal Osiatyński besucht. Er war beinahe genauso alt wie ich, aber er kam mir mindestens eine Generation älter vor, als ob er mit seinem langen Bart direkt aus dem Jugendstil stammte. Aber er stammte aus Vilnius und hatte noch den ostpolnischen Akzent. Er hatte eine Theaterschule, hauptsächlich für junge Mädchen, und ein Haus auf einem Berg am Rande von Hollywood. In Hollywood möchten alle Theater spielen, auch wenn es für nur einen Zuschauer ist und in kleinen, gegen ein geringes Entgelt gemieteten Hinterzimmern eines *coffeehouse*. In das Haus von Osiatyński gelangte man über eine steile und gewundene Treppe. Ich geriet dort immer in Atemnot. In diesem Haus mit Unmengen von Anbauten verirrte ich mich ständig, so viele Räume gab es da, Kämmerchen, Verstecke, Gänge und Emporen mit unerwarteten Ausblicken auf die Stadt unten und auf Hollywood oben. Überall lagen Bücher, Stapel von Papieren und Zeitungen herum. Und überall waren Kleidungsstücke, Trikots und Strumpfhosen verstreut. Und oft zersprungene und mit Lippenstift beschmierte Spiegel. Aber vor allem gab es überall Bilder. An den Wänden und, eins über dem anderen, in jeder Ecke, mit und ohne Rahmen. Osiatyński handelte mit Bildern, man sagte, er würde sie zur Restaurierung annehmen und selten zurückgeben.

Osiatyński erzählte mir von meiner Tante, Maria Werten. So hieß sie in Amerika, und so signierte sie immer ihre Bilder. Die letzten Jahre ihres Lebens hatte sie in Los Angeles verbracht. Sie war schon sehr krank. In unserer Familie mütterlicherseits war die Schwindsucht erblich. Maria Werten, erzählte Osiatyinski, sei eine ungewöhnliche Person gewesen, alle hätten sie geliebt. Vor allem die Kinder, denen sie das Zeichnen beigebracht habe, natürlich gratis. Und ihre Mütter. Sie habe allen helfen, sich um alle kümmern wollen. Osiatyński hatte einige Bilder von ihr und ein Panneau, das sie für das polnische Restaurant gemalt hat, das er geöffnet hatte und das abgebrannt ist. Er sollte mir die Zeichnungen und den Panneau beim nächsten Besuch zeigen, aber er war damals schon sehr krank und stand nicht mehr auf. Er sagte mir nur, wo das Grab von Tante Marychna war. Auf dem Holy-Cross-Friedhof neben der polnischen Kirche in Culver City in Los Angeles. Auf dem Grab liegt eine Grabplatte: »Maria Werten. Polen 1888 – L. A. CA 1949. Künstlerin, Malerin der Polnischen Volkskunst.« Das Begräbnis fand am 9. Dezember statt. Die Freunde müssen Geld für die Grabplatte gesammelt haben.

Von Marychna ist nur ein Bild geblieben: das Porträt meiner Schwester Aniela im Alter von knapp acht Jahren. Es hängt bei ihr in Krakau. Die eine Seite ist angesengt, infolge eines Bombardements. Den Panneau aus dem verbrannten Restaurant brachte die Tochter von Osiatyński einmal zu mir, um es mir zu zeigen. Auf den Brettern sind Szenen von Volkstänzen gemalt. Sehr schön in den Farben. Aber die Bretter sind zu groß, um sie in meiner Wohnung unterbringen zu können. Die Tochter von Osiatyński muß es in irgendeinen polnischen Klub gebracht haben. Ich habe es nur photographiert. Die Tochter von Osiatyński ließ mir zwei von Marychna gemalte Weihnachtskarten. Zwei Spuren der verlorenen Erinnerung.

Ich erinnere mich ebenfalls nicht, ob meine Schwester damals in Turczynek war. Sie ging nach Stawisko zum Unterricht. Aber das muß schon nach meiner Abfahrt gewesen sein. Jarosław Iwaszkiewicz organisierte geheimen Privatunterricht für drei Mädchen: für Marysia, seine Tochter, für Basia Meysztowicz, die eine viel jüngere Schwester der Frau von Ksawery Pruszyński war, und für meine Schwester. Er selbst brachte ihnen Polnisch, Geschichte und Latein bei und Onkel Lutek Mathematik und Physik. Das dauerte wohl nicht länger als zwei Jahre, bis die Deutschen Turczynek als ein Erholungsheim für Offiziere beschlagnahmten und die Meyers hinauswarfen. Das erfuhr ich von meiner Schwester erst vor kurzem, jahrelang stellte ich mich der Familiengeschichte gegenüber taub.

Ich muß damals etwa drei Wochen in Turczynek gewesen sein, war immer noch sehr schwach, wollte aber unbedingt nach Lemberg. Ich erfuhr, daß es am leichtesten sei, bei Małkinia auf die andere Seite zu kommen, und von dort direkt nach Białystok. Für den Weg gab man mir eine Jacke, die bis unter die Knie ging. Von der Armee hatte ich noch eigene Hosen und Schuhe. Man legte mir einen Brotlaib in den Rucksack, ein Stück Speck, ein Töpfchen mit Pflaumenmus, einige Zuckerwürfel, einen dicken Pullover, warme Wäsche zum Wechseln und dicke Kniestrümpfe, wie man sie vor dem Krieg trug. Der Rucksack erwies sich als sehr schwer.

In Małkinia kam ich im Korridor stehend an, denn der Zug war voll, ein Personenzug vom Warschauer Ostbahnhof. Nachdem ich den Bahnsteig verlassen hatte, erschien die erste deutsche Kontrolle. Die Deutschen ließen alle in beide Richtungen durch, die Sowjets in keine. Die Deutschen ließen zwar alle passieren, aber sie schlugen die Juden und nahmen ihnen alles, was sie hatten. »Jude«, sagte ein dicker Deutscher und zeigte auf mich. Ich versuchte etwas zu erklären. »Nicht«, sagte ein Pole in Zivil, der ihm als Rassenkundiger diente, »... er spricht ein reines Polnisch.« Hinter dem Bahnsteig ging man zuerst über die Landstraße, dann einen Matschweg in Richtung des Waldes. Hinter diesem Wald sollten schon die Sowjets sein.

Es gab dort eine feuchte Waldlichtung, die in etwas überging, was wohl noch vor kurzem eine Baumschule gewesen war, doch die Bäumchen waren schon alle gebrochen oder mit den Wurzeln ausgerissen, denn es waren tiefe Löcher geblieben. Auf diesem Streifen Niemandsland zwischen zwei Besatzungszonen, nicht breiter als einen halben Kilometer, kampierten damals vielleicht tausend, vielleicht auch anderthalbtausend Männer und Frauen. Viele Frauen hatten kleine Kinder dabei. Ich verbrachte dort zwei Tage und zwei Nächte. Man warnte davor, in der Nacht hinüberzugehen, weil sowohl die einen als auch die anderen schossen. Am ersten Tag war es mir zweimal nicht gelungen durchzukommen.

In der Nacht brannten überall kleine Feuer aus Resten von Wurzeln und Zweigen. Am Morgen verkaufte man in einer aus Pappstücken und Brettern zusammengenagelten Hütte heiße Suppe und Griespiroggen. Gegen Dollars oder Gold. Am Abend verkauften sich in einer zweiten Hütte am Rande des Stoppelfeldes zwei Frauen. Für einen Ehering oder ein Pfund Gehacktes. Sie ergaben sich im Stehen, denn es war bereits Schnee gefallen und die Erde war naß. Der »Stoß« war billiger als Brot. Am zweiten Tag mußte man für ein Brot schon zwei Eheringe bezahlen. Am dritten Tag hatte sich noch vor Morgengrauen eine dichte Menschenmasse gebildet und ging in die sowjetische Richtung los. Dreißig, höchstens vierzig Soldaten verstellten uns plötzlich den Weg. Sie schossen nicht. Sie riefen: »Dawaj nasad!« (Zurück!) Sie drängten sich lediglich gegen uns, und das nicht einmal mit den Gewehrkolben, sondern mit flach vorgehaltenen Gewehren. Eine Frau begann, hysterisch zu schreien: »Chaj schiwje Stalin!« (Es lebe Stalin!) Dann schrien alle. Die Soldaten drängten immer stärker, doch sie schlugen weiterhin nicht mit den Kolben. Jemand begann, unglaublich falsch die Internationale zu singen. Das Lied wurde von verschiedenen Stimmen aufgenommen. Diesmal drängte die Menschenmasse immer stärker gegen die Handvoll verblüffter sowjetischer Rekruten. Sie waren hilflos. Man hatte ihnen nicht erlaubt zu schießen. Und irgendwann hat die Masse sie dann, und ich war in der Masse, überschwemmt und ist über sie hinweggegangen. Ich rannte nach vorn los. Ich war schon auf der anderen Seite, als plötzlich jemand hinter mir »Janek!« rief.

Wanda M. hatte ich wohl nicht mehr als zwei- oder dreimal, noch vor der Reise nach Paris, aber schon nach der Armeezeit, gesehen. Doch wir mochten uns immer sehr. Vielleicht auch mehr. Es gab eine Zärtlichkeit zwischen uns. Wanda war bei der Fakultät für Polnische Literatur eines der ältesten Mädchen. Wohl der gleiche Jahrgang wie Władek, der acht Jahre älter als ich war. Und sie war wohl die einzige unserer Kolleginnen im Arbeitskreis der Polonisten, die aus einer Arbeiterfamilie stammte. Klein, blaß, glatt gekämmmt, sich niemandem aufdrängend, immer ein bißchen unsicher, war sie nur sehr prinzipiell, wenn sich jemand an sie heranmachen wollte sowie in ihrem unverhohlenem Haß und Verachtung für die Nationalisten und ONRs[14]. Klein und schwach kämpfte sie gegen diese am »Tag ohne Juden«. Ich wußte, daß sie zur Fakultätsgruppe der *Życie* gehörte, doch davon, daß sie seit Jahren tief in der Partei war, erfuhr ich erst nach dem Krieg. Und das auch durch Zufall, denn sie sprach niemals darüber.

Das Gehen fiel mir immer schwerer, schließlich fiel ich um. Wanda hatte einen kleinen Rucksack. »Tauschen wir«, sagte sie. »Ich werde deinen tragen.« Wir tauschten. Wir gingen auf diese Weise einige hundert Schritte über die Felder, als plötzlich hinter dem Wald hervor wohl eine ganze Schwadron Kavallerie auftauchte. Unsere Kolonne hatte sich schon längst in Gruppen von mehr oder weniger zehn Personen zersplittert. Die Reiter auf den Tartarenpferden hatten sich ebenfalls verteilt und trieben uns wie Hasen jagende Hunde wieder auf den Streifen Niemandsland zurück. Ich muß wohl von einem Reiter oder einem Pferd getreten worden sein, denn ich fiel um und war eine Zeitlang bewußtlos.

14 ONR – National-Radikales Lager, Gruppierung der extremen, antisemitischen Rechten in Polen 1934–1939.

Als ich aufwachte, war auf dem weiten Feld bis zum Wald niemand zu sehen. Die Kavallerie mußte längst vorbeigeritten sein. Die Flüchtlinge waren zurückgeschoben worden. Ich sah mich nach Wanda um, doch sie war nirgends zu sehen. Ich war allein, aber bereits auf der anderen Seite. Ich schleppte mich zum Wald, dann auf einem Weg zum nächsten Dorf. Ich war verfroren und sehr hungrig. Der Bauer in seiner Hütte hatte nicht einmal Milch. »Alles haben sie aufgegessen und ausgetrunken. Ich habe nicht mal etwas, was ich dem Schwein geben könnte.« Er gab mir nur Wasser zu trinken. Ich öffnete Wandas Rucksack. In meinem hatte ich noch Reste von Brot und Speck. Und die unberührten Zuckerstücke. Im Rucksack des Parteimitglieds Wanda fand ich einen Rock, ein Nachthemd, Unterhosen, viel Watte und drei Binden.

Kurz nach den ersten Abtransporten in Lemberg fand mich Wanda wieder, die ich beim Überschreiten der Grenze in die sowjetische Zone bei Małkinia verloren hatte. Sie war noch blasser und schien abgemagert. Sie kam, um ihren Rucksack zu holen. Darin übriggeblieben waren wohl nur die Binden. Sie befürwortete die Abtransporte und sagte, sie seien zwar tragisch, aber notwendig. Damit trennten wir uns. Zum letzten Mal sah ich Wanda etwa ein Jahr vor unserer Abreise nach Amerika. Damals dachte man, daß Moczar an die Macht kommen würde. In jener Zeit gab es bereits massive antisemitische Drohungen. Wanda war noch blasser. Sie vegetierte in irgendeiner kleinen Stellung und machte Übersetzungen. Doch sie war, glaube ich, immer noch in der Partei. Zum Abschied sagte sie mir: »Ich habe mein Leben verschissen, Janek.«

Ich erinnere mich nicht mehr, wie ich nach Białystok kam. Wohl aufgrund eines guten Herzens, denn ich konnte nur Wandas Nachthemd zum Tausch anbieten, nahm man mich auf einem Pferdewagen mit in die Stadt. In Białystok waren alle Wände beklebt, auch die noch mit Brettern zugenagelten Geschäfte, sogar die Zäune. Mit Aufschriften in drei Sprachen: Polnisch, seltener Jiddisch und meist mit russischen Buchstaben zur Begrüßung der Roten Armee und der Befreiung des westlichen Weißrußland. Sogar die seltenen Schaufenster und alle Schilder ertranken in rotem Papier. Als ob die Rote Armee ganz Białystok damit bedeckt hätte.

Auf den Straßen wimmelte es von Menschen. Die Leute liefen gleichzeitig in alle Richtungen, wie Ameisen, wenn ein Ameisenhaufen zerstört wird, sich gegenseitig zur Seite drängend und als ob sie blind wären. Viele Männer trugen noch Militärmäntel ohne Rangabzeichen. Deren Knöpfe mit dem Adler waren abgeschnitten. Die Frauen trugen oder schleppten Bündel, andere zogen Kinderwagen hinter sich her, dicht bepackt mit dem gesamten Hab und Gut. Die Polen und damals noch die Juden gingen in diesem ersten Kriegsnovember aus einer Besatzung in die andere, aus der russischen in die deutsche und aus der deutschen in die russische, nach ihrer Familie, Freunden oder nur einer Überlebenshoffnung suchend. Białystok war damals einer der Hauptorte für einen kurzen Aufenthalt in dieser Flüchtlingswanderung.

Die meisten gingen zum Bahnhof. Dort kampierten Hunderte, vielleicht Tausende. Alle Bänke waren besetzt, die Menschen schliefen sogar auf dem Bahnsteig. Es sollten Züge nach Vilnius und Lemberg fahren. Aber man konnte nichts erfahren. Von keinem. Drei oder vier junge Frauen in kurzen wattierten Jacken und roten Armbinden, wohl aus der tiefsten Sowjetunion hierhergeschickt, mit kleinen schiefen Äuglein und breiten Wangenknochen versuchten, bei diesem menschlichen Elend zu helfen. Sie nahmen die schreienden Kinder in die Arme und verteilten heißen Tee. Doch sie waren ratlos und wußten ebenfalls nichts.

Manchmal kamen während dieser Stunden, in denen ich auf dem Bahnsteig stand, Züge an. Die Waggons waren leer. Die Leute stürzten sich auf die Züge. Doch auf den Treppchen eines jeden Waggons standen NKWD-Leute mit pelzverbrämten Mützen, in langen Mänteln mit blauen Rechtecken. Sie ließen keinen hinein. »Njelsja!« (Verboten!) schrien sie. Die Züge fuhren leer davon.

Am frühen Abend schleppte ich mich in die Stadt zurück. Ich hatte kein Geld, ich hatte nichts zu essen, ich hatte keinen Ort zum Schlafen. Mein Fieber stieg wieder. Ich setzte mich unter einen Zaun. Mir schien, als würde ich bald sterben. Doch als ich für einen Augenblick die Augen öffnete, sah ich an einem Zaun ein handgeschriebenes Plakat mit großen Buchstaben: »Władysław Broniewski, der Dichter der Revolution, wird seine Gedichte im Verein der Schneider lesen ...« Ich schaute aufs Datum, rechnete die Tage durch, verrechnete mich zweimal, doch es war tatsächlich heute. Irgendwie erfragte ich den Weg und kam dort noch vor dem Abend an. Władek war schon da. Er nahm mich in die Arme, und weiter erinnere ich mich an nichts. Er brachte mich in ein Hinterzimmer, deckte mich mit einer großen Menge von Decken zu und gab mir Wodka.

Ich erwachte erst am nächsten Tag, das Zimmer war schwarz vor Rauch. »In drei Stunden fahren wir nach Lemberg«, sagte Władek. Auf dem Bahnhof wurden wir in einen Warteraum gebracht, dessen Sessel ausgerissene Sitze hatten, wo aber auf einem mit rotem Papier bedeckten Tisch bereits ein Imbiß und Wodka standen. Es war wohl ein sowjetischer General, der uns erwartete, denn seine ganze Brust war mit Orden bedeckt. Der Zug war ganz leer, nur die NKWD-Leute standen wie zuvor auf den Treppchen.

Außer Broniewski und mir fuhren in dem einzigen besetzten Abteil des ganzen Zuges noch Jerzy Kreczmar (den ich von der

Universität kannte, wo er zu meiner Studentenzeit Logik bei Kotarbiński unterrichtete), zwei Männer in mittleren Jahren und eine Frau, die ich nicht kannte. Lena Nizenstein war wohl im September '39 aus dem Gefängnis in Brześć herausgekommen. Sie war zu vielen Jahren verurteilt worden und war noch sehr blaß. K. und W. waren, wie ich erfuhr, von der »Zentralen Technik der Volksarmee«. Auch sie müssen viele Jahre in verschiedenen Gefängnissen gesessen haben, denn darüber erzählten sie während der mehrstündigen Fahrt immer wieder. Władek sagte seine neuen und alten Gedichte auf: »Mit gesenktem Kopf, langsam, kehrt der Soldat aus der deutschen Gefangenschaft zurück.«

Wir verabschiedeten uns auf dem Bahnhof. Ich bin zuvor nur einmal bei Lidias Eltern in Lemberg gewesen, doch ich erinnerte mich an die Adresse. Die Kadeckastraße fing an der Ecke Pełczynska an, dort, wo vorher das Straßenbahndepot war. Schon damals saß dort der NKWD. Die Kadeckastraße stieg steil nach oben an. Es war schon Abend und der Schnee gefroren. Ich hatte weiterhin Wandas Rucksack mit. Obwohl er leer war, fiel es mir sehr schwer, aufwärts zu gehen, und ich rutschte auf dem Schnee aus. Die Eltern wohnten im zweiten Stock. Lidia öffnete mir die Tür. Sie erkannte mich nicht. Meine Haare waren nach dem Krankenhausaufenthalt noch nicht wieder gewachsen, und ich wog 38 Kilo.

Aus dem Abteil des leeren Zuges von Białystok nach Lemberg waren knapp zwei Monate später nur noch Kreczmar und ich frei. Broniewski, Lena Nizenstein und die beiden, die bis zu deren Auflösung in der Partei waren, wurden noch im Januar verhaftet. Sie saßen zuerst in Zamarstynów, dann ebenso wie Wat und Broniewski in der Lubljanka in Moskau; später, als die Deutschen Rußland überfielen, wurden sie mit einem Transport nach Sibirien oder irgendwo andershin geschickt.

5.

Auch damals, am 16. Januar, rutschte ich auf dem ansteigenden Weg bei Czorsztyn auf dem gefrorenen Schnee. Als ich endlich den Feuerschein sah, lief ich, so schnell ich konnte. Doch kaum war ich auf die Waldlichtung gekommen, bekam ich zwei starke Schläge auf den Kopf und fiel in den Schnee. Bevor ich wieder zu mir kam, hatte mich jemand aufgehoben und das Hakenkreuz von meinem Mantel abgerissen. Mir war nicht eingefallen, es vor dieser Expedition in den Wald auf der Suche nach Partisanen von meinem Mantel abzutrennen. Ich hörte »Germanskij Spion«, bekam wieder eine runtergehauen und wurde wie ein Sack in den Schnee geworfen. »Gib ihn mal her«, schrie jemand, »wir hängen den Lump auf.« Augenblicklich wurde mir eine Schlinge aus dicker Schnur um den Hals gelegt und das andere Ende über meinen Kopf hinweg über einen Ast geworfen. Man begann bereits, daran zu ziehen, als der Kommandant (er hatte Rangabzeichen auf dem Kragen) schrie: »Ein Hurensohn ist schließlich auch ein Mensch! Gebt ihm was zu trinken mit auf den Weg.« Ein Blechnapf wurde mir gereicht, der zu einem Drittel gefüllt war. Ich verschluckte mich, die Augen traten mir vor, es muß reiner Spiritus gewesen sein, halb und halb mit Wasser vermischt. Ich trank einen guten Schluck, doch es fiel mir nicht leicht. Ich stand die ganze Zeit auf Zehenspitzen, damit sich die Schlinge um meinen Hals nicht zuzog.

»Gebt ihm noch einen Schluck«, sagte der mit den Tressen. »Wir haben viel Zeit. Wir hängen den Spion morgen früh auf«. Die Schnur wurde gelockert, ich mußte nicht mehr auf Zehenspitzen stehen. Dann erlaubte man mir sogar, mich zu setzen. Wir tranken jetzt alle zusammen am Lagerfeuer. Ich muß schon ziemlich betrunken gewesen sein, aber alle waren betrunken, als ich in gebrochenem Russisch-Polnisch zu erklären begann, daß ich eine »Putjowka« vom Zielony aus Sącz hätte und daß ich seit 1942 in der Partei sei. »Und wo ist dein Billet?« Aber sie warteten nicht auf Antwort. Wir begannen, uns zu küssen, und tranken noch einmal »auf den Sieg«.

Als ich im Morgengrauen erwachte, war es fürchterlich kalt, obwohl ich eingekuschelt zwischen zwei großen Männern schlief. Ich wachte auf, und erst in diesem Augenblick wurde mir bewußt, daß ich, obwohl die Schnur gelockert war, immer noch die Schlinge um den Hals hatte. Aber morgens tranken wir noch einen guten Schluck. Man gab mir einen Blechnapf mit Fusel und ein drei Finger dickes Stück Speck mit auf den Weg.

Noch am gleichen Tag machte ich mich auf den Weg nach Stróże. In der Pension gab man mir einen Kinderschlitten, ich belud ihn mit einem Rucksack und einem Sack, in die ich alles steckte, was ich besaß. Es war nicht viel. Doch als ich zu ziehen begann, stellte sich heraus, daß sich doch einiges angesammelt hatte, denn der Schlitten war verdammt schwer. Ich ging nach unten in Richtung Czorsztyn. Von da nahm mich jemand auf einem Pferdewagen mit nach Sącz. Dort war die Landstraße schon versperrt. Es fuhren Lkws mit riesigen Anhängern und Jeeps, einer nach dem anderen. Doch alle in Richtung Westen. Schließlich fand ich einen Lkw mit beschlagnahmtem Vieh, der nach Gorlice fuhr. Der Motor ging unterwegs kaputt. Aber ich hatte noch etwas von dem Selbstgebrannten im Blechnapf, und zwei Leutnants nahmen mich mit nach Grzybów. Von da brachte mich ein Bauer beinahe bis Berdechów.

Die letzten vier oder fünf Kilometer zog ich den Schlitten wieder hinter mir her. Mit diesem Schlitten, immer noch im gleichen Eisenbahnermantel, ohne die Aufnäher, sah mich Lidia aus dem Fenster. Sie war überhaupt nicht erstaunt. Sie war sicher, daß ich auftauchen würde. Es war doch schon drei Tage nach der Befreiung. Sie erwartete mich bereits seit dem Vortag.

Der Krieg war für uns zu Ende. Wir hatten jahrelang auf diesen Tag gewartet, doch jetzt hatte uns die Befreiung irgendwie überrascht. Wir wußten nicht einmal, wo wir wohnen sollten. Es gab weniger Freude, als ich dachte. Lidias Eltern wollten, daß ich wenigstens einige Tage bliebe, aber ich wollte noch am gleichen Abend irgendein Transportmittel finden und wegfahren. So schnell wie möglich nach Krakau fahren und mich zur Arbeit melden. Lidia war entsetzt. Es konnte keine Rede davon sein, daß wir zusammen fahren. Ich sollte sie holen, wenn ich etwas mehr wissen würde. »Beeile dich nicht«, sagte sie. Unser Abschied war ziemlich bitter, obwohl wir damals nicht vermuteten, beide nicht, daß wir uns trennen würden, wenn ich sie holen käme.

In Krakau wurde ich gleich ins Französische Hotel eingewiesen. Dort waren die neuen Machthaber versammelt. Und die Leute aus Lublin. Ich bekam einen Parteiausweis. »Paß darauf wie auf deinen Augapfel auf«, sagte der junge Mensch in Uniform, der ihn langsam und mit sichtlicher Mühe ausschrieb. »Der Feind wacht.« (Ich erinnere mich, wie ich den Volksarmee-Schwur leistete. Das war im Winter 42/43, im Dezember '42 oder Januar '43. Wir wohnten damals in Żoliborz. Der Schwur wurde von Leszek Guzicki abgenommen. Lidia blieb im Zimmer, wir gingen in die Küche, um allein zu sein. Leszek las den Schwur, der auf ein Zigarettenblättchen geschrieben war. Wir drehten damals Zigaretten, das war am billigsten. Das Zigarettenpapier verbrannten wir an der Gasflamme. Es war keine Rede vom Augapfel.)

Ich bekam ein Zimmer im Französischen Hotel. Von den ersten Tagen in Krakau gleich nach der Befreiung erinnere ich mich am besten an dieses Hotelzimmer. Ich hatte nie sehr gerne gebadet, doch ich erinnere mich an das erste Bad nach dem Krieg, in einer wirklichen Badewanne mit heißem Wasser. Kamilla kam, um bei mir zu baden. Das war nicht ihr richtiger

Name. In Wirklichkeit hieß sie Irena. Doch beim Seminar von Tatarkiewicz über Ästhetik nannte ich sie Kamilla. Und so blieb es, nicht nur für mich, sondern für alle. Ich weiß nicht, wie sie mich im Französischen Hotel fand. Sie fuhr nach Schlesien, um dort Bibliotheken zu gründen. Sie schaute mich an und begann, ihre Strümpfe abzustreifen. Wir hatten im zweiten Jahr unseres Warschauaufenthalts bei ihr gewohnt. Ihr Mann war im Offiziersgefangenenlager, und sie stand tagelang nicht aus dem Bett auf. Es hat niemals irgendwas zwischen uns gegeben, und auch jetzt passierte nichts. Doch ich erinnere mich an ihre nackten Beine wie an ein Filmbild. Vielleicht weil es nach dem Krieg die ersten nackten Beine einer jungen Frau waren, die nicht meine Frau war.

In Krakau war ich nicht einmal volle drei Tage. Doch ich erinnere mich noch daran, daß die Mauern voll von Aufrufen waren. Zur Begrüßung der Roten Armee und zur Befreiung. Mitbürger! Lehrer der Demokratie! Und Sozialisten. Und sogar patriotische Katholiken. Es waren beinahe die gleichen Aufrufe, wie wir sie mit Bieńkowski und Żółkiewski in meiner Wohnung in der Słupeckastraße geschrieben hatten, am Tage, als der Warschauer Aufstand ausbrach.

Bereits am dritten Tag mittags wurde ich zum Militärflughafen gebracht. Ich sollte nach Łódź fliegen. Łódź und Warschau waren am gleichen Tag wie Krakau befreit worden. Genau eine Woche zuvor. Doch diese Woche erschien mir so voll wie ein ganzes Jahr. Die Zeitschrift *Odrodzenie* (Wiedergeburt) übersiedelte bereits von Lublin nach Krakau. Sie hatte die Aufgabe, all diejenigen zu gewinnen, die nicht gegen uns waren. Sie sollte ihre Seiten für Schriftsteller, Künstler und Gelehrte öffnen. Aber unsere Zeitschrift sollte in der Arbeiterstadt Łódź entstehen. Kämpferisch. Parteiisch. *Odrodzenie* sollte sich von der Vergangenheit ernähren, unsere würde die Zukunft meißeln.

Ich weiß nicht, ob der Titel *Kuźnica* schon in Lublin gewählt wurde oder erst in Łódź. Falls in Lublin, dann muß Władysław Bieńkowski den Namen gegeben haben. Er spielte in den alten Zeiten des Warschauer Polonistenkreises die Rolle eines Kołłątaj-Jakobiner und wurde am meisten von Wanda Markowska verehrt. Ich hatte immer noch ihren Rucksack. *Kuźnica* sollte von Żółkiewski redigiert werden, den man im gleichen Polonistenkreis den »Hetman« nannte. Ich sollte sein Stellvertreter sein.

Damals, im Flugzeug nach Łódź, schien mir, daß alles noch vor uns liege. Es war ein Zweipersonenflugzeug, allgemein »Maisflugzeug« oder »Nähmaschine« genannt, denn es knatterte fürchterlich. Man konnte es kilometerweit hören. Es flog tief, aber sicher. Der Pilot war ein junger Bursche, geboren am Ural. Er hatte die Maschine von Tomsk hierhergeflogen. Die Pilotenkabine der »Nähmaschine« ist offen. »Es wird Euch den Kopf abreißen, Genosse. Ihr geht zu den Redakteuren«, sagte er, »Ihr werdet ihn noch brauchen.« Und er gab mir seine Pilotenmütze. Sie war aus Leder, mit Ohrenklappen und innen mit Schafspelz gefüttert. Mir war wunderbar warm. Ich fühlte mich geborgen. Drei Tage später sah ich, daß ich wieder Läuse hatte. Aber es waren schon die letzten Kriegsläuse.

In Łódź besetzte man gleich nach der Befreiung ein großes Mietshaus in der Bandurskiegostraße 8, gleich neben der Piotrkowska, als zukünftiges Literatenhaus. Das Haus war ziemlich luxuriös, es müssen vorher wohl höhere Beamte des Arbeitsamtes dort gewohnt haben. Vier Stockwerke im Vorderhaus und zum Hof hin. Als ich ankam, war es fast unbewohnt. Vielleicht war Pasternak bereits eingezogen, aber ich bin mir nicht sicher. Ważyk, Jastrun und Rudnicki waren mit Sicherheit noch nicht da. Der Hausmeister führte mich durch die Stockwerke, damit ich mir eine Wohnung aussuche – welche ich wollte. Ich wählte eine Dreizimmerwohnung im zweiten Stock des Vorderhauses.

Die früheren Mieter müssen die Wohnung fluchtartig verlassen haben, denn in allen Zimmern lag irgendwelches Zeug herum, durcheinandergeworfene Papiere und Photos. In der Küche stand schmutziges Geschirr im Spülbecken. Ich ging ins Schlafzimmer. Dort gab es zwei große zusammengeschobene Betten und auf beiden Seiten Nachttische. Auf den Betten lagen gehäkelte Überdecken, auf den Kissen gab es Stickereien mit Herzen und deutschen Aufschriften. Auf dem Photo, das weiterhin über dem Bett hing, umarmte ein dicker Mann eine junge Frau im Schleier.

Plötzlich packte mich die Wut. Auf die Deutschen. Aber vielleicht noch mehr darüber, daß ich ganz allein in diesem ehemals deutschen Schlafzimmer war. Ich öffnete das Fenster ganz weit. Es ging auf den Hof. Zuerst warf ich einen der Nachttische aus dem Fenster. Dann begann ich mit dem Bett zu kämpfen. Es war schwer, aber ich schaffte es. Ich schleppte die Matratze hinaus, dann machte ich das Bettgestell kaputt und warf alles, wie es stand, aus dem Fenster des zweiten Stocks in den Hof. Dann warf ich noch die Kissen, die Überdecken und zum Schluß das Hochzeitsbild hinaus. Es war schon Nacht. Im Zimmer wurde es frostig. Ich schloß das Fenster. Ich legte mich auf das Bett, das ich stehenlassen hatte. Ich hatte nichts zum Zudecken. Ich muß wohl zusammen mit den Überdecken die Bettdecken weggeworfen haben. Dann nahm ich meinen deutschen Eisenbahnermantel vom Haken.

DIE CHRONIK

1.

Nach Krakau kam ich schon eine Woche später[1] mit dem Auto zurück, unter Geleitschutz. Der Weg war noch nicht ganz befahrbar, doch wir kamen ohne Schwierigkeiten durch. Ich traf Lidia im Französischen Hotel, es war gänzlich von der Partei und der Sicherheit besetzt. Lidia sagte zuallererst, als sie ins Zimmer trat und einen schweren, vermutlich geliehenen Mantel abnahm: »Stalin ist ein Mörder.«

»Geh raus!« sagte ich. »In meiner Gegenwart wirst du so etwas nicht sagen.« Sie ging hinaus. Und kam erst nach einem oder sogar mehr als einem Jahr zurück. Das war wohl im späten Frühjahr 1946. Damals verlief die Zeit schnell. Lidia änderte ihre Meinung nicht. Auch ich nicht. Und schon gar nicht in der Nachkriegseuphorie und der Parteitollwut. »Dreimal: Ja!«[2] Und die Landesarmee solle sich freiwillig stellen oder sie werde zermalmt. Ich begann zu fiebern. Das kam wohl von der Lunge. Lidia ließ sich nicht besänftigen, doch sie kam zurück.

Damals hätte ich alles wissen sollen. Doch was heißt alles? Und dazu muß man ja noch wissen wollen. Diese Art von Wissen ist niemals rein, ganz besonders damals war es nicht rein; es war gestört, nicht nur durch die Angst, sondern durch Leidenschaften. Und in diesen Leidenschaften gab es zu gleichen Teilen Haß und Hoffnung, die wohl noch nicht ganz zermalmt war. Von »dort« kamen alte Kommunisten zurück oder diejenigen, die von ihren völlig zerstörten Familien übriggeblieben waren. Ich hatte damals, wohl noch im ersten Winter, eine kurze

1 Am 31. Januar 1945.

2 Losung der Kommunisten bei der ersten Volksabstimmung nach dem Krieg.

Affäre mit Lucyna. Eigentlich waren es eher zwei oder drei Nächte, die wir auf irgendeinem Sofa mit stechenden Federn im Verlag *Książka i Wiedza* (Buch und Wissen), wo Lucyna zu arbeiten angefangen hatte und wo man ihr erlaubte zu schlafen, mit Reden verbracht haben. Ihr Vater war nach zwei Verurteilungen in Polen über Deutschland nach Rußland gegangen und kam bei der ersten Säuberung nach der Auflösung der polnischen Partei in die Lubjanka. Ihre Mutter wurde 1938 ins Lager geschickt. Den Bruder verurteilte man ebenfalls. Sie glaubte, daß er noch zurückkehren werde. Lucyna hat nur kurz im Verlag gearbeitet. Sie sprach mit starkem russischem Akzent und kam schnell in den Apparat, dann wohl zur Staatssicherheit. Zweifel hatte sie keine. Auf diesem Sofa mit hervorspringenden Federn unter einer Glühbirne wiederholte sie stur, daß es nicht anders hätte sein können.

Bei *Książka i Wiedza* freundete ich mich mit Krause an. Später noch, nachdem Lidia zurückgekommen war, besuchte er uns ein paarmal in Łódź, Lidia hatte ihn gern. Damals war er schon ein älterer Herr, so kam es uns zumindest vor, wohl gut über fünfzig. Er hatte in Moskau am Marx-Engels-Institut gearbeitet, vielleicht hieß es auch anders. Die »Schrift« kannte er auswendig. Er war imstande, mit Angabe der Seitenzahl und der Ausgabe zu zitieren. Er bekam nur ein mildes Urteil. Vielleicht war er auch nur in der Verbannung. Er war von großer Sanftheit und Güte. Ohne Bosheit trotz seiner Magengeschwüre. Als ich ihn fragte, ob es bei uns anders werde, lächelte er. Es war ein bitteres Lächeln, aber nur Lidia war bewußt, wie bitter es war. Vom Verlag wechselte er bald zur Abteilung für Parteigeschichte beim Zentralkomitee über. Er war ein wirklich kranker alter Mann, und er hatte keine große Wahl. Und was anderes hätte er sonst tun können, als Zitate zu überprüfen. Bald darauf starb er.

Straszewski[3] kannte ich damals noch nicht. Oder vielleicht hatten wir uns doch bei irgendeiner Theaterpremiere kennengelernt, denn Stefan hatte nicht nur kulturelle Snobismen, sondern fühlte sich auch ehrlich von Künstlern und Schriftstellern angezogen. Für einen Parteiaktivisten (wie man damals sagte) höheren Grades kannte er sich erstaunlich gut in der Schauspielkunst aus, vielleicht gehörte das auch zu seinem Handwerk. Er war Bevollmächtigter der Regierung für Kartoffelanbau. Soeben war er aus der Gegend von Łowicz zurückgekommen, wo er den Bauern beigebracht hatte, wie man Kartoffeln setzen müsse. Und wenn sie darauf bestanden, sie wie früher zu pflanzen, setzte er sie massenweise in Arrest, wo ganz schön geprügelt wurde. Man nannte ihn damals »die blonde Bestie«, und in ganzen Gemeinden gediehen die Kartoffeln nicht. Aber nach diesen Lehren begannen die Bauern, das Getreide in die staatlichen Aufkaufstationen zu bringen.

Er war wahnsinnig stark und hatte acht Jahre an der Kolyma[4] in Bergwerken durchgehalten, aus denen beinahe niemand zurückkehrte. Ich erinnere mich an seine behaarte Brust und die roten Haare auf den Armen. Stefan erschreckte mich, faszinierte aber gleichzeitig. Er war ein politisches Tier. Das einzige, wie mir schien, das ich kennengelernt hatte. Er konnte ein zauberhafter Kumpan sein, vor allem in den Nächten beim Wodka in Kazimierz. Er öffnete sich, wollte Zuhörer haben. Ich war sein Zuhörer. Und er hatte etwas zu erzählen.

In dem Häftlingswaggon, der über einen Monat lang von Moskau nach Norden, nach Archangelsk fuhr, mit zugenagelten Fenstern, erzählte man abends, nachdem die heiße Suppe

3 Siehe Anhang.

4 Region Sibiriens hinter dem Polarkreis, berüchtigt wegen der dort angesiedelten Arbeitslager.

ausgegeben worden war, eigene Geschichten. Manchmal in der Dunkelheit, denn man sparte die einzige Kerze auf. Wie im *Decamerone*, jede Nacht eine Geschichte. Nur waren die Geschichten anders. Eines Nachts erzählte der Chef des NKWD eines *Oblast* (Gebiets) der Ukraine die seine. »Frühmorgens komme ich wie immer in mein Arbeitszimmer, es war groß, schön und mit Holz verkleidet, und hinter meinem Schreibtisch, auf meinem Ledersessel sitzt so ein Fettsack in Uniform und Mütze. ›Was machst du hier, du Hurensohn?‹, und ich beschimpfe weiter seine Mutter... Er sagt kein Wort, erhebt sich nur aus meinem Sessel und wirft mit der schweren Leninbüste, die auf dem Schreibtisch stand, nach mir. Ich bekam ganz schön was ab, denn ich wachte erst auf, als ich bandagiert auf einer Pritsche in einer Einzelzelle lag. Und das in dem Gefängnis, das mir unterstand...«

Da wurde eine Stimme aus einer Ecke, vom Ende des Waggons, in der Dunkelheit vernehmlich: »Ich war es, Genosse, der mit dem Lenin nach dir warf. Der stand dann, der Hurensohn, auf dem Schreibtisch, auf *meinem* Schreibtisch, nur ein wenig angeschlagen. Bis ich einmal, man verliert im Gefängnis das Gefühl für die Zeit, aber das wird so drei Monate später gewesen sein, in mein Arbeitszimmer komme – ich hatte es so gern, man konnte da in aller Ruhe träumen, daß es nicht mehr lange dauern und man an die Krim fahren könne –, und ich sehe, daß im Sessel, in *meinem* Sessel, irgendein großer Kerl in Uniform und Mütze sitzt, er war wohl zwei Meter groß, stand auf, sagte kein Wort, und ich kriegte den Lenin so stark ab, daß ich bis heute eine Schramme habe...« Er muß sie gezeigt haben, aber im Licht der abbrennenden Kerze, im Dunkeln, das dick war vom Rauch des in Zeitungspapier gewickelten Machorkas, sah man nichts. »Was soll man sich da auch angucken«, beendete er seine Erzählung. »Jeder kann seine eigene Narbe fühlen.« Stefan schaute mich mit seinen vorstehenden, hellblauen, beinahe gläsernen Augen an.

Wieder vermischen sich und verkleben, wie Fliegen auf einem Fliegenfänger, die verschiedenen Jahre miteinander im schlechten und dichten Gedächtnis. Dieses sowjetische Decamerone muß ich von Stefan im polnischen Oktober[5] gehört haben, als er Sekretär des Wojewodschaftskomitees[6] war und zusammen mit Komar[7] die Verteidigung von Warschau vorbereitete. Oder vielleicht früher, als er spät nachts nach den Plenum des Zentralkomitees, wo man mit der Sicherheit und dem Nachrichtendienst nach den Enthüllungen Światłos[8] abrechnete, zu einem Wodka einlud. Oder vielleicht, als er mir ein numeriertes Exemplar des geheimen Berichts von Chruschtschow vom XX. Parteitag über Nacht zum Lesen gab. Straszewski hatte in diesem vor dem Oktober stattfindenden Kampf zwischen »Natolin« und »Puławy«[9] Angst vor Moczar[10], aber er verachtete Bierut. Er traute Gomułka nicht und war gegen seine Rückkehr. Für all dies mußte er bezahlen. Er flog aus dem Zentralkomitee und dann aus allen Stellungen. Er bekam allerdings eine hohe

5 Die Kulminationszeit der politischen, gesellschaftlichen und wirtschaftlichen Veränderungen in Polen im Jahre 1956 (»Tauwetterperiode«).

6 Wojewode – urspr. Herzog, oberster Beamter einer Wojewodschaft (d.h. eines Landkreises).

7 Komar, Wacław (1909–1972), Kommunist und General. Er kämpfte im Spanischen Bürgerkrieg. Seit 1956 Chef des Corps für Innere Sicherheit – einer 1945 gegründeten Militärorganisation, die die Aufgabe hatte, gegen die ehemalige Untergrundbewegung zu kämpfen.

8 Światło, Józef, General der polnischen Staatssicherheit, der nach seiner Flucht in den Westen im Sender Freies Europa 1954 die Praktiken der Polnischen Staatsicherheit enthüllte.

9 Siehe Anhang.

10 Moczar, Mieczysław (1913–86), polnischer Kommunist, General; zuerst stellvertretender und dann Innenminister in den fünfziger und sechziger Jahren. Nach dem Krieg Chef der Staatssicherheit in Łódź.

Parteirente. Lidia sagte nach einem Treffen einmal, er sehe wie ein ausgehungerter Tiger im Käfig aus. Er hatte seinen Hof verloren: die Schriftsteller und Schauspieler ließen sich immer seltener zum Abendessen einladen. Auch ich begann, ihn zu meiden. Während meiner drei Reisen nach Polen besuchte ich ihn nicht. Man erzählte mir, daß er während des Kriegszustandes keines der »nationalen« Begräbnisse versäumte und regelmäßig in die Kathedrale oder die Visitinnen-Kirche zur Sonntagsmesse kam. Mit Krücken, denn er war aus einem Zug gesprungen, ohne zu merken, daß dieser noch nicht angehalten hatte. Er war immer so schnell. Er lebt nicht mehr. Er starb im Herbst 1989.

Das Wissen kommt erst dann, wenn es uns unter die Haut dringt. Die Verhaftungen fanden zuerst weit weg, dann immer näher statt, schließlich blieb ich nach der Verhaftung Gomułkas und der Vorbereitung des Prozesses von Spychalski ganz allein übrig, nachdem alle aus meiner Volksarmeegruppe der Besatzungszeit verhaftet worden waren. Doch um mich selbst begann ich mich erst später zu ängstigen, als die jüdischen Ärzte beschuldigt wurden, Stalin ermorden zu wollen. Da begann man zuerst flüsternd, später dann beinahe offen von der Vorbereitung von Lagern für Juden zu sprechen. Das war im Januar 1953. Wir waren mit Lidia im ZAIKS[11] in Zakopane. Spät abends kamen oft Wolski mit Celina Bobińska zu uns. Das Zimmer war klein, man hatte keinen Platz, um sich zurückzuziehen. Lidia lag meistens schon im Bett und rollte sich unter der Bettdecke zusammen. Wolski schob sich den Stuhl neben ihr Bett und erzählte von den Lagern und daß die Juden die polnische Partei beherrschen würden... Und daß alle... Es war wie das Krähen eines Raben. Bis zum Schluß wußten wir nicht, ob das eine Warnung oder eine Provokation sein sollte. Wolski

11 Erholungsheim für Komponisten und Schriftsteller.

war in den ersten Nachkriegsjahren, vielleicht waren es auch nur Monate, Bevollmächtigter der Regierung und beaufsichtigte die Administration. Er hatte seine eigenen, alten und tiefgehenden Verbindungen mit der Zentrale. Er haßte Bierut und noch mehr Berman. Angeblich soll er ihren Sturz vorbereitet und sich dabei verrechnet haben. Er flog aus allen seinen Stellungen, wurde aber Direktor der Stadtbibliothek in Krakau. Celina war die Tochter von Stanisław Bobiński, einem alten Sozialdemokraten, und Helena Bobińska, die ein in Tausenden von Exemplaren aufgelegtes Kinderbuch über Stalin geschrieben hatte. »Wem hat Soso[12] etwas zuleid getan« – wie Janusz Minkiewicz[13] lachend sagte. Bobiński kam schon während der ersten Säuberungen um. Celina war Historikerin und hatte in Moskau an irgendwelchen Instituten gearbeitet. Ich traf sie bei vielen Konferenzen, gemeinsam erarbeiteten wir eine neue Geschichte der polnischen Aufklärung. Wir mochten uns sehr, obwohl ich ihr nicht ganz traute. Über ihre Kindheit und die Jahre in Rußland erzählte sie nicht. Alle diese Menschen, Straszewski, Wolski, die Bobiński-Frauen, ihre Männer, Väter und Brüder aus jener »Komintern-Aristokratie«, im Verlauf der Jahre familiär, organisatorisch und sexuell miteinander verbunden, sind oftmals durch alle Kreise des Fegefeuers und der Hölle gegangen und konnten wohl selbst nie, nicht einmal für sich selbst, unterscheiden, wo die Treue zu Ende ist und der Verrat beginnt. Oder man könnte sagen, wenn man Conrad im grausamsten Sinne paraphrasiert, daß sie in Zeiten lebten, in denen der Verrat die treulose Maske der Treue annahm.

Wolski war schon seit Jahren schwer krank, humpelte und ging am Stock. Celina, braunhäutig, mit schwarzen Augen und

12 Koseform des Namens Stalin, der so von seinen Nächsten genannt wurde.
13 Dichter, Satiriker (1914–1981), hatte Veröffentlichungsverbot.

langen Beinen hatte viele Jahre lang ihre weiblichen Reize behalten. Aber damals im *ZAIKS* erschien Wolski, beinahe schon kahlköpfig, klein und gekrümmt, neben der schwarzen Celina an Lidias Bett wie der über sein Opfer gebeugte Zwerg mit der Hexe aus Goyas *Caprichios*.

Es ist knapp zwei Jahre her, es war wohl 1988, als mich Tomasz Jastrun in Stony Brook besuchte. Er befragte mich über Stalins Tod. Was ich damals gedacht und was ich geschrieben hätte? Und warum? Ich antwortete ihm, so gut ich mich erinnern konnte. Ich sei entsetzt gewesen. Ich hätte gedacht, die Welt sei zusammengestürzt. Tomasz führte dieses Gespräch nicht nur mit mir. Er erzählte, daß beinahe alle ähnlich wiederholten, sie hätten Grauen verspürt. Als ob ihnen plötzlich der Boden unter den Füßen weggerutscht sei. Und das sogar diejenigen, denen es nicht nur später, sondern sogar auch damals vorkam, als seien sie von der Erstickung befreit. Als ob sie – Tomasz wiederholte ihre Worte – den Tod von Gott erfahren hätten. Mit Ausnahme von *Tygodnik Powszechny*[14], die dafür bald mit der Annexion der Zeitung und des Titels durch die PAX bezahlte, wurden ganze Seiten von Tageszeitungen, Wochenzeitschriften und Monatsschriften mit Trauerliedern der Schriftsteller, Wissenschaftler und Künstler gefüllt. Nur wenige hielten sich zurück, sie ließen sich leicht an den Fingern beider Hände abzählen; ich gehörte nicht zu ihnen, obwohl meine Teilnahme dank Lidia zu der bescheidensten gehörte. Die Gesänge gab es in Prosa oder in Versen. Und in diesem, wie Jerzy Stempowski sagen würde, bis dahin unbekannten Modell alexandrinischer Trauerpoesie, waren die besonders kunstvollen Reime auffallend, als ob die Dichter ihre Scham mit einem Pfauenrad ver-

14 Populäre katholische Wochenzeitung, die der katholischen Bewegung PAX (siehe Anhang) untergeordnet wurde.

decken wollten. Aber war das nur die Scham? Ich weiß nicht. Und wohl nicht nur Selbstbetrug und Speichelleckerei. Und ganz sicher nicht nur Angst. Viele von uns hatten in der Besatzungszeit und auch kurze Zeit später keinen geringen Mut, wiedererlangte Klarheit des Verstandes und ein Gefühl für Anstand.

Hinter dem Fenster war das Gebrüll eines Nashorns zu hören. Niemals vorher hatte man Nashorngebrüll in der Stadt vernommen. Danach war das Nashorn bereits im Fenster zu sehen. Die Nashörner begannen, durch die Straßen spazierenzugehen. Eins, ein zweites, ein drittes; eine ganze Herde. Der Zahnarzt öffnete die Tür seiner Praxis und brüllte wie ein Nashorn. Der Eigentümer eines Geschäfts für Damenbekleidung hatte ein Horn auf dem Kopf. Mädchen, die mit Schulranzen zur Schule gingen, hatten winzige Hörnchen auf der Stirn. Die wichtigste Tageszeitung der Stadt hieß bereits *Nashornrundschau*. Im Radio war nur noch Nashorngebrüll zu hören.

In Bretons und Eluards *Kleinem Wörterbuch des Surrealismus* aus den späten dreißiger Jahren stand: »Elephanten sind ansteckend.« Das hat mir sehr gefallen. Aber in meiner damaligen Vorkriegsunschuld vermutete ich nicht, daß es die Nashörner sind, die wirklich ansteckend sind. Stanley Hoffman bezeichnete Ionescos *Nashörner* als die durchdringendste Metapher der totalitären Pest. Er schrieb darüber in seinem ausgezeichneten Essay in der *New York Times* zum fünfzigsten Jahrestag des Ausbruchs des Zweiten Weltkrieges und des Naziüberfalls. Ionesco hatte nicht nur das Gebrüll der Nashörner gehört. Er wußte, daß Nashörner ansteckend sind. Und auch die Tschechen müssen das gewußt haben, denn am dritten Tag ihrer Dezemberdemonstrationen am Wenzelsplatz schrien sie im Chor »Weg mit den Dinosauriern!«.

Mit Janusz Minkiewicz sprach ich etwa eine Woche nach Stalins Tod. Er war gerade aus dem Literatenhaus in Zakopane zurückgekehrt. Ganze Nächte lang hatte er Radio Moskau gehört. Er sagte mir: »Im Moskauer Radio ist noch nie so wenig über Stalin gesprochen worden.« Janusz war der älteste meiner Schulkameraden und erbarmungslos zynisch. Er hat nicht einen Augenblick daran geglaubt, daß er ein Nashorn sei.

2.

In Łódź habe ich beinahe ein Jahr lang mit M. in der Bandurskiegostraße zusammen gewohnt. Ein oder vielleicht zwei Jahre vor dem Aufstand hatte ich sie in Warschau kennengelernt, bei einem meiner dämlichen Vorträge für die Volksarmeegruppe der Diversion oder Aktion, ich erinnere mich nicht mehr, wie das damals hieß. Żółkiewski hielt dort Vorträge über die philosophischen Grundlagen des Marxismus. Es war natürlich reiner Unsinn. Diese Jungen und Mädchen, von denen die Ältesten nicht älter als zwanzig waren, brauchten die philosophischen Grundlagen des Marxismus überhaupt nicht zum Werfen von Granaten, von denen nicht alle explodierten, weil die Technik nicht gerade zur stärksten Seite der Volksarmee gehörte. Ich weiß nicht mehr, ob mich Stefan oder Hedda dazu überredete, dort irgend etwas über marxistische Ästhetik zu erzählen. Oder vielleicht sogar über die säkulare Tragik, denn damals schrieb ich gerade darüber oder wollte darüber schreiben. Das hatte vielleicht auch größeren Sinn, denn die Demaskierung der Conradschen Treue zielte in Wirklichkeit auf die Landesarmee. Sie hörten mir übrigens mit glühenden Wangen zu und stellten ganz vernünftige Fragen. Doch meine Ausführungen, daß der Gehorsam den Gesetzen der Geschichte gegenüber wichtiger als die Treue sei, überzeugten sie nicht. Sie waren für Treue und Ehre.

Ich hielt dort noch zwei- oder dreimal irgendwelche Vorträge. Aber beim letzten Mal war M. nicht mehr dabei. Und auch nicht ihr Freund. Er war eine Woche zuvor bei einer Aktion umgekommen. M. kam zu keinen Treffen mehr. Sie verließ ihre Wohnung nicht. Ganze Tage blieb sie im Bett. Im Bett schrieb sie Gedichte und schlief mit jedem Jungen, der kam. Nur ein- oder zweimal im Monat ging sie nachts zur Aktion. Das hieß Minen legen auf Schienen unter deutsche Transporte, ihre Spezialität bei der Diversion. Doch das alles erfuhr ich viel später. Und auch davon, daß M. das erste Mädchen des umgekommenen Jungen war (»Und verliebt in dein sterbliches Gesicht«)[15] und daß auch er ihr erster Mann war. Und daß sie zum ersten und einzigen Mal in der Nacht vor der tödlichen Aktion miteinander geschlafen haben.

Romeo und Julia schliefen auch nur eine kurze Sommernacht miteinander. Auch Cressida und Troilus hatten nur eine einzige, noch kürzere trojanische Nacht miteinander. Es war die erste Liebesnacht von beiden, von Julia und Cressida. Im Morgengrauen, als der Morgennebel sich noch nicht über Verona erhoben hatte, mußte Romeo fliehen. In einer ebensolchen Morgendämmerung beeilte sich der alte Kuppler Pandarus, der spät in der Nacht Troilus zu Cressidas Bett gebracht hatte, sie möglichst schnell in das griechische Lager zum Tausch zu schicken. Julia wird sich mit einem Dolch umbringen; Cressida wird im griechischen Lager zu einer Hure gemacht. *My mind is now turned whore* (5.2.114). »Meine Seele ist eine Hure.« Der Narr Thersites legt Cressida diese Worte in den Mund. Aber sie könnte es auch selbst sagen.

Romeo und Julia und *Troilus und Cressida* sind schließlich dasselbe Stück. Noch lange vor meinem *Shakespeare heute*, schon

15 Fragment eines Gedichts von Krzysztof Kamil Baczyński (1921–1944).

während der Besatzungszeit, begann ich Shakespeare durch die Erfahrung des Krieges zu lesen. In der Zeit des Terrors werden sogar die alltäglichsten menschlichen Dramen wie endgültig, bereinigt von jedweder Zufälligkeit. Sie erscheinen überdurchschnittlich deutlich, und ihre Klarheit ist manchmal erschreckend. In der feindlichen Welt wird der Geliebte nach der ersten Nacht weggenommen. Was bleibt: Selbstmord oder Hurerei. Es gab noch eine dritte Lösung: Minen zu legen auf Schienen, über die Militärtransporte fuhren. Cressida war mir lange Zeit die nächste von Shakespeares Heldinnen. M. nannte ich Cressida.

Es war wohl in der zweiten oder dritten Woche nach der Rückkehr nach Łódź, als M. bei mir auftauchte. Sie kam zusammen mit Helena. Helena kannte ich ebenfalls von meinen »ideologischen« Vorträgen für die Diversionsgruppe. Sie kamen beide, wie es schien, direkt aus dem Wald von den Partisanen. In deutschen Wachstuchmänteln, mit Trommelrevolvern und Maschinenpistolen. Die Maschinenpistolen ließen sie auf dem Küchentisch liegen und gingen beide baden. Sehr lange. Ich rief Henryk an. Er war damals wahrscheinlich Oberst – man wurde damals schnell befördert –, war mit der Ersten Armee zurückgekommen und redigierte in Łódź eine Armeezeitung, die damals wohl *Polska Zbrojna* (Bewaffnetes Polen) hieß. Schon in Lublin wurde es zur Regel, die Namen von alten Parteien, Organisationen und natürlich auch Zeitungen zu stehlen. Henryk brachte Wodka mit. Seinen Trommelrevolver legte er auf den Küchentisch neben die MP, und wir tranken bis spät in die Nacht. Am Morgen nahm Henryk Helena mit sich, M. blieb bei mir. Helena wurde bald Vorsitzende des Verbandes des Kampfes der Jugend (ZWM) und Abgeordnete im Sejm. Im polnischen Oktober löste sie kraft eigener Entscheidung den Polnischen Jugendverband (ZMP) auf. Das hat man ihr nie verziehen.

Meine ehemals deutsche Wohnung in der Bandurskiegostraße in einem Haus, das den Schriftstellern großzügig in den ersten Tagen nach der Befreiung zugewiesen wurde, hatte drei Zimmer. Ich wohnte mit M. immer nur in einem von ihnen. Bis zu seiner vollkommenen Zerstörung. M. war wohl die faulste Person, die es in der Welt je gab. Sie war sogar in der Liebe faul. Man ging in sie ein wie ins Wasser, und sie schaukelte sanft wie ein Boot am Anlegesteg. Die Faulheit war ein Teil ihrer Körperlichkeit. Wie während der Besatzungszeit in Warschau stand sie manchmal tagelang bis zum Abend nicht aus dem Bett auf. Wir aßen im Bett, sie schrieb im Bett Gedichte und übersetzte manchmal, für mich und für sich; es war irgendeine Broschüre von Garaudy, die dann schließlich unter meinem Namen erschien. Ich selbst bin unordentlich, aber M. war der absolute Gipfel an Unordnung und häuslicher Anarchie. Sie räumte niemals auf, wusch niemals ab; sie wusch und kämmte sich sogar erst vor dem Schlafengehen. Jedes der drei Zimmer reichte uns nicht länger als eine Woche. Als man es nicht mehr darin aushalten konnte, schlossen wir es ab und zogen ins nächste. Nach einem Monat befand sich die ganze Wohnung einschließlich der Küche im Zustand des Chaos. Wir zogen dann für ein oder zwei Tage in die Gästezimmer des Verlages *Czytelnik* und bestellten Deutsche aus den Zwangsarbeitslagern (ich weiß nicht mehr genau, wie die damals genannt wurden) zum Aufräumen. Sie machten es übrigens gern, denn sie bekamen ein paar Groschen dafür, etwas zu essen und manchmal sogar eine angefangene Flasche Wodka.

Das erste Nachkriegsjahr und die Insel der plötzlich privilegierten Schriftsteller, die aus allen Ruinen des befreiten Landes aufgesammelt wurden und langsam, tröpfelnd aus dem Osten kamen, mit dieser plötzlich zurückgegebenen Normalität, erscheinen mir jetzt nach Jahren irreal. Aber es war eine seltsame

Normalität, in der es auch Deutsche gab, die unsere drei Zimmer mit dem überall von M. zurückgelassenen schmutzigen Geschirr aufräumten. Alles erschien noch nicht erstarrt und als ob es sich immer noch in der *Statis* der Kriegszeit befände, immer noch fließend und vorübergehend wie jenes Haus in der Bandurskiegostraße, voller junger Frauen, die manchmal mitten in der Nacht von einer Wohnung in die andere kamen und denen später die höhnische und eifersüchtige Zeit der Stabilität[16] die Bezeichnung »Mandolinenspielerinnen« gab. Die schönste von ihnen und wohl auch die jüngste, mit blauen Augen, die wie die Personifizierung der Unschuld wirkten und sich weit öffneten, als ob sie ständig und über alles verwundert wären, und die von Adolf Rudnicki »Stäbchen« genannt wurde, legte mehr als zehn Jahre später ihren Kopf in einen offenen Gasherd. Sie wurde gerettet, aber ohne Bewußtsein und ohne Gedächtnis; mit demselben unschuldigen Lächeln wurde sie wie eine ewig junge Mumie von dem bis zum Ende treuen Ehemann gepflegt.

Besser kann ich mich an den ersten Nachkriegssommer erinnern. Wir fuhren im August an die See. Gdańsk bestand noch fast gänzlich aus Ruinen. Wir wohnten in Sopot – vor dem Krieg hatte man Sopoty gesagt – neben dem ehemaligen Kasino, direkt am Strand. Der Sommer war heiß, ein Sommer nach einem Krieg, der noch nicht zu Ende war. Er dauerte an, im Westen und in jedem größeren Wald zwischen Weichsel und Bug. Alle waren wir noch immer unersättlich. Und ungestüm in unserem ungestillten Appetit. Viele Mädchen waren gekommen. »Neue Stücke«, wie man damals zu sagen begann. Sie wurden zu zweit oder zu dritt aus den Sandburgen entführt, ins Wasser geworfen oder sofort in die Büsche geschleift. Sie leisteten keinen Widerstand. M. schlief auch mit anderen.

16 Damit sind die Jahre 1950–1960 gemeint, in denen sich das Lebensniveau gehoben hatte.

Der Wojewode, der damals in Sopot »amtierte«, war der berühmte Anatol. Ein russifizierter Pole, ich weiß nicht, ob es sein Vor- oder Nachname war. Er saß in einem prächtigen Sessel; der war wohl aus einem Danziger Patrizierhaus geraubt und noch voller Vergoldungen, aber aus dem zerrissenen Bezug aus Goldbrokat guckten das Filztuch und das Roßhaar heraus. Auf den Knien hielt er zwei russische Soldatenfrauen. Sie hatten offene Blusen und aus den Büstenhaltern mit schwarzen Spitzen – man verkaufte sie zusammen mit Spitzenslips in den Buden vor dem Kasino – quollen fette weiße Brüste hervor. Aber Anatol amtierte, wie sich herausstellen sollte, mit diesen zwei Soldatinnen auf den Knien ganz nüchtern. Er gab Ważyk und mir zwei große Papierblocks mit runden Stempeln für Offiziersmittagessen im Kasino mit einem Viertelliter Wodka, vielleicht waren es nach russischer Sitte auch hundert Gramm.

An das Kasino erinnere ich mich gut. Tymoteusz Ortym sollte dort auftreten, wie handgeschriebene und überall aufgehängte Plakate anzeigten. Ortym war während der Besatzungszeit ungeniert für die Wehrmacht aufgetreten. Ważyk sprang in dem überfüllten Saal auf einen Stuhl, rief: »Das erlaube ich nicht!« und zog eine Pistole aus dem Halfter. Ich erinnere mich an ihn, wie er in einer Hauptmannsuniform Ortym mit dieser Pistole durch das ganze Kasino jagte. »Werft den Kollaborateur hinaus!« Ich weiß nicht genau warum, aber das unerbittliche Gedächtnis, das sich an seine eigene grausame Logik hält, bringt mir im Moment das Bild der letzten Begegnung mit Ważyk. Es war Montag, der dritte Tag des Kriegszustands 1981. Ich ging in die Wiejskastraße zum *Czytelnik*-Verlag. Das Café war geschlossen, aber ich dachte, ich würde vielleicht etwas zu essen bekommen oder einen Bekannten treffen. Vor dem Zigarettenkiosk stand eine Schlange, sie war lang, vielleicht für eine Stunde Wartezeit. Es wurden Zigaretten verkauft. Wohl Marke *Sport* zu acht

Stück oder vier von den *Klubowe*. Am Ende der Schlange stand Ważyk. Es war kalt, sein Mantel blähte sich im Wind, um den Hals trug er einen dicken Schal. In beiden Händen hielt er Taschen, vielleicht auch in einer Hand eine Tasche und in der anderen einen Korb. Darin war eine leere Milchflasche. Die riesige Brille war beschlagen, er zitterte vor Kälte. Vor Kälte oder vor Angst. Er sah aus wie ein Greis. Marysia, eine junge debütierende Schauspielerin, stets irgendwohin eilend und lustig, die Adam in Łódź heiratete, hatte seit Jahren eine Prothese an einem über dem Knie abgeschnittenen Bein. Ich habe Ważyk nicht wieder gesehen. Er starb während des Kriegszustands im August 1982. Einige Monate nach seinem Tod fand Marysia in einer Schublade ein aus einem Heft herausgerissenes Blatt Papier mit einem Gedicht:

> Das wird wie der Durchgang von einem Zimmer ins andere sein
> wie der Umzug in eine andere Wohnung
> wie die Übersiedlung in die Nachbarstadt
> wie eine Reise über den Ozean
> wie der Flug zu einem anderen Planeten
> Es ist nicht wahr es wird keinen Vergleich geben
> Das Schicksal Odysseus' oder des großen Verbannten ward mir nicht gegeben

Es war wohl Adams letztes Gedicht, mit sehr zittriger Schrift geschrieben. Er wollte es nicht seiner Frau zeigen. Und niemand wird je ganz sicher wissen, wen er meinte, als er vom »Schicksal des großen Verbannten« schrieb.

In der zweiten oder dritten Woche jenes Sommers in Sopot schickte der Wojewode Anatol einen Boten zu mir, eigentlich eine Botin. Es war eine dieser Soldatinnen, nur daß ihr jetzt unter dem Rock ein roter Unterrock hervorsah. Anatol bereitete eine Expedition nach Wolin vor. Wolin ist eine Insel oder eher eine vom Land durch einen Kanal abgeschnittene Halbinsel, bereits hinter Szczecin, an der neuen Grenze der wiedererlangten Gebiete zu Deutschland. Wolin sollte nach allen Verträgen zu Polen gehören. Aber es gab dort einen Militärhafen, und die Sowjets hielten Wolin weiterhin besetzt. Es wurden keine Polen zugelassen. Anatol, der sich als polnischer Patriot fühlte, hatte beschlossen, Wolin den »Rußkis« wegzunehmen. Er hat selbst irgendeine Delegation zu Marschall Wasilewskij geschickt, vielleicht ist es über Warschau bis nach Moskau gekommen, jedenfalls bekam er die Zusicherung, daß Wolin zurückgegeben werde, und natürlich ein Papier mit einem runden Stempel.

Um Wolin zurückzuerobern, fuhr eine ganze Kolonne von Jeeps los und der neu ernannte Starost in einer Pobjeda-Limousine mit zwei Fahnen: einer roten und einer weiß-roten. Und hinter ihm der Militärschutz, die Miliz, die Staatssicherheit und zwei Wagen von der Propaganda mit Flugblättern und zusammengerollten Plakaten. Diese waren alt, und keiner wußte, wozu sie dienen sollten, denn in Wolin waren sowieso nur Deutsche geblieben oder eher, wie uns zugetragen wurde, junge deutsche Frauen, die sehr zufrieden waren mit den »Rußkis«, denn es gab dort etwa zweihundert »Komandire«; vor den »polnischen Banditen« hatten sie eine Höllenangst. Anatol überredete mich, zur »Eroberung Wolins« als Pressevertreter mitzukommen. »Du wirst es schön beschreiben.«

Wir wurden noch vor der Pontonbrücke bei der Einfahrt nach Wolin angehalten. »Njelsja!«[17] Wir standen dort etwa zwei Stunden, bis man endlich sagte: »Der Generalleutnant bittet die Delegation aus Polen zu Tisch.« Der Tisch in einem Hangar

17 Russ.: Ist verboten.

war mächtig, denn außer uns setzten sich dort etwa vierzig höhere Offiziere; der Platz auf ihrer Brust reichte kaum für die Orden. Neben jedem Gedeck wartete ein großes, volles Bierglas. Ich dachte, es wäre gefüllt mit Wasser. Der General am anderen Ende des Tisches erhob es zum ersten Trinkspruch: »Auf das Wohl des Genossen Stalin, des genialen Führers der Welt ... « Es war ein langer Trinkspruch. Wir tranken es im Stehen aus. Alles auf einmal. Wie könnte man denn anders! Aber es war reiner Spiritus.

Es war nicht das erste Mal, daß ich Spiritus trank. Der Atem stockt, die Augen quellen einem über, und dann, wenn dieses flüssige Feuer nach unten gelangt ist, hat man beim zweiten Mal Übung, man muß nur langsam von neuem den verlorenen Atem schöpfen. Aber es war ein volles Glas, und bei einem Toast auf Stalin muß man es auf einmal leeren. Dieses Mal hielt ich durch.

Die Offiziersburschen schenkten uns aus einer großen Flasche, vielleicht war es auch eine Gießkanne – mein Kopf hatte bereits angefangen, sich zu drehen –, wieder in die großen Gläser randvoll nach. Der zweite Toast war »Sa Pabjedu«[18] und auf die Sowjets auf der ganzen Welt. Wieder standen alle auf. Wieder leerten wir die Gläser. Für die Weltrevolution! Es wäre eine Sünde gewesen, nicht zu trinken, aber es war reines Grauen. Die Offiziersburschen schenkten wieder ein. Und wieder bis zum Rand. Dieser dritte Trinkspruch war für die ewige *Drushba*[19] zwischen der großen russischen Nation und der heldenhaften polnischen Nation. Ich trank wohl zwei Schluck. An mehr kann ich mich nicht erinnern.

Ich erwachte im Stroh, ich hatte es im Haar. Meinen Anzug

18 Russ.: Auf den Sieg!
19 Russ.: Freundschaft.

hatte ich noch an, nur die Schuhe hatte man mir ausgezogen. Es muß schon Vormittag gewesen sein, denn die Sonne schien durch alle Ritzen zwischen den Brettern hindurch. Aber es war der Mittag des nächsten Tages. In einer riesigen Scheune lag ohne Schuhe im Stroh die ganze Delegation, die das letzte Stück der Küste von den Sowjets hatte zurückerobern wollen: der Starost, die Stasileute, die Propaganda, das Radio und die Presse, das heißt ich. Am Tor der Scheune standen zwei Posten mit aufgepflanzten Bajonetten. Sie ließen keinen durch, nicht einmal, um die Notdurft zu verrichten. Wieder: »Nielsja!« Schließlich hat unser oberster Stasimann so lange gedroht, gebeten und beschworen, bis einer der Soldaten zur Obrigkeit ging. Nach einer Stunde kam er zurück. »Komandir skasal[20], daß er mit solchen Schlappschwänzen, die nicht einmal trinken können, nicht reden wird. Geht zum Teufel, in einer Stunde soll keiner mehr hier sein.« Wir fuhren ab. Aber mit zusammengerollten Fahnen, mit der roten und weiß-roten.

Angeblich soll der unschätzbare Anatol nach dieser Blamage für die standhaftesten Säufer einen Spiritustrinkkurs veranstaltet haben. Der muß sich als erfolgreich erwiesen haben, denn die neue Delegation eroberte Wolin für die Polnische Volksrepublik zurück. Dieses Mal war ich aber nicht mehr dabei.

3.

Ich kannte ihn nicht vor dem Krieg und habe ihn auch nicht in Lemberg kennengelernt. Ich wußte nur, daß er »Unus defensor Mariae« genannt wurde, weil er die Beseitigung des kleinen Al-

20 Russ.: Der Kommandant hat gesagt.

tars mit der Muttergottesfigur vor dem Ossolineum[21] verhindert hatte. Das Ossolineum stand damals wohl unter seiner Verwaltung, und er war in der Redaktion von *Nowe Widnokręgi.* Der zweite nach Wasilewska. Er muß damals schon irgendeinen Rückhalt in Moskau gehabt haben. Wirklich hörte ich von ihm erst in Krakau, als Lidia und ich dort nach dem Aufstand ankamen. Man sagte, er sammle Schriftsteller von den Dörfern und Landgütern auf, wo die Flüchtlinge aus Warschau untergekommen waren, siedele sie in Lublin an und füttere sie natürlich durch. Das war Major Borejsza. Und dann war er bis zum Schluß nur noch der Vorsitzende. Der Vorsitzende von *Czytelnik*!

Damals, aus der Perspektive von Krakau noch unter deutscher Besatzung, setzte man das Lubliner Polen mit *Czytelnik* gleich! Ein Staat im Staat. Vor allem für die Schriftsteller. Von allen jenen Nachkriegshungern war wohl der Hunger nach Veröffentlichungen am heißesten. Und vielleicht war es mehr eine Vergiftung durch die Verzweiflung als der Hegelsche Biß der Geschichte, die die so allgemeine und schlüpfrige, weil beinahe widerstandslose Behexung der Schriftsteller durch den neuen Glauben erklärt.

Er trug einen Trench. Halb militärisch, halb zivil. Und immer aufgeknöpft. Unter ihm kam das Hemd zum Vorschein, auch oft aufgeknöpft, man sah die behaarte Brust. Und immer eine an den Lippen klebende Zigarette. Ich muß Borejsza oft in Łódź gesehen haben, aber ich merkte ihn mir erst, als wir zusammen mit Lidia bei ihm im *Czytelnik* in der Wiejskastraße waren. Das war wohl im frühen Frühjahr 1947, in der Zeit von Borejszas Apogäum, drei Jahre vor seinem Fall; der war wort-

21 Eine von Ossoliński 1817 gegründete Bibliothek, seit 1878 auch Verlag, 1946 nach Wrocław umgesiedelt.

wörtlich, denn er bekam einen Schlaganfall nach einem Autounfall auf der Straße von Jabłonna nach Warschau. Und der war beinahe symbolisch unheilverkündend, denn da begann schon das Ende seiner Macht. Zuerst langsam, dann immer schneller, wie in einem nicht geschriebenen Roman Balzacs über die Größe und den Fall des Major Borejsza.

Damals in der Wiejskastraße zeigte er uns auf weit ausgezogenen Tischen Pläne und Modelle des »Hauses des Polnischen Wortes« und einer neuen Druckerei. Der Bau hatte schon begonnen. Er brachte uns dorthin. In die Marszałkowskastraße, nicht weit vom Platz Unii Lubelskiej. Drumherum war alles noch voller nicht ganz ausgebrannter Ruinen. Er lief dort über die Baugruben mit großen Schritten, in einer weiten Hose, die er in die Stiefel gesteckt hatte. Er putzte sie wohl nie, denn sie waren immer voller Matsch. Er führte uns herum wie über sein Eigentum. Wie ein Landbesitzer oder zumindest sein Verwalter. Mit welchem Stolz! Hier werden die Druckereien stehen. Schon seit Monaten fahren meine Leute von Szczecin bis Zielona Góra und bringen mit meinen Lkws Linotypen, wenn sie welche wiederfinden, Papierballen und sogar Blei für die Typen. Der Wirt hat mir gratuliert... In diesen Parteihöhen sprach man von Bierut nicht anders als vom »Wirt«.

Manchmal schien es, als ob in diesem riesigen Körper die Seele eines Kindes steckte. Er freute sich kindlich darüber, wenn er jemandem imponieren konnte, auch Lidia und mir. Daß der Wirt ihn anrief. Oder er nahm selbst das »Wetsche«, ein Telefon auf einem riesigen Schreibtisch, und sprach mit Jakub. Jakub – das war Berman. Aber keiner von uns wußte hundertprozentig, ob auf der anderen Seite dieser besonderen Leitung Berman oder Bierut war. Das waren Gespräche zum Vorzeigen. Aber vielleicht waren sie auch real.

Borkowski, ein Graf, konnte keinen Paß für eine Reise nach

Italien bekommen, in irgendwelchen Familienangelegenheiten. Borejsza erledigte das für ihn, aber er nahm ihm vorher das Ehrenwort eines Edelmannes ab, daß er zurückkommen würde. Es regten sich in ihm irgendwelche nicht ausgelebten adligen Neigungen. Sogar der Name, den er angenommen hatte, klang wie der Name von ostpolnischen Adligen. Vielleicht war es auch der Name von litauischen oder weißrussischen Teufeln. Es gab verschiedene Teufel in Borejsza. Aber der allererste von ihnen war wohl der Teufel des Hochmuts. Er hielt sich für den Fürsten von *Czytelnik* in diesem nachjaltanischen Kongreßkönigreich, nur daß es bis Szczecin und Zielona Góra reichte. Als Tito während seines Besuches in Polen Borejsza irgendeinen Orden verlieh, schickte dieser am nächsten Tag seine »Adjutanten« zu ihm mit dem Goldenen Abzeichen von *Czytelnik*. Er hatte bereits seine Rangabzeichen und Orden. Es war Borejsza, der den Weltfriedenskongreß (1948), wenn nicht erdacht, dann organisiert hatte. Es war sein größter Triumph. Mehr als hundert große Namen, sogar der besten Wissenschaftler und Künstler waren nach Wrocław gekommen. Auch Joliot und Picasso. Picasso sagte, er sei zum ersten Mal mit einem Flugzeug geflogen und daß das Flugzeug den Kubismus entdeckt habe; die Erde sei von oben aus gesehen in lauter Quadrate geteilt. Beim Bankett zog er sich bis zum Gürtel aus; ich erinnere mich an seinen wie bei einem Indianer dunkelbraunen Torso. Das war für mich der Picasso von den Zeichnungen des entblößten Satyr. Aber während dieses Kongresses zeigten sich erste Anzeichen des kalten Krieges. Fadejew hielt eine düstere Rede, in der er T. S. Eliot einen »imperialistischen Aufwiegler« nannte. Am gleichen Tag, ich weiß nur nicht, ob es ebenfalls Fadejew oder jemand anderes war, wurde Sartre »eine Schreibmaschine tippende Hyäne« genannt. Am gleichen Abend packte Julian Huxley in aller Stille seine Koffer und reiste ab. Borejsza wurde blaß, als er Fadejews Worte hörte, sagte aber kein Wort.

Wir waren damals fast alle bei *Czytelnik* in Kost. In Łódź, im Schriftstellerhaus in der Bandurskiegostraße beinahe wörtlich. Man ging in die Lager von *Czytelnik*, um sich Töpfe, Bettlaken und Wolldecken zu holen. Auch Teekessel und sogar Nachttöpfe. Gerade war ein riesiger Transport davon in den »Wiedererlangten Gebieten« als »von den Deutschen zurückgelassen« geklaut worden. Piotrowskastraße 86 war ein ehemaliges Siemens-Haus. Daher die Töpfe und Bügeleisen. Man aß in der Kantine von *Czytelnik* und trank mittags in den Korridoren Kaffee. Manchmal sogar echten. Unten im selben Haus war das Café »Fraszka«[22]. Irena Szymańska hatte den Wettbewerb für den Namen gewonnen und beim Ball im *Czytelnik* sogar 500 Zloty als Preis bekommen. Ich erinnere mich nicht mehr, ob auch »Pickwick« schließlich zu *Czytelnik* gehörte, wo man abends, oft auch bis spät in die Nacht hinein Wodka zu Piroggen trank, manchmal gab es auch Schnitzel. *Kuźnica* gehörte natürlich zu *Czytelnik* und auch die bald von Lublin nach Krakau gebrachte *Odrodzenie* (Wiedergeburt) unter der Redaktion von Karol Kuryluk.

Von Anfang an sollte es – es war wohl eine Idee von Borejsza – zwei Literaturwochenblätter geben: ein hartes und ein weiches, eines davon beinahe Parteizeitschrift, das andere beinahe parteilos, kämpferisch und, wie man damals sagte, »breitfrontig«. Dieses Ballett der zwei Literaturzeitschriften dauerte bis zum Kriegszustand an, durch einander folgende Liquidierungen und scheinbare Erneuerungen bei gleichzeitiger Änderung der Titel, der Redakteure und der Auswechslung der Redaktionsmitglieder. »Dem Esel gab man in die Krippe auf der einen Seite Hafer und auf der anderen Heu.« *Czytelnik* gab die Satirezeitschrift *Szpilki* (Stecknadeln) und die Illustrierte *Przekròj* heraus,

22 Poln.: Epigramm.

alle Tageszeitungen und alle Wochenzeitungen außer den formell der Partei zugehörenden und den militärischen. Borejsza hatte sogar eine eigene Busverbindung von Łódź nach Warschau eingerichtet. Wenn er in Amerika gelebt hätte, hätte er mit Sicherheit den größten Pressekonzern gegründet. Ksawery Pruszyński veröffentlichte wohl damals in den frühen Jahren das Buch über den Markgrafen Wielopolski[23]. Aber in der Volksrepublik Polen gab es weder Platz für Wielopolski noch für den Fürsten Konstantin. Bald gab es auch keinen Platz mehr für Borejsza.

Damals, beim Weltfriedenskongreß in Wrocław, hat man mir einen Mann im Mantel gezeigt, leicht gebeugt, der aus der Tiefe des Saales aufmerksam den Präsidiumstisch beobachtete. Es war Różański. Lange Zeit wußte ich nicht, daß er »Pony« genannt wurde, weil er während der Verhöre in der Rakowieckastraße[24] unerwartet an den Häftling herantrat und sie oder ihn schmerzhaft in den Knöchel trat. Sowohl damals beim Friedenskongreß als auch noch lange Zeit später wußte ich nicht, daß Borejsza und Różański Brüder waren; verbrüdert auch in diesem System, das damals noch fehlerlos funktionierte – Statthalter für Kultur der eine und Statthalter im Sicherheitsapparat der andere. Diese Osmose und das gegenseitige Durchdringen der Administration durch Kultur und Polizei, beinahe auf allen Stufen vom Wojewodschaftskomitee bis zum Zentralkomitee und Politbüro war eine der teuflischen Erfindungen des Stalinismus. Sogar Orwell hat es nur geahnt, aber noch nicht bis zum Schluß, bis zu den letzten Konsequenzen gezeigt.

Ein oder zwei Jahre vor Borejszas Tod fand mit großem Pomp in Anwesenheit von Würdenträgern der Regierung und der Par-

23 Symbol der Kollaboration mit den Russen.
24 Sitz der Staatssicherheitszentrale in Warschau.

tei sowie der eingeladenen Schriftsteller die feierliche Eröffnung des »Hauses des Polnischen Wortes« statt. Major Borejsza war bereits seit Monaten nicht mehr Direktor und wurde nicht eingeladen. In einer Erklärung hieß es später, sein Gesundheitszustand nach dem Schlaganfall habe das nicht zugelassen. Ständig pochen in meinem Kopf Balzacs große und unerbittliche Typisierungen, die Lukács beschrieb, in denen nichts dem Zufall überlassen wird. In diesem balzacschen Roman war der Autounfall von Borejsza nicht nur Zufall.

Mikołajczyk verließ Polen nach den gefälschten Wahlen und der Vernichtung der Polnischen Volkspartei. Borejsza schrieb noch vorher das Pamphlet *Primadonna einer Saison*. Die Primadonna wie vieler Saisons war Borejsza gewesen? Von vier, fünf, sechs? Und doch denke ich nach beinahe vierzig Jahren mit nicht ganz erloschener Bewunderung an ihn. Sogar mit einer gewissen Zärtlichkeit. Er war ein großer Visionär, nach dem Maß jener ersten Nachkriegsjahre, als die Hoffnungen, alle Hoffnungen, noch nicht verloren waren. In seinem Fürstentum – *Czytelnik* – gab es Platz sowohl für Ważyk als auch für Gałczyński, sowohl für Kruczkowski als auch für Żukrowski. Die Schlinge drückte langsam, aber unerbittlich zu, und nach vierzig Jahren stellte sich heraus, daß es im Hause der Literaten nur noch Platz für Żukrowski und Auderska gab. Borejsza hätte vielleicht auch die Hälfte der Londoner Emigration und vielleicht sogar die Asche des Königs Stanisław August in den Wawel[25] zurückgebracht, wenn nicht der Autounfall gewesen wäre.

Arnold Szyfman hat nach dem Krieg das Teatr Polski schnell renoviert. In meiner frühen Kindheit wohnte ich mit meinen

25 Wawel, das Königsschloß in Krakau, in dem die polnischen Könige begraben wurden. Stanislaw August (1732-1798) war der letzte polnische König.

Eltern in der Oboźnastraße und guckte vom Balkon im fünften Stock zu, wie die Droschken vor das Theater am Karasiaplatz fuhren. Szyfman eröffnete das Theater im Januar 1946. Und dort, unter dem Patronat aller Oberen, er stand nämlich in großer Gunst, feierte er 1948 sein triumphales Jubiläum. Aber bald wurde er aus dem Theater hinausgeworfen, Direktor wurde an seiner Stelle sein langjähriger »Feind«, Leon Schiller[26]. Szyfman wurde dann Bevollmächtigter der Regierung beim Wiederaufbau der Oper in Warschau. Er war weiterhin, bereits gut über siebzig, hartnäckig und unermüdlich. Ich besuchte ihn damals mit Lidia einige Male. Auf Zeichenbrettern lagen zwischen alten Möbeln unter Lampenschirmen aus Bronze mit den goldenen Adlern des Warschauer Fürstentums Pläne und Modelle der Oper. Er sah sie mit seinen bereits erloschenen Augen hinter den runden Gläsern, nur manchmal entbrannten Funken in ihnen. »Malysia«, sie sprach das polnische »r« wie ein weiches französisches aus, eine schöne Frau mit immer mädchenhafter Figur, ein halbes Jahrhundert jünger als Szyfman (sie waren damals wohl erst seit zwei Jahren verheiratet), servierte heißen Borschtsch mit Pastetchen auf Meißener Porzellan.

Alles wird noch einmal zu diesem ungeschriebenen Roman von Balzac. Frau Marysia war zuvor mit einem Vorkriegsoffizier verheiratet. Sie stammte aus einer reichen Familie. Ihre Mutter hatte eine wunderschöne Villa an der Ostseeküste. Marysia wollte unbedingt studieren. Wegen des Ehemannes oder aufgrund ihrer Abstammung konnte sie keinen Studienplatz bekommen. Sie ließ sich wegen Szyfman scheiden. Als ich sie mit Lidia besuchte, studierte sie bereits im zweiten oder dritten Jahr Anglistik an der Warschauer Universität. Man sagte, sie sei

26 Leon Schiller (1887–1954), polnischer Theaterregisseur, arbeitete mit den wichtigsten Theatern in Warschau, Łódź und Lemberg zusammen, führte das »monumentale Theater« in Polen ein.

ungeheuer begabt. Vor allem im Lesen von altenglischen Texten noch aus der Zeit vor Chaucer.

Dieser wirklich balzacsche Roman hat zwei Schlüsse. Die junge Frau von Szyfman, der in sie maßlos und unveränderlich verliebt war, fuhr zu einem Stipendium in die Vereinigten Staaten. Bald wurde sie an einer Universität angestellt, in Ann Arbor, wo sie fehlerlos altenglische Texte von den verschmierten Mikrofilmen ablesen und abschreiben konnte. Sie bekam die Genehmigung, sich von Szyfman scheiden zu lassen, der übrigens nach Amerika gefahren war, um sie zurückzuholen, und heiratete einen jungen Bauunternehmer, der bald Millionär wurde. Vor kurzem haben sie uns besucht und den Kauf eines Anwesens in Florida vorgeschlagen. Die ehemalige Frau Szyfman und ihr amerikanischer Ehemann haben mich einmal in einen Millionärsklub in New York eingeladen. Er befand sich im Untergeschoß eines eleganten Hotels. Die Kellner trugen Frack, aber das Essen war nicht das beste. Niemals zuvor oder später bin ich in einem so langweiligen Lokal gewesen. Frau Szyfman strahlte übers ganze Gesicht. Ich habe bis jetzt niemanden getroffen, der sich so ehrlich und mit einer so naiven Freude über die erste Million gefreut hätte. Allerdings habe ich, ehrlich gesagt, nicht viele Millionäre gekannt. Frau Szyfman war noch stolzer auf die Erfolge ihres Unternehmers als wenige Jahre zuvor auf das alte Meißener Porzellan und die Bronzeleuchter aus Szyfmans Glanzzeiten. Seine Freude an ihr währte nicht lange.

Zu der feierlichen Eröffnung der Warschauer Oper, unter Teilnahme von Würdenträgern der Regierung, der Partei und der dicht mit Orden der Erbauer Polens dekorierten Schriftsteller und Künstler, wurde Szyfman zwar eingeladen, aber nicht ins Präsidium. Und in den feierlichen Reden verlor niemand auch nur ein Wort über ihn. Man hatte ihm erlaubt, das Theatermuseum zu eröffnen, aber als er sprach, wurden die Mikrophone abgeschaltet. Es kommt mir vor, als würde ich mich daran erinnern, wie er in der letzten Stuhlreihe saß mit zusammengezogenem Gesicht und mit der runden Brille, aber wie immer kerzengerade. Falls ich ihn damals gesehen habe, dann war es zum letzten Mal. Er starb kurze Zeit nach dieser feierlichen Eröffnung der Warschauer Oper, die er aufgebaut hatte.

»Wir haben mich aus dem Theater entlassen.« Ich war damals wohl noch Mitglied des Rates für Kultur und Kunst, als Schiller kam und das sagte. Er war natürlich ebenfalls Mitglied dieses Rates und entschuldigte sich damals dafür, zu spät gekommen zu sein. Aber vielleicht läßt mich auch mein Gedächtnis im Stich, denn dieser Spruch Schillers machte in ganz Warschau die Runde: »Wir haben mich ...« So war es eben. Im alten, wohl noch aus der Vorkriegszeit stammenden Warschauer Witz über alle Kreise der Hölle werden die Verdammten von den Teufeln gequält. Nur im polnischen Kessel sind die Teufel unnötig. Sobald jemand den Kopf aus dem heißen Teer heraussteckt, ziehen ihn die Mitverdammten sofort in die stinkende Schmiere zurück. »Wir haben mich ...« Im polnischen Kessel herrscht Selbstbedienung.

Wir wollten doch Leon Schiller helfen. Wir begrüßten ihn doch, als er aus Murnau zurückkehrte, als den größten Künstler des polnischen Theaters. Wir wiederholten, sogar Bierut, sogar Berman, daß nur er, Leon Schiller, ein Theater nach dem Maß unserer Zeiten erschaffen könne. Das Problem lag nur eben in diesem »unserem Maß«. Eine monumentale *Ahnenfeier*[27], bitte sehr! Aber können denn Teufel darin vorkommen? Teufel gibt es bei Puschkin, also sollen sie Nowosilzow schließlich quälen. Aber kann es Engel geben? Schließlich soll es sie in Kirchenfen-

27 *Die Ahnenfeier*, romantisches Drama von Adam Mickiewicz mit antirussischen Äußerungen.

stern geben, oder man soll sie nur träumen. Aber was soll man mit dem Warschauer Salon tun. »Unsere Nation wie die Lava ...« Vielleicht sollte man es besser streichen.

Man muß Schiller helfen. Man muß sogar Mickiewicz helfen. Denn alle wollten wir doch so sehr die *Ahnenfeier* auf der Bühne sehen. Ważyk, Jastrun, ich ... Und dort oben der Wirt selbst. Sokorski berief Versammlungen ein, Komitees. An allen nahm Schiller teil. Diese *Ahnenfeier* wurde immer fortschrittlicher. »Wir haben mich ...« Schiller brachte es nicht zur Aufführung der *Ahnenfeier*. Auch nicht von *Samuel Zborowski*[28] oder *Die ungöttliche Komödie*[29]. Nur *Die Krakauer und die Gòralen*[30], und das war nach dem Krieg seine einzige große Inszenierung. Wir haben Leon Schiller geholfen.

Wir haben auch Mickiewicz und Krasiński geholfen. Ich wollte ebenfalls helfen. Bei einer Versammlung des Instituts für Literarische Forschung IBL machte ich den Vorschlag, als von den Schwierigkeiten mit der Veröffentlichung der *Ungöttlichen Komödie* und vor allem mit ihrem Schluß die Rede war, nach dem Satz »Galilaee, vicisti!« einfach ein Fragezeichen hinzuzufügen: »Galilaee, vicisti?«[31] Nach dieser Rede von mir gab es erstmal einen Augenblick Grauen und dann eine ungehaltene Lachexplosion.

Erst nach Jahren sah ich, wie erfolgreich und widerstandslos dieser Fleischwolf funktionierte. Schon von Anfang an, in den ersten fünf Jahren. Nicht nur die, die die Kurbel drehten, sondern jeder, der sie anfaßte, der ihr näherkam, wurde durchgedreht. Nur einer hat überdauert, nur einer ist unversehrt geblieben, immer gutmütig mit seinem dümmlichen Lächeln im

28 Drama von Juliusz Słowacki (1809–1849).
29 Stück von Zygmunt Krasiński (1812–1859).
30 Stück aus dem 18. Jahrhundert von Wojciech Bogusławski.
31 »Galileo, du hast gewonnen!« »Galileo, hast du gewonnen?«

glattrasierten Gesicht. Einen Roman, halb revolutionär, halb pornographisch, hatte er noch vor dem Krieg geschrieben. Bis zum Schluß betrieb er mit Freude beide Gattungen. Sowohl auf dem Papier als auch im Bett. Man sagte, er wäre beinahe Heerführer anstelle von Berling[32] geworden, noch bevor die Erste Armee zur Front ging. Er war unverändert Kultusminister unter Bierut, beim zweiten Mal Gomułkas Chef des Fernseh- und Radiokomitees, auch während des schandhaften März[33], und ab 1980 der Vorsitzende von ZBOWID[34].

Nach dem *Brief der 34*, im Herbst 1964, sollten scharfe Sanktionen gegen die nicht Unterwürfigen eingeführt werden, die trotz der abwechselnd süßen Worte und Erpressung nicht nachgaben und ihre Unterschriften aus diesem ersten gemeinsamen Protest gegen die Zensur nicht zurückzogen, der jetzt so unschuldig und sanft erscheint und damals wiederum den Protest von mehr als sechshundert »gläubigen« Schriftstellern hervorrief.

Damals sah ich Sokorski in einem Theatervestibül während der Pause bei der Premiere eines neuen polnischen Stückes. Das war wohl im Theater Kameralny.

»Diese unverantwortlichen Idioten«, sagte Sokorski sofort, »haben eine große Resolution gegen euch beschlossen. Ich komme gerade aus dem Bau (diesen kafkaesken Namen hatte das neue Gebäude des Zentralkomitees bekommen), euer Fall wurde auf dem Sekretariat besprochen. Diese Dummköpfe haben sich noch nicht beruhigt und regen sich immer noch auf. Ihr

32 Zygmunt Berling (1896–1980) polnischer General, von 1943–1944 Kommandant der in der Sowjetunion entstandenen I. Polnischen Armee.

33 Gemeint ist hier der März 1968, der mit der Niederschlagung der Studentendemonstrationen begann.

34 Verein der Kämpfer um Freiheit und Demokratie – kommunistische Organisation der Kombatanten des Zweiten Weltkrieges.

bekommt Veröffentlichungs- und Reiseverbot. Aber nehmt das nicht so ernst. Am wichtigsten ist, daß ihr kaltes Blut bewahrt. In drei Monaten werden die alles vergessen haben ... «

»Herr Minister«, fragte Lidia, die neben mir wie eine Sicherheitsnadel gespannt dastand und wie immer alles genau wissen wollte, »haben Sie diese Resolution gelesen?«

»Natürlich«, antwortete Sokorski. »Ich habe sie doch selbst geschrieben.«

Von diesem Fleischwolf ist nach beinahe einem halben Jahrhundert nur einer verschont geblieben: Sokorski. Und daran ist nichts Seltsames. Verschont bleibt immer der lächelnde Narr. Wie der Narr Pandarus in Shakespeares *Troilus und Cressida*:

> Schenk jeder schüchternen Jungfrau Cupido
> 'nen Pandar und ein Bett geradeso!

Der Fleischwolf blieb erst stehen, als – wie mir die Tochter von Przyboś zuflüstert – er sich selbst zermalmt hatte.

4.

»Ich war in einem Irrenhaus«, wiederholte Adam Ważyk beinahe obsessiv. Das war schon nach seinem *Poem für Erwachsene* von 1955. Wohl acht Jahre früher, ich bringe die Daten durcheinander, denn alles scheint mir damals in derselben Zeit geschehen zu sein, aßen wir gemeinsam mit Turowicz im Restaurant *Kameralna* zu Abend. Das war nach dem Schriftstellerkongreß. Ich war derjenige, der noch vor kurzem in der *Kuźnica* am heftigsten *Tygodnik Powszechny* (Allgemeine Wochenzeitschrift) angriff wegen der sieben Hauptsünden der unveränderlichen Rückständigkeit des polnischen Katholizismus. Den Pfarrer Piwowarczyk, der für mich im *Tygodnik* die schwarzen Sutanen repräsentierte, beschimpfte ich als Pfaffen. Aber mit Turowicz verband mich eine gegenseitige Sympathie, die trotz ideologischer Unterschiede unterschwellig vorhanden war; wir mochten uns einfach. Angeblich sollen wir uns ähnlich gewesen sein, natürlich nur vom Aussehen her. Ważyk, der damals ebenfalls in der *Kameralna* zu Abend aß, zog Lidia plötzlich zur Seite: »Sag Janek, er soll nicht mit dem Spion des Kardinals sprechen.«

»Ich war in einem Irrenhaus.« In dieser später berühmten Diagnose steckt mit Sicherheit der Versuch einer Selbstentschuldigung, aber auch ein lähmendes Körnchen Wahrheit. Nur daß wir in diesem Irrenhaus, ohne es selbst zu wissen oder wissen zu wollen, abwechselnd oder vielleicht auch gleichzeitig ärztlicher Direktor, Pfleger und Patienten waren. Aber wann hatte dieses Irrenhaus angefangen? Für uns angefangen? Für mich begonnen? Vom Anfang an? Oder unbemerkt: als wir von der Bandurskiego über die Piotrowska ein paar Straßen weiter zu *Czytelnik* gingen oder in die umgekehrte Richtung, die gleiche Piotrowska entlang zu einer Unterredung ins Bezirkskomitee oder, plötzlich gerufen und mit schwarzen Wolgas in den »Bau« nach Warschau gebracht, die Schwelle des Irrenhauses überschritten und sich vor uns die mit Filz ausgeschlagenen Türen öffneten und schlossen? Noch einmal: als Ärzte, als Patienten?

Es fällt mir schwer, mich selbst in jenen zwei ersten Nachkriegsjahren wiederzufinden. Und noch schwerer, über mich selbst zu urteilen. »*Kuźnica* ist von sich selbst begeistert!« Das veröffentlichten wir mit entwaffnendem Sinn für Humor in der Nummer vom ersten April. Ich war von mir selbst begeistert, vor allem, solange Lidia nicht kam, und ich erinnere mich mehr an diese Begeisterung als an unsere eigene Arroganz. Es war eine Zeit, in der man ohne Widerstände über alles schrieb: einen Artikel für *Kuźnica*, ein Feuilleton für den *Przekrój*. Sie kamen direkt in die Linotypen; manchmal wurden sie am nächsten Tag, spätestens nach zwei, drei Tagen veröffentlicht. Ich schrieb damals schneller mit der Hand als heute mit einer elektrischen Schreibmaschine.

Wir waren sicher, daß wir durch unser Schreiben die Geschichte ändern. Wir waren ihrer sicher, als ob sie uns gehörte. Immer noch der »Hegelsche Biß«, aber wir kannten damals diesen Terminus nicht und waren es eher selbst, die die Geschichte bissen. Wie tollwütig! Wie Demiurgen der Nachkriegszeit. Bis zum Schwindelgefühl. Es kam uns vor, als könnte man alles formen wie Lehm. Robert Darnton schrieb in einem seiner letzten Essays, daß am Vortag und noch mehr in den ersten Jahren der Französischen Revolution Literaten und Schreiberlinge jedweder möglichen Art wie Pilze aus dem Boden schossen. Als ob man mit Hilfe von Wort und Druck, beinahe mit jeder kleinen Seite, wenn nicht schon mit jedem Buchstaben der unzähligen Broschüren und Pamphlets die Geschichte ändern könnte: die Könige töten oder nachher die Revolution vernichten. Die Kabbalisten waren der Meinung, daß derjenige, dessen Namen man nicht aussprechen durfte, die Welt aus zwei Buchstaben des hebräischen Alphabets erschaffen habe. Die Materialisten glaubten an die Macht der Schrift. Und mit Hilfe der Schrift, mit schwarzen Typen auf Papier, wollten sie die Zeit selbst verändern: die Namen der Monate, die Zeitrechnung, die Feiertage und den Kalender. Sogar die Namen, die man Kindern gab. »Die Realität verändert sich langsam in die Welt des Ideals.« Mit einem Federstrich. Und erst mit ein paar Anschlägen auf der Schreibmaschine! Wie sollten wir diesen Verführungen widerstehen! Dieser neue Mephistopheles war Borejsza. Aber lange Zeit wußten wir nicht, daß hinter Borejsza sein Stiefbruder, Oberst Różański von der Staatssicherheit, stand.

»Die ersten einhundert Bücher« – das war einer meiner berühmtesten Artikel in *Kuźnica*. Die ersten hundert Bücher nach dem Krieg für die verwüsteten Bibliotheken. Und welche Genugtuung, daß ich dort die *Märchen aus Tausendundeiner Nacht*, *Gullivers Reisen* und die Bibel neben dem *Kommunistischen Manifest* und dem *18. Brumaire des Louis Bonaparte* untergebracht habe. *Gullivers Reisen* und *Der 18. Brumaire* waren und bleiben meine Lieblingslektüre. Ważyk wiederholte immer wieder: »Janek hat einen guten und einen schlechten Geschmack, aber der schlechte geht schnell vorbei, und der gute bleibt.« Mein literarischer Geschmack war jedoch besser als meine politischen Entscheidungen. Und mein Stil besser als mein Denkvermögen.

Man hat mich aus jener Zeit nicht vergessen. Im Mai dieses Jahres nahm mich Danielle Sallenave, eine exzellente französische Romanautorin aus der Schule Alains zu einem Spaziergang am St-Martin-Kanal mit. Alain gehörte im übrigen zu jenen Philosophen, die mich im letzten Vorkriegsjahr in Paris fasziniert haben. (Während meiner kurzen Hochzeitsreise in die Bretagne ging ich nach Differenzen mit Lidia nachts zu ihm. Stundenlang marschierte ich durch schlafende Dörfer, begleitet vom Hundegebell.) Am St-Martin-Kanal gibt es mit grünem Moos bewachsene Schleusen, kleine Läden, und Werkstätten mit alten Schildern. In diesen, nicht mehr oft anzutreffenden Überresten aus dem Paris des 19. Jahrhunderts stößt man auf Schritt und Tritt auf Bilder Utrillos. Danielle hatte ihre junge Freundin dabei, die gerade aus Polen gekommen war. Sie betrachtete mich mißtrauisch, dann begann sie plötzlich zu lachen. »Sie sind ja gar nicht so schrecklich. Mein Vater erinnert sich noch immer nur mit Grauen an Sie.« Der Vater dieser jungen Frau war Polnischlehrer und unterrichtete an einem Provinzgymnasium über. Unter anderem über Bolesław Prus'[35] Buch *Die Puppe*.

35 Bolesław Prus (1847–1912), polnischer positivistischer Schriftsteller, Autor von Novellen und Romanen, u. a. *Die Puppe*, *Pharao*.

Meine ersten beiden Broschüren im zweiten Nachkriegsjahr hießen: *Vom gesellschaftlichen Aufstieg* und *Kohle*. Die Propagandaabteilung des Zentralkomitees hatte eine Reise für eine Gruppe von Schriftstellern und Journalisten der Partei in ein Kohlerevier organisiert. In Kreiskulturhäusern, die mit Porträts von Würdenträgern dekoriert waren, boten uns Bergleute in Paradeuniformen und in schwarzen, mit Federnbüschen geschmückten Mützen großzügig Wodka und Wurst an. Ein- oder zweimal wurden wir sogar nach unten in die Stollen gebracht. »Damit die Genossen sehen, wie die Vorarbeiter arbeiten.« In meiner Broschüre gab es zwei Zitate (das eine von Engels, das andere von Lenin), zwei Lebensläufe von Hauern, die von Dorfanalphabeten zu Vorarbeitern wurden, drei fleißig von mir kopierte Diagramme mit steigenden Kurven der Kohleförderung und die Sentenz, daß die Bergleute die Theorie in revolutionäre Praxis umsetzen würden. Die Broschüre hatte enormen Erfolg. Hilary Minc[36] gratulierte mir persönlich dazu. Sie wurde innerhalb einiger Wochen zweimal aufgelegt, auf schlechtem Papier, aber in insgesamt hunderttausend Exemplaren.

Das British Council sollte zum ersten Mal nach dem Krieg einen polnischen Schriftsteller zu einem kurzen Aufenthalt in England einladen. Ich weiß nicht mehr, wie es passierte und aufgrund welcher Verhandlungen, aber schließlich erklärten sich die Engländer mit mir einverstanden. Und sie meinten, sie würden mit Freude einen polnischen Kohleexperten zu Gast haben und ihre Erfahrungen mit ihm teilen. Noch am Abend meiner Ankunft in London wurde mir mitgeteilt, ich solle mich am nächsten Morgen um sechs Uhr früh zum *breakfast* einfinden, denn um sieben würde ich mit dem Zug nach Manchester fahren. Und bereits am nächsten Tag war ich gleich nach einem be-

36 Siehe Anhang.

scheidenen Lunch im Bergwerk. Man stülpte mir schnell einen Bergmannshelm mit einem Lämpchen über samt einem Schutzmantel und brachte mich mit drei Fahrstühlen wohl dreitausend Fuß bis zur Strecke hinunter. Sie wurde immer schmaler, und ich stieß mit dem Kopf gegen das abfallende Stollengewölbe. Ich erinnere mich nur an das ohrenbetäubende Zischen von Preßlufthämmern. An die Oberfläche wurde ich am späten Abend gebracht. Und am nächsten Tag wieder, in einen anderen Stollen. So war es tagaus, tagein, acht Tage lang. Nur am Sonntag wurde ich zu einer riesigen Ausstellung mitgenommen ... von Bergbaumaschinen. Meine erste Reise nach England verbrachte ich unter der Erde. Die Engländer müssen diese Einladung eines polnischen Steinkohleexperten mit dem ihnen eigenen, aber verhältnismäßig grausamen Sinn für Humor als eine Art *practical joke* betrachtet haben. Es war schwarzer Humor. Noch bis vor kurzem lasen mein Sohn und meine Tochter im Chor und laut bei jedem familiären Streit Fragmente meiner in einer Auflage von hunderttausend erschienenen Broschüre über Kohle vor.

5.

»Wir schaufeln uns alle selbst das Grab«, sagte Rudnicki. Das war wohl im zweiten Jahr von *Kuźnica*, in der Piotrowskastraße, wir kamen gerade von einer Redaktionssitzung und blieben für einen Augenblick allein. Dieser Spruch von Adolf fiel bei mir für lange Zeit in ein schützendes Vergessen und kam erst nach Jahren wieder. Ich verstand nicht, was er damit sagen wollte. Aber Adolf hatte eine irgendwie andere Sensibilität als wir alle und ein anderes Gewissen; vielleicht weil er immer noch in die Vernichtung seines Volkes eingetaucht war. Mir war nicht einmal richtig bewußt, daß wir anderen das Grab schaufelten, und das immer verbissener.

Jeder von uns hatte Stacheln in sich, alte und neue. Damit gab es keine Schwierigkeiten. Die Schonzeit für jedwedes Getier war längst vorbei. Aber jeder von uns hatte auch seine alten, noch aus der Vorkriegszeit stammenden Vorlieben und Begeisterungen. Die einen waren von Anfang an verborgen, wie illegale Beziehungen, die anderen zu öffentlich, um sie zu verstecken. Es gab auch solche, auf die niemand von uns verzichten konnte. Jastrun hätte leicht auf Słowacki verzichten können, aber niemals würde er Norwid verleugnen. Norwid war übrigens nicht gefährlich, er hatte seine »fortschrittliche« Auslegung, und man konnte ihn, wie die Schrift der Kabbala, umgekehrt lesen oder nur jeden zweiten Buchstaben. Schlimmer war es mit Rilke, der eine tiefe Liebe von Jastrun war. Er erhob seinen Kopf, der beinahe an römische Kaiser erinnerte und leider auf einem nicht besonders großen Körper saß, so hoch er nur konnte, und predigte von der moralischen Verantwortung des Dichters. Ważyk hätte nie Apollinaire verleugnet, vorher hätte er sich eher selbst die Schlagader aufgeschnitten; aber er übersetzte jetzt, übrigens phantastisch, ohne männliche Reime, wie er es sich ausgedacht hatte, den *Eugen Onegin*. Paweł Hertz verdeckte mit beiden Händen sein Gesicht und sagte: »Ich nicht!« Den Krieg hatte er in der Verbannung überlebt, irgendwo hinter Kasachstan, und trug noch lange Zeit Militärkleidung. Seine Nachahmungen von George und den Parnassiens-Schliff tauschte er schnell gegen eine Abneigung gegen alles Ausländische und für altpolnisches Schmollen. Als ein Vorbild der nationalen Lyrik stellte er Lenartowicz[37] hin.

37 Józef Lenartowicz (1822–1893), Dichter, Autor von naiven, idyllischen und »populären« Texten.

Wir verkündeten natürlich alle und im Chor: Realismus. Aber welchen Realismus? Jeder von uns wußte damals wohl schon sehr gut, obwohl er es sich selbst nicht einmal nachts eingestanden hätte, daß der sozialistische Realismus und die Shdanowdoktrin[38] den Tod bedeuteten. Wie sollte man also den sozialistischen Realismus herbeiführen, wir beabsichtigten es doch, aber auf eine Weise, daß man sich seiner wieder entwinden konnte? Wie soll man den Kopf in die Schlinge legen und noch andere dazu überreden, aber auf eine solche Art, daß sie nicht zudrückt? Dieses Spiel mit dem Teufel des doppelten Denkens hat Miłosz wie niemand vor oder nach ihm im *Verführten Denken* aufgezeigt. Jetzt denke ich, daß ich bereits damals, als ich frühmorgens neben Lidia aufwachte, Augenblicke der Klarheit hatte. Aber sie vergingen schnell wie ein Traum mit einem Schuldgefühl, das man am Tage vergißt.

Ein Terminus, der noch von Gorki erfunden und dann von Lukács wiederholt wurde, war der »kritische Realismus«. Lukács begann ich, scheint mir, noch vor dem Krieg im Kreis der Polonisten zu lesen. Aber wirklich las ich ihn erst im letzten Kriegsjahr. Und seitdem stand ich mehr als zehn Jahre lang unter seinem Einfluß. Im Guten und im Schlechten. Der kritische Realismus war für Lukács die höchste Errungenschaft der bourgeoisen Literatur. In diesem kritischen »marxistischen« Erbe sollte er nicht nur Vorläufer, sondern auch Urvorbild des sozialistischen Realismus sein. Die Sprunglatte war hoch gelegt: Balzac, Stendhal und nachher (wohl etwas gezwungenermaßen) Tolstoi. Mit Flaubert, um von Zola gar nicht zu reden, begann mit dem Naturalismus das Entschwinden der Geschichte aus

38 Shdanow, Andrej (1896–1948) Hauptideologe des sozialistischen Realismus in der Sowjetunion, Befürworter von verstärkten ideologischen Repressionen in der Kulturpolitik.

dem Roman und die reine Betrachtung der menschlichen Tierchen unter der Lupe. Vor diesem Abgrund der bourgeoisen Dekadenz rettete Lukács nur den letzten Fortsetzer der großen Traditionen des Humanismus, Thomas Mann. Das alles entsprach mir sehr. Mich faszinierten die großen Wendungen der Geschichte; während des Krieges waren sie die einzige Hoffnung.

Aber es gab noch andere Gründe, wegen derer ich meinen eigenen literarischen Geschmack bei Lukács so glatt wiederfand; nicht nur Bewunderung, sondern vielmehr auch Abscheu. Flaubert hatte mich lange Zeit gelangweilt, abgesehen vielleicht von der *Education sentimentale*, wo die Bitterkeit der unerfüllten Liebe von einem Hauch oder eher dem Mief der unerfüllten Revolution begleitet wird. Meine Lehre bei den Surrealisten ging der Lehre bei Lukács voraus. Sie hatten eine gemeinsame Abscheu gegen die naturalistische Beschreibung. In diesem Antigeschmack begleiteten mich auch die Thomisten mit der Ansicht, daß die Widerspiegelung der Natur im Wort von Wahrheit und Gnade durchleuchtet werden soll. Also alles, nur keinen Naturalismus. So brachte mich in dieser *mariage à trois*, die für meine Generation gar nicht so ungewöhnlich war, Breton, untergehakt bei Maritain, zu Lukács. Es gab noch eine dritte Lektüre aus den Zeiten des Warschauer Polonistenkreises, den *18. Brumaire des Louis Bonaparte*. Neben den *Gefährlichen Liebschaften* war es mein zweites »Räuberbuch«. Heute vermag ich nicht zu sagen, was das *Gemeinsame* war, das mich an Laclos und Marx faszinierte. Vielleicht, daß mir beide wie durchsichtig erschienen: ein aller Illusionen beraubter Sex ähnlich wie die nackte Gewalt. Die Hinterlisten der Begierde und die Hinterlisten der Ideologie wurden wie ein Schachendspiel gezeigt, nur daß es bei Laclos mit versteckter Bewunderung und bei Marx mit unverborgener Verachtung geschah. Immer hatten mich mathematische Formeln angezogen. Und das Abstrakte. Sogar in der sexuellen Phantasie, und erst in der Politik! Das Reale war es, in dem ich mich immer verlor, sogar bei meinen Vorlesungen irrte ich mich oft in den Daten. Naturalistische Romane langweilten mich. Kleiner Realismus, was könnte es Platteres geben!

Die Formeln von Lukács erschienen mir wie eine Medizin. »Typische Helden in typischen Situationen...« Lukács hatte diese magische Formel in der Korrespondenz von Engels gefunden. Anhand der sieben Anzüge und sieben immer kostspieligeren Westen des Lucien de Rupembré, in denen dieser in den Salons der millionenschweren Spekulantentöchter, die mit verarmten Marquis und manchmal Fürsten verheiratet wurden, verkehrte, zeigte Lukács, wie die neue Bourgeoisie mit der alten Aristokratie zusammenwuchs. Lukács war trocken, aber er durchleuchtete die Texte mit Hilfe der Geschichte. Das Drama der Charaktere war das Drama der Geschichte. Manchmal sogar die Tragödie der Geschichte. Das habe ich von Lukács gelernt. In den Königstragödien von Shakespeare habe ich den Großen Mechanismus gezeigt. Aber das war zehn Jahre später, schon nach Stalins Tod.

Seitdem wurde mein »Großer Mechanismus« in England in beinahe jedem Theaterprogrammheft zu den Königstragödien erwähnt und in Deutschland vielleicht noch öfter. In der berühmten Inszenierung der sechs Königstragödien von Peter Hall wurde das Bühnenbild während eines langen Tages und wohl noch ein Stück in die Nacht hinein (vielleicht waren es auch zwei Vormittage und Abende) nicht verändert. Der Usurpator stieg immer dieselbe Treppe hinauf, von immer demselben Thron am Gipfel dieser Treppe und mit immer derselben Krone wurden die Könige gestürzt. Der Große Mechanismus war ein sichtbarer Mechanismus.

Ich begann, Balzac wirklich erst in Warschau während der Besatzungszeit und nach dem Krieg zu lesen. Und noch lange fand ich größten Gefallen am Rauschen und Knistern der Spitzen der Fürstin de Langeais und dem Geruch der Fäulnis in der Pension der Witwe, wo Vater Goriot wohnte und speiste; ich kann ihn bis heute spüren. *Rot und Schwarz* und *Die Karthause von Parma* kannte ich noch in Paris beinahe auswendig. »Typische Helden in typischen Situationen ...« Bei Balzac funktionierte das ausgezeichnet, wie war es aber bei Stendhal? Julien Sorel wird am Vortag der Julirevolution für den Schuß auf seine Geliebte guillotiniert. Und Fräulein de la Mole raubt seinen abgeschnittenen Kopf, um ihn im Familiengrab zu begraben, wie es ihre Ururgroßmutter zu Zeiten der Fronde tat, die den Kopf eines geköpften Geliebten ebenso begrub.

»Typische Charaktere ...« Aber Lukács war nicht nur ein Meister der Interpretation, sondern auch der Dialektik. Balzac war kritischer Realist *trotz* seiner Ergebenheit für Thron und Altar. Stendhal war kritischer Realist *auf eine andere Weise*. »Typische Charaktere ...« Der allgemeinen Plattheit der Charaktere der Restaurationszeit und der ebenso allgemeinen Langeweile stellte Lukács aus *Rot und Schwarz* die Vorbilder für Größe und Mut gegenüber, die Julien in den Zeiten Napoleons fand und die in ihrer Leidenschaft für Liebe und in ihrer Verachtung für alles Durchschnittliche ungebändigte Tochter des Marquis de la Mole in der Figur Dantons, mit dem sie Julien verglich. Diesen Hauch der Revolte und der Revolution glaubte Stendhal der Zukunft zu übermitteln. Und deshalb war Stendhal für Lukács ein kritischer Realist.

»Der große Realismus« war ebenfalls ein Terminus von Lukács, aber mir kommt es vor, als ob es meine Idee gewesen wäre. Jedenfalls habe ich ihn zu einer Waffe der Kritiker gemacht. Den großen Realismus als Gegenteil des »kleinen«. Und der kritische Realismus ist das Gegenteil des »unkritischen«. Aber was sollte dieser »unkritische« Realismus sein, und wo war er zu finden? Ich denke, daß Lukács sehr gut wußte, was er tat, wovor er warnte und was er beinahe bis zum Schluß hoffnungslos verteidigen wollte. Auch ich wußte damals wohl schon Bescheid in diesem zweiten Denken, dem Miłosz später den Namen *Ketman*[39] gab.

Lukács stellte Balzac, Stendhal und Tolstoi als Vorbilder und vielleicht auch als letzten Rettungsring vor die Seichtheit und die klägliche Illustrativität des sozialistischen Realismus. In meinen »großen Realismus« paßte Defoe hinein, seinen *Bericht vom Pestjahr* wollte ich vorerst nicht erwähnen, *Gullivers Reisen* und eine philosophische Erzählung aus dem achtzehnten Jahrhundert. Ich war auch diesmal sowohl meinem Geschmack als auch meiner Ideologie treu. Es waren Muster der »historischen Konstruktion des Schicksals« und der »historischen Paradigmata«. Robinson Crusoe führt auf seiner einsamen Insel, auf der bis vor kurzem die Kannibalen ihre Feste feierten, die Handelsbücher der kapitalistischen Wirtschaft. Swift spottete über die höfischen Hierarchien und zeigte die Relativität der Größe und des Kleinen in seinen Reisen zu den Ländern der Liliputaner und der Riesen; bei Voltaire erfahren der gutmütige Candide und seine arme, so oft vergewaltigte Kunigunde nacheinander alle Plagen der Sklaverei, der Feudalkriege und der Vorurteile der drei Religionen: der christlichen, der jüdischen und der islamischen.

Das war meine »Schule der Klassiker«, die sich auf literarische Traditionen berief, die älter waren als der kritische Realismus von Lukács, aber auch moderner, wie mir schien, im schriftstellerischen Handwerk und allen Arten der Erzählung. Kurze Zeit

39 In Czesław Miłosz, *Verführtes Denken*.

später fügte ich zu meiner »Schule der Klassiker« die Enzyklopädisten und Diderot hinzu. Ich übersetzte den *Traum d'Alemberts*, *Das Paradox über den Schauspieler* und eine Auswahl aus *Les Salons*. All das sollten Vorbilder für den sozialistischen Realismus sein. Aber es mußten beinahe zehn Jahre vergehen, bis mir bewußt wurde, daß ich eine Schlinge für mich und andere knüpfte, obwohl ich etwas, wie mir scheint, dafür getan habe, daß sie möglichst locker blieb.

Für meine *Schule der Klassiker* hatte ich wohl irgendeinen Staatspreis oder einen Orden bekommen; ich erinnere mich nicht mehr, ob es das Goldene Verdienstkreuz war, denn das Banner der Arbeit, zwar zweiter Klasse, bekam ich, wie ich vermute, später. Aber weder der kritische Realismus von Lukács noch mein großer Realismus und alle Konstruktionen des Schicksals konnten die Ankunft des sozialistischen Realismus aufhalten. Und dies in seiner schlimmsten, schematischsten Ausgabe. Es erschienen bereits die ersten Romane über heldenhafte Aktivisten und Mitglieder des Sozialistischen Jugendverbandes, die den Kartoffelkäfer entdeckten und keinen Verführungen unterlagen, weder denen des Körpers noch denen des Geistes. Für mich waren sie unverdaulich.

Im zweiten oder sogar dritten Jahr von *Kuźnica* verbrachte ich meinen Urlaub wieder am Meer. Und wohl wieder in Sopot. Noch am ersten Abend ging ich mit R. Wodka trinken. Er war damals einer der stellvertretenden Minister bei Minc, ich erinnere mich nicht mehr, ob für Kohle oder für Rohstoffe. Es gab viele stellvertretende Minister. Wir hatten uns während der Besatzungszeit flüchtig kennengelernt und trafen uns dann einige Male bei irgendwelchen Versammlungen. Er stammte vermutlich vom Lande, denn er hatte ein enthusiastisches Verhältnis zur Kultur.

»Wir haben eine hervorragende Literatur«, sagte er. »Wieviel

Optimismus darin steckt, da wächst einem das Herz. Und endlich ist unser Leben darin ... «

»Was erzählst du da«, beinahe hätte ich mein Glas umgekippt. »Diese grauenhaften Romane sind zum Kotzen. Aber was soll es mit der Literatur, unsere Industrie wächst ja, und die Kohleförderung übersteigt alle ... «

Jetzt war es R., der beinahe sein Glas umgekippt hätte.

»Was erzählst du für einen Unsinn, Mensch, die Stollen fallen einer nach dem anderen zusammen, die Maschinen sind schrottreif.«

»Aber unsere Chemie«, unterbrach ich. »Und Nowa Huta[40] ... «

»Die chemische Industrie ist fast im Eimer, und die Hütte wird uns alle Rohstoffe auffressen ... «

So versuchten wir uns gegenseitig davon zu überzeugen, daß alles hervorragend sei außer der einen Sache, bei der sich jeder von uns, leider, auskannte. Der stellvertretende Minister R. trank sein drittes Glas nicht aus. »Ich muß lesen«, sagte er. Er hatte eine große Aktenmappe mit. Er öffnete sie. Es war nichts darin außer drei neuen Romanen.

Ich erinnere mich nicht mehr, ob die Tagung über Lyrik in Nieborów[41] vor oder nach diesem Gespräch in Sopot stattfand. Nieborów schien weiterhin außerhalb der Zeit zu stehen, in dem wunderbaren Park war kein einziger von den hundertjährigen Bäumen gefällt worden, im Palais lief man weiterhin über die gewachsten, wie Spiegel glänzenden Fußböden. Nieborów hatte den Radziwiłłs[42] gehört und war dann vom Kultusministerium übernommen worden. Es gab viele Radziwiłłs, aber ein

40 1949 entstandene Arbeiterstadt bei Krakau mit einer Eisenhütte.

41 Ort in der Nähe von Łódź, mit einem barocken Palais von 1696 und großem Park, in denen sich ein Erholungsheim für Schriftsteller befand.

42 Radziwiłł, polnische Fürstenfamilie litauischer Abstammung.

Teil von ihnen wurde ebenfalls vom System übernommen. Einer der Radziwiłłs arbeitete für das Außenministerium als Spezialist für das Zeremonielle, ein anderer im marxistischsten Verlag, *Książka i Wiedza*, und Sekretärin des Direktors vom PIW-Verlag war die zauberhafte, bescheidene und immer hilfreiche Frau Izabela mit den wunderschönen, schrägen und etwas dunklen Augen. Ihrem Zweig der Radziwiłłs hatte Nieborów früher gehört, sie wurde in ihren Kreisen Balala genannt. Das hatte mir natürlich Paweł Hertz gesagt, ich hätte es nie gewagt, sie auf diese Weise anzusprechen.

Zum letzten Mal war ich in Nieborów bei einer Tagung zusammen mit Zofia Nałkowska, ein Jahr oder einige Monate vor ihrem Tod. Es war ein sanfter, noch sonniger Herbstnachmittag, aber die Kastanienblätter waren bereits vergilbt und rot geworden. »Glauben Sie nicht daran«, sagte sie, als ich sie zum Palais brachte, »daß eine alte Frau keine Liebe braucht«.

In Nieborów war ich zum ersten Mal 1948 gewesen, bei einer Tagung über die Aufgaben der Lyrik. Zu der Sitzung wurden – oder sie haben es selbst getan – junge Dichter gerufen. Sie hielten zusammen und saßen immer wie eine Kampftruppe da. »Die Pickligen«. Ich weiß nicht, wer sie als erster so getauft hatte, sicherlich die schlagfertige Maryna Zagórska. Aber schon damals haftete ihnen diese Bezeichnung an. Angeführt wurden sie von Wiktor Woroszylski.

Er griff als erster Jastrun an. Wegen dessen Geringschätzung von Majakowski, wegen seines Spotts über die »Treppen« als universelles Rezept für sozialistische Lyrik (Woroszylski schrieb damals mit »Treppen«), wegen kleinbürgerlichen Geschmacks, beinahe wegen Konterrevolution. Jastrun erblaßte, dann wurde er rot. Er versuchte, etwas zu erklären, aber als man ihn unterbrach, hielt er es nicht länger aus und rief: »Beruhigt euch, ihr Hosenscheißer!«

Jastrun kam niedergeschlagen nach Łódź zurück. Es war uns nicht bewußt, wie schnell sich in diesem Rennen zum Shdanowtum die Wärter ändern und wie schnell die neue Gruppe den Staffelstab oder eher den Stock übernehmen würde. Wir waren damals nicht weit von der künftigen chinesischen »Kulturrevolution« entfernt, natürlich in einer anderen Tradition, die viel sanfter war und immer frei von Konsequenz. Es war ein Angriff gegen *Kuźnica*, aber Jastrun meinte, daß es ein Angriff gegen ihn und seine Lyrik sei. Er war in dieser Hinsicht sehr empfindlich. Er vertrug nicht den kleinsten Witz, nicht die leichteste Kritik. Wir waren noch aus der Lemberger Zeit befreundet und sind uns dann in gemeinsamer Furcht und gemeinsamer karger Hoffnung bei den Spaziergängen vor der Polizeistunde in Warschau nähergekommen. Damals gehörten Lidia und ich zu den wenigen, denen er seine Gedichte vorlesen konnte. Sie ergriffen mich sehr. Aber dann in Łódź, als seine Gedichte immer pathetischer wurden, schien mir, daß ein falscher Ton darin läge. Als ob er sich selbst viel zu sehr für einen Propheten hielte. Als ich es Mieczysław einmal sagte, wandte er sich wortlos ab. »Janek ist ein niederträchtiger Mensch.« Er wiederholte das und war wirklich dieser Meinung. Und noch lange Zeit blieb ein Schatten auf unserer Freundschaft. Er besuchte mich nach seinem Tod mehrmals im Traum. Als ob er mir etwas vorwerfen, als ob er mir unbedingt etwas sagen wollte. Und er sprach seltsam zu mir: »Wozu soll ich stottern« – das war dieses ungewöhnliche Wort, manchmal auch ein anderes, manchmal konnte ich mich nicht an dieses Wort erinnern. »Wozu soll ich kuckucken, was gelesen ist!« Als ob er ein Gesandter von dort wäre, der mir mitteilen möchte, daß es dort nur das gäbe, was gelesen wurde. Aber merkwürdig war, daß dieser Traum mich verfolgte und jedesmal lange keine Ruhe gab. Als ob es irgendeine Botschaft nach seinem oder vor meinem Tod wäre.

Wohl ein Jahr später, vielleicht war es auch sehr viel später – denn die Zeit der Nachkriegsjahre verkürzt sich plötzlich wie ausgekochte Suppe, von der nur noch Graupen übrigbleiben –, fand in Warschau der jährliche Kongreß des Schriftstellerverbandes statt. Kurz davor hatte mich Ochab bei einer geschlossenen Parteiversammlung sehr heftig angegriffen. Bei diesem Kongreß war ich zum letzten Mal Delegierter. Zu dem ein Jahr späteren Kongreß in Szczecin, bei dem man einstimmig und im Chor den sozialistischen Realismus als einzige Schaffensmethode bestimmte, fuhr ich nicht hin. Ich erinnere mich nicht gut, was ich damals in Warschau sagte, ich weiß aber, daß ich zum Schluß von Maria Dąbrowska sprach, sie sei eine ausgezeichnete Schriftstellerin (sie wurde damals angegriffen) und daß man sie ehren sollte. Und daß man alte Schriftsteller auch dann ehren sollte, wenn sie nicht mit uns übereinstimmten.

Am gleichen Tag wurde ich von Woroszylski angegriffen. Er spottete über die Ehrfurcht vor klassenfremden Schriftstellern als bourgeoisen Aberglauben. Es gab Applaus, zuerst nur in den ersten Reihen, dann im ganzen Saal. Da zog Woroszylski einen Brief heraus und las ihn laut vor. Es war ein Brief von mir, jedoch unterschrieben von meiner Sekretärin von *Kuźnica*. Woroszylski wedelte damit in der Luft und sprach von meinem Hochmut. Diesmal applaudierte der ganze Saal. Ich wurde blaß und ging hinaus. Im Fahrstuhl torkelte ich und fiel. Irena Szymańska brachte mich nach Hause.

Ich verspürte damals wohl noch keinen Widerstand gegen alles, was geschah. Und ich glaube nicht, daß einer von uns in *Kuźnica* im ersten, zweiten und dritten Jahr nach dem Krieg politische Zweifel hatte. Wir waren auf dieser Seite. Ich wiederholte sogar zu Hause: »Man kann kein Omelett machen, ohne Eier zu zerschlagen« und nach einem von Malraux' Terroristen oder politischen Kommissaren: »Man kann keine Revolution mit sauberen Händen machen.« Lidia ging dann aus dem Zimmer, und Mieczysław winkte nur ab, wenn er dabei war: »Janek faselt immer bis in den späten Abend hinein.«

In *Kuźnica* waren wir entweder aus Überzeugung oder aus einer tiefen und nicht immer bewußt gewordenen Resignation auf dieser Seite. Aber jeder von uns brachte nicht nur seinen alten Geschmack mit und trug seine Vorlieben in sich, sondern auch – was sich als dauerhafter erwies – gesellschaftliche Gewohnheiten und Sitten. Von den »Pickeligen« unterschied uns damals nicht die politische Überzeugung, wir hatten, zumindest ich hatte meine Monate der Tollwut und noch lange Zeit nachher wiederkehrendes rotes Fieber. Etwas anderes unterschied uns – wohl die Vorkriegserziehung. Sie begannen ihr bewußtes oder beinahe bewußtes Leben erst während des Krieges, der Besatzung, der Lager und der Abtransporte. Diejenigen von uns, die in den Wald zu den Partisanen gegangen waren, hatten vorher noch Universitäten absolviert. Uns unterschied der Ekel vor Denunziationen und die absolute Unmöglichkeit, private Gespräche zu wiederholen. Wir hatten eine tief verwurzelte Verehrung für das Private, vor allem für das Privatleben unserer Freunde. Erst in jenen frühen Jahren kam die Welle der Verlogenheit an, in der sich bäurische Gewohnheiten, spießige Heuchelei, die Verdammung von der Kanzel herab und der sowjetische Puritanismus, der die sexuelle Anarchie bedeckte wie Firnis einen schmutzigen Fußboden, gründlich vermischten.

Einige wenige Stipendiaten waren bereits in den Jahren 1946 und 1947 in den Westen gefahren. Eine Gruppe von Humanisten, deren man sich damals nicht ganz sicher war, wurde damals nach Paris geschickt in der Überzeugung, es würde ihnen sowieso nichts schaden. Sollen sie doch wenigstens die Sprache lernen. Die Vielversprechendsten mit einem harten ideologischen Rückgrat begann man in den fünfziger Jahren nach Moskau zu schicken. Die Ergebnisse widersprachen den Erwartungen. Aus Frankreich kehrten die jungen Menschen vollgesogen mit Sartre zurück und voller Verachtung für den verfaulenden Westen. Sie traten schnell in die Partei ein. Die aus Moskau Zurückkehrenden brachten mit der Hand abgeschriebene Gedichte von Achmatowa und Mandelstam mit, mit größter Mühe besorgte Bücher von Jessenin und Pasternak. Sie hatten Freunde unter den ersten russischen Dissidenten. Vom Kommunismus waren sie für immer geheilt. Es war eine dauerhafte Impfung. Unter den für immer geimpften befand sich Wiktor Woroszylski. Er war 1952 nach Moskau gefahren und kehrte 1956 zurück. Seit Jahren verbindet uns Freundschaft. Und vielleicht noch stärker die Erfahrung. Wie eine gemeinsam getragene Last.

Wohl ein Jahr nach diesem Warschauer Kongreß, aber noch vor dem in Szczecin wurde ich in den »Bau« gerufen. Diesmal zog sich die Schlinge um *Kuźnica* langsam, aber unnachgiebig zu. Man brach mit Tito, der noch vor kurzem durch die Straßen von Łódź gefahren war, bei flatternden roten Fahnen im aufgekommenen Wind. Er fuhr unter Hupen und Sirenen der Polizei- und Feuerwehrwagen, die alle Ecken umstellt hatten, zwischen einer doppelten Absperrung aus Armee und Geheimdienstlern, die wohl aus der ganzen Wojewodschaft zusammengezogen worden waren. Alle Zeitungen schrieben vom Mangel an Wachsamkeit in der Partei und von der nationalistischen Abweichung. Und nach dieser nationalistischen Abweichung in der *Kuźnica* fragte man mich, sobald ich hereingekommen war.

Es waren drei, die mit mir sprachen, und das fast auf höchster Ebene, Sekretäre vom Zentralkomitee und der Leiter der Propagandaabteilung. Unter drei Porträts: von Lenin, Stalin und Bierut. »Ihr habt eine Rechtsabweichung, Genosse«, sagte der Sekretär vom ZK. Schon einmal war ich nach dieser Abweichung gefragt worden. Das war noch 1945, gleich nach der Befreiung. Von Borejsza hatte ich ein Auto mit Chauffeur bekommen und fuhr nach Stróże, um Lidia abzuholen und sie nach Krakau zu bringen. Bei Kilometer zwanzig der Seitenstraße (die Hauptstraße war durch Trosse verstellt), versperrte uns ein Lkw mit Soldaten den Weg. Wir hatten natürlich alle Dokumente mit runden Stempeln, andere waren unwichtig, und eine *Putiowka*[43]. Das half nichts, sie wollten sie sich nicht einmal richtig ansehen. Sie befahlen uns, auszusteigen und das, was wir mithatten, mitzunehmen. Aber im selben Augenblick fuhr ein Jeep mit drei Männern in Pelzmützen vor. An den Uniformen hatten sie die blauen Rhomben des NKWD. Später erfuhren wir, daß sie von der *Kontrwiwjedka*, der Abwehr, waren. Es begann ein von Schimpfworten unterbrochener Streit mit den Soldaten, von dem ich nur verstand, daß es um unser Auto ging. Wem es gehören sollte! Die Soldaten gaben nicht nach. Schon saßen sie im Auto. Der größte in einer prachtvollen Pelzmütze, er muß Georgier gewesen sein, schwarz und schön wie ein Filmliebhaber, befahl mir, die Papiere und die Schlüssel abzugeben. Sie teilten es sich wie Kriegsbeute. Der Georgier nahm uns, den Chauffeur und die Autoschlüssel. Die Soldaten nahmen das Auto; sie konnten den Motor nicht starten und rollten es in den Straßengraben. Der schöne Georgier nahm uns in einen Schuppen. Ich zeigte ihm meinen Parteiausweis. »Prawilno«, sagte er, »no kakoje u was otklonjenje?« (Richtig so, aber welche Abweichung habt ihr?). Von den Abweichungen hatte ich in dem *Kurzen Lehrgang der KPdSU(B)* gelesen, als ich mich für jene unglückselige Prüfung in Lemberg vorbereitet hatte. Ich antwortete erstaunlich geistesgegenwärtig: »U menja nikakowo otklonjenja.

43 Russ.: Reisegenehmigung.

Ja wsjegda po generalnoj linji.« (Ich habe keinerlei Abweichung. Ich halte mich immer an die generelle Linie.) Der Georgier schaute noch einmal auf Lidia, die keinen Augenblick erblaßt war. Er nahm die vier mit den Rhomben, trieb die Rotarmisten an und befahl ihnen, unser Auto aus dem Straßengraben zu ziehen.

Im Zentralkomitee dauerte das Gespräch länger. »Ihr habt eine gute Akte aus der Besatzungszeit«, sagte der Sekretär. Eben ging die Verifikation in der Partei für die Kriegsjahre zu Ende. Ich hatte eine Nominierung zum Leutnant und das Tapferkeitskreuz der Volksarmee, aber zu meinem Erstaunen und Erschrecken erfuhr ich, daß ich die ganze Zeit – wovon ich nicht einmal in Alpträumen träumte – in der Abteilung der Abwehr und Spychalski selbst mein Chef gewesen war. Ich bin ihm wohl nur einmal in der Tarczyńskastraße begegnet und hatte keine Ahnung von seiner Funktion. Ich dachte, er würde sich nur für die Zeitung, die wir mit Hedda machten, interessieren. Jetzt, noch vor der Vorladung in den »Bau«, kamen bei uns in *Kuźnica* Gerüchte an, daß für die Genossen, die den Krieg in Rußland verbracht hatten, alle diejenigen, die ihn in Polen verbrachten, verdächtig seien und daß es ernsthafte Vorwürfe gegen Spychalski gäbe.

»Wir schätzen Euch, Genosse«, sagte der von der Propaganda. »Subjektiv gesehen seid Ihr in Ordnung, aber objektiv... die nationalistische Abweichung.«

»Objektiv«, wiederholte jetzt der Sekretär. Und er wurde ganz steif. »Ihr habt kein Rückgrat, auch nicht für die Parteiarbeit.« Aber er wurde sanfter. »In welchem Fach habt Ihr Euren Doktor, Genosse?«

»In Romanistik.«

»Aha«, sagte er. »Dann könnt Ihr sicherlich Französisch...« Jetzt wurden alle locker. »Wir brauchen Parteiprofessoren...«

Er nahm ein Notizbuch und einen Kalender heraus. »...ab September geben wir Euch einen Lehrstuhl in Wrocław.«

Somit wurde ich Professor wegen der... Rechtsabweichung. Erst viele Jahre später wurde mir bewußt, daß kein anderes Gespräch eine solche Bedeutung für mein Leben gehabt hat. Aber schon einige Wochen später in Wrocław sah ich, daß mein Warschauer Gespräch der Anfang der Vernichtung von *Kuźnica* war. An Stelle von Stefan Żółkiewski, dem man auch Schwäche gegenüber der Rechtsabweichung und überflüssige Besorgnis um intellektuelle Subtilitäten vorgeworfen hatte, kam Paweł Hofman vom Zentralkomitee, ein Vorkriegskommunist noch aus der Zentralen Redaktion der alten Partei. Ein für lange und undurchdringlich in sich verschlossener Neurastheniker, einer der untypischsten »Charaktere« dieses nie geschriebenen Romans jener Zeit. Von den frühen Morgenstunden an, noch bevor die Putzfrauen in die Redaktion kamen, saß er an seinem Schreibtisch und bekämpfte in jedem Artikel die winzigsten Abweichungen von der Parteilinie und vom sozialistischen Realismus. Und dann spielte er zu Hause bis spät in der Nacht Bachs Tokkaten auf der Geige.

Ich weiß nicht, ob er nach dem Oktober aus der Partei ausgetreten ist, jedenfalls verließ er alle Posten mit der niedrigsten aller Renten, schrieb seitdem kein einziges Wort und schloß sich vollkommen in seiner Einsamkeit ein. Zum letzten Mal sprach ich ihn in Amerika, als er zu einem kurzen Besuch zu seinem Sohn gekommen war. Er warnte ihn vor einer Rückkehr, falls Änderungen eintreten sollten. Er prophezeite eine blutige Nacht in Rußland, nach der kein Stein mehr auf dem anderen bleiben sollte. Ich denke, daß er damals Bachs Tokkaten nicht nur nachts, sondern ganze Tage lang auf der Geige spielte.

Nach diesem Gespräch vor der »Verbannung an die Universität« wurde ich oftmals in den »Bau« gerufen. Von Wrocław aus und dann von Warschau. Aber immer werde ich im Gedächtnis behalten, wie ich dort zum letzten Mal hinging. Wieder verwirren sich die Zeiten, aber das war nach meinem *Shakespeare heute*, und ich unterrichtete bereits seit Jahren an der Warschauer Universität. Ich wurde von Victor Erlich zu den Slawisten nach Yale eingeladen. An der Universität hatte ich keine Schwierigkeiten mit Urlaub. Jakubowski, der den Lehrstuhl leitete und sich die stumpfsinnigsten Proselyten als Assistenten aussuchte, war begeistert, daß er mich für ein Jahr los sein würde. Auch im Ministerium machte man keine Schwierigkeiten, sagte aber gleich, ich müsse das Einverständnis des Zentralkomitees haben. Ich schrieb Anträge, rief an. Es kam keine Antwort, weder Zustimmung noch Absage. Beinahe ein Jahr lang. Es war bereits Mai. Aus Yale kamen Briefe, dann Telegramme. Sie verlangten eine Antwort, ob ich käme. Die Botschaft intervenierte. Erfolglos. Keine Entscheidung. Sie würde kommen, wenn die Zeit dafür reif wäre. Aber ich hatte nicht so viel Zeit. Und Yale auch nicht. Zenon Kliszko war nach Gomułkas Rückkehr die Nummer Zwei. Ich kannte ihn noch aus der Besatzungszeit. Ich bat um ein Gespräch.

Das Gespräch fand in derselben Etage statt wie das vor über fünfzehn Jahren. Nur daß das Arbeitszimmer doppelt so groß war und eine doppelte, gepolsterte Tür hatte. Das Zimmer machte den Eindruck, als ob es vollkommen leer wäre. Als ob es nicht bewohnt wäre. Stühle, ein Schreibtisch und ein Tisch. Kein einziger Sessel, kein einziges Blatt Papier auf dem Schreibtisch und dem Tisch. Kliszko hatte sich seit dem Krieg kaum verändert. Er war nur ein wenig gebeugt und schien noch magerer. Er schien seinen Gesprächspartner nicht zu bemerken und mit seiner nasalen Stimme zu sich selbst zu sprechen. Mit Gomułka spielte er Schach, vielleicht auch nur »66«, am allerwahrscheinlichsten Domino. Und er trank nur Tee. In seiner Jugend soll er Gedichte geschrieben haben. Er hielt sich für einen Kenner von Norwid. Zitierte ihn in jeder Rede. Sogar wenn er von den Fehlern der vorherigen Parteileitung sprach.

Mit Norwid begann auch unser Gespräch. Dann redete er davon, daß Kołakowski unser Vertrauen enttäuscht habe. Er habe sich in Laski mit Primas Wyszyński getroffen. Sie saßen auf einer Bank und unterhielten sich eine Stunde lang. »Kołakowski ist ein Philosoph, worüber kann er denn mit dem Kardinal gesprochen haben?« Ich versuchte, ihn zu unterbrechen und zu sagen, daß ich Studenten hätte und wissen müßte, ob ich sie nächstes Jahr betreuen würde. Aber Kliszko wollte überhaupt nicht darüber sprechen und sagte immer wieder nur: »Wir müssen das erörtern. Man wird es im Sekretariat entscheiden ... « Und wieder sprach er über Norwid und Kołakowski. Erst an der Tür, als er mich hinausführte, schaute er mich zum ersten Mal an und fragte: »Worüber schreiben Sie jetzt, Professor?«

»Über die Tragödie«, sagte ich. »Über die polnische Tragödie ... « Kliszko wurde rot, und es kam mir vor, als wollte er mich mit seinem Blick an der filzbeschlagenen Tür festnageln. »Beruhigen Sie sich. Nicht über die polnische, sondern über die griechische Tragödie.« Kliszko erstrahlte: »Das ist das richtige Thema!«

Vom »Bau« an der Ecke Aleje Jerozolimskie und Nowy Swiat bis zu meiner Wohnung in der Rosenallee war es nicht weiter als zehn oder zwölf Minuten langsam zu Fuß. Lidia begrüßte mich in der Tür: »Wir fahren nach Amerika. Gerade kam ein Anruf vom Zentralkomitee. In einer Woche sollst du deinen Paß abholen.«

6.

Lukács habe ich persönlich erst während seines Besuches in Warschau kennengelernt, vermutlich im frühen Frühjahr 1956, denn die Abende waren noch kalt, wie ich mich erinnere. Lukács trug einen langen, sehr altmodischen Pelzmantel, der bis zu den Knöcheln reichte, und einen Filzhut. Man hatte mich gebeten, ihn zu betreuen, und einigemal brachte ich ihn abends durch die damals belebten Straßen Warschaus zurück ins Hotel. Ich erinnere mich an zwei Gespräche mit ihm. Im ersten, er hatte soeben von seinem deutschen Verleger einen dicken Band seiner Essays zur Literaturtheorie von mehr als vierhundert Seiten bekommen, fragte ich ihn, wie es möglich sei, Jahr um Jahr so große Werke zu vollenden, manchmal sogar zwei in einem Jahr. Lukács lächelte nur: »Mein junger Freund, ich habe kein Innenleben.«

Am letzten Abend sagte er, als er sich an der Hoteltür verabschiedete: »Mein ganzes langes Leben lang«, er war damals gut über siebzig, »wurde ich, angefangen bei meinen ersten Büchern, von den orthodoxen Marxisten angegriffen.« Ich wußte, daß in Thomas Manns *Zauberberg* Settembrini das Porträt des damals noch jungen Croce sein sollte und der Jesuit Naphta, unbeugsam in jedem Disput hinter der Mauer seiner Logik und seiner Syllogismen, eine Anleihe oder vielleicht ein Bild von Lukács war. Ich wollte ihn sogar danach fragen, aber ich brachte nicht den Mut auf. »Viele meiner Bücher, und besonders die ehrgeizigsten, mußte ich für jede der folgenden Auflagen umarbeiten. Und sie wurden natürlich immer dunkler. Die Zensoren und die Exegeten der Schrift hassen die Klarheit. Allein nach meiner *Geschichte und Klassenbewußtsein* übte ich viermal Selbstkritik. Vielleicht sogar fünfmal. Jetzt bin ich Mitglied vieler Akademien, tatsächliches oder auch Ehrenmitglied, ich sitze immer im Präsidium und ... seit langem nimmt mich niemand mehr ernst.« Kurz nach diesem Besuch in Warschau, wo Lukács bei Feiern immer im Präsidium saß, wurde er, nachdem die sowjetische Armee die ungarische Revolution niedergeschlagen hatte, zusammen mit der ganzen Regierung verhaftet und weggebracht. Nagy und viele mit ihm wurden hingerichtet. Lukács drohte ebenfalls der Tod. Zu einem Urteil kam es jedoch nicht. Aber man hatte ihn *ernst*genommen. Er kehrte nach Budapest und zu seinen Büchern zurück.

Lukács war einer der ersten Leser meines *Shakespeare heute* in der deutschen Übersetzung. In einem langen Brief, voller Lob übrigens, schrieb er, ich habe die Renaissance-Hoffnung auf eine bessere Welt bei Shakespeare unterschätzt und in meinem Großen Mechanismus die historisch begrenzten Erfahrungen des Stalinismus verallgemeinert. Lukács hatte sicherlich sehr recht, aber eben deshalb war es ein heutiger Shakespeare. In der zweiten französischen Ausgabe von *Shakespeare heute*, der einzigen illustrierten, geht dem Kapitel *Die Könige* ein Dokumentarphoto von Stalins Begräbnis voraus. Sein riesiger Sarg wird von Malenkow, Molotow, Bulganin, Chruschtschow und Berija getragen, in langen Mänteln oder Militärmänteln und riesigen Pelzmützen. Berija wurde von dem schweren Körper Malenkows erdrückt; er wurde wohl schon in der ersten Woche nach Stalins Begräbnis oder, wie später die offizielle Version lautete, erst Monate später nach einem Urteil hingerichtet. Alle anderen Trauergäste, die Stalins Sarg ins Leninmausoleum trugen, wurden kurze Zeit später von Chruschtschow ins Vergessen gestürzt. Er war der letzte Gestürzte. Aber er war der erste Totengräber Stalins.

In dem Maße, wie die Erinnerung an den Großen Mechanismus in die Vergangenheit eintaucht, verlieren die grausamen Schicksale der shakespearischen Tyrannen und ihrer Vertrauten ihre plötzlich wiedererlangte Aktualität: Richard der Dritte, wie er, bis zum Gürtel im Matsch stehend, »Ein Königreich für ein Pferd« ruft; Macbeth in der Shakespeare-treuen Phantasie Kurosawas, mit Pfeilen an die Mauer genagelt wie ein krepierender Igel; Polonius, durch Hamlets Dolch getroffen, als er wie eine Ratte hinter dem Arrasteppich rasselte. Aber in dieser Woche, in der ich meinen Versuch einer Autobiographie schreibe, ist Shakespeare »unser Zeitgenosse«, noch einmal mitleidslos und grausam zurückgekehrt, wie mir ein polnischer Schriftsteller aus Warschau sagt, nicht auf die Theaterbretter, sondern auf die Fernsehbildschirme. Als der Hubschrauber mit Ceaușescu vom Dach des ZK-Gebäudes in Bukarest abflog, schrie die Menschenmasse auf dem Platz »Ratte! Ratte!«. Und noch eine shakespearische Vision – als man Ceausescu aus dem Inneren des Panzers wie eine Ratte am Nacken herauszog. Und noch einmal: »Eine Ratte, ich habe eine Ratte getötet.«

Im Juni 1956, also wenige Monate nach diesem letzten Gespräch mit Lukács, fuhr ich für kurze Zeit nach Paris. In Warschau waren damals handabgeschriebene Kopien des »geheimen« Referats von Chruschtschow beim XX. Parteitag der Kommunistischen Partei in Moskau über die Verbrechen Stalins im Umlauf. Botschafter in Paris war damals Stanisław Gajewski, mit dem ich befreundet war. Die populärste französische Wochenzeitschrift, für Politik und Literatur war *L'Express*. Einmal wöchentlich, ich erinnere mich nicht mehr, ob dienstags oder mittwochs, lud die Zeitung ausgewählte Politiker, Schriftsteller und oft ausländische Gäste mittags um zwölf zum Frühstück in die Pariser Redaktion ein. Ich wurde zusammen mit Gajewski eingeladen, ihm war aber etwas dazwischengekommen, und so ging ich allein hin.

Es wurden belegte Brote und Champagner serviert, aber die Hauptattraktion dieser Frühstücke war Mauriac, dessen ständige Rubrik »Bloc-Notes« auf der letzten Seite von *L'Express* am meisten gelesen wurde. Der pessimistische Katholizismus mit seinem von den Jansenisten geerbten Unglauben an die Güte der menschlichen Natur hatte mich immer fasziniert. Und das faszinierte mich an den Romanen Mauriacs. Mauriac war neugierig auf den Gast aus dem kommunistischen Europa und unterhielt sich beinahe das ganze Frühstück über mit mir. Er war ein hervorragender Gesprächspartner. Ich war sehr zufrieden mit dem Frühstück.

Am nächsten Tag wurde ich morgens um sieben vom Telefon geweckt. Gajewski rief an. »Was hast du bloß angestellt! Komm sofort hierher.« Schon um fünf Uhr morgens hatte ihn der russische Botschafter angerufen. »Wer ist dieser junge polnische Schriftsteller, der mit Mauriac gesprochen hat?« Gajewski gab mir wortlos die noch nach Farbe riechende neue Ausgabe des *L'Express*. »Diesen jungen Menschen, der aus Polen gekommen ist«, schrieb Mauriac, »habe ich gefragt, was er sagen würde, wenn das Moskauer Radio verkündete, Chruschtschow habe sich als Verräter und amerikanischer Agent entpuppt. Dieser junge Mensch«, schrieb Mauriac weiter, »wurde gar nicht verlegen. ›Ich habe schon so viele Dinge gesehen. Es würde mich gar nicht wundern.‹«

7.

Aus Paris kehrte ich beunruhigt darüber zurück, welche Folgen mein Gespräch mit Mauriac haben würde. Aber keiner erwähnte es auch nur mit einem Wort. Die Geschichte hatte plötzlich Geschwindigkeit angenommen. Sie kam einem beinahe wörtlich an den Hals. Am Tage meiner Rückkehr gab es einen Streik in den Cegielski-Werken in Poznań, dann einen Zug durch die

Stadt und das Arbeitermassaker[44]. Ich erinnere mich an diesen Tag, weil Timoszewicz am Tag nach meiner Rückkehr seine Magisterprüfung bei mir hatte. Er bekam ein »sehr gut«, obwohl mir der Kopf nicht nach Fragen stand. Cyrankiewicz hatte gerade verkündet, woran man sich noch lange erinnerte, man müsse diese Hand abhacken. Jetzt weiß ich nicht mehr, ob mich die Schüsse in Poznań oder die Verlautbarung von Cyrankiewicz mehr erschreckte. Lidia sagte durch die Zähne, die Erklärung sei schändlich.

Alle Wochen bis zum Oktober verschwimmen in meinem Gedächtnis wie eine einzige beschleunigte Zeit. Jeden Abend, jede Nacht horchten wir dem immer piepsender gestörten Sender Freies Europa. Jacek Kuroń nennt jene Zeit in seinem Buch *Glaube und Schuld* »ein Erdbeben«. Das Erdbeben begann mit den Enthüllungen von Światło über die Folter bei den Verhören der Staatssicherheit. Ich wußte von Folter und Hinrichtungen, aber es gibt verschiedene Stufen von Wissen oder eher seines Durchdringens ins Bewußtsein. Und der Festsetzung im Gedächtnis. Es gibt ein »Wissen«, das man innerlich betäubt, wie der ständig gestörte Sender, ein Wissen, das man nicht endgültig annehmen will, das man in einer viel drastischeren Form als die Freudsche »Zensur« ablehnt.

In Wrocław besuchte uns oft Stefan Łoś, zuerst bei den Eltern, und dann bei uns zu Hause. Er hatte Vertrauen zu mir, wir kannten uns noch aus alten Pfadfinderzeiten. Er hatte einige Jahre gesessen. Er wollte nie darüber reden; wenn ich ihn fragte, flatterten seine Augen hin und her. Nur einmal erzählte er vom Metallfußboden bei der Staatssicherheit in Wrocław; man mußte barfuß darauf stehen, und er wurde von unten erhitzt. So soll man früher Bären zum Tanzen dressiert haben. Ich schob da-

44 Im Juni 1956.

mals die Erzählung von Łoś in die Betäubung. Sie kehrte jeden Abend gemeinsam mit den Enthüllungen Światłos im Sender Freies Europa im Jahre 1954 wieder. Was noch bis vor kurzem Flüstern war, wurde zur vollen Stimme. Eine Radiostimme, die zur gleichen Stunde von Zehntausenden gehört wurde. Und Hedda kam nach Jahren der Untersuchung mit gewaschenem Gehirn zurück.

Ich schrieb damals Theaterkritiken für *Przegląd Kulturalny*. Wöchentlich. Nach Jahren der Leblosigkeit und einer schweren Feder nun mit der gleichen Leidenschaft wie im ersten Jahr von *Kuźnica*. In den letzten Septembertagen 1956, also knapp sechs Monate nach der Begegnung mit Lukács und drei Monate nach dem Massaker in Poznań, fuhr ich nach Krakau zu einer neuen *Hamlet*-Inszenierung. Mit diesem polnischen Helsingör, wo »Dänemark ein Gefängnis« ist, »die Wände Ohren« haben, aber die Menschen nicht, hatte auch mein *Shakespeare heute* begonnen. Die Kritik war betitelt *Hamlet nach dem XX. Parteitag*. Die Erneuerung kam aus den studentischen Theatern. *Die Blüte des Neuen wird geschüttelt* lautete der Titel einer meiner Kritiken. Es war eine seltsame Erneuerung. Auf diesen kleinen Bühnen schien man zum ersten Mal und mit Erstaunen zu entdecken, mit Erstaunen über den eigenen Mut, daß die Mädchen und die jungen Männer Körper haben. Damals sagte noch keiner »Sozialismus mit menschlichem Antlitz«, wie später zu Zeiten des Prager Frühlings unter Dubcek. Aber das unmenschliche Antlitz hatte bereits Ważyk in seinem *Poem für Erwachsene* gezeigt. In jenem unmenschlichen Antlitz gab es auch Langeweile. »Daran ist nur die Langeweile schuld, hohes Gericht«, sang man das Lied von Agnieszka Osiecka im Satirischen Studententheater STS. *Die Poetik der gebrochenen Farbe* war der Titel einer meiner Kritiken. Es waren Lieder über vergiftete Freude.

Straszewski kam immer zu den Premierenabenden in die Studententheatern. Danach trank man oft bei ihm zu Hause. Er war Sekretär des Warschauer Parteikomitees. Der Kampf zwischen den Puławy-Anhängern und den Natolin-Anhängern in der Parteiführung verlief bereits ganz offen. Straszewski wollte in diesem Machtkampf nicht nur die Autofabrik in Żerań und die Parteiorganisationen der Fabriken hinter sich haben, sondern auch »das Milieu«. Ich entsinne mich nicht mehr, wann man begann, die Ausdrücke »Beton« und »Revisionisten« zu benutzen. »Revisionist« war in jenem politischen Wortschatz eine Denunziation. Immer öfter bedeutete »Revisionisten« zugleich »Juden«. Aber für uns in *Przegląd Kulturalny* bedeutete der Revisionismus eine Befreiung von der Verkalkung. Wir sprachen damals von der Rückkehr zum »jungen Marx«. Wir hatten bereits den Existentialismus geschluckt, und in dem neuen intellektuellen Chaos, in dem sich der junge Marx so wenig von Sartre unterschied, wurde das Bewußtsein zur freier Entscheidung des einzelnen gleichbedeutend mit dem der Klassen. Den jungen Marx habe ich nie gelesen, Sartre und nachher auch die frühen Stücke Ionescos hatte ich bereits zu übersetzen begonnen. Langsam löste sich auch meine eigene Zunge.

Von Straszewski hörte ich wohl zum ersten Mal »sie«. »Sie«, das war die Parteiführung und »Natolin«. Aber wer war dann »wir«? Ganz Polen lauschte damals dem Radio Freies Europa, aber »wir« lauschten ebenfalls jede Nacht. Wohl zu dieser Zeit, noch Wochen vor dem Oktober, kam Ben nach Warschau. Er war Korrespondent von *Le Monde* und galt unter allen ausländischen Journalisten als der Bestinformierte in polnischen Angelegenheiten. Kein Wunder. Er wohnte immer im *Bristol*. Mittags kam Edda Werfel zum Kaffee. Sie war stellvertretende Chefredakteurin von *Życie Warszawy* und brachte die neuesten Nachrichten. Abends oder spät in der Nacht ging ich zu Ben.

Manchmal direkt von Straszewski. »Erzähl Ben von Armeebewegungen in der Region von Ostrołęka. Es ist nicht sicher, aber sag ihm das.« Aber als am nächsten Tag Freies Europa von Bewegungen der sowjetischen Truppen bei Ostrołęka sprach, glaubte Straszewski an das, woran er noch gestern zweifelte. »Die Information ist überprüft! Das Radio hat es angegeben.«

Alle sprachen jetzt von sowjetischer Intervention. Und ich bin nicht imstande zu sagen, wieviel niederträchtige Angstmache darin steckte und wieviel von dem Willen und der Bereitschaft zum Widerstand. In Żerań soll man unter den Arbeitern angeblich Waffen verteilt haben. Wir wollten daran glauben. Aber man sprach nicht nur von der Intervention. Ich erinnere mich an den Namenstag von Irena; am 20. Oktober. Noch mehr Gäste als gewöhnlich, das ganze »Milieu«, sogar aus Krakau war Eile mit Ihoporska gekommen. Und alle Ehefrauen. Und natürlich Straszewski. Er erzählte von der »Nacht der langen Messer« und daß jeder, der gefährdet sei, nicht zu Hause schlafen solle. Aber Lidia nahm mich ruhig mit nach Hause.

Dann erinnere ich mich nur an Menschenmassen auf der Straße und ununterbrochen skandierte Rufe: »Wiesław und Wyszyński, Wyszyński und Wiesław!« An der Polytechnischen Hochschule und in den angrenzenden Straßen dauerten die Meetings drei Tage lang. Ich sollte am zweiten Tag sprechen. Ich kam nicht durch. Schließlich brachte mich jemand, den Goździk geschickt hatte, hin. Zum ersten und letzten Mal sprach ich zu Zehntausenden. In der großen Aula des Polytechnikums, es wurde über Lautsprecher auf die Straße übertragen. Als ich nach dem Aufstand wegen Diphterie im Krakauer Krankenhaus lag, spuckte ich nach drei Tagen im Morgengrauen eine Haut wie eine Reptilienschuppe aus. Damals, bei diesem Oktobermeeting im Polytechnikum, kam es mir vor, als hätte ich diese schleimige Schuppe endlich richtig ausgespuckt.

An jenem Tag, vielleicht auch am nächsten, ging ich spät in der Nacht aus dem Haus. Auf den Straßen waren Massen von Menschen. Die Nacht war für Mitte Oktober warm. Alle möglichen Gruppen organisierten sich, jemand rief, man solle zur sowjetischen Botschaft gehen. Ich wohnte in der Rosenallee an der Ujazdowskie-Allee, nicht weit vom Gebäude des Warschauer Parteikomitees. Eben dort amtierte Straszewski. Aus dem Wojewodschaftskomitee fuhr ein Lkw nach dem anderen heraus. In einem von ihnen sah ich, wie mir schien, Putrament[45]. Er hatte ein riesiges Sprachrohr in der Hand. Putrament schrie zu der Menschenmenge, die in die Ujazdowski-Allee strömte, jetzt konnte ich seine laute Stimme gut wiedererkennen: »Ihr Hurensöhne! Wann geht ihr endlich schlafen.« Alle hatten wir in jenen Tagen Angst vor Provokationen. Seit Jahren impfte man uns Angst vor allem, was spontan war, unter die Haut. »Die Organisation, Genossen, die Organisation!« Aber ich hatte gemischte Gefühle, als ich diese Lkws aus dem Wojewodschaftskomitee fahren sah, die Warschau dazu aufriefen, schlafen zu gehen. Dann kehrten diese Lkws mindestens dreimal in meinem Traum wieder. Es war beinahe ein Alptraum. Erst einige Monate später wurde mir bewußt, daß dieser noch heiße Abend der Anfang vom Ende des Oktober war. Gałczyński konnte manchmal ein großer Dichter sein.

> Ganz Warschau ist Nebel.
> Und ein Passant fragt den anderen
> Wie heute, wie gestern, wie jeden Tag,
> Wann der Nebel ende?

An der Wand des Hauses Nummer 66 in der Rosenallee, in dem wir dreizehn Jahre lang gewohnt haben, sind jetzt zwei Gedenk-

45 Siehe Anhang.

tafeln eingemauert: die eine für Słonimski, die zweite für Gałczyński. Beide haben in diesem Haus gewohnt. Aber sie trafen sich wohl selten. Und sprachen noch seltener miteinander. Jetzt reden ihre Gedenktafeln in der Rosenallee miteinander.

Im November, wohl noch vor Monatsende, fuhr ich mit Lidia nach Paris. Ich hatte für Sartre eine polnische Nummer von *Les Temps Modernes* mit einer Anthologie von »Oktober«-Texten vorbereitet. Damals lernte ich Sartres Sekretär und viele Journalisten und Schriftsteller aus seinem Kreis kennen; sie stammten hauptsächlich aus meiner Generation, einige waren aber jünger. Wir trafen uns meistens im *Flore*, wohin Sartre mittags gewöhnlich ging. Einige von ihnen besuchte ich zu Hause, damals und auch während meiner nächsten Aufenthalte. In Erinnerung geblieben sind mir Porträts, die an den Wänden hingen, und manchmal leere Rahmen. Darin hatte vorher Stalin gehangen. Später erschien in verschiedenen Wohnungen anstelle von Lenin der lächelnde und beinahe wie ein Buddha fette Mao Tsetung in seiner hochgeknöpften Jacke. Und wiederum einige Jahre später stand Ché Guevara im wohl selben Rahmen in dunkler Baskenmütze und Militärjacke mit MP.

Auf dem Schreibtisch von Marcel Péju gab es lange Zeit nur ein kleines Photo von Mao, der nicht einmal besonders lächelte. Marcel war Sekretär von *Les Temps Modernes*. Und nur dank seiner, vielleicht sogar durch seine Initiative entstand diese »Post-Oktober«-Nummer. Er sah die Zeit des Stalinismus klarer als ich, und falls er jemals davon verzaubert gewesen war, dann war er diese Verzauberungen bereits längst los geworden. Er hatte weniger Illusionen als ich und meine Warschauer Freunde. Aber trotzdem war der polnische Oktober auch für ihn die Hoffnung einer Morgendämmerung. Jenes Heft der *Temps Modernes* wurde von der Übersetzung des *Poems für Erwachsene* von Ważyk eröffnet, und Marcel hatte zu dieser Anthologie polnischer Texte ein kurzes Vorwort geschrieben: *Der geweckte Sozialismus*. Und er beendete es wie folgt: »Heute bricht in Polen die Revolution das Eis.«

Marcel hatte in Warschau Ludmiła Murawska kennengelernt, er heiratete sie fast sofort, und sie ließen sich in Paris nieder. Ludmiła, eine Malerin, war die einzige Schauspielerin im »Na Tarczyńskiej«Theater von Miron Białoszewski[46]. Noch lange Zeit sprach sie kein Französisch, Marcel konnte kein Polnisch. Sie verstanden sich ausgezeichnet. Ohne Worte. Ludmiła hat wohl bei Białoszewski ein Schweigen gelernt, das spricht. Keiner, der sie auch nur einmal gesehen hatte, konnte ihre tiefliegenden, wie ein Bergsee ruhenden Augen vergessen. Sie waren blau, aber undurchsichtig. Als ob sie gleichzeitig anwesend und leer wären. Für mich gibt es eine Verbindung verborgener Verwandtschaften zwischen Ludmiłas Augen und dem Theater von Miron.

Ich erinnere mich nicht mehr, ob es während dieses Aufenthaltes in Paris oder beim nächsten knapp ein Jahr später war, daß ich zum ersten Mal nach dem Krieg Zdzisław Jeziorański traf; er hieß schon seit Jahren Jan Nowak und war Direktor der polnischen Abteilung beim Sender Freies Europa. Er fand mich sofort wieder wie damals während der Besatzungszeit, als wir uns im Sommer 1942 mit gefälschten Papieren in Józefów versteckten. Wir trafen uns am Montmartre, in einem kleinen, vor Rauch dunklen Bistro, gleich neben dem »Künstlereingang« des Moulin Rouge. Er führte mich dort ein. Das Starlet des letzten Programms war B. Noch einige Monate zuvor hatte ich sie im Warschauer Studentenklub *Stodoła* gesehen. Vielleicht war es auch in *Hybrydy*. Die Treppe rauf und runter, in den Korrido-

46 Miron Białoszewski (1922–1983), poln. Dichter experimenteller Lyrik, auch Dramen und Prosasammlungen.

ren und im schmalen Durchgang hinter der Bühne eilten nackte oder halbnackte junge Frauen an uns vorbei im süßen Duft billiger Parfüms, vermischt mit Schweiß und in einer Wolke staubenden Puders.

Nowak klopfte sich den Puder sorgfältig und systematisch vom Revers seines Jacketts. Auf die Mädchen achtete er überhaupt nicht, als ob sie nicht da oder eher nur eine lästige Puderwolke wären. B., die noch schlanker und noch größer zu sein schien als in Warschau, war beinahe zwei Meter groß, ging hinaus und ließ uns in ihrer Garderobe allein. Auf den Spiegel hatte jemand mit rotem Lippenstift zwei Paar Lippen gemalt. Ich weiß nicht, warum Nowak diesen merkwürdigen Ort für unser Gespräch gewählt hatte, vielleicht aus konspirativen Gründen, aber ganz sicher nicht wegen seines doppeldeutigen Charmes. Von allen meinen Freunden war er, schon in alten Warschauer Zeiten, in dieser Hinsicht, wie auch in jeder anderen, am rigorosesten.

Dann rief ich ihn zwei- oder dreimal, bei jeder meiner Auslandsreisen, unter der verabredeten Nummer an, immer aus Telephonzellen, nie vom Hotel aus. Einmal fuhr ich sogar nach München. Ich informierte ihn, so genau ich konnte, über die Situation in der Partei. Jetzt kann ich nicht einmal genau sagen, warum ich das tat. Ganz sicher zog mich das Spiel an, das Risiko und ein neues Spiel mit Konspiration, vor allem in München, wo Zdzisław mich bei einem befreundeten Priester versteckt hatte und mir erlaubte, nur abends und mit Sonnenbrille in die Stadt zu gehen. Aber nicht das war wichtig. Von Nowak trennte mich die politische Vergangenheit und die Sicht der Zukunft. Noch lange Zeit war ich auf der anderen Seite. Mir wurde aber bewußt, daß in der nahenden Gefahr von Moczar und der sich immer mehr verengenden Schlinge, in dieser Aufteilung in »sie« und die Nation, der Sender Freies Europa ein Verbündeter und eine Stütze war.

Mit Zdzisław verbanden mich alte Beziehungen (obwohl ein »Kamerad aus der Militärzeit« oder »Schulkamerad« für mich nie etwas so Heiliges wie für ihn waren), und ich hatte absolutes Vertrauen in seine Diskretion. Und doch... In München, in seinem Arbeitszimmer, sah ich einen schwarzen länglichen Kasten auf dem Schreibtisch. Mir war, als hätte ich daraus das Geräusch eines sich bewegenden Tonbands gehört. »Du nimmst mich auf!« Zdzisław errötete, dann wurde er weiß wie ein Laken. »Sie haben dich also doch schon erzogen...« Jetzt errötete ich vor Scham. Der schwarze Kasten war ein alter Photoapparat.

8.

Nach meiner Nach-Oktober-Rückkehr aus Paris verlief die Zeit wieder schnell. Aber anders. Der Oktober, den ich damals in der Aleje Ujazdowskie sah, war zu Ende, bevor er angefangen hatte. Der Krupp begann, wieder im Hals zu würgen. Der ungarische Aufstand wurde niedergeschlagen, sowjetische Panzer standen immer noch auf allen Plätzen von Budapest. *Po prostu*, die am meisten »oktoberhafte« Zeitschrift, die als erste am heftigsten und hartnäckigsten Erneuerung forderte, wurde geschlossen. Studentendemonstrationen wurden mit Schlagstöcken begrüßt. Die Miliz machte drei Tage lang Jagd auf Studenten. Einige von meinen Freunden versuchten wochenlang vergeblich, die Genehmigung für eine neue »europäische« Zeitschrift zu bekommen. Das ehemalige *Kuźnica* existierte seit vielen Jahren nicht mehr, aber wir waren noch immer in der Partei. Miłosz schrieb nach der Einführung des Kriegszustandes im Dezember 1981, daß das größte Verbrechen, das man Menschen antun könne, darin bestehe, ihnen die Hoffnung zu nehmen. Wenn einer von uns noch bis vor kurzem wenigstens einen letzten Fetzen Hoffnung hatte, schien es, daß man ihn ihm jetzt entrissen habe. Im März 1957 beschlossen wir, gemeinsam aus der Partei auszutreten: Andrzejewski, Dygat, Hertz, Jastrun, Ważyk und Żuławski. Der umsichtige Adolf bezahlte seit langem keine Beiträge mehr.

Die Parteiausweise gaben wir der Reihe nach in derselben Woche zurück. Sekretär der Parteiorganisation des Schriftstellerverbandes war damals Jan Strzelecki. Vor dem Krieg und während der Besatzungszeit in sozialistischen Jugendorganisationen aktiv, war er spät in die Partei eingetreten. Er hatte immer Zweifel, glaubte aber beinahe bis zum Schluß an den Sozialismus. Doch die Trauer war bei ihm beinahe durchsichtig. Er sagte mir damals, ich solle noch abwarten. Ich solle mich nicht beeilen. Sehr ähnlich redete er bei unserer letzten Klettertour an der Wand des Satans, schon kurz vor dem Gipfel. Wir wurden von Nebel und Regen überrascht, die Wand war ungünstig gestaltet und glatt. Ich schaffte es nicht. Janek mußte eine Sicherung aus einem Zusatzseil anlegen. Er legte immer eine Sicherung für die Schwächeren.

Nach jener Woche, in der er unsere Parteiausweise entgegennahm, kämpfte er noch lange mit sich selbst, was er tun solle. Vom Anfang des KOR verband er sich mit Jan Lipski, Jacek Kuroń und Adam Michnik. Er war einer der Berater der Solidarność, zuerst der legalen und dann im Untergrund. Er wurde bewacht, nachdem man den Kriegszustand eingeführt hatte.

Von uns, die damals ihre Parteiausweise zurückgaben, leben Andrzejewski, Dygat, Jastrun und Ważyk nicht mehr. Auch Jan Strzelecki ist tot. Er wurde in Warschau in Wybrzeże Kościuszkowskie durch einen Schlag mit einem stumpfen Gegenstand auf das Kinn und auf den Kopf ermordet. Die Täter wurden gefaßt, aber der Mord ist nie endgültig geklärt worden. Jan wurde bereits nach der Beendigung des Kriegszustands, aber noch vor den Gesprächen am »runden Tisch« ermordet.

Janek war ein großartiger und reiner Mensch. Vielleicht zu rein für dieses Land und dieses Jahrhundert. Am Grab sprach Michnik. Er war im »polnischen Oktober« zehn Jahre alt.

Die Zeit vergeht schnell. So sollte die Chronik enden.

Santa Monica, Weihnachten 1989

DIE REISE NACH OSTEN

1.

Es war der beste aller Tees, die wir getrunken haben. Beinahe durchsichtig, aber aromatisch: nach so vielen Jahren habe ich noch seinen Geschmack und Geruch von getrockneten Aprikosen im Mund. Nein: wie von einem Schnaps aus getrockneten Aprikosen. Es war Yunan aus dem Spätherbst 1944. »Ein schlechtes Jahr«, sagte unser Gastgeber, »aber eine der besten Ernten.« Dann tranken wir, aber das war schon nach dem Mittagessen, aus Porzellanschälchen. Die waren so zart, daß uns schien, sie würden uns in den Händen zerbrechen. Sechuan aus dem vergangenen Winter. Dieser Tee war dunkel und herb. »Der Winter war voller Hoffnung, und diese späte Ernte hat ihren Preis unter den Kennern.« In den großen und kleinen Regalen standen nebeneinander Gläser und Gläschen, manche ganz klein und manche sehr groß; auf allen waren in schwarzer oder roter Tusche kalligraphische Zeichen. In allen war Tee.

Es war die erste Einladung in ein chinesisches Haus. Und die einzige während unseres beinahe zweimonatigen Aufenthaltes in China. Erst kurz vor der Abreise wurde mir bewußt, wie ungewöhnlich dieser Besuch war. Und wie viele Bemühungen, wie viele Interventionen er verlangt hatte. Man brauchte eine besondere Genehmigung, wohl von ganz oben, um Ausländer nach Hause einladen zu dürfen. Sogar Ausländer aus den Volksdemokratien, sogar aus offiziellen Delegationen. Und um diese Genehmigung mußte man sich wochenlang bemühen. Doch die Eltern von Fu Tsong wußten schon lange, daß Smendzianka zur Delegation der Künstler und Schriftsteller aus Polen gehören würde. Ihr Sohn hatte beim Chopinwettbewerb in Warschau den ersten Preis für die Interpretation der Mazurkas bekommen. Und ein ein- oder zweijähriges Stipendium für das Konservatorium. Regina Smendzianka war eine der vielversprechenden Chopininterpretinnen ihrer Generation. Sie hatte schon viele Konzerte gegeben und wohl auch einige Male gemeinsam mit Fu Tsong. Sie waren befreundet. Als sie mit der Delegation nach China fahren sollte, bat er sie, seine Eltern in Peking zu besuchen. Diese luden sie zu einem Mittagessen ein, doch sie wollte nicht allein hingehen und nahm mich mit.

Zu dieser Zeit war der Weg von Warschau nach Peking kürzer als der nach Wien oder Berlin. Natürlich Westberlin. Nach China war es sogar näher als nach Jugoslawien. Das geschah schon zu Chruschtschows Zeiten, ein oder anderthalb Jahre nach Stalins Tod. Bei uns begann man die Leute aus den Gefängnissen zu entlassen, dort aus den Lagern. Sogar innerhalb der Partei flüsterte man, noch leise, von den Foltern des Staatssicherheitsdienstes. Von Ehrenburg übernahm man den Begriff »Tauwetter«. China öffnete sich für Delegationen. Aber nicht nur für Delegationen. Für eine neue Hoffnung. Vielleicht war es nicht einmal Hoffnung, sondern eine plötzliche Rückkehr des Glaubens.

China existierte schon fünf Jahre früher. An diese Jahre erinnert sich mein Gedächtnis ungern und widerwillig. »Du erinnerst dich, um zu vergessen«, wiederholte Lidia oftmals. »Aber die anderen werden es dir nicht vergessen.« Doch ich erinnere mich gut an diesen Tag. Peking war befreit; in die Polytechnische Hochschule wurden alle Warschauer Parteiaktivisten zur Feier gerufen. Alles war rot: die Fahnen, die Armbinden; die Wände waren mit rotem Tuch und Papier ausgeschlagen. Und dieses Rot erschien uns damals noch einmal frisch. Und zum Schluß die *Internationale*. Sie wollte lange nicht enden. Ich habe keine gute Stimme, aber ich sang mit dem ganzen Saal bis zur Heiserkeit: »Auf zum letzten Gefecht ... ein

Nichts zu sein tragt es nicht länger, alles zu werden, strebt hinauf.«

Ich erinnere mich nicht mehr, wo man uns in Łódź zusammenrief, als Berlin fiel. Mai 1945. Es ist über vierzig Jahre her. Ich erinnere mich nur, daß wir uns gegenseitig in die Arme fielen, viele trugen damals noch gestreifte KZ-Kleidung. Und wieder die *Internationale*, einmal, ein zweites Mal, immer wieder. Am Brandenburger Tor wurde die polnische Fahne neben der roten aufgehängt. In Łódź hingen nur rote. Und über alle Lautsprecher rief Dąb-Kocioł, der Wojewode (da gab es noch die alten Titel) oder vielleicht schon Präsident des Stadtrates: »Endlich erleben wir den Augenblick, in dem der polnische Soldat zum Gendarmen Europas geworden ist.«

Abends standen im Wojewodschaftskomitee Limonadenflaschen mit Wodka und Senfgläser anstelle von Schnapsgläsern auf den mit Packpapier und rotem Seidenpapier bedeckten Tischen. Auf dem Papier lag grob geschnittene Wurst. Es gab zwei Orchester. Ich tanzte, oder vielmehr umarmte ich eher ein junges Mädchen. Sie erzählte, ihr Mann komme nächtelang nicht nach Hause. Julek Żuławski zog mich von ihr weg. Fast mit Gewalt, weil ich sie nicht loslassen wollte. »Weißt du, wer das ist?« Ich wußte es nicht. »Du bist wohl verrückt geworden«, sagte er. »Es ist die Frau von Moczar.« Moczar war damals der Chef der Staatssicherheit in Łódź. Man arbeitete dort meistens nachts, nach alter Tradition, wie beim NKWD. Kein Wunder, daß es bereits dämmerte, wenn er nach Hause kam.

Ich lief, wie ich war, hinaus in die dunkle Nacht. Wie vor den Kopf gestoßen kehrte ich in das leere Literatenhaus in der Bandurskiegostraße zurück. Alle feierten die Niederlage Berlins bis zum frühen Morgen. Erst einige Monate später stieß ich in Stendhals *Italienischer Reise* auf folgendes: »Wenn ich in einer Stadt ankomme, so erkundige ich mich bei einem Freunde, sobald ich einen habe, wer die zwölf reichsten Männer, die zwölf hübschesten Frauen und der verschrieenste Mann sind ... «

Damals, bei Fu Tsongs Eltern, sprachen wir auch über Stendhal. Und sogar über seine italienischen Reisen. Doch fast ausschließlich über Musik, über Stendhals Begeisterung für Cimarosa. Die Mutter von Fu Tsong war wohl ebenfalls Pianistin. Die Gastgeber sprachen fließend Französisch und Englisch. Fu Tsongs Mutter übersetzte Balzac, sein Vater war Professor und übersetzte Shakespeare. Doch man sprach auch über Politik. Sie haßten Tschiang Kaischek. Sie nannten seine Zeiten Okkupation. Sie mußten sich damals verstecken. Jetzt waren sie voller Hoffnung. Sie sprachen von Ärztegruppen, die zum ersten Mal auf die Dörfer geschickt wurden, über Millionenauflagen von Lehrbüchern für Lesen und Schreiben, über die Freiheit, die noch nicht da sei, doch kommen würde ... Ich kannte damals den Terminus »Hundert Blumen sollen blühen« noch nicht, doch Fu Tsongs Eltern mußten schon von diesem neuen chinesischen Blumenbeet gehört haben.

Wir kehrten spät in der Nacht durch das um diese Zeit menschenleere Peking heim. Nur selten huschten Radfahrer in blauen Drillichanzügen mit Taschenlampen und weißen Mullmasken vor dem Mund vorbei. Mir sind die endlosen Straßen im Gedächtnis geblieben, die wie Feldwege waren, wo das Auge an nichts haften bleiben konnte. Beiderseits zogen sich Mauern hin, meistens aus Lehm, hinter denen nur ab und zu ein Schatten der Häuser zu erkennen war. Diese Rückkehr aus der weitentfernten Vorstadt durch das leere Peking nach einem Gespräch über Musik und Hoffnung erinnerte mich an eine andere Rückkehr durch ein dunkles Dorf und leere Straßen. Auch damals ging ich spät in der Nacht nach einem Gespräch über Musik und Hoffnung zurück. Doch da waren die Rollen umgekehrt, ich war es, der von Hoffnung sprach. Der Gastgeber hatte keine.

Das war sieben Jahre vor meiner Reise nach Peking. Auch damals hatte man mich mit einer Delegation von Schriftstellern und Künstlern weggeschickt. Diesmal nach Moskau, um dort den dreißigsten Jahrestag der Revolution zu feiern. Wir wurden von russischen Schriftstellern empfangen, aber Pasternak war nicht unter ihnen. Ich fragte nach ihm. Man sagte, er sei krank. Ich fragte nach seiner Adresse, niemand kannte sie. Ich hatte aus Warschau zwei Empfehlungen an Freunde in Moskau. Ich fand sie. Sie sagten, sie würden mich zu ihm bringen. Sie wiesen mich an, am verabredeten Tag zu sagen, ich hätte eine Grippe, und im Hotel zu warten. Um Mitternacht waren wir in Pasternaks Datscha in Pjeredielkin. Er übersetzte gerade *Maria Stuart* von Słowacki. Er sprach kein Polnisch, verstand es aber. Er fragte nach polnischen Freunden und danach, was bei uns geschah. Ich sprach von den Ärzten auf den Dörfern, von Auflagen poetischer Werke in Zehntausenden und daß wir alles schreiben könnten, was wir nur wollten. Wir tranken noch stärkeren Tee. Pasternak lächelte nur. »Ihr seid wie Vögel, die im Geäst singen. Jeder Vogel singt auf seine Weise. Bis ihr eines Morgens alle in Käfigen aufwacht. Vielleicht sogar in goldenen. Jeder Käfig wird unten eine Aufschrift tragen. Der eine: ›Ehemaliger Futurist‹; der andere: ›Verstockter Symbolist‹; der dritte: ›Idealist‹; der vierte: ›Vulgärer Materialist‹. Und über allen wird stehen: ›Feinde des Volkes!‹« Damals bekam ich von Pasternak zum Abschied *Semnoj prostor* (Die Weite der Erde) mit der Widmung »Ich wünsche Ihnen Glück«. Es war ein kleines Büchlein, nicht mehr als drei Bögen, auf Zeitungspapier in einem dunklen Umschlag aus Karton. In einer Auflage von wohl fünftausend. Nach meiner Rückkehr aus Moskau sah ich an der Fassade des Hauses des Schriftstellerverbandes am Ende der Krakowskie Przedmieście, gegenüber der Sigismundsäule und den Ruinen des damals noch nicht wiederaufgebauten Schlosses, eine riesige

Aufschrift, schwarze Lettern auf rotem Tuch: »Schriftsteller – Ingenieure der menschlichen Seelen.«

2.

Auf dem Weg nach Peking unterbrachen wir die Reise für einen Tag und eine Nacht in Moskau. Am Morgen gingen wir auf den Roten Platz ins Mausoleum. Stalin lag schon darin. Den lebenden Stalin hatte ich sieben Jahre zuvor gesehen; es war im Bolschoitheater bei einer Aufführung von *Schwanensee*. Wir saßen zusammen mit den Delegierten anderer Brüderrepubliken irgendwo weit oben. Stalin saß mit den Marschällen genau vor der Bühne. Ihre Orden glänzten. Aber von der oberen Galerie sahen sowohl Stalin als auch die Generäle wie kleine Figürchen aus. Wie von jemandem hinter ein Fensterbrett aus rotem Plüsch gesetzt, noch kleiner als die Tänzerinnen auf der großen Bühne, die nach der Pirouette steif erstarrten im Tüll der weißen Röcke, die noch lange in der Luft schwebten.

Zu dieser Parteiveranstaltung mit Ballett hatte uns Genosse Apletin gebracht. Er war ganz oben und betreute uns speziell. In dieser Schriftstellerdelegation zum dreißigsten Jahrestag der Revolution war auch Żukrowski. Er wollte unbedingt zu einer Messe in die orthodoxe Kirche. Doch Genosse Apletin, den wir Napletek (poln. »Vorhaut«) nannten, kannte nur die Wassilij-Kathedrale am Roten Platz neben den Kreml-Mauern. Ich wollte die Bahnhöfe der neuen Metro sehen. Unsere *Trybuna Ludu* berichtete von dem Marmor, den Mosaiken und Skulpturen der Moskauer Metro. »Ja chotschu posmotrit na wasch metropolit.« Genosse Apletin schaute mich eigenartig an. »Morgen bekommt ihr die Antwort.« Ich wunderte mich sehr darüber, daß die Sache so kompliziert war. Die nächste Metrostation war zwei Straßen von unserem Hotel entfernt. Am nächsten und auch am übernächsten Tag bekam ich keine Antwort. »Wartet noch«, sagte Genosse Apletin. »Die Antwort kommt.« Die Antwort kam. Drei Tage später fuhren wir am frühen Morgen mit einem schwarzen Wolga los. Żukrowski kam mit uns. Nach einer halben Stunde waren die Häuser verschwunden, wir befanden uns zwischen Feldern auf einer leeren Landstraße. Ich begriff überhaupt nichts. »Sie fahren uns sicherlich zu irgendeiner geheimen Station außerhalb von Moskau«, sagte Żukrowski. »Daher die Passierscheine.« Jeder von uns hatte drei Dokumente mit großen runden Stempeln bekommen. Napletek sagte während der ganzen Fahrt kein Wort. Nach einer Stunde bogen wir in eine Seitenstraße ein, die von Erlen und Birken gesäumt war, an denen noch die letzten Blätter hingen. Wir fuhren durch ein Einfahrtstor und blieben stehen vor etwas, das einem großen Landhaus ähnelte. Das war zwar heruntergekommen, wies aber noch Reste der früheren Herrlichkeit auf. Begrüßt wurden wir von zwei Popen mit gürtellangen Bärten und schwarzen Soutanen. Man führte uns durch Korridore und Zimmer, in denen überall Greise in Kutten standen, die fast wie Frauenkleider aussahen, in einen großen Saal, wo wir vom Metropoliten und Patriarchen Großrußlands (mit einer goldenen Kette mit Kreuz) begrüßt wurden.

Man brachte uns süßen Wein und süßen Rosinenkuchen. Das Gespräch war genauso süß wie der Wein und der Kuchen. Bis Żukrowski plötzlich fragte: »Was denken Eure Exzellenz über die orthodoxen Kirchen, die in atheistische Museen umgewandelt werden?« Der Metropolit und Patriarch Großrußlands schaute uns aufmerksam an, in seinen Augen blitzten plötzlich kleine Lichter, vielleicht war es auch nur der Schein der Kerzen, die in hohen dreiarmigen Silberleuchtern standen, und schüttelte den weißen Bart: »Atheistische Museen in Kirchen? Ich habe davon nichts gehört. Vielleicht früher mal, in den zwanziger Jahren ...«

Auf dem Rückweg schwiegen wir alle lange. Erst bei den ersten Häusern von Moskau sagte ich: »Euer Metropolit ist euch ja ein großer Trost ...« Genosse Napletek schaute mich prüfend an, und auch in seinen Augen leuchteten Funken auf. »Im Kaukasus«, sagte er, »gibt es ein altes tartarisches Sprichwort: Wenn zwei unter einer Decke schlafen, bedeutet das noch nicht, daß sie dasselbe träumen.« Noch lange Zeit nach unserer Abreise lachte man in ganz Moskau über Apletin, daß er zwei Schriftsteller aus Polen, die die Metro sehen wollten, zum Metropoliten gebracht hatte.

Ich kann mich von meiner ersten Moskaureise an kaum etwas anderes erinnern als an diese beiden Besuche, beim Patriarchen und bei Pasternak. Und vielleicht noch an die Hüte von Zofia Nałkowska. Sie hatte zwei, die speziell für diese Reise angefertigt oder gekauft wurden. Beide mit Blumen, einer mit Schleier und einem blauen breiten Band. Man führte uns in Moskau wohl zweimal, vielleicht war es auch nur einmal, in die führenden Fabriken. Es war, soweit ich mich erinnere, die Dzierżyński-Schokoladen- und Pralinenfabrik. Als wir an der Reihe von Frauen in beschmutzten weißen Schürzen und Kopftüchern vorbeigingen, hörten wir jemanden flüstern: »Die Zarin ist gekommen.«

Von Moskau nach Peking flogen wir beinahe 48 Stunden mit kleinen Iljuschins. Wir übernachteten in Omsk oder Tomsk. Sehr seltsam war dieses Hotel am Markt. Wie bei Gogol. Und vielleicht stammte es auch aus seiner Zeit. Sofas, Bettüberwürfe und Vorhänge aus bordeauxfarbenem Plüsch, voller Flecke und ausgebrannter Löcher, als ob seit Jahren niemand staubgewischt hätte. Und in jedem Zimmer ein riesiger goldener Samowar. Er dampfte noch, als ich die Tür aufmachte. Wir wurden am frühen Morgen geweckt. Das Flugzeug wartete auf uns, konnte aber lange nicht starten. Dann bewegte es sich, rollte und blieb wieder stehen. Man forderte uns auf auszusteigen. Um uns herum war Steppe, leer bis zum Horizont, kein Baum, keine Spur menschlicher Anwesenheit. Der Pilot im riesigen Pelzmantel rutschte unter das Fahrgestell, dann ging er in die Kabine zurück und kehrte mit einem schweren Hammer wieder. Er ging wieder zum Fahrgestell und begann gleichmäßig zu schlagen. Wie jahrzehntelang die Bauern, wenn der Pferdewagen stehengeblieben war. Doch das Flugzeug startete.

Es war noch Nacht, als wir über die Wüste Gobi flogen. Sie war wie die runde Scheibe des Mondes auf den Photos großer Teleskope, voller schwarzer Krater, die von einem hellen, fast silbernen Rand umgeben waren. Viele Jahre später war ich in der Wüste Negev. Diese Wüste hat alle Farben, Braun, Violett, alle möglichen Arten von Gelb. Gott hat dort nicht in menschlicher Gestalt erscheinen können, doch er konnte eine Stimme aus dem brennenden Busch sein, die als Echo von den rosafarbenen Säulen Salomos wiederhallte. Gobi ist wie der Mond über der unmenschlichen Erde.

Doch bald darauf flog das Flugzeug tiefer. Es war schon über China. Die Erde erschien wie ein Garten ohne leere Stelle. Sie war in kleine Rechtecke geteilt, alle gleich groß. Sie glitzerten. Es müssen wohl mit Wasser überschwemmte Reisfelder gewesen sein.

Dieser zweimonatige Aufenthalt in China war die eintönigste aller meiner Reisen. Wir wohnten in einem neugebauten Hotel für ausländische Gäste. Jeder von uns hatte sein Appartement, zwei oder drei Zimmer. Doch man konnte sich nicht einmal im Bad einschließen; keine Tür hatte einen Schlüssel oder ein Schloß. Wir waren niemals allein. Wenn wir ausgingen, wurden wir immer von unseren Reiseführern begleitet. Sie krallten sich in unsere Arme ein, berührten uns ununterbrochen, als ob sie befürchteten, daß wir stolpern oder verlorengehen könnten. Dieses unaufhörliche Berühren gab uns ein ermüdendes Gefühl der Klaustrophobie sogar auf offenen Plätzen.

Unsere Führer und Betreuer, Männer wie junge Frauen, trugen hochgeknöpfte Hemden aus blauem Drillich. In derselben Farbe und aus dem gleichen Drillich waren die Hosen. Alle sprachen mehr oder weniger gut Russisch, manche konnten etwas Englisch. Doch sie sprachen nie allein mit uns; bei jedem Gespräch waren mindestens zwei Personen anwesend. Nur eine unserer Reiseführerinnen, wohl die jüngste, sie sah noch wie ein Mädchen aus – alle Frauen sahen viel jünger aus –, blieb manchmal abends allein mit uns oder am Ende des Korridors mit M. zusammen stehen. Er war der einzige Maler in unserer Gruppe und hatte lachende Augen. Eines Morgens kam sie mit weißen, bunt gestreiften Söckchen. Sie muß wohl in ihrer naiven mädchenhaften Koketterie die Drillichhose um einen oder einen halben Zoll gekürzt haben. Sie verschwand am Nachmittag des gleichen Tages, und wir sahen sie nie wieder.

Jeden Abend fragte man uns beim gemeinsamen Essen, wen wir denn treffen wollten. Wir nannten Schriftsteller, Künstler, Musiker. Unser Hauptbetreuer lächelte, nickte und schrieb langsam und sorgfältig alle unsere Forderungen in ein dickes Notizbuch. Doch am nächsten Morgen wurden wir unabänderlich in einen Kindergarten, ein Kreiskulturhaus oder eine »führende« Fabrik geführt. Ich entsinne mich nicht mehr, ob diese Fahrräder oder Thermoskannen produzierte. Für uns unterschieden sie sich übrigens in gar nichts. Das Ritual der Begegnung im »führenden« Kindergarten und in der Akademie der Wissenschaften, in einer Schuhfabrik und im Haus der Schriftsteller war ein und dasselbe. Hinter einem langen Tisch in einem Saal, in dem immer die gleichen Porträts hingen, saß auf der einen Seite unsere Delegation der »führenden« Schriftsteller und Künstler, auf der anderen – fünf, manchmal sieben oder sogar neun ältere Herren, die für chinesische Maßstäbe sehr fettleibig waren, alle in gleichen hochgeknöpften Jacken. Nur waren diese besser geschnitten und aus Kord oder Wolle. Aus riesigen Thermoskannen wurde grüner Tee ausgeschenkt.

»Wir haben euch eingeladen, um von euch zu lernen, denn eure Revolution ist älter als unsere ...« Darauf entgegnete der Vorsitzende unserer Delegation, eingeübt beim Vorsitz unzähliger Parteisitzungen, ohne jemals die Wortordnung oder die Intonation zu verändern: »Wir sind hierhergekommen, um von euch, unseren chinesischen Genossen, zu lernen, wie ihr innerhalb von fünf Jahren euer siegreiches und arbeitsames Volk aus jahrhundertelanger ...« Danach folgte immer Beifall, und der fettleibigste der Gastgeber stand auf: »Sowohl wir als auch ihr, polnische Genossen, müssen gemeinsam von den Genossen der brüderlichen Sowjetunion, der Heimat des Weltproletariats, lernen ... Wir bitten euch, stellt uns Fragen, und wir werden sie euch wie Genossen ihren Genossen beantworten, ohne die Fehler zu verbergen ...«

Als erste ergriff Smendzianka das Wort: »Was kostet ein Pfund Reis?« fragte sie. Unsere Gastgeber steckten ihre Köpfe zusammen und flüsterten gut ein paar Minuten miteinander. Wir hörten nur so was wie »schu, schu, schu ...«. Endlich antwortete der Magerste von der anderen Seite des Tisches: »Reis hat keinen einheitlichen Preis. Vor der Revolution haben die Kulis in Shanghai ...« Am meisten erstaunte uns, daß wir nicht einmal auf die einfachsten Fragen Antworten bekamen: Jede Frage und jede Antwort wurde, im »führenden« Kindergarten wie in der Akademie der Wissenschaften, von mindestens zwei Chinesen sorgfältig in dicken Notizbüchern protokolliert – und diejenigen, die protokollierten, waren immer mager.

Abends aßen wir oft mit der französischen Delegation zusammen. Sie bestand nur aus sehr fortschrittlichen Frauen. Vor allem waren sie über die Kindergärten entzückt. »C'est extraordinaire«, sie keuchten fast vor Rührung. »Ces pauvres Chinois ont des maternelles et des orphelinats...« (Diese armen Chinesen haben Kindergärten und Waisenhäuser...) Doch wir hatten genug von den Waisenhäusern und all diesen Treffen mit Thermoskannen voller Tee. Man ließ uns nie allein ausgehen. Wir wollten die Stadt sehen. »Wieso denn?« erklärte uns der Betreuer mit sanfter Stimme wie Kindern. »Wir haben euch doch ins Nationalmuseum gebracht, in den kaiserlichen Palast der verbotenen Stadt und in den Garten der Kaiserin...«

»Aber wir möchten durch die Stadt *laufen*.« Unser Reiseführer war verwundert. Doch zwei Tage später ließ man uns unerwartet aus den Autos heraus. Wir waren von allen Seiten von kleinen Chinesen und Chinesinnen umgeben, doch wir liefen endlich durch die Straßen. Hinter uns, nicht weiter als zwanzig Schritte entfernt, fuhren in einem traurigen Zug die Autos, aus denen man uns für eine Stunde herausgelassen hatte.

Nach einem Monat in Peking machten wir eine Reise durch China. Wir waren einige tausend Meilen von Tibet entfernt. In diesem Land, das sich selbst seit Jahrhunderten »die Mitte der Welt« nennt, sind tausend Meilen »nahe«. Wir waren in einer Höhe von wohl über dreitausend Metern, denn unser Atem wurde schneller, und wir konnten fast hören, wie unsere Herzen schlugen. Um die kleine Siedlung herum war Dschungel. In dieser Bergsiedlung gab es eine Schule für Jungen und Mädchen eines Stammes, der angeblich weder Viehzucht noch Metallverarbeitung kannte. Die Mädchen kamen nicht freiwillig in die Schule. Man versuchte, die im Dschungel gefangengenommenen jungen Frauen zu Hebammen auszubilden. Eine von ihnen saß mit uns beim Abendessen. Ihre Augen werde ich nie vergessen. Es gab kein Erstaunen darin. Es gab nichts in ihnen. Sie waren dunkelbraun und feucht wie Rehaugen. Aber gleichzeitig vollkommen leer. Beinahe durchsichtig wie zwei Bergseen.

Dann fuhren wir in den Süden. Im Ohr habe ich immer noch das Klappern von Holzpantoffeln in Kanton, das die höchsten Etagen unseres Hotels erreichte; es verschwand nur um Mitternacht, dann ertönte es erneut bereits vor dem Morgengrauen, wurde für kurze Zeit in den schläfrigen und feuchten Mittagsstunden leiser und nahm dann noch einmal, gleichzeitig mit einer leichten Brise vom Meer, wieder zu. In Kanton haben wir, ich kann es nicht anders benennen, das Körperliche entdeckt, das im Norden zugedeckt und versteckt wurde. In Peking haben diese Körperlichkeit nur die lachenden, rennenden und in jeder Ecke kugelnden Kinder gehabt, in hellroten wattierten Jäckchen, Mützen mit Glöckchen und auf dem Popo offenen Hosen; die einzigen lebenden Wesen zwischen dem blauen hochgeknöpften Drillich, die plötzlich während der allgemeinen Abstumpfung in den langstündigen Treffen aufsprangen, um einer surrenden Fliege nachzujagen.

In Kanton lag in den Straßen der Altstadt der Geruch von Fritüre und scharfen Gewürzen, die Häuser gingen in die Straßen über oder eher die Straßen in die Häuser; die Keller, Eingänge und Fenster waren weit geöffnet, oder es gab Häuser ohne Fenster, wie Käfige, in denen sich abends beim glitzerndem Licht von Petroleumlampen oder Funzeln Körper zusammenballten. Auf den Eisenöfen briet man oder kochte Fische.

Einmal, als wir zu einem Morgenspaziergang an den Strand geführt wurden, kamen zwei Kinder zu uns gelaufen, der Junge war vielleicht sieben und das Mädchen wohl neun, beide in Lumpen, aber wunderschön mit dieser zerbrechlichen oder gebrechlichen Schönheit aller Rassen Südostasiens. Sie streckten ihre Hände aus. »Schaut euch diese bettelnden Kinder an«, sagte unser Führer. »Solche Kinder gibt es in ganz China nicht.«

Am besten ist mir von dieser Reise nach Osten Shanghai in Erinnerung geblieben. Entlang der ganzen Küste zogen sich kilometerlang dicht nebeneinander, wie eine geschlossene Zementfaust, zehn-, zwölf- oder sogar vierzehnstöckige Gebäude, mit Eisengittern im Einfahrtstor und in den Fenstern, wie riesige Bunker. Man konnte noch die halb verwischten Aufschriften und Schilder der englischen und amerikanischen Gesellschaften lesen, der holländischen und Schweizer Banken, der Handelsgesellschaften und Reisebüros der ganzen Welt. Doch auf der anderen Seite der Straße war alles schon zerbrechlich und durchsichtig: Gerüste aus Bambus, sich auf langen Bambusstöcken wie auf Pendeln gleichmäßig bewegende Bündel, Dschunken auf dem glänzenden Meer mit Segelchen wie weiße Laken an dünnen Bambusmasten.

Wir wohnten in einem alten Hotel im ehemaligen französischen Sektor. Shanghai wurde wohl, wie die Gebiete Mittelafrikas, nach der Niederschlagung des Boxeraufstandes in autonome Sektoren unter die großen Kolonialmächte aufgeteilt. In dem Hotel, in dem wir untergebracht wurden, spielte der größte Teil des *So lebt der Mensch* von André Malraux. Nachts schien mir, als hörte ich in den Korridoren die schleichenden Schritte des Terroristen Tschen, der der Meinung war, daß wenn alles zur Zerstörung bestimmt, uns nur übrigbliebe, ein großes Loch in der Erde zurückzulassen.

Wir wurden in einen Park im ehemaligen englischen Viertel geführt, mit dichtem und weichem Rasen wie in Oxford. Man hatte am Tor die zweisprachige Tafel zurückgelassen: »Für Hunde und Chinesen Eintritt verboten«. Im Revolutionsmuseum gab es riesige, die ganze Wand bedeckende Photos eines Aufmarsches der Kulis: Tausende, jeder hinter seiner zarten Rikscha wie hinter einem Bambuspanzer. Folterwerkzeuge, ein Beil, Eisenkäfige mit Stacheln im Inneren, Ketten. Gesichter der Ermordeten, Geköpften oder Gehängten. Mir schien, als ob ich noch einmal unter ihnen Tschen aus dem *So lebt der Mensch* und Garin, den Bolschewistenkommissar, aus den *Eroberern* von Malraux wiedergefunden hätte.

Bei einem großen Empfang der Stadt zu unseren Ehren lernte ich Tschang kennen. Schon am ersten Tag nach unserer Ankunft erzählte man mir von ihr. Shanghai war knapp ein Jahr vor unserer Reise erobert worden. Zu Tschangs Funktionen gehörte ein »Durchkämmen« der Stadt. Sie wurde im zweiten Jahr des Großen Marsches geboren. Und sie nahm mit ihrer Mutter an dem Marsch bis zum letzten Tag teil. Man sagte, sie sei im Alter von fünf oder sieben Jahren in die Partei aufgenommen worden. Sie war der jüngste Oberst oder sogar General. Doch bei diesem Empfang trug sie eine Militärjacke ohne Abzeichen, nur mit einem roten Stern.

Für eine Nordchinesin war sie hochgewachsen. Doch sie hatte fast keine Augen. Nur zwei Schlitze, zwei schräge Schnitte. Wenn sie sich öffneten, konzentrierte sich das Licht in ihnen wie in zwei Linsen. Ihr Blick hatte Gewicht. Wir begannen miteinander zu sprechen. Das Gespräch war von Anfang an offen. Und vom ersten Augenblick an gab es eine Anziehung zwischen uns. »Ich komme zu dir«, sagte sie. Sie kam spät in der Nacht in mein Hotelzimmer. Sie brachte eine Flasche russischen Kognak und zwei Gläser mit. Sie war wahrscheinlich die einzige Frau in der ganzen Stadt, die sich das erlauben konnte.

Es gab in ihr, der jungen Frau, sicherlich die Neugier auf einen Mann aus einer fremden Welt. Von dieser fremden Welt kannte sie nur Moskau. Doch sie kam noch aus einer anderen Neugier. Sie muß sich für dieses Gespräch vorbereitet haben. Ich war viel weniger vorbereitet. Sie wußte alles über mich, jedenfalls alles, was sie brauchte. Daß ich noch während der Besatzungszeit der Partei beigetreten war, daß ich bei einer »Delegation« in Moskau gewesen bin ... Sie meinte, ich sei in der Partei viel höher gestellt und viel aktiver. Sie sprach ein gebrochenes Russisch. Nicht viel besser als ich. Aber wir konnten uns verständigen.

Das Gespräch begann mit Orwell. Sie hatte ihn nicht gelesen, denn wo und in welcher Sprache hätte sie ihn lesen sollen. Doch sie kannte den Namen und die Buchtitel. Ich mußte ihr von der *Farm der Tiere* und *1984* erzählen. Das war nur eine Einführung in das eigentliche Gespräch. Erst ein oder zwei Jahre nach diesem nächtlichen Treffen wurde mir bewußt, worum es Oberst Tschang in der aufgeknöpften Militärjacke und mit einem Glas russischen Kognak in der Hand eigentlich ging. Sie fragte mich nach den Fraktionen in der Parteiführung. Sie war vorsichtig und sprach das Wort »prorussische Fraktion« nicht aus. Doch nur das war ihr wichtig.

Ich war ebenfalls vorsichtig bei diesem Gespräch oder einfach immer noch naiv und wußte mit Sicherheit viel weniger als sie von den russischen Beratern in der Armee und bei der Staatssicherheit. Doch bei solchen Gesprächen muß man sogar für die halbe Wahrheit bezahlen. Sie konnte mir nicht sagen, daß sie den Reispreis nicht kenne und nicht wisse, wieviel Reis sich ein Träger für einen zwölfstündigen Arbeitstag beim Ausladen von Schiffen kaufen könne. Ich fragte nach den Landwirtschaftskommunen. »Am Anfang hat man übertrieben«, Tschang benutzte genau dasselbe Vokabular wie die polnischen Parteileute. »Es fanden auf den Dörfern Prozesse gegen die Landbesitzer statt, die meist mit Steinigung am Ort endeten. Wir haben das beendet. Jetzt nehmen wir die Kulaken als Schweinehirten.« Ich fragte Tschang nach der Prostitution. In Shanghai soll es bis zur Befreiung zehn- oder sogar zwanzigtausend Bordelle gegeben haben. In den zum Hafen führenden Gassen standen Teenager noch bis vor kurzem dicht in zwei Reihen nebeneinander. Sokorski war zwei Monate vor unserer Reise aus Shanghai zurückgekommen. Er erzählte, er habe in ein Bordell gehen wollen. »Sie werden alle desinfiziert«, lautete die Antwort.

»Wir haben zweihundert Prostituierte auf eine kleine Barkasse gesteckt«, sagte Tschang. »Als sie auf offener See war, zogen die Matrosen unter Deck zwei Stöpsel aus vorbereiteten Öffnungen heraus. Dann banden sie ein kleines Boot los. Sie waren noch nicht im Hafen angekommen, als die Barkasse versank. Am gleichen Abend schloß man alle Bordelle. Am nächsten Tag, noch lange vor der Morgendämmerung, standen die Mädchen in meilenlangen Schlangen vor den Anwerbebüros für Tee-Ernten und das Austragen von Schlamm in geflochtenen Körben auf den Reisfeldern ...« Dann folgte nur noch langes Schweigen. Vielleicht war Oberst Tschang bewußt geworden, daß sie zuviel gesagt hatte. Sie nahm die halbe, nicht ausgetrunkene Flasche Kognak und ging.

Shanghai war eine der letzten Etappen unserer Delegation. Eine Woche später flogen wir in Peking ab. In der ersten Nacht landeten wir in Ulan Bator. Auf dem Flugplatz weideten Kamele, in kleinen Gruppen von drei, fünf Stück, neben den Hangars. Hinter dem Flughafen war auf der einen Seite Steppe, auf der anderen die Stadt. Eine Zeltstadt bis zum Horizont. »Endlich in Europa!« In diesem gemeinsamen Ausruf steckte nicht nur bitterer Witz, sondern auch ein tiefes erleichtertes Aufatmen.

3.

Etwa ein halbes oder ein Jahr nach unserer Rückkehr aus China kam Tschou-Enlai nach Warschau. Er sprach von den »hundert

Blumen«. Auch wir schrieben damals von den »hundert Blumen« und machten sie uns zum Vorbild. Doch nach kaum einem Jahr war von den »hundert Blumen« nur noch eine übriggeblieben. Ausgerechnet damals traf ich nach einer längeren Pause die Smendzianka auf der Straße wieder. »Ich habe schlechte Nachrichten«, sagte sie. »Fu Tsong hat seit einigen Wochen kein Lebenszeichen von seinen Eltern. Er befürchtet, sie könnten verhaftet sein oder ...«, hier unterbrach sie sich, »zur Arbeit in den Landwirtschaftskommunen.« Die Zeit der »hundert Blumen« war vorbei. Die »Kulturrevolution« begann. Nach ein paar Wochen traf ich Smendzianka wieder. »Die Botschaft verlangt, daß Fu Tsong sofort zurückkehren soll.«

Fu Tsong wurde in Warschau von allen angebetet. Von Kollegen und Professoren, von Frauen und Männern, von Polen und Ausländern. Ich traf ihn bei irgendeiner Party. Seine Finger schienen aus Elfenbein gemacht zu sein. Ein Jahr körperlicher Arbeit würde das Ende des Pianisten bedeuten. Doch was konnte man tun. Fu Tsong konnte doch in Polen kein politisches Asyl beantragen. Das Ministerium und sogar die Auslandsabteilung des Zentralkomitees versuchten zu intervenieren. Er hatte noch für ein Jahr ein Stipendium. Die Chinesen in der Botschaft lächelten, nickten, gaben allen Argumenten recht und verkündeten, daß er sofort zurückkehren müsse. Der Druck der Botschaft wurde immer stärker. Von da an wurde Fu Tsong von zwei »Betreuern« für keinen Augenblick aus den Augen gelassen.

Schließlich verabredete man mit der Botschaft, daß sein Konzert in Poznań das letzte sein sollte. Das Flugzeug von Warschau-Okęcie nach Poznań flog um zehn Uhr morgens. Eine Viertelstunde oder zwanzig Minuten früher flog ein Flugzeug vom selben Flughafen nach London ab. Fu Tsong verabschiedete sich von seinen »Betreuern« und verwechselte die Flugzeuge.

Es war wohl der erste und letzte Fall, bei dem sich die englische, sowjetische und polnische Abwehr, die sich sonst gegenseitig wie böse Hunde beschnüffelten und bewachten, miteinander verständigten, um einen jungen Chinesen mit Elfenbeinfingern sicher in den Westen zu schicken.

Die Nachrichten aus China wurden immer erschreckender. Die Kulturrevolution war in vollem Gang. Unsere Stipendiaten kamen bereits aus China zurück, und wir hatten Informationen aus erster Hand. Sie erzählten mir von der Methode des »Wassertropfens«. Zu Professoren, Schriftstellern und Musikern, denen man »die Abkoppelung von den arbeitenden Massen« vorwarf, kam frühmorgens um sieben einer der Hunweibins[1] zum Gespräch. An den Universitäten waren es meistens die Studenten des Professors. In hochgeknöpfter Drillichjacke von immer gleicher Farbe erklärte der junge Mensch dem alten Menschen in ungeheuer höflichem Ton, sehr sanft, aber pausenlos, welche Fehler er begangen habe und daß er eine ehrliche Selbstkritik üben solle. Nach einer Stunde kam ein zweiter Hunweibin in der gleichen hochgeknöpften Jacke und erklärte seinem Gesprächspartner genauso pausenlos, welche Fehler der begangen habe... Wiederum nach einer Stunde kam der dritte, dann der vierte und fünfte, und so ging es bis spät in die Nacht hinein. Tag um Tag, Woche um Woche. Viele sprangen nach diesen »Wassertropfen« schon in der dritten Woche aus dem Fenster, andere ertränkten sich nach alter chinesischen Tradition in Brunnen. Gift zu bekommen war unmöglich. »Asien!« sagte der junge Gelehrte, der mir das erzählte. »Bei uns wäre das nicht möglich.« Ich erinnerte mich an das Gefühl der Erleichterung, als wir nach dem Abflug aus China in Ulan Bator gelandet waren.

1 Rote Garde, chinesische Jugendorganisation, gegründet 1966 während der Kulturrevolution; von Mao Tsetung im Kampf um die Macht benutzt, gingen häufig mit Gewalt und Terror vor.

Im Jahre 1949 oder 1950 begann die marxistische Offensive an polnischen Universitäten. Anfänglich wohl bei der Philosophie und der Polonistik. Man beschloß, eine zweitägige Konferenz zum Thema »Von der marxistischen Literaturwissenschaft« einzuberufen und die alten Professoren und junge Kader zu einer ehrlichen und offenen Diskussion einzuladen. Mit der Organisation und Vorbereitung wurde M. betraut, unsere Schülerin aus der Łódźer Zeitschrift *Kuźnica*. Sie hatte leicht vorstehende Wangenknochen, breite Lippen, die zwar feucht, aber immer zusammengekniffen waren, und glatt nach hinten gekämmtes Haar. Sie trug hochgeschlossene Blusen und manchmal einen altmodischen weißen Kragen. Manchmal sah sie aus wie eine Suffragette vom Ende des 19. Jahrhunderts. Wir legten fest, daß ich am ersten Tag nach dem Vortrag von Roman Ingarden auftreten solle.

Der Saal war voll. Ingarden sprach sehr langsam, sehr ruhig und sehr klar. Er wiederholte seine Theorie der Schichten des literarischen Werkes von Intention und Vorstellung. Er zeichnete ein Diagramm an die Tafel, alle Teilungen und Symbole. Er schrieb die ganze Tafel voll. Bis zum letzten leeren Platz ganz unten. Als er endete, war schüchternes Klatschen zu hören, hauptsächlich im hinteren Teil des Saals. Ich wartete einen Augenblick ab, dann betrat ich das Podest am Katheder, ging sehr langsam an die Tafel und begann, mit einem großen Schwamm langsam und systematisch, alles von oben bis unten abzuwischen. Bis alles, was Ingarden geschrieben hatte, abgewischt war. Dann ging ich wieder sehr langsam zum Katheder und sagte: »Jetzt können wir mit der wissenschaftlichen Literaturtheorie von neuem beginnen.« Ich bekam langen, beinahe skandierten Applaus. Nach der Vorlesung kam M. zu mir. Sie küßte mich mit ihren feuchten Lippen: »Du warst phantastisch. Es war große romantische Ironie«. M. begann gerade, die Romantik zu studieren. Auch der Sekretär der Kulturabteilung des Zentralkomitees kam zu mir. Er sagte: »Ihr habt eine große Zukunft vor Euch, Genosse Professor.«

4.

Mehr als dreißig Jahre später kam die erste, noch nicht große Gruppe chinesischer Studenten zu einem Studium an meine Staatsuniversität in Stony Brook. Vor allem, um Informatik und Physik zu studieren. Doch es gab auch eine Doktorandin bei der vergleichenden Literaturwissenschaft. Ungeheuer begabt. Schon nach ein paar Wochen leitete sie Linguistikseminare und ein Tutorium für das erste Studienjahr. In Peking war sie ebenfalls Assistentin am Institut für Fremde Literaturen.

Mao war schweigsam. Mißtrauisch oder vielleicht nur schüchtern. Sie wußte, daß ich aus Polen stamme, und wahrscheinlich deshalb war ich der erste, dem sie ihre Geschichte erzählte. Ihr Vater war Historiker, schrieb über die Französische Revolution und versteckte sich in der Zeit des Guomintang (GMD)[2]. Die Mutter war Soziologin, sie muß eine gute Gelehrte gewesen sein, wenn sie zweimal an die Harvard University eingeladen wurde. Man ließ sie übrigens nie reisen. In der Zeit der Kulturrevolution wurden alle zur Arbeit aufs Land geschickt: die Mutter, der Vater, ihr Bruder und sie. Doch jeder in eine andere Landkommune in einem anderen Teil Chinas. Mao war damals neun, ihr Bruder sieben. Monatelang hatten sie keine Nachrichten voneinander. Lange Zeit durfte man keine Briefe schreiben. Auch hatten sie die Adressen nicht. Alle kamen erst nach drei Jahren zurück.

2 »Volkspartei«, gegründet 1912. Arbeitete von 1924–27 mit der Kommunistischen Partei zusammen, später wegen Rechtsabweichung bekämpft.

»Wie war es dort?« fragte ich. »Nicht so schlecht«, sagte Mao. »Ich hatte eine leichte Arbeit. Sechs Stunden. Und am Nachmittag ging ich drei Stunden in die Schule. Nur mußte ich nach der Rückkehr viel nachholen, um an die Universität zu kommen.«

Ich lud sie einmal zum Lunch in die Campusmensa ein. Es war kein großer Lunch, gebratenes Huhn mit Reis. Mao aß sehr langsam. Als sie fertig war, blieb auf dem Teller kein einziges Reiskorn übrig. Und dann sammelte sie noch alle Brotkrumen von der Tischdecke auf und aß sie. Ich tat, als sähe ich es nicht. Aber Mao drehte den Kopf weg.

Ungefähr zur gleichen Zeit fuhr Fu Tsong zum ersten Mal von England nach China, um seine Mutter zu besuchen. Sein Vater lebte nicht mehr; ich habe nie erfahren, ob er in der Landwirtschaftskommune oder nach der Rückkehr gestorben ist. Einer meiner Bekannten aus London schrieb mir, daß Fu Tsong seiner Mutter einen Vorrat von englischem Tee mitbrachte.

DREI BEGRÄBNISSE

1.

Mit keinem von ihnen war ich befreundet. Keinen von ihnen kannte ich wirklich gut. Aber alle drei haben in einem gewissen Sinne Einfluß auf mein Leben gehabt. Doch nicht zu ihren Lebzeiten. Mein Leben wurde von ihren Begräbnissen beeinflußt. Und an ihre Begräbnisse erinnere ich mich viel deutlicher als an sie selbst.

Am wenigsten von allen drei kannte ich Andrzej Stawar. Ich habe mich niemals längere Zeit mit ihm unterhalten. Und wohl nie über persönliche Themen. Jedenfalls erinnere ich mich an kein einziges Gespräch mit ihm. Weder in Łódź noch in Warschau, nachdem wir alle dorthin zurückgekehrt waren. Aber kennengelernt haben müssen wir uns in Łódź. Nicht in der *Kuźnica*, denn Stawar kam niemals in die Redaktion. Und auch nicht im nächtlichen *Pickwick*, wohin wir in den ersten beiden Nachkriegsjahren fast jede Nacht zum Wodkatrinken gingen. Und auch nicht beim »Czytelnik«. Dorthin ging Stawar ebenfalls nicht. Erst in Warschau kam er ab und zu ins PIW-Verlag-Café in der Foksalstraße. Mittags verkehrten dort alle bekannten Schriftsteller und die Mädchen, die gerade in waren. Und einige Ehefrauen. Aber das war schon Ende der fünfziger Jahre. Stawar war damals bereits seit einigen Jahren »begnadigt«. Seine alten und neuen Bücher wurden veröffentlicht. In literarischen Wochenblättern wurde er auf der ersten Seite gedruckt. Er bekam einen oder zwei Staatspreise. Aber niemals, nicht einmal im PIW-Café habe ich mit ihm am selben Tisch gesessen. Vielleicht setzte sich Stawar in diesem Café auch gar nicht hin, sondern kam und blieb am Eingang stehen, wo der Büchertisch war und wo Neuerscheinungen verkauft wurden. Wohl von dort erinnere ich mich an ihn. Nicht von Łódź. Doch mir schien, als ob er immer gleich ausgesehen und sich niemals verändert habe. Daß er immer denselben Trench getragen habe, halb militärisch, halb chinesisch. Vielleicht war es auch ein unmodernes, hochgeschlossenes dunkles Jackett. Er trug immer einen Igelschnitt und einen kurzgeschnittenen dunklen, wohl etwas rötlichen Schnurrbart. Und, soweit ich mich erinnere, eine flache Radfahrermütze. Er war anders als alle anderen. Jedenfalls gehörte er nicht zu diesem literarischen Café. Und auch zu keinem anderen.

In Łódź hatte Żółkiewski einmal bei einer Redaktionsversammlung der *Kuźnica* gesagt: »Wir müssen etwas mit Stawar machen.« Es war wohl Ende 1946, vielleicht auch Anfang 1947. Wir wußten alle, daß man etwas mit Stawar machen müsse. Noch ein, zwei Jahre zuvor konnten wir ihn problemlos veröffentlichen. Die Schlinge zog sich langsam zu. Seit Monaten hatte er schon Veröffentlichungsverbot. Er hatte kein Geld zum Leben. Aber das war nicht das Schwierigste. Man konnte ihm immer irgendeine schnelle Übersetzung oder einen Auftragsjob besorgen, wenn nicht auf seinen Namen, dann auf einen fremden. Geld hätte er bekommen. Aber es ging nicht nur um Geld. Vor dem Krieg waren in Stawars Übersetzung Scholochows *Stiller Don* und Dostojewskis *Arme Leute* erschienen. Mit Dostojewski wußten wir, daß man aufpassen mußte, er war immer noch nicht ganz koscher. Aber Scholochow war ein Klassiker und mußte wieder aufgelegt werden. Wie konnte man den Übersetzer akzeptieren? Vielleicht unter einem anderen Namen. Aber es wußten doch alle, wer das übersetzt hatte.

»Wir müssen etwas mit Stawar machen«. Stawar, das war *Dźwignia* (Der Heber), das war *Miesięcznik Literacki* (Literarische Monatszeitschrift). Das war beinahe alles, was es in der marxistischen Literaturkritik vor uns gegeben hatte. Stawar war eine Legende, gleichzeitig aber erweckte sein Name Grauen. Stawar war ein Trotzkist. Keiner von uns sprach diesen Namen aus. Er wollte nicht über die Zunge. Es war schrecklich, ihn auch nur zu hören. Ich erinnere mich noch, wie ich vier Jahre zuvor, im Herbst oder Winter 1941, in Lemberg zur Zeit »der ersten Sowjets« mit einer Gruppe von Flüchtlingen aus Warschau unter der Leitung von Professor Lutman beim Ordnen des Gerichtsarchivs gearbeitet hatte. Es war fast komplett von sowjetischen Soldaten zerstört worden, die in diesem großen ehemaligen Klostergebäude für einige Wochen Quartier bezogen hatten. Sie nahmen die Akten aus den Regalen und zerrissen sie gnadenlos in Papierstreifen, mit denen sie Machorka-Zigaretten drehten. Jeder von uns bekam täglich 25 Kilo von den durcheinandergeratenen Akten zugewiesen, zum Ordnen und zur Klassifizierung. Einmal hatten wir in den Gerichtsakten irgendeines Kommunistenprozesses eine Broschüre von Trotzki gefunden. Wir hatten Angst, sie in die Hand zu nehmen. Abgeben, aber an wen? Zum NKWD bringen? Davor sollte man sich hüten. Wir schauten uns an und warfen sie wortlos ins Feuer.

»Wir müssen etwas mit Stawar machen«, sagte Żółkiewski damals. Aber was? Für Stawar konnte man immer irgendeine Arbeit finden, aber was sollte man mit *Miesięcznik Literacki* und *Dźwignia* tun? Von der ersten Nummer der *Kuźnica* an suchten wir verbissen nach dem, wie man damals sagte, roten Faden in der polnischen Geschichte und Literatur. Von den Warschauer Jakobinern und der *Kuźnica* von Kołłątaj. Von ihr nahm unsere Zeitschrift ihren Namen. Ich glaube, er wurde von Władysław Bieńkowski vorgeschlagen, der bereits in den dreißiger Jahren, im Warschauer Polonistenkreis, mit Pockennarben im Gesicht und mit der Faust auf den Tisch schlagend, sich in seinen leidenschaftlichen Reden – er war immer ein ausgezeichneter Redner – zu einem Warschauer Jakobiner stilisierte. Mit den Jakobinern war es übrigens am leichtesten, es gab keine Widerstände, denn es gab sowohl die Französische Revolution als auch den patriotischen Aufstand des Warschauer Volkes und das Erhängen der mit Moskau verbündeten Verräter: Bischöfe und Magnaten.

In *Kuźnica* schrieben wir über die Dekabristen und ihre polnischen Freunde, die revolutionären Demokraten, mit Ehrfurcht und Enthusiasmus, aber natürlich auch (den sowjetischen »Literaturwissenschaftlern« nacheifernd) von ihren aristokratischen Belastungen und ihrem Utopismus; wir schrieben über die »Roten« im ersten[1] und im zweiten Aufstand, über Mochnacki, über die polnischen Kommunarden und das erste *Proletariat*. Bis zur Revolution 1905. Dann begann der Nebel, und noch später der Abgrund.

Dźwignia kam in den Jahren 1927–28 heraus. Ich war damals noch nicht vierzehn. Die Hefte der *Dźwignia* hatte ich nie in der Hand. Vielleicht hatte mir Broniewski einmal eine Ausgabe gezeigt. Er hatte dort seine Jugendgedichte veröffentlicht. In den frühen dreißiger Jahren, ich studierte damals Jura im zweiten oder dritten Jahr, lief ich Broniewski wie ein kleiner Hund hinterher. In *Dźwignia* gab es Artikel von Stawar. Er war damals schon Parteimitglied. In der *Dźwignia* schrieb auch der Architekt und Maler Szczuka. Der Konstruktivismus der künstlerischen Avantgarde verband sich damals noch problemlos mit der Vision der Revolution und ihren großen Plänen. Fortsetzer der *Dźwignia* war *Miesięcznik Literacki*. Redakteur war Wat, aber Stawar gab der Zeitschrift ihre Richtung und Bedeutung. Neben alten Mitarbeitern der *Dźwignia* wie Stande, Broniewski und Hempel kamen andere hinzu. Im Kreis des *Miesięcznik* fan-

1 Gemeint ist der Aufstand von 1794, geleitet von Tadeusz Kościuszko gegen die russischen Truppen von Katharina II.

den sich auch Leon Schiller und Daszewski. *Miesięcznik Literacki* erschien in den Jahren 1929 bis 1931. Damals wußte ich noch nicht, daß sie existierte. Aber Miłosz, der drei Jahre älter ist als ich, las *Miesięcznik* bereits regelmäßig. Und er war von ihm auf irgendeine Weise fasziniert. Er erzählt davon in seinen Gesprächen mit Wat. Nicht von der Literatur in *Miesięcznik* und nicht von der marxistischen Kritik, sondern von den Reportagen über das polnische Elend. Der Unterschied von drei Jahren war damals sehr groß. Ich schrieb in jener Zeit für *Kuźnia Młodych*, die ihre Redaktion im Schloß hatte und die von dem POWK[2]-Mitglied und Legionär[3] Oberst Adam Skwarczyński betreut wurde.

Alte und vollkommen zerlesene Hefte des *Miesięcznik* hat man mir zum ersten Mal wohl erst im Winter 1934 gebracht. Oder im Frühjahr 1935. Ich wohnte in der Senatorskastraße bei meinen Großeltern. Ich gehörte zur ZPMD[4], aber neigte bereits in Richtung Kommunismus. Den *Miesięcznik* brachte mir Janusz Kowalewski, einer meiner beiden »Parteibetreuer«. Der zweite war Witold Trylski, groß, breitschultrig, dunkel. Er sah wie ein Jude aus, war aber keiner. Er unterrichtete an der Technischen Hochschule und war dort der Leiter des akademischen *Życie*. Er kam immer in einer dicken Jacke und wollte sie nie ablegen. Janusz wurde 1940 in Lemberg in derselben Nacht wie Broniewski und Wat verhaftet und in ein Lager am Polarkreis verbannt. Er kam mit der Armee von Anders über den Nahen Osten nach Italien und blieb nach dem Krieg im Westen als einer der Unversöhnlichsten. Trylski wurde am 16. Oktober 1942 im Morgengrauen gemeinsam mit neun anderen am gleichen

2 Militärische Untergrundorganisation, gegründet 1914.
3 Legionen von Piłsudski von 1914.
4 Demokratischer Jugendverband mit sozialistischen Tendenzen.

Galgen in Wola neben dem Bahnübergang gehenkt. Es war die erste Massenexekution in Warschau. An diesem Morgen wurden 89 Männer gehenkt, Kommunisten und Nichtkommunisten. Janusz und Witold, zwei unterschiedliche Schicksale meiner jugendlichen Parteibetreuer. Das Schicksal ist stärker als der Charakter. Denn, wenn Janusz im besetzten Warschau geblieben wäre und Witold über Lager und Italien nach London gekommen wäre, könnten ihre Geschichten vermutlich umgekehrt sein.

Kowalewski und Trylski überredeten mich dazu, in der Wohnung meiner Großeltern einen »Kontaktkasten« zu organisieren. Ich sollte auf die entsprechende Parole hin Briefe und Pakete annehmen und abgeben. Der Ort war gut gewählt. Mein Großvater war Gynäkologe. In den Sprechstunden klingelte ständig jemand an der Tür. Aber meine Großmutter begann sich doch über meine »Gäste« zu wundern – was sind das für merkwürdige Leute, die nach dir fragen? Was für Studenten?

Ich gehörte nicht der Partei an, auch nicht der Universitätsorganisation *Życie*. Sie meinten, ich sei ideologisch noch zu schwach. »Du wirst in die MOPR[5] eintreten und Sympathisant sein. So ist es besser für dich und für uns«.

Niemand aus der ersten Redaktion der *Kuźnica* von Łódź hatte vor dem Krieg der Partei angehört. Alle waren wir neue Leute, die höchstens der PPR[6] der Besatzungszeit angehörten. Ich denke jetzt, daß das eine bewußte Selektion war. Die Partei war, als »von der Geheimagentur zerfressen«, 1938 von der Komintern aufgelöst worden. Die Kommunisten, die sich diesem Beschluß widersetzten, erklärte man für Trotzkisten. Vielleicht wollte man, daß *Kuźnica* ohne Belastungen und bei Null be-

5 Kommunistische Jugendorganisation.

6 Neuer Name der Kommunistischen Partei während des Krieges.

ginnt. Vielleicht stammte auch daher unser Enthusiasmus in den ersten Jahren und unsere Arroganz. Es kam uns vor, als seien wir aus eigener Entscheidung und eigener Bestimmung Marxisten geworden. In Wirklichkeit wurden wir zu Marxisten durch den Einfluß von Borejsza und Jakub Berman. Ich denke, daß Stawar für unseren »Marxismus« viel Verachtung verspüren mußte. Und nicht nur er.

Borejsza nannte *Kuźnica* »eine große Tribüne der fortschrittlichen linken Intelligenzija«. Aber Żółkiewski und einigen von uns, die klüger waren, wurde schnell bewußt, daß die Legende des *Miesięcznik* immer noch andauerte. *Dźwignia* und *Miesięcznik* – das war Stawar. »Wir müssen etwas mit Stawar machen.« Wir beschlossen, damit zu Berman zu gehen.

Genosse Jakub war damals die Nummer zwei. Ihm unterstanden unter anderem die Kultur und die Sicherheit. Diese Verbindung der Funktionen, die nur scheinbar seltsam ist, ist eine Eigenschaft des Systems. Als erster hatte es wohl Orwell bemerkt. Berman amtierte im Ministerratspräsidium in Krakowskie Przedmieście. Er war über unseren Besuch informiert. Die Sicherheitsoffiziere reichten uns von Hand zu Hand und ließen uns durch fünf oder sechs leere, ineinander übergehende Räume gehen. Geräuschlos wurden hinter uns die mit Filz ausgeschlagenen Türen geschlossen. Im letzten, beinahe ebenso leeren Raum saß hinter einem riesigen Schreibtisch Berman, unter einem Porträt von Stalin. »Setzt euch, Genossen«.

Man nannte ihn »Jakob der Goldmund«. Berman verzauberte mit seiner Stimme. Er wußte es. In seiner Stimme gab es wie bei einem großen Tenor samtene Töne. Aber jetzt sah ich einen anderen Berman. Er stand auf, wurde rot, schlug mit der Faust auf den Schreibtisch, seine Stimme wurde heiser vom Schrei: »Soll er doch zuerst unter den Tisch kriechen und alles, was er gelogen hat, widerrufen!«

Stawar wurde erst 1955 »begnadigt«. *Kuźnica* existierte seit fünf Jahren nicht mehr. Sie wurde wegen Mangels an Wachsamkeit aufgelöst. 1949 war Gomułka entfernt und kurz darauf verhaftet worden. Drei Jahre lang bereitete man seinen Prozeß vor. Es wurde immer enger. Bis zu Stalins Tod in März 1953; am Ende dieses denkwürdigen Jahres begann langsam das Tauwetter. Zuerst bei der Sicherheit und in der Kultur. Man begann, die gefolterten Gefangenen freizulassen, die literarischen Zeitschriften und ihre Redakteure änderten sich. Anstelle von Ważyk übernahm Iwaszkiewicz die Zeitschrift *Twòrczość*. Bei einer der ersten Versammlungen der neuen Redaktion beschloß man, Stawar um Mitarbeit zu bitten. Aber damals brauchte man noch das Einverständnis von Berman.

Von dieser Versammlung der Redaktion von *Twòrczość* erzählte mir der unvergeßliche Roman Karst viele Jahre später bei einem unserer Abendspaziergänge in Stony Brook. »Roman, du bist sein Parteigenosse«, sagte Jarosław Iwaszkiewicz, »du wirst zu Herrn Jakub gehen und ihm erklären, warum wir Stawar veröffentlichen möchten.«

»Berman war auf den Hund gekommen«, erzählte Roman weiter, »nichts von der ehemaligen Allmacht.« Er wetterte einen Augenblick lang, doch dann saß er zusammengekrümmt hinter seinem Schreibtisch unter dem riesigen Porträt von Lenin. »Veröffentlicht ihn, wenn ihr wollt, er soll über Scholochow schreiben, aber im ersten Artikel soll er eine Selbstkritik abliefern.« Einige Monate später erschien in *Twòrczość* ein großer Essay Stawars über Scholochow, doch ohne ein Wort Selbstkritik.

1957 erschienen Stawars *Literarische Essays*, und dann jährlich Studien über Boy-Żeleński, Gałczyński und Sienkiewicz. Es waren gute Jahre für Stawar, aber er wurde immer kränker. Ganze Monate verbrachte er im Literatenhaus in Zakopane. Ende 1960 bekam er die Genehmigung, nach dem Westen zu fahren. Zur ärztlichen Behandlung. Einige Monate später begann man in Warschau darüber zu sprechen, daß er jetzt in Maisons Laffitte wohne und ein Buch für die Pariser *Kultura* schreibe.

Stawar starb in der ersten Augustwoche 1961. Wohl einen Tag nach einer kurzen Zeremonie im Krematorium brachte ein Flugzeug der polnischen Fluggesellschaft die Urne nach Polen. Eine eilige Feier wurde von Putrament organisiert, dem Sekretär der Parteiorganisation des Schriftstellerverbandes. Er schickte drei junge Schriftsteller zum Flughafen, die die Urne abholen sollten. Einer von ihnen erzählte mir viele Jahre später, sie hätten sie lange Zeit nicht finden können. Endlich fanden sie im Lager der nicht abgeholten Sendungen einen kleinen Karton mit der Aufschrift »zollfrei«. Darin war die Urne. Sie brachten sie direkt zum Friedhof. Die Urne hielten sie auf den Knien, weil das Auto klein war. Das Begräbnis fand auf Staatskosten statt, mit einer Militärkapelle, einer Fahnengruppe, mit Delegationen der Partei und der Regierung im Friedhofsquartier für Verdiente in Powązki. Hauptredner am offenen Grab war Putrament. Er sprach vom Vorbild des marxistischen Schriftstellers und Aktivisten, vom Genossen Stawar, der der Partei bis zum Schluß treu gewesen sei.

Viele Schriftsteller waren zu dem Begräbnis gekommen. Es war ein stickiger Augusttag, und wir schwitzten wie rote Mäuse. Aber ich denke, die Ursache dafür war nicht nur die Hitze. M. beugte sich zu mir: »Putrament hat den Körper gestohlen, aber die Seele hat Giedroyć genommen.« Ob Putrament das wußte? Wir wußten es. Dieses ganze Begräbnis hatte etwas von einem Alptraum, aus dem man lange Zeit nicht aufwachen kann.

Einige Monate nach Stawars Tod kamen im Institut Littéraire, veröffentlicht von der Emigrationszeitschrift *Kultura*, seine *Letzten Schriften* heraus. Es gab darin eine Selbstkritik, aber nicht die, die Berman haben wollte. Aleksander Wat schrieb in *Mein Jahrhundert*, er habe in Italien einen Brief von Stawar kurz vor dessen Tod bekommen. Er schrieb darin, er sei ausgereist, um dieses Buch zu veröffentlichen. Er übernahm darin seine Artikel aus der Zeitschrift *Pod prąd*, die nach der Auflösung der Polnischen Kommunistischen Partei 1938 auf Stalins Befehl durch die Komintern im Untergrund erschien. Stawar verteidigte die aufgelöste Partei, und *Pod prąd* wurde als die Stimme von Trotzkisten bezeichnet. Diese Stimme wurde also nach einem Vierteljahrhundert noch einmal veröffentlicht. Übereinstimmend mit der hundertfünfzigjährigen Tradition in einem Verlag der Emigranten.

Zum letzten Mal sah ich Jerzy Stempowski in Paris wohl im Sommer 1968. Er sprach bereits mit sehr leiser Stimme. Beinahe flüsternd. Er erzählte mir von Stawars letzten Minuten. Stempowski besuchte ihn bis zum Schluß im Krankenhaus. Stawar starb mühevoll und lange. Nachdem er tot war, legte Stempowski ihm die Zahnprothese in den Mund. Er meinte, es sei der letzte Dienst und daß es so würdevoller sei. Ich denke, daß dieses Bild des »nicht eilenden Passanten«, der dem verstorbenen Stawar die Zahnprothese in den Mund legt, es wert ist, im Gedächtnis und in der bitteren Geschichte der polnischen Emigranten erhalten zu werden.

2.

Er hatte den Vornamen Szczęsny. Ein sehr gutes Pseudonym für die Besatzungszeit, doch es war sein wirklicher Name. Das Begräbnis von Szczęsny Dobrowolski fand drei oder vier Wochen nach dem Begräbnis von Stawar in August 1961, vielleicht auch Anfang September statt, in denselben Verdientenquartieren im

Armeeteil des Friedhofs von Powązki. Es gab Fahnengruppen und eine Ehrenkompanie.

Mit Szczęsny traf ich mich ein oder sogar anderthalb Jahre vor dem Aufstand ein bis zweimal wöchentlich immer um die gleiche Zeit – 11.45 Uhr – in einem Mietshaus in der Żurawiastraße, viertes oder fünftes Haus auf der ungeraden Seite von der Marszałkowska aus gesehen, im Hinterhof erster Stock, in der Werkstatt des Vulkaniseurs. Der Vulkaniseur war ein alter Kommunist, hatte das Seine mitgemacht, nicht nur das Gefängnis, sondern auch Anklagen seiner besten Genossen wegen Verrat, und trat dann nicht mehr in die neue Kommunistische Partei ein. Er hatte ganz schön eins draufbekommen und sagte sich: nie wieder. Aber er blieb Sympathisant. Er stellte uns den Raum zur Verfügung, damit wir einen Platz hatten, an dem wir uns treffen könnten, und noch ein kleines Warenlager hinter der Werkstatt, wohin zweimal im Monat die halbe Auflage von *Mloda Gwardia* zur Weiterverteilung gebracht wurde. Es waren wohl zweihundert oder dreihundert Exemplare im Oktavformat. Und manchmal auch Flugblätter und Bulletins.

In dieser Volksarmeegruppe waren wir sechs oder sieben: Leszek, der mich in die Arbeit einbezogen hatte und mir den Schwur abnahm; Hedda, die von Anfang an unsere Melderin war, und Szczęsny, der politisch verantwortlich für uns war. Hedda hatte große blaue Augen, die, wenn sie die Augenbrauen leicht hob, kugelrund wurden. Sie veränderten ihre Farbe, manchmal waren sie ganz durchsichtig. Szczęsny war groß, sehr mager, ging schon damals leicht gebeugt und war wohl drei oder vier Jahre älter als ich. Er ging schnell, war immer in Eile, ich konnte ihm nie folgen. Er schrieb Leitartikel für unser Blatt, immer über das, was kommen würde. Nach dem Sieg.

Der Vulkaniseur mochte mich. Er kam mir damals sehr alt vor, aber er kann nicht älter als fünfzig gewesen sein. Er war ganz gebeugt, und sein Schnurrbart war voller grauer Haare. Manchmal blieben wir allein. »Mit dir«, sagte er, »kann man ja noch sprechen, aber der Große« – er meinte Szczęsny – »ist stur wie ein Bock, erzählt nur ständig von dem Samen, dem Samen, soll doch der Samen allein zurechtkommen, soll ich für ihn das ganze Leben schuften...« Aber er half uns, wo er nur konnte.

Hedda war unermüdlich. Jeder von uns hatte auch ein anderes Leben. Eine Arbeit, Beschäftigungen, Familie. Hedda arbeitete rund um die Uhr. Von Morgengrauen bis zur Polizeistunde. In der Tasche, die sie immer bei sich trug, hatte sie eine Zahnbürste, eine Unterhose zum Wechseln und einen Mantel oder eine Plane gegen den Regen. Viel mehr brauchte sie nicht. Sie schlief, wo es gerade ging. Bartoszek, ihr Mann, war bei der Aktion *Spolem-Bank* im Frühjahr 1943 umgekommen. Damals kannte ich Hedda kaum. Später sprach sie niemals darüber. Überhaupt sprach sie nie über persönliche Dinge. Es gab keine Zeit dafür.

Zum Sammelpunkt kam man immer auf die Minute pünktlich, denn man konnte ja nie wissen. Aber einmal, in Oktober oder November, kam ich eine Viertelstunde zu spät. Ich weiß nicht mehr weshalb. Ich kam von Bielany, es muß einen Unfall auf der Strecke gegeben haben. Als ich von der Marszałkowska in die Żurawiastraße einbog, war es beinahe zwölf. Vor dem Einfahrtstor des Vulkaniseurs stand eine schwarze Limousine. Solche wurden von der Gestapo benutzt. Ich ging an dem Einfahrtstor vorbei und auf die andere Straßenseite. Ich begann, um den Straßenblock zu kreisen. Die zweite Querstraße entlang wieder zurück zur Marszałkowska und wieder in die Żurawia. Sie müssen Hedda mitgenommen haben. Beim Vulkaniseur hielten wir uns immer so kurz wie möglich auf. Manchmal nur fünf Minuten. Um den Artikel abzugeben, die Zeitung mitzunehmen. Wenn ich pünktlich gekommen wäre, hätten wir es vielleicht geschafft, rechtzeitig wegzugehen. Es waren nicht gerade die besten Minuten meines Lebens. Wegen meiner Verspätung hatten sie Hedda mitgenommen.

An der Ecke Mokotowskastraße, bei der zweiten Umkreisung, warf sich Hedda an meinen Hals. Sie war kreideweiß. Sie kreiste wie wahnsinnig in dem gleichen Viereck, nur in die andere Richtung. Sie war zehn Minuten zu früh in die Werkstatt gekommen und wartete auf mich bis zehn vor zwölf. Irgendwo nebenan hatte sie aber noch eine eilige »Postsendung« abzugeben. Als sie nach einer Viertelstunde wieder zurückkam, stand das schwarze Auto vor dem Eingang. Sie war sicher, daß sie mich ihretwegen mitgenommen hätten. Wenn sie noch fünf Minuten gewartet hätte, hätten wir es vielleicht noch beide geschafft, rechtzeitig wegzugehen. Die Gestapo war – jemand muß die Werkstatt denunziert haben – fünf vor zwölf gekommen.

Es war nicht das erste und letzte Mal, daß wir dem Haken entkamen. Nicht alle. Der Vulkaniseur wurde mitgenommen; noch in derselben Woche hat man ihn im Gestapohauptsitz entweder erschossen oder zu Tode gequält. Die Werkstatt wurde versiegelt. Im Lager hinter der Werkstatt blieben die Hälfte der Zeitungsauflage und eine Menge Flugblätter. Es war uns leid darum. Wir gaben beim »Schutz« Bescheid. Zwei Tage später kamen von der Diversionsabteilung der Volksarmee – Stefan Żółkiewski hielt bei ihnen Vorträge über marxistische Philosophie – zwei Jungen auf Fahrrädern kurz vor der Polizeistunde, brachen die Tür auf und säuberten den Raum vollkommen, bis zum letzten Blatt Papier. Einer von ihnen war Szczęsny. Auf diese Weise erfuhr ich, daß er noch in einer anderen Abteilung tätig war.

Hedda wurde erst fünf Jahre später mitgenommen. Und einige Wochen nach ihr Szczęsny. In unseren Ländern bewegt sich die Geschichte schnell. Oder eher – sie wiederholt sich. Nach der Verhaftung von Gomułka und Spychalski begann man, Prozesse vorzubereiten; die Verhaftungen von Angehörigen der Volksarmee und der Partei der Besatzungszeit gingen immer »tiefer«. Vielleicht fand auch die Verhaftung von Hedda und Szczęsny früher statt, vor der Verhaftung Spychalskis? Wir wohnten damals in Wrocław, und in jenem Sommer oder Herbst bekam ich von der Stadt ein Haus oder eher ein halbes Haus mit Garten in einem schönen Viertel, an der Parkstraße, nicht weit von dem Spitzturm. Als Schriftsteller oder vielleicht als Professor. Natürlich als Parteimitglied. Vorher wohnten wir ein Jahr lang bei den Eltern meiner Frau. Kurz vor dem Umzug sagte der Briefträger – es war ein alter Lemberger Briefträger, der den Eltern noch vor dem Krieg die Post brachte – zu Lidias Vater: »Herr Professor, die ganze Post des jungen Herrn wird von der Staatssicherheit mitgenommen.« Als Lidia mir das erzählte, meinte ich, der Briefträger sei reaktionär, und glaubte nicht daran. Die Verhaftung von Hedda war natürlich nicht die erste, von der ich wußte, aber es war die erste Verhaftung unter *uns* – dieser sechs oder sieben Personen zählenden Volksarmeegruppe aus der Besatzungszeit.

Eine oder zwei Wochen nach Heddas Verhaftung fuhr ich nach Warschau. Vorher hatte ich über eine spezielle Telefonleitung im Wojewodschaftskomitee, einen Termin bei Frau Bristigerowa vereinbart. Sie war – ich erinnere mich nicht mehr genau – stellvertretende Ministerin oder Direktorin eben dieses speziellen Departements im Ministerium für Staatssicherheit. Sie stammte aus Lemberg und versprach angeblich, eine sehr gute Historikerin für das frühe Mittelalter zu werden. Viele Jahre hatte sie im Gefängnis verbracht. Sie war sehr hoch gestellt im Sekretariat der KPZU und der Zentrale des MOPR (Internationale Organisation zur Unterstützung von Revolutionären).

Jetzt war sie eine stämmige Dame mittleren Alters, sie muß wohl zehn Jahre älter als ich gewesen sein, sie hatte große feuchte Augen, die manchmal zu entflammen schienen, und dicke, fleischige Lippen. Sie interessierte sich für Literatur. Oder einfach professionell für die Schriftsteller. In Polen und noch mehr im Westen.

Sie begrüßte mich sehr höflich. Sogar herzlich. Diese Herzlichkeit beunruhigte mich. Wir kannten uns schließlich nur von einigen Diskussionen oder Versammlungen. Ich erzählte ihr von der unvermeidlichen Zahnbürste in Heddas Handtasche und unserem Versammlungspunkt in der Żurawiastraße. »Wir wissen Ihre Besorgnis zu schätzen, Genosse Professor. Den Fall Bartoszek nehme ich persönlich in meine Hände. Alles wird bis zum Ende durchleuchtet. Wenn die Vorwürfe unbegründet sind, wird sie sofort freigelassen. Ich gebe Ihnen mein Wort darauf. Melden Sie sich bitte persönlich bei mir«, sie blickte zum Kalender, »Freitag nächste Woche. Wir arbeiten bis spät in die Nacht hinein.«

Ich meldete mich. Die Bristigerowa war noch herzlicher. Sogar ein bißchen mitfühlend. »Sie haben sich geirrt, Professor. Hedda hat schon lange, bevor Sie sie kennenlernten, für den feindlichen Spionagedienst gearbeitet. Noch in derselben Nacht, als Genosse Bartoszek heldenhaft starb, fand eine Orgie im Bordell in der Złotastraße statt. Hedda nahm daran teil, zusammen mit mindestens fünf Gestapo-Offizieren. Hier sind ihre Aussagen, von ihr eigenhändig unterschrieben. Gehen Sie bitte in die Kanzlei nebenan, da bekommen Sie die Akten und können sie lesen. Und das nächste Mal haften Sie für niemanden mit dem eigenen Kopf. Ihr jetziger Ehemann, Genosse A., Komiteesekretär, hat nicht interveniert. Nehmen Sie sich ein Beispiel an ihm ... « In die Kanzlei ging ich nicht mehr. Noch am gleichen Abend fuhr ich nach Wrocław.

Ich wußte, daß Hedda nach dem Krieg im Apparat geblieben war. Sie war in der Hauptkommandatur der neu organisierten Pfadfinder, in irgendwelchen internationalen Frauenorganisationen und noch irgendwo ... In diesen stürmischen Jahren sah ich sie im ganzen nur ein paarmal. Und das nur flüchtig. Aber ich hörte so manches. Sie beherrschte Fremdsprachen, fuhr oft in den Westen, ich vermutete, daß sie bei unserer Spionage sei. Oder in etwas Ähnlichem. Keinen Augenblick glaubte ich an diese Orgie in der Złotastraße und den amerikanischen Geheimdienst. Aber die ganze Zeit in dem überfüllten Nachtzug nach Wrocław dachte ich, daß doch etwas dran sein müsse, wozu hätten sie sie sonst in die Rakowieckastraße mitgenommen. Beim Geheimdienst gibt es nichts umsonst; Informationen werden entweder ausgetauscht, oder man bezahlt für sie mit dieser oder anderer Münze. Hedda mochte Männer. Vielleicht hatte sie einen Geliebten auf der anderen Seite, vielleicht hatte sie zuviel oder etwas zur falschen Zeit gesagt ...

Von der Verhaftung Szczęsnys erfuhr ich aus den Zeitungen. Sofort gab man bekannt, daß er noch während der Besatzungszeit angeworben worden war ... Diesmal intervenierte ich nicht mehr. Bis zum Ende des Jahres blieb von unserer ganzen »Vulkaniseur«-Gruppe ich allein übrig. Und wohl noch Leszek. Aber Leszek war gleich nach dem Krieg in die Demokratische Partei eingetreten.

Hedda wurde im frühen oder späten Frühjahr 1954 entlassen. Als eine der ersten. Nach fünf Jahren. Wir wohnten damals schon in Warschau. Ich besuchte sie am nächsten Tag nach ihrer Freilassung. Sie sah gut aus, nur das Gesicht machte den Eindruck, als sei es aufgedunsen. Aber sie hatte weiterhin ihre großen blauen durchsichtigen Augen. Nur daß sie jetzt vollkommen tot waren. Ich schrie: »Du bist unschuldig, unschuldig! Die sitzen jetzt. Różański wurde vor einer Woche der Staatsanwaltschaft übergeben.« Ich wollte sie umarmen. Hedda schob mich sanft weg. Sie schaute auf die Wand über meinem Kopf. »Ich bin schuldig«, sagte sie leise, aber mit ganz natürlicher Stimme. Wie in einem Gesellschaftsgespräch. »Wir sind alle schuldig, Janek. Ich wurde noch in Spanien 1935 angeworben. Geh ins andere Zimmer und schreibe deinen Lebenslauf. Von Geburt an. Hier hast du Papier und Bleistift. Füller ist verboten. Und wenn du fertig bist, gib es mir, geh ins andere Zimmer und schreibe noch mal von Anfang an. Vergiß nicht, die Seiten zu numerieren ... « Nach einer Woche fuhr sie in eine geschlossene Anstalt. Sie kehrte nach einigen Monaten zurück. Begann zu arbeiten. Hatte dann eine Tochter. Ich sah sie von Zeit zur Zeit. Eine sanfte Melancholie war ihr geblieben. Sie wirkte immer wie abwesend, aber sie hatte noch immer ihre wie Wasser durchsichtigen Augen. Und sie blieb im Apparat.

Auch Szczęsny wurde damals entlassen. Rehabilitiert kehrte er in seine ehemalige Position zurück; nur daß er nicht mehr in der Parteipresse, sondern bei der Tageszeitung *Życie Warszawy* stellvertretender Chefredakteur wurde. Ab und zu las ich seine Leitartikel über die »vergangene Zeit der Fehler und Entstellungen«, über die neue Führung, über die Überschreitung der Pläne ... Er soll viel getrunken haben.

Lange Zeit habe ich ihn nicht gesehen. Wir trafen uns erst zwei oder drei Jahre später. In der Regierungsklinik. Neben der Nomenklatura hatten Träger von Staatspreisen und nach Protektion auch verdiente Journalisten, Künstler, Schauspieler und Literaten das Recht, sich dort behandeln zu lassen. Die Regierungsklinik war im Vergleich zu anderen Krankenhäusern luxuriös ausgestattet, doch sie hatte nicht den besten Ruf unter den Ärzten. In mein Zimmer wurde ich von der Oberschwester geführt. Eine sehr häßliche ältere Dame. »Genosse Professor«, sagte sie, »Sie wissen natürlich, in welchem Krankenhaus Sie sich befinden. Die Hälfte unserer Patienten liegt auf dem Powązki-Friedhof in den Quartieren für Verdiente.«

In die Klinik kam ich wegen einer Blinddarmentzündung, aber dann kam eine Lungenentzündung hinzu, und ich kam nicht vor drei Wochen heraus. Als ich begann, in den Korridoren umherzulaufen, traf ich Szczęsny. Es stellte sich heraus, daß wir in derselben Etage lagen. Er hatte ein Zwölffingerdarmgeschwür, außerdem Schwierigkeiten mit dem Magen. Typische Gefängniskrankheiten. Er war sehr gealtert, gebeugt, im gestreiften Pyjama der Poliklinik im dunklen Flur sah er aus, als käme er direkt aus einem Konzentrationslager. Er ging sehr merkwürdig. »...er stellte die Füße nach innen und beugte seine Knie dabei«, sagt die Erzählerin in einem der Romane von Hanna Krall über Szczęsny unter einem anderen Namen. Ich wußte, daß er lange gefoltert wurde, wohl am längsten von allen. Er hatte sofort alles zugegeben und sofort alles unterschrieben, denn man hatte ihm erklärt, es sei für das Wohl der Partei. Aber im zweiten oder dritten Monat kam er zu dem Schluß, daß etwas Schlimmes passiert sein müsse und daß er sich in den Händen von Faschisten befinde; er widerrief alle Aussagen. Da begann man ihn monatelang zu quälen. Er wurde wie Hedda nach fünf Jahren entlassen.

Wir tranken damals in der Klinik heimlich zwei- oder dreimal eine Flasche georgischen Kognak aus, obwohl es für mich und für ihn nicht gerade das Beste war. Wir haben nie darüber gesprochen. Wozu auch? Einmal sagte er zu mir: »Was soll man da noch reden, Bruder. Wir wissen schon alles.« Aber mir schien, daß er sich, zumindest was mich angeht, irrte, ich wußte noch nicht alles.

Szczęsnys Begräbnis fand etwa fünf Jahre nach unserer Begegnung in der Klinik statt. Die Ehrenkompanie der Armee schoß eine Salve. Auf einem Kissen wurden seine Orden getragen, es waren viele: zivile und militärische. Man trug Kränze von der Regierung und der Partei, sie waren sehr schwer, zwei Personen konnten sie nur mit Mühe tragen. Zwei beleibte Genossen vom Zentralkomitee hielten Reden, beide vom Blatt, und auch der Redakteur von *Życie Warszawy*. Sie sprachen von der unbeugsamen Haltung des Genossen Szczęsny und von seinem schönen Leben.

Mehr als hundert Menschen gaben Szczęsny das letzte Geleit: alte Genossen, neue Genossen und diejenigen, die es bereits geschafft hatten, einzutreten oder rausgeworfen zu werden; Staatssicherheitsleute und ihre Opfer, Untersuchungsrichter, Staatsanwälte und ihre rehabilitierten Häftlinge, die ihre fünf oder acht Jahre schon abgesessen hatten. Es war doch das Jahr 1961; Gomułka war zurückgekehrt, der Oktober war längst vorbei, und die Eifrigen aus der Zeit der »Entstellungen und des Personenkultes« waren zur Staatssicherheit und in den Parteiapparat zurückgekehrt. Das letzte Geleit wurde Szczęsny einmütig von den Folterern und den Gefolterten gegeben. Allen kam das normal, gewöhnlich und alltäglich vor. Und eben das war erschreckend.

M. brachte mich in seinem schwarzen Wolga in die Stadt. Wir sagten den ganzen Weg vom Friedhof kein Wort. Erst beim Abschied sagte er: »Na, kein schlechter Shakespeare, oder?«

3.

Noch im gleichen Herbst während einer Wohnungsdurchsuchung sprang Holland – oder wurde gestoßen – aus dem Fenster seines Zimmers im sechsten oder achten Stock seines Mietshauses in der Nowotkistraße, Ecke Świerczewskiego. Sein Begräbnis fand ebenfalls auf dem Powązki-Friedhof statt, aber nicht bei den Quartieren für Verdiente, sondern im neuen Teil des Friedhofs, wo die Gräber ins leere Feld überzugehen scheinen.

Zum letzten Mal waren wir für längere Zeit in der gleichen Regierungsklinik zusammen, als wir dort mit Szczęsny lagen. Henio hatte einen Blasenstein; ich weiß nicht, ob er es sich selbst ausgedacht hatte oder ob die Ärzte es ihm rieten, jedenfalls sprang er zweimal täglich, morgens und nachmittags, mit beiden Füßen eine Stufe nach der anderen die Kliniktreppe hinunter. Die Klinik hatte fünf Stockwerke, Henio Holland sprang von der höchsten Etage bis nach ganz unten. Das war eine große Freude für alle, und die gesünderen Patienten versammelten sich, um dieser Show zuzusehen. Aber Henio ließ sich dadurch nicht stören, er hatte es gern, Gegenstand des allgemeinen Interesses zu sein. »Haben Sie diesen Stein endlich geboren, Herr Henio?«

Ich kannte ihn seit langem. Er gehörte zu den ersten Nachkriegsjahrgängen des Jugendkampfverbandes, er trieb sich in Łódź in der Nähe von *Kuźnica* und dem »Pickwick« herum. Er fuhr in die neuen Westgebiete und sogar nach Deutschland, um Reportagen zu schreiben. Ich sehe ihn in einer halb militärischen, halb zivilen Uniform, die ihm immer zu groß war und deren Taschen abgerissen waren. Er war immer voller Erzählungen über seine militärischen und erotischen Siege. Aber er war nicht beleidigt, wenn wir ihm nicht glaubten. Der brave Soldat Schwejk. Offensichtlich entsprach ihm diese Pose. In der Armee bewährte er sich sehr tapfer an der Front.

Ich erinnere mich an ihn aus dem »Astoria«, dem Literatenhaus in Zakopane. Wir verbrachten dort wohl zwei Saisons miteinander. Das Frühstück gehörte nicht gerade zur lustigsten Tageszeit, vor allem wenn es wochenlang regnete, wie so oft in Zakopane. Die Gäste kamen nach einer durchzechten oder einfach unausgeschlafenen Nacht zu diesem Frühstück wie zu einer Strafe Gottes, langsam und mit verzogenen Gesichtern. »Und was gibt's bei dir heute, Kollege, ist es physisch, psychisch oder erotisch?« Aber an jenem Morgen kam Henio so gut gelaunt und lächelnd wie nie sonst. Am Abend zuvor war er nicht beim Abendessen, dabei aß er immer für zwei.

»Was ist mit dir passiert, Henio?« fragten wir.

»Zwei Studentinnen haben mich zum Abendessen eingeladen.«

»Schämst du dich denn nicht, Henio, die armen Mädchen zu prellen?«

»Was denn für arme Mädchen?« Er war empört. »Ich ging ihnen die Krupòwkistraße hinterher bis zur Zwolinski-Buchhandlung, sie gingen hinein und kauften Bücher«, Henio zitterte beinahe vor Erstaunen, »Bücher! Also wissen sie nicht, wofür sie ihr Geld ausgeben sollen. Ich lud sie zu einem Kaffee ein, da ›entknoteten‹ sie sich und nahmen mich zum Abendessen mit.«

Seitdem nahmen wir »entknoten« in unseren Wortschatz auf. »Welche hat dich heute wieder ›entknotet‹, Henio?«

Nein, es war schwierig, Henio ernst zu nehmen. Manchmal passiert es, daß ein Regisseur irrtümlich, allen zum Trotz oder aus nur ihm bekannten Gründen eine tragische Rolle mit einem Komiker besetzt. Manchmal ergibt das erschütternde Resultate, wie im Falle von Woszczerowicz, als er Richard III. spielte. Aber die Geschichte? Die Geschichte scheint fehlerlos in der Besetzung der Rollen mit komischen und tragischen Helden zu sein. Von allen meinen Freunden und Bekannten war Henryk Holland am wenigsten dafür geeignet, die Rolle eines tragischen Helden zu spielen. Und er wurde doch seriös behandelt. Es war sein Körper, der grausam massakriert ein paar Stunden lang auf dem Pflaster der Nowotkistraße, Ecke Świerczewskiego lag, bewacht von einem Spitzel und zwei Uniformierten. Vielleicht wußte die Geschichte, was sie tat, und Henryk war ihr unerkannter Held. Der Apparat und die Staatssicherheit haben ihn gehaßt.

Das Geheimnis dieses Todes ist nie endgültig geklärt worden. Alle Versuche einer Erklärung stoßen irgendwann auf eine Mauer und verwickeln sich in Widersprüche. Nur eins ist sicher, daß die Verhaftung Hollands mit den Gerüchten vom XX. Parteitag der KPdSU in Moskau verbunden war. In Warschau kreisten Gerüchte darüber, daß Chruschtschow in betrunkenem Zustand erzählt haben soll, wie Berija im Kreml liquidiert worden war. Schon am ersten Abend nach den Begräbnisfeierlichkeiten Stalins schloß sich Berija mit seinem Generalstab des KGB ein, bewacht von den Panzern der Sondereinheiten. Das Politbüro mit Chruschtschow und Malenkow an der Spitze hatte sich im Kreml eingeschlossen, bewacht von eilig durch Schukow nach Moskau geholten Panzerdivisionen. Die Gespräche zwischen den Herrschern Rußlands wurden ausschließlich mit Hilfe der Regierungstelefone geführt. Chruschtschow wußte genau, daß der ganze Kreml von Berija abgehört wurde; mit den Genossen vom Politbüro verständigte er sich ausschließlich mit Hilfe von Zetteln, die sofort verbrannt wurden. Hier und dort gab es große Angst.

Da – soll Chruschtschow weitererzählt haben – habe ich mir eine Strategie ausgedacht. Wir riefen eine feierliche Sitzung des Politbüros zusammen und wählten Berija zum Ersten Sekretär. Einstimmig! Wir schickten den gutmütigen Woroschilow hin, der Berija benachrichtigen und holen sollte. Berija wußte schon alles aus seiner Abhöranlage, und der alte Fuchs ließ sich reinlegen. Als er hereinkam und sich an den Tisch setzte, stürzte sich Malenkow als erster auf ihn, sechs Pud schwer, und würgte ihn. Dann erwürgten wir die Blindschleiche alle gemeinsam. »Die Gerichtsverhandlung«, krächzte Chruschtschow. »Es fand eine Verhandlung statt, und er bekam formal das Todesurteil... als er bereits längst im Jenseits war.«

Das offizielle Kommuniqué über die Verurteilung von Berija wurde wohl viel später veröffentlicht. Berija soll nach einem Prozeß hingerichtet worden sein, der angeblich drei Monate nach Stalins Begräbnis stattgefunden hat. Vor der Urteilsvollstreckung soll er um Gnade gefleht haben!

Holland hatte sich mit W., dem Korrespondenten von *Le Monde* in Warschau, im *Haus des Bauern* getroffen. Dieses neue Warschauer Hotel war bekannt dafür, daß es für ausländische Gäste, Valutahuren und alle möglichen Prominenten extra reservierte Zimmer mit ausgezeichneten Abhöranlagen hatte. Holland gab gern mit Nachrichten aus erster Hand an. Und das richtete ihn zugrunde. Das Gespräch wurde mitgeschnitten.

Man verhaftete ihn am nächsten Tag. Er wurde zur Daniłowiczowskastraße gebracht, wo vor dem Krieg der Sitz der Politischen Polizei war. Die Staatsanwaltschaft ordnete die Verhaftung und die Wohnungsdurchsuchung an. Es war bereits die Epoche der »Rechtsstaatlichkeit«: die Wohnungsdurchsuchung mußte in Anwesenheit des Angeklagten stattfinden. Am nächsten Tag wurde Holland in seine Einzimmerwohnung gebracht. Laut offizieller Version sprang er während der Durchsuchung aus dem Fenster auf den Asphalt der Nowotkistraße, nicht weit vom Dzierżyńskiplatz, wie er damals und noch lange Zeit nachher hieß. Die Namen der Warschauer Straßen und Plätze verbanden sich manchmal in seltsamen und unerwarteten Konnotationen. Nowotko war nicht weit von Warschau nach dem Überfall Hitlers auf Rußland mit einem Fallschirm abgesprungen. Er sollte die kommunistische Partei wiederaufbauen und ihr Erster Sekretär werden. Er wurde es, aber für kurze Zeit. Er ist von einem seiner nächsten Genossen, der ebenfalls mit einem Fallschirm absprang, erschossen worden, wahrscheinlich auf Befehl Moskaus. Sein Tod ist nie endgültig geklärt worden. Nowotko taucht auf polnischen Briefmarken auf. Die nach ihm benannte Straße befand sich noch bis vor kurzem neben einem Platz, der nach Dzierżyński benannt worden war und auf dem dessen Denkmal stand. Ende November 1989 wurde das Denkmal abgerissen. Die Nowotkistraße befindet sich jetzt neben dem Bankplatz. In diesen sich ändernden Namen kann man ein Kapitel der »objektiven« Geschichte nach Hegel lesen.

Henio gehörte zu den fröhlichsten Menschen, die ich kannte. Er war immer mit sich selbst zufrieden, vielleicht zu sehr. Aber sogar wenn er während des Verhörs zusammengebrochen und in einen plötzlichen Zustand des Entsetzens gefallen wäre, wie wäre sein Sprung aus dem Fenster technisch möglich gewesen? In dem kleinen Zimmer von Henio waren drei Funktionäre der Miliz oder der Staatssicherheit; nach allen Regeln und laut der unabänderlichen Praxis muß einer am Fenster gestanden haben und das Fenster muß geschlossen gewesen sein. Es war doch Winter.

Also wurde er hinausgestoßen. Lebend? Das Aus-dem-Fenster-Werfen gehörte nie zu den polnischen Sitten und zur Praxis der Staatssicherheit. Wenn man beschlossen hatte, ihn zu ermorden, gab es doch weniger kompromittierende und ebenso wirksame Mittel. Also wurde eine Leiche aus dem Fenster geworfen. Aber wenn er beim Verhör gestorben war, er wäre nicht der erste gewesen, müssen die Staatssicherheitsleute gewußt haben, was zu tun sei. »Es fehlt nicht an Zeugen auf dieser Welt...« Es gibt auch Ärzte. Er hätte auch noch während der Wohnungsdurchsuchung sterben können. Und in plötzlicher Panik warfen sie den Körper aus dem Fenster. Aber die Funktionäre der Staatssicherheit wurden dressiert, nichts ohne Befehl zu unternehmen. Es sei denn, daß die Mörder von sehr weit entfernten und versteckten Händen geleitet wurden. Eins ist sicher, daß auf dem Pflaster unter dem Fenster des Hauses, in dem er gewohnt hatte, die Leiche von Holland lag.

Ich erinnere mich nicht mehr, ob es eine kleine Todesanzeige in *Życie Warszawy* gegeben hat. Aber beim Begräbnis waren wir doch etwa hundert. Der Powązki-Friedhof war von Spitzeln umstellt. »Wie vor dem Krieg bei Kommunistenbegräbnissen«, sagte Edda Werfel, die ich am Eingangstor traf. Wir schauten uns rechts und links um. Es schien, als schlichen wir zu dem Begräbnis. Wie zu einer illegalen Demonstration. Es war etwas Beschämendes in unserer Angst. Wir empfanden es alle so.

Es war ein bitteres Begräbnis. Ohne Reden, ohne Kränze. Nur als der Sarg an den Seilen hinuntergelassen wurde, fielen zusammen mit dem Sand Sträuße von am Eingang gekauften dunklen Chrysanthemen und ein paar Orchideen ins Grab. Und da intonierte jemand, ich weiß nicht mehr wer – vielleicht war es Leszek Kołakowski –, die *Internationale*. Dieses Lied, dessen Melodie und Worte seit langem tot waren, das, gesungen bei Tausenden von Feiern, zum Ritual des Konformismus und der Untertänigkeit gehörte, klang bei Hollands Begräbnis unerwartet wie eine Herausforderung. »Wacht auf, Verdammte dieser Erde ...«

DER HERZINFARKT

1.

An einem Herzinfarkt stirbt man leicht. Der Tod an einem Herzinfarkt soll angeblich auch immer leicht sein. Aber über den Tod selbst wissen wir nichts. Der Tod ist immer fremd, sogar wenn es der eigene ist. Denn nur so können wir uns den eigenen Tod vorstellen. Er ist immer außerhalb von mir, es gibt etwas, was mit meinem Körper gemacht worden ist. Bei meinem zweiten Herzinfarkt, es war in Belgrad vor sieben oder acht Jahren, den Bypass machte man mir erst ein oder anderthalb Jahre später, erlebte ich den klinischen Tod. Ich wachte nach vielen Stunden auf, wohl schon im Morgengrauen, auf der Brust hatte ich zwei dunkelbraune, eingebrannte Kreise. Von den Elektroden, die man mir angelegt hatte, als auf dem Bildschirm der springende Puls des schlagenden Herzen erloschen war. Der klinische Tod ist das Stehenbleiben des Herzen. Nach zwei oder vielleicht auch mehr als zehn Sekunden fließt das Blut nicht mehr ins Gehirn, und das Gehirn stirbt. Dieser Tod des Gehirns ist unumkehrbar. Manchmal kann einen eine sofortige Herzmassage retten, sogar *in extremis*; man kann dann den Brustkorb öffnen und das Herz direkt mit der Hand massieren. In meinem Fall genügten die Elektroden. Von diesem meinen »Tod« erinnere ich mich nur an eins, als ob man mir mit einer Nadel die Ohren durchstäche. Vielleicht stirbt man also so.

Dieser fünfte Herzinfarkt fing abends im Bett an. Mit Zahnfleischschmerzen unter den Zahnprothesen. Der Schmerz hörte nicht auf, sogar nachdem ich die Prothesen herausgenommen hatte. Aber normalerweise ging er von allein vorbei. Zum ersten Mal verspürte ich diesen, mir damals noch unbekannten Zahnfleischschmerz einige Monate vor meinem ersten Infarkt.

Mit Julia und Claudius zusammen verbrachten wir einen kurzen Urlaub ganz am Ende von Long Island, das sich dort wie ein riesiges Fischmaul spreizt. In diesem Maul ist die Flut unmerklich, die Wellen sind sogar bei großem Wind sanft, und nicht einmal in den Masurischen Seen habe ich ein so klares Wasser gesehen. Sogar in der Tiefe sieht man in einigen Metern Entfernung den Sand und plätschernde kleine Fische. Und von weitem gläserne Quallen mit Armen, die in alle Richtungen schaukeln. In diesem Sommer gab es eine Quallenplage auf ganz Long Island. Sie brannten schmerzhaft, nicht einmal Amoniak half dagegen. Am besten und oft quallenfrei waren die frühen Morgenstunden. Ich schwamm häufig allein und noch vor dem Frühstück. Und da verspürte ich diesen plötzlichen Zahnfleischschmerz. Erst später, nach dem ersten Infarkt, habe ich erfahren, daß das ein Signal ist. Später, manchmal sogar zwei- oder dreimal im Monat, hatte ich diese Schmerzen öfter. Aber sie gingen beinahe sofort nach einer Nitro-Tablette unter der Zunge vorbei. Man mußte nur die Beine auseinanderlegen. Manchmal dauerte der Schmerz länger. Lidia paßte immer auf, daß ich nie ohne das kleine Fläschchen mit Nitroglyzerin aus dem Haus ging. Sie rief mich von der Treppe zurück, wenn ich es vergaß. Manchmal hörte der Zahnfleischschmerz nicht nach der ersten Nitro-Tablette auf, aber bis dahin war er nach einer zweiten, die sich sofort unter der Zunge löste, immer vorbei gewesen. Doch an jenem Abend verschwand er nicht einmal nach der dritten Tablette.

Gleich danach begann ein Brennen im Magen. Noch einen Augenblick lang dachte ich, es sei vielleicht Sodbrennen. Es war ein sehr ähnliches Brennen. Aber diesmal begann es sich langsam, aber unerbittlich nach oben zu verschieben. Und der Schmerz fing an. An diesen Schmerz erinnerte ich mich. Er ist schwer zu benennen, am Anfang nicht scharf, eher dumpf, aber anders als andere Schmerzarten, schwer zu lokalisieren, als ob er gleichzeitig innen und auf der ganzen Haut verteilt wäre. Dann fing mein linker Oberarm an zu schmerzen. Da wußte ich es bereits: Nach diesem Schmerz im linken Arm hatten mich die Ärzte immer gefragt. Lidia rief den Rettungswagen.

Von zwei Leuten wurde ich auf einer Trage in den Wagen gebracht. Ich begann mich langsam zu verlieren. Aber ich erinnere mich, daß mein Nachbar, der Koch in einem französischen Restaurant ist – wir sind nie dort gewesen, weil es zu teuer für uns war –, gerade nach Hause kam und mir vom Auto aus winkte. Danach habe ich nicht mehr viel gesehen, man stülpte mir eine Sauerstoffmaske über. Und ich erinnere mich nicht mehr, ob man die Tropfnadel im Rettungswagen oder erst später im Saal einstach.

Der Schmerz auf der linken Seite des Brustkorbs wurde immer stärker. Als ob er langsam auseinanderreißen würde. Der Arzt ließ mich diesen Schmerz in einer Zehnerskala einschätzen. Ich sagte »sechs«, wohl auf Polnisch, weil sich die Sprachen bereits vermischten. Und plötzlich begann ich, mit diesen Nadeln im linken und rechten Handgelenk – es war sehr schmerzhaft, weil ich einige Male gestochen wurde, da die Krankenschwester nicht in die Vene kam –, heftig zu lachen, so daß mir die Sauerstoffröhrchen aus der Nase rutschten und der Arzt erschrocken zurückwich. Gleich nach der Schule gingen wir oft ins Schwimmbad Legia in der Łazienkowskastraße. Und im Herbst, solange es noch warm war, jeden Sonntag. Wir beurteilten die Beine der Mädchen in einer Zehnerskala. »Sechs«, sagte ich. Ich erinnere mich nicht mehr, wie sie hieß. Nur, daß sie schwarze Zöpfe hatte. Wir gingen dann einige Wochen miteinander.

Aber jetzt war der Schmerz wohl stärker als »sechs«. Ich sagte dem Arzt eigentlich aus Höflichkeit »sechs«: daß es doch nicht so furchtbar weh täte. Aber es tat immer mehr weh. Und der Schmerz strömte aus, als wäre er im Kopf.

Als alles vorbei und ich wieder zu Hause war, rief Czesław an und fragte, ob es sehr weh getan habe. An meinem ganzen Infarkt ergriff ihn das am meisten. Er fürchtete den Schmerz, nicht den Infarkt. Gombrowicz schrieb auf einer der intimsten und ergreifendsten Seiten seiner *Tagebücher*, daß das Leiden ihn mehr empöre als der Tod. Er konnte sich mit dem allgemeinen Schmerz der Menschen und Tiere nicht abfinden, der die Körper, eben die Körper quälte und nicht die Seelen, in ihrem ganzen Physischsein. Der Schmerz war für ihn eine zusätzliche Grausamkeit der Existenz, die durch nichts und niemals entschuldigt wurde. Sogar das Leiden der Fliegen, die am Fliegenfänger zittern, sogar der Schmerz zerdrückter Würmer.

Die amerikanische Medizin ist, wohl noch mehr als die europäische, schmerzsensibel. Sie schont den Kranken auf alle möglichen Arten, sogar mit Drogen. Ich hatte sofort eine Morphiumspritze bekommen. Das »Auseinanderreißen« im Brustkorb ging langsam zurück. Aber die Ärzte und die Krankenhäuser verschonen hier, wieder im Unterschied zu der überwiegenden Praxis in Europa, weder die Familie noch den Kranken selbst mit den grausamsten Informationen. Keine Linderung bei Empfindsamkeit. Vor jedem operativen Eingriff unterschreibt der Patient sein Einverständnis und wird sachlich, in statistischen Prozenten, über seine Chancen informiert. Vor meiner Operation am Herzen in Stony Brook sagte der Chirurg Lidia und mir, daß ich in meinem Alter und nach einer früheren Entfernung des oberen rechten Lungenlappens eine Chance von etwa 80 Prozent hätte. Beim Bypass, wo man wie bei der Kanalisation verrostete Rohre austauscht, werden die verstopften Arterien mit aus den Beinen entnommenen Venen angestückelt. Wenn keine Operation stattfände, seien meine Überlebenschancen im nächsten Jahr kleiner als eins zu neun.

In dieser amerikanischen Praxis gibt es wohl noch das Erbe der puritanischen Moral: Das Bewußtsein und die Verantwortung kann weder dem Kranken noch der Familie abgenommen werden. Sie kann nicht einmal dem Sterbenden abgenommen werden. Nicht nur der Tod ist eine ernsthafte Sache, auch das Testament ist es. Diese protestantische Strenge der Pflichten sich selbst und der Familie gegenüber, beim Sterben ebenso wie in der Ehe, die von den polnischen Sitten so weit entfernt ist, ist noch nicht ganz verschwunden. »Ist das ein großer Infarkt?« fragte ich den Arzt noch vor dem Morphium. »Jeder Infarkt ist ein Infarkt«, antwortete er. Lidia hatte man bereits angerufen, daß ich einen Infarkt hätte.

Eben damals, noch in der »Emergency«, bekam ich noch eine andere Spritze, vielleicht wurde auch ein neues Medikament dem Tropf beigemischt. Es verdünnt plötzlich das Blut, damit es durch die verstopften Arterien hindurchsickern und die abgestorbenen Teile des Herzmuskels wiederbeleben und ernähren kann. Aber dieses neue Medikament (es wurde mir niemals bei den vorangegangenen Infarkten gereicht) verwässert, denn anders kann ich das nicht beschreiben. Ich verlor mich ununterbrochen und kam nur unter Schwierigkeiten, wie aus einem dichten und tiefen Wasser, an die Oberfläche herauf.

2.

An der Wand meinem Bett gegenüber war eine große Uhr mit weißem Zifferblatt und schwarzen Zeigern. Ich sah sie, als ich aus den Phantasien aufwachte, und wohl auch in den Träumen. Es war immer fünf nach drei. Vielleicht manchmal sieben nach drei. Und das erschreckte mich. Zwischen zwei oder drei Blicken auf die Uhr vergingen für mich in meinen Hirngespinsten Stunden. Die Tür zur Intensivstation wird nie geschlossen, sie geht auf den Krankenhauskorridor. In diesem Flur sah ich ein Fenster. Hinter dem Fenster den grünen Fußballplatz in Stony Brook, wo ich frühmorgens noch vor dem Frühstück gewöhnlich zweimal die Rennbahn umkreiste bei dem mir nach dem vierten Infarkt von mir selbst aufgezwungenen Spaziergang. Aber dieses Stadion, der leere Raum zwischen großen Ahornbäumen, die im »Indian Summer« alle Farben annahmen, von Rostrot bis zu dunklem Karmesin und tiefem Violett – Lidias Mutter war davon begeistert und dann bis zu unserem letzten gemeinsamen Spaziergang auch Roman Karst –, verwandelte sich in das Schweizer Tal vor unseren Fenstern in der Warschauer Rosenallee. Manchmal war es nur ein Fenster aus bemaltem Glas. Die Nacht verging, und die Uhr zeigte unveränderlich fünf nach drei. In jenen Resten des Bewußtseins kam es mir plötzlich vor, als sei die Zeit stehengeblieben. Und eben das war erschreckend.

Der Infarkt war in der letzten Dezemberwoche gekommen. Im Juni dieses Jahres war ich noch beinahe zwei Wochen lang in einem anderen Krankenhaus gewesen. Ich hatte eine Lungenentzündung, es gab damals beinahe eine Epidemie, hervorgerufen durch die Streptokokken A. Diese Art von Bakterien nannte man »Krankenhausbakterien«, denn ihre Mutationen waren zuerst in Krankenhäusern aufgetaucht, hielten den Angriffen der Antibiotika stand und wurden in einer der nächsten Generationen widerstandsfähig gegen sie. Diese Lungenentzündung endet oft tödlich. Ich wurde gerettet. Aber ich hatte beinahe eine Woche lang hohes Fieber, bis 40°, und ununterbrochen Fieberträume.

In mein Krankenzimmer, das ich mit einem anderen Kranken

teilte, kam ein spanisches, vielleicht war es auch ein puertoricanisches Theater: Männer, Frauen und Kinder. Musiker und Schauspieler. Ich erkannte sofort, was sie spielten. Es war eine italienische *Opera buffa*. Damals im Traum kannte ich sogar ihren italienischen Titel. Und obwohl ich stocktaub bin, erkannte ich die Melodien. Es war ein sehr schönes Theater. Eines der schönsten, die ich gesehen hatte. Die Mädchen hoben ihre Beine in bunten, aufeinandergeschichteten breiten Zigeunerröcken.

Als Lidia am frühen Morgen anrief, das Telephon stand an meinem Bett, erzählte ich ihr von dieser wunderbaren Vorstellung, beklagte mich nur, daß sie nicht weggehen wollten, sowohl das Orchester als auch die Masse von Kindern würden um mein Bett herum sitzen, schreien und im ganzen Zimmer herumspringen. Und die Vorstellung sei doch schon längst zu Ende. »Hilf mir!« schrie ich in den Hörer. »Ich werde sie nicht los ...«

Von allen Visionen und dem Durcheinander blieb das spanische Theater am längsten bei mir. Schlimmer war die erste Nacht, vielleicht war es auch dieselbe. In ihr kamen ständig Krankenschwestern, immer zu dritt, aber immer andere. Sie zogen mir das Laken ab, warfen es mir über den Kopf, ich begann zu ersticken, aber sie nahmen mir diese Kapuze ab, banden die Bänder auseinander, mit denen mein Krankenhausnachthemd geschlossen war, und ich lag nackt da. Dann begannen sie, alle drei nacheinander, Stecknadeln in mein Glied zu stoßen. Es war nicht schmerzhaft, aber ich schämte mich, denn die Krankenschwestern, die ebenfalls weiße Kapuzen trugen, wie Ku-Klux-Klan-Mitglieder, stießen einander mit dem Ellbogen an und kicherten. Die Stecknadeln waren Strohhalme, die man zur Coca-Cola mit Eis gab. Dann kam noch eine, blieb in der Tür stehen, hob den Rock hoch oder knöpfte ihre Krankenschwesternuniform auf und rief mich mit einer unanständigen und ermunternden Geste, ihr zu folgen. Ich lief ihr durch die Korridore nach, aber alle Türen waren geschlossen. Ich fiel hin und konnte nicht mehr aufstehen. Ich war angebunden. Nachts führte man mir einen Katheter ein, und als ich versuchte, ihn herauszuziehen, band man mir Hände und Füße mit weißen Bändern zusammen. Ich war wie in einer Zwangsjacke.

Als ich losgebunden wurde, versuchte ich zu Hause anzurufen, aber ich konnte mich nicht an die Nummer erinnern. Lidia rief mir jedesmal, wenn sie anrief, diese Nummer in Erinnerung, aber ich konnte sie mir nicht merken. Ich schrieb sie auf, aber jedesmal verwechselte ich die Zahlen. Am schlimmsten war es nach meinem vierten Infarkt, noch in Stony Brook, als ich knapp drei Wochen nach dem Bypass zurück in dasselbe Krankenhaus kam. Dieser vierte Infarkt war der leichteste, nicht mehr auf dem Elektrokardiogramm zu entdecken, sondern in Veränderungen der Enzyme im Blut. Dafür gab es andere Komplikationen, ich hatte eine starke Anämie, man machte mir eine Transfusion. Am frühen Morgen, es war wohl vier Uhr, rief ich Lidia an, sie solle mich sofort abholen, ich wäre in einem fremden Land und würde nichts verstehen, alle würden Spanisch zu mir sprechen.

Das war damals der letzte Anruf, den ich noch alleine betätigen konnte. Ich bekam motorische und Sprechstörungen. Ich konnte die einfachsten Worte nicht finden: Löffel, Klingel, Uringlas. Sie schienen im Kopf zu sein, aber sie konnten nicht bis zur Zunge vordringen. Sie ließen sich nicht aussprechen. Sie waren nur der Begriff des Wortes. Nur das Bezeichnende, in dem das Bezeichnete fehlte. Ich konnte nur mit dem Finger zeigen: »Das.« »Das« für ein Brötchen, »das« für eine Briefmarke, »das« für einen Blumenkohl und »das« für eine Krawatte. Nur »das« war von der Sprache übriggeblieben. Es war eine Art Aphasie, wie oft nach einem Schlaganfall. Man muß dann neu sprechen lernen.

Joe Chaikin hatte erneut einen Schlaganfall erlitten, kam dann nach zwei Jahren zurück zum Theater. Aber er konnte die Rolle nicht lernen. Ich war in Los Angeles in einem Stück, das extra für ihn geschrieben wurde. Vielleicht hat er es sich auch selbst ausgedacht. Er saß auf der Bühne auf einem Stuhl hinter einem breiten Tisch. Von allen Seiten verliefen wie verworrene Drähte eines seltsamen Telegraphen Schnüre. Über diese Schnüre wanderten zu Chaikin bunte Zettel: »Geh nach rechts«, »Schenke Wasser aus der Karaffe ins Glas ein«, »Ich begrüße Sie, meine Damen und Herren«, »Ich komme von nirgendwo.« Es war eine der ergreifendsten Aufführungen, die ich jemals gesehen habe. Und eine große Rolle von Chaikin. Er hatte einmal Woyzeck gespielt. Dieser Halbanalphabet des genialen Büchner, der erste und wohl einzige in der ganzen Geschichte des Dramas, kann keine Worte finden. Damals hatte mich Chaikin in dieser Rolle nicht überzeugt. Jetzt war er selbst Woyzeck. Ein tragischer, stotternder Woyzeck.

Meine Aphasie betraf auch die Bewegungen. Wenn mir ein Buch vom Bett herunterfiel, konnte ich es nicht aufheben. Die Finger wollten mir nicht gehorchen oder eher – es bewegten sich andere als die, die nötig waren. Das Signal kam nicht an oder, wie bei verworrenen Drähten, es brachte die Information an den falschen Empfänger. Ich konnte nicht anrufen, ich wählte eine andere Nummer als die, die ich wollte.

Dreimal wurde mir ein Angiogramm gemacht, nach dem zweiten Infarkt und dem klinischen Tod in Belgrad, in Stony Brook vor der Operation und jetzt nach dem fünften Infarkt im Johannes-Krankenhaus in Santa Monica. Angiogramme tun nicht weh. Sie können in der Beschreibung erschreckender erscheinen als in der Erfahrung. Am unangenehmsten ist wohl das genaue und lange Rasieren der Leistenbeugen durch zwei Krankenschwestern vor dem Eingriff. Man öffnet eine Vene in der rechten Leiste und führt auf diesem Weg einen kleinen Katheter in die Herzkammer ein. Der vom Arzt geleitete Katheter sucht der Reihe nach die Blutgefäße ab. Mit Hilfe der Röntgenkamera ist das Herz auf einem Bildschirm zu sehen. Während des Eingriffs darf man sich nicht bewegen, aber beinahe hätte ich ein Unglück hervorgerufen, da ich meinen Hals so weit ich nur konnte verdrehte, um lebend mein eigenes pulsierendes Herz und den sich dort bewegenden Katheter zu sehen.

An das zweite Angiogramm erinnere ich mich nicht mehr, ich muß halb betäubt gewesen sein. Aber ich erinnere mich an das letzte. Ich fiel in einen Halbschlaf, doch als ich diesen feuchten Schlaf verließ, schaute ich eifrig auf den Bildschirm mit meinem Herzen. In unserem Garten in Stony Brook sind die Kronen der Ahornbäume dicht. Nur selten scheint die Sonne durch sie hindurch. Jetzt schien mir einen Augenblick lang, als läge ich in unserem Garten und sähe nach oben in das Geäst der Ahorne. Zwischen ihnen irrte auf dem Röntgenbildschirm der Katheter.

Ich muß wieder für einen Augenblick in mich gefallen sein, denn als ich die Augen öffnete, sah ich den Bildschirm, der mitten auf der Bühne bei *Orestes* von Euripides herunterhing, den ich vor mehr als zwanzig Jahren in Berkeley inszeniert hatte. Auf diesem Bildschirm erschien (als Menelaos aus Trojas Ruinen nach Mykene zurückkam, wo Klytämnestra von Orestes mit einem Beil mit doppelter Klinge ermordet worden war, dem gleichen, mit dem Agamemnon niedergeschlagen wurde) ein Tropfen Blut, er wuchs, ließ Arme sprießen, als hätte er sich in eine Spinne verwandelt, deren Greiftaster sich verästelten, bis sie den ganzen Bildschirm verdeckten. Die Beleuchtung für meine Inszenierung hatte ein Japaner gemacht, Toshiro Ogawa. Er hatte sich das »Aquarium« ausgedacht, *the fish tank*. Extra für mich. Es war eine neue Idee. Toshi war unerschöpflich in seinem Ideenreichtum. Das »Aquarium« war ein einfaches, durchsichtiges, mit Wasser gefülltes Glas. Er tat mit einer Pipette einen Tropfen schwarzer oder roter Tinte hinein. Der Tropfen verwandelte sich langsam in eine Qualle. Durch das Glas hindurch ging das Licht des Scheinwerfers, und der sich langsam auflösende Tropfen warf seinen vervielfachten Schatten auf eine Leinwand.

Als man mich nach dem Angiogramm in den Flur brachte, stand Lidia bereits dort. Wie eine Salzsäule. Wie Lots Frau, nachdem sie den Kopf gewandt hatte und die Augen nicht von ihrer Stadt lösen konnte. Aber die Ergebnisse des Angiogramms waren unerwartet erfreulich. Mindestens zwei von den Arterien, die während der Bypassoperation mit Venen aus meinen Beinen angestückelt worden waren, blieben beim Infarkt unversehrt. In einigen Tagen sollte ich nach Hause geschickt werden.

3.

»Zählen Sie nicht bis fünf«, sagte mein Arzt in Stony Brook nach dem vierten Infarkt. Aber sogar damals in der »Emergency« hatte ich Angst. Gewöhnlich meint man, daß alte Menschen mehr Angst vor dem Tod haben als junge. Es ist wohl nicht wahr, jedenfalls ist es ganz sicher nicht allgemein verbreitet. Letztes Jahr wurde ich von einem Auto angefahren, seitdem habe ich manchmal Angst, über die Straße zu gehen. Aber ich habe keine Angst vor dem Sterben. Ich habe mich an die Unvermeidbarkeit des Todes gewöhnt. Des fremden und des eigenen. Nicht an den Tod selbst, denn er übertrifft unsere Begriffe, aber an seine Alltäglichkeit, vor der es keine Flucht gibt. Die Unvermeidbarkeit des eigenen Todes war für mich in der Jugend und dann noch sehr lange Zeit, als ich zwanzig, dreißig, vierzig und sogar fünfzig war, viel weniger selbstverständlich. Nicht der »theoretische« Tod, sondern der, dessen Angst man als Trockenheit der Kehle, im Seitenstechen und im plötzlichen Krampf des Zwerchfells spürt. Aber am meisten fürchtete ich den Tod als Kind. Ich schreckte dann mit einem Schrei aus dem Schlaf hoch, und meine Mutter konnte mich lange Zeit nicht beruhigen. Ich wollte nicht sterben.

Ich habe mich an den Tod von Freunden gewöhnt, aus meiner Generation und der um eine Generation Jüngeren. Sie gingen einer nach dem anderen. Aus meinem Kreis in dem Warschauer Polonistenkreis: Ludwik und Dawid, Franek und Kazik, alle waren in der ersten *Kuźnica* und im ersten Institut für Literarische Forschungen. Nach dem Tod von Adolf und nach dem Tod von Stefan, noch ist kein Monat seitdem vergangen, bin ich allein geblieben.

Adolf hatte ich seit vielen Jahren nicht mehr gesehen. Zum letzten Mal sprachen wir wohl in Paris miteinander. Es war eine unerwartete Begegnung. Ich führte ihn ins »Flore« in St-Germain. Er war sehr erstaunt, als ich *deux fines* bestellte. Alkohol war im »Flore« teuer. »Bist du sehr unglücklich?« fragte Adolf. Ich war damals nicht sehr unglücklich, aber ich verneinte nicht. Adolf umarmte mich: »Siehst du, wir sind alle unglücklich.«

Er trat in Warschau an mich heran, es war wohl während meiner ersten Rückkehr, nach siebzehn Jahren. Ich stieß ihn zurück, ich hegte einen Groll gegen ihn wegen einiger Sätze über mich in seinem letzten Buch. Dieser Groll blieb lange in mir. Noch während meines letzten Aufenthaltes in Warschau, im September und Oktober letzten Jahres, konnte ich mich nicht dazu überwinden, ihn aufzusuchen. Man sagte mir, er sei krank, aber Adolf war bekannt dafür, daß er die eigenen, realen oder eingebildeten »Unglücke« auskostete. Ich glaubte nicht, daß er wirklich krank sei. In der Woche, als das Ghetto brannte, gingen wir zusammen zur Mauer und zurück zum Karussell auf dem Krasińskich-Platz, wo unter Lachen und Gekreische der nach oben fliegenden Pärchen verbrannte Stoffetzen hinter der Mauer hervor angeweht kamen.

Und ich erinnere mich noch, das Gedächtnis trifft seine eigenen Entscheidungen, an einen langen Spaziergang im Regen in der Piotrkowskastraße in Łódź. Adolf schenkte mir damals sein Buch mit der Widmung: »Nach der gemeinsamen Niederlage«. Das Buch mit Adolfs Widmung, das einzige, das ich hatte, ging während eines unserer Umzüge von Łódź nach Warschau verloren oder als wir nur einen kleinen Teil der Bücher mit nach Amerika nahmen. Wir sollten doch nach einem Jahr zurückkehren. Ich werde Adolf nicht mehr fragen können, um welche der einander folgenden Niederlagen es damals ging. Für alles ist es zu spät.

Ich war nicht bei Adolfs Begräbnis. Es sollen nur wenige gekommen sein. Und beinahe ausschließlich Frauen. Alte und ganz junge. Adolf hätte es gefreut. Ich war nicht beim Begräbnis von Stefan. Ich hörte seine Stimme zum letzten Mal bereits in Amerika, nach der Rückkehr. Ich rief Basia an, und eben am selben Tag, beinahe zur selben Stunde, wurde Stefan aus der Poliklinik in der Emilii-Plater-Straße nach Hause geschickt. Stefan sprach mit unterbrochenem Flüstern. Aber in diesem unterbrochenen Flüstern gab es noch für einen kurzen Augenblick die Stimme des ehemaligen »Hetman«. Diese schallende Stimme, mit der er früher im Kreis der Polonisten donnerte und, Jahre später, in so vielen Sälen, an der Universität, im Institut für Literarische Forschungen IBL, im Literatenhaus in Krakowskie Przedmieście. In den letzten Jahren hatte er sich sehr einsam gefühlt. Zusammen mit dem Marxismus hatten ihn viele Schüler verlassen.

In der Klinik hatte ich ihn zweimal besucht. Schon ganz am

Ende seines Aufenthaltes, denn vorher durfte man ihn nicht besuchen. Er hatte einen Infarkt des Kleinhirns, niemals vorher hatte ich von einem solchen Infarkt gehört, aber man sagte mir, es sei tödlich. Stefan hatte Tränen in den Augen, er kam mir in dem Krankenhausbett wie ein sterbender Wal vor. Dieser erlöschende Wal war über ein halbes Jahrhundert lang mein treuester Freund.

Kantor starb kurz vor meinem fünften Infarkt. Er wurde von einer Probe geholt. Im Krankenhaus kam er nicht wieder zu Bewußtsein. Er starb im Morgengrauen. In der Perspektive des Todes wird alles zu einem Zeichen. Wie Shakespeares *Sturm*, Tragödie und Komödie, in der wir manchmal meinen, seine Stimme zu hören. Wie Kantors *Heute ist mein Geburtstag* nach *Ich kehre nie zurück*. Zum letzten Mal sah ich ihn in Paris. Es war sein Festival und einer der größten Triumphe: Ausstellungen, alle seine Aufführungen in bis auf den letzten Platz ausverkauften Sälen. Und ein dreitägiges Symposium im Centre Pompidou, von früh bis zum späten Nachmittag, wieder bei vollem Saal, mit Reden von Experten und Berühmtheiten, ständig unterbrochen von Kantors Schreien.

Er schrie alle Redner an. Wie während der Proben die Techniker und Schauspieler. Er schrie ganz furchtbar. Alles war immer falsch. Zu früh, zu spät, daneben. Er war auch bei den Diskussionen im Centre Pompidou der größte Schauspieler, wie jeden Abend auf der Bühne. Und wie in Krakau, sogar wenn er über den Marienplatz ging. Er war selbst sein eigenes und mit nichts zu vergleichendes Theater. Ich hatte über ihn geschrieben, er würde wie Charon die Toten hinüberfahren, aber das Vergessene zurückbringen. Sogar wenn die Toten als Puppen zurückkehrten. Auch Charon kehrte zurück. Aber Kantor, der das Tote den Lebenden zurückbrachte, ist selbst nicht zurückgekommen. Er brannte in diesem unnachgiebigen Schreien nach dem absoluten Kantor. Bis er verbrannte.

Alle Tode sind ein Loch, nicht nur in der Erde, sondern in uns selbst. Alle Tode sind unverdient und immer zu früh. Aber es gibt Tode, die besonders ungerecht erscheinen, übermäßig ungerecht, als sei ein außerordentlicher Vertrag zwischen uns und dem Tod verletzt worden, obwohl wir doch wissen, daß ein solcher Vertrag immer trügerisch ist. So war der Tod von Jeleński und Puzyna. Sie sind nicht nur gestorben, sie wurden uns plötzlich weggenommen.

Zum letzten Mal sah ich Kot Jeleński[1] während eines kurzen Besuchs in Paris, ein oder vielleicht ein Jahr und ein paar Monate vor seinem Tod. Er lud mich zu einem Frühstück ein, zu einem polnischen Frühstück und keinem französischen *petit déjeuner*, etwa gegen zehn Uhr morgens in ein Bistro in der Nähe der Rue de la Villière, hinter dem Place Royale, wo er wohnte. Ich hatte die Adresse bereits vergessen und fand sie nun in einem alten Notizbuch wieder. Das Gedächtnis ist löcherig. Aber ich erinnere mich an die – für Paris – frühen Frühstücke mit Kot Jeleński selbst und zweimal mit Maria Dąbrowska und, bereits nach ihrem Tod, mit Anna Kowalska. An die Dąbrowska wandte er sich mit »Frau Maryjka«, er hat es wohl von Stempowski übernommen.

Kot Jeleński war bei diesen Frühstücken wie kein anderer gleichzeitig anwesend und abwesend, aber sensibel dem Gesprächspartner gegenüber. Er hatte eine bei Männern seltene Zärtlichkeit in der Berührung der Hand, im Blick, in der Stimme, aber er schien für kurze Augenblicke zu entfliehen. Dann kehrte er, als ob es ihm bewußt würde, mit verdoppelter Aufmerksamkeit zurück. Damals, beim letzten Mal, schienen mir

1 Konstanty Jeleński (Kot), (1922–1987), Essayist, Kritiker. Nach dem Ausbruch des Zweiten Weltkriegs im Westen, seit 1951 in Frankreich, langjähriger Mitarbeiter der Pariser Emigrationszeitschrift Kultura.

seine Abwesenheiten länger und öfter zu dauern als früher. Ich klagte vor ihm über das Alter. Jeleński kehrte plötzlich aus einer Abwesenheit zurück. »Uns beiden ist eine lange Jugend gegeben worden, und vielleicht ertragen wir deshalb das Alter so schwer.« Das erstaunte mich. Es gab zwischen uns einen Unterschied von acht Jahren, aber Jeleński schien mir immer unvergleichlich jünger zu sein. Auf zwei Bildern, die ich kannte, stellte ihn Leonore in strahlender Nacktheit dar. Er war damals noch nicht dreißig. Er war ein schöner Mann, sogar als sein Haar schütter wurde, er sich einen kurzgeschnittenen Schnurrbart wachsen ließ und die jugendliche Schlankheit verloren hatte. Für mich war er immer hell. Aber damals, bei jenem gemeinsamen Frühstück, das sich als letztes herausstellte, schien ein Schatten über sein Gesicht zu huschen. Die Mittagsstunde nahte. Eine Sekunde lang kam mir der Gedanke, es sei der Schatten des Todes. Aber er erschien mir absurd. Jeleński war gleich wieder jugendlich. Ich weiß nicht, ob er da schon von seiner Krankheit wußte. Sogar wenn er es gewußt hätte, besaß er zu viel innere Eleganz, um darüber zu sprechen. Oder vielleicht wollte er bis zum Schluß Distanz zu sich selber behalten. Aber R. sagte mir, bereits nach Jeleńskis Tod, daß er, als er sie vor ihrer Reise in die USA verabschiedete, sich für immer zu verabschieden schien. Ins Krankenhaus wurde er bereits im Koma gebracht; er kam nicht wieder zum Bewußtsein. Aber M. sagte mir, daß Jeleński, als er ihn im Krankenhaus besuchte, die Hand bewegte, als ob er ihn begrüßen wollte.

Zum letzten Mal sah ich Puzyna-Ket[2] beim *Dialog*[3]. Er war

2 Konstanty Puzyna (1929–1989) Theaterkritiker, Essayist, Dichter, Chefredakteur der Zeitschirift *Dialog*, kämpfte in den fünfziger Jahren gegen das realistische und für ein von Leon Schiller, Bertolt Brecht und Jean Vilar inspiriertes Theater. Er entdeckte das Theater von Witkiewicz neu.

3 *Dialog*, polnische Monatszeitschrift, seit 1956 in Warschau erscheinend, gewidmet der zeitgenössischen Dramaturgie und dem Theater.

eben aus Paris zurückgekommen, vielleicht war er auf dem Rückweg auch in Italien gewesen. Er sah wie ein Junge aus. Er trug einen neuen Anzug, weiß und modisch und wie geschniegelt. »Die Mädchen haben mich gestreichelt.« Puzyna sagte immer »Mädchen«, sogar über seine Hofdamen im *Dialog*.

Im nächsten Jahr starb er. Er fuhr wie jedes Jahr zu einem kurzen Urlaub an die Masurischen Seen. Das Wasser war dieses Jahr kalt. Nach dem Baden bekam er Herzschmerzen. Er wurde ins Krankenhaus gebracht. Die sechzehnjährige Tochter von Dunka erzählte mir, sie habe Puzyna am dritten Tag in dem kleinen Krankenhaus besucht. Die Ärzte sagten, es sei ein Infarkt. Aber daß er bereits gerettet sei. Puzyna lächelte, sie hatte ihm Blumen mitgebracht, dann drehte er sich um und wollte noch etwas sagen. Er schaffte es nicht mehr.

In der April-Nummer des *Dialog* von 1990, die mit der gewohnten Verspätung beinahe genau auf den Tag zum ersten Todestag Puzynas erschien, schrieb unter anderen Tadeusz Nyczek über ihn. *Nur der Wachtraum*. So nannte er seinen Essay über Puzyna. Der Titel erstaunte mich. Erst viel später wurde mir bewußt, daß dies ein aus dem Zusammenhang eines Gedichts gerissenes Zitat ist. Puzyna schickte mir seine Gedichte noch vor dem Erscheinen der *Steinchen*. Ein kleiner Band im grauen Umschlag, knapp fünfzig Seiten, etwas über zwanzig Gedichte. Den Gedichten maß er Gewicht bei, ein anderes und größeres Gewicht als allem, was er geschrieben hatte. Über alle (wie Rasierklingen scharfen) Seiten über das Theater, von den Seminararbeiten und der Doktorarbeit gar nicht zu sprechen, die er nie wirklich angefangen hatte, sagte er »Handarbeiten«. Die Gedichte Puzynas trafen mich mit einer anderen Wahrheit über ihn. Ich hatte diese manchmal vermutet, vor allem wenn er uns in Stony Brook besuchte, aber wir haben doch, ehrlich gesagt, nie ernsthaft miteinander gesprochen. Wohl über das Theater, aber das Theater war für uns beide seit langem nicht mehr wichtig. Vielleicht nur Grotowski. Aber doch nicht sein Theater.

Nur ein Wachtraum. Die schönen Zwanzigjährigen. Die verbitterten Sechzigjährigen. Puzyna war einige Monate vor seinem Tod sechzig Jahre alt geworden. Ich fand in seinen Gedichten die Bitterkeit wieder, die ich so gut kannte. Einmal, es war bereits nach dem Polnischen Oktober, schrieb ich Camus folgend von der Verzweiflung voller Hoffnung. Aber in diesen Gedichten war nicht nur die Bitterkeit wie Stein. Ein Gedicht über das Photo eines Erhängten in irgendeinem amerikanischen Provinzmuseum geht mir durch den Kopf. Man erhängte ihn vom Pferd aus, befahl ihm, sich im Sattel aufrecht zu stellen, gab dem Pferd die Sporen, er hing. Der Sattel war übriggeblieben, vielleicht auch als ein Exponat in diesem Museum. Und auf dem Photo der in die Stirn des Erhängten gedrückte Hut.

In diesen Gedichten von Puzyna gibt es nicht nur Bitterkeit. Es gibt auch Verachtung. Er versteckte sie so lange in seinem Lächeln. Oder vielleicht war es auch nur eine Grimasse.

> O nein, meine Lieben, keine
> mediterranen Mythen, griechischen Götter mehr,
> genug der Pallas...
> auch keine onyrischen Visionen, nur der Wach-
> traum,
> offene Augen, der bittere Geschmack der Flüche...

Ich sollte über die Gedichte für *Zeszyty Literackie*[4] schreiben. Ket wartete auf die Kritik. Aber ich wurde krank. Puzyna starb.

4 *Zeszyty Literackie* – eine seit 1983 in Paris erscheinende literarische Vierteljahreszeitschrift.

Ich schrieb nur die Erinnerung *Ket um zwölf Uhr mittags.* Immer kommt alles zu spät.

4.

Wirklich Gläubige und wirklich Ungläubige erscheinen mir zumindest darin einander ähnlich, daß sie zwar nicht den Tod akzeptiert haben, denn ich wiederhole – er existiert außerhalb unserer Begriffe –, aber die Unvermeidbarkeit des Todes. Vor dem eigenen Tod kann man nicht fliehen, und jedes Feilschen mit ihm ist umsonst. Davon und nur davon handelt *Jedermann*, die immer wieder ergreifende Moralität vom Ende des 15. Jahrhunderts. Jeder muß sterben. Jeder, also auch ich. Tief religiöse und tief nichtreligiöse Menschen haben seltener als andere die Unruhe und weniger Zweifel daran, was danach kommt. In dieser Hinsicht scheinen der starke Glaube und der nicht weichende Wachtraum einander ähnlich.

Der Tod erschien mir lange Zeit viel verständlicher als die Zeugung. In der natürlichen Ordnung und sogar in der metaphysischen Ordnung, soweit ich fähig war, sie zu begreifen. Jedes Sein hat sein Ende, rätselhafter aber ist der Anfang. Sogar die Astrophysik kennt mehr Hypothesen über das Ende der Welt als über ihren Anfang. Das Nichts wird leichter vom Verstand, dem Gefühl und der Phantasie aufgenommen als die Entstehung von etwas aus dem Nichts. Noch mehr in der menschlichen Ordnung als in der Natur. Lange Zeit kam es mir unbegreiflich vor, daß als Folge von einigen zehn Bewegungen zweier Körper, die noch La Rochefoucauld komisch nannte, und als Folge der Verschmelzung von zwei Feuchtigkeiten ein neues Wesen entsteht, das allen Menschen ähnelt, aber in Wirklichkeit mit niemandem identisch ist und daher einzigartig. Es hat eine Seele, aber wann kommt diese Seele? Im Augenblick der Befruchtung oder erst dann, wenn das Herz zum ersten Mal schlägt, und wo ist diese Seele, in welchem göttlichen Speicher ist sie vorher gewesen? In der verbreiteten christlichen Theologie war das niemals klar oder eindeutig. Klar ist nur, und das sowohl in der Anatomie als auch in der Symbolik, daß der Tod kommt, wenn das Herz stehenbleibt.

In der narrenhaften Weisheit des Karnevals, das habe ich von Bachtin gelernt, ist der schwangere Tod, eine alte Frau, die ausbrütet, die Personifizierung der Kontinuität des Lebens. Die Unzerstörbarkeit wird von den Lenden des Mannes und dem Bauch der Frau gegeben, obwohl sie ebenfalls dem Tod preisgegeben sind. Aber nur dank der Lenden und des Bauches dauert die menschliche Gattung an.

»... und sie wurden gewahr, daß sie nackt waren«. (*Genesis*, 3.7) Im biblischen Mythos von Adam und Eva ist der Tod mit dem ersten Erkennen des Geschlechts verbunden. »... bis du wieder zu Erde werdest, davon du genommen bist. Denn du bist Erde und sollst zu Erde werden«. (*Gen.*, 3.19) Und weiter, in der ersten Zeile des nächsten Kapitels: »Und Adam erkannte sein Weib Eva, und sie ward schwanger und gebar den Kain und sprach: Ich habe einen Mann gewonnen mit Hilfe des Herrn.« In den Schriften der Kirchenväter aus den ersten Jahrhunderten wird Christus der zweite Adam genannt. Im Christusmythos ist der sexuelle Akt ebenfalls mit dem Tod verbunden, aber in der doppelten Verneinung: in der unbefleckten Empfängnis Mariä und in der Auferstehung Christi.

In der Laienanthropologie, die noch aus der antiken Tradition stammt, sind Eros und Tanatos ebenfalls miteinander verbunden. Auf dem Sockel der griechischen Säule, die eine Szene aus *Alceste* darstellt, wird Tanatos in der Gestalt eines nackten Jünglings von großer Schönheit dargestellt, mit kurzgeschnittenem

Haar zum Zeichen der Trauer und einem kurzen Schwert an der Seite. Dieser geflügelte griechische Tod ähnelt den Darstellungen des Eros. Wenn man in die Augen des Partners/der Partnerin beim Höhepunkt des Liebesorgasmus schaut, sind sie vernebelt und blicklos. Als ob sie auf der anderen Seite wären: *I am dying*. Aus diesen Augenblicken des Vergessens kehren wir schwer Atem schöpfend zurück, wie ein Taucher, der, nachdem er den Meeresgrund berührt hat, zur Oberfläche zurückkehrt. Und wie der Taucher sind wir ganz naß. Und noch lange danach sind wir traurig. Denn wir sind auf der anderen Seite gewesen.

Aber in meiner persönlichen Erfahrung ist die Zustimmung zum Tod und die Gewöhnung an das Sterben noch anders gekommen. Sehr einfach und wohl in Übereinstimmung mit der ältesten Tradition. Ganz sicher nicht aus den Büchern. Bei diesem meinem fünften Infarkt, als man immer neue Nadeln in mich stach und mir beinahe ebensooft den Oberarm umband, um den plötzlich sinkenden Blutdruck zu messen, habe ich über meinem Krankenhausbett das Photo meiner Enkelin aufgehängt. Sie war damals fünf Monate alt. Als ich sie zum letzten Mal gesehen hatte, während ich über New York aus Polen zurückkehrte, war sie drei Monate alt. Sie lächelte mich an. Ich habe zwei Kinder und einen zwölfjährigen Enkel. Aber niemals vorher hatte ich daran gedacht, daß sie bleiben werden, wenn ich sterbe. Vielleicht war ich lange Zeit zu jung, um darüber nachzudenken, wer nach mir bleibt. Doch es gibt noch einen anderen Grund, der mir damals im Krankenbett bewußt wurde. Der Säugling war gerade von der anderen Seite gekommen. Und dieses erste Lächeln stammte ebenfalls noch von der anderen Seite.

Es ist nicht so schlimm, an einem Herzinfarkt zu sterben.

Santa Monica, Januar 1991

ANDERS, Władysław (1892–1970), General und Politiker, eine der Schlüsselfiguren der polnischen Geschichte während des Zweiten Weltkrieges. Gründer und Befehlshaber des zweiten Korps der Polnischen Armee, die auf Befehl der polnischen Londoner Exilregierung in der Sowjetunion gegründet wurde. Rekrutiert wurden polnische Staatsbürger, die dort in Gefängnisse und Gefangenenlager gekommen oder verschleppt worden waren. General Anders, der im deutsch-polnischen Septemberkrieg 1939 verletzt worden war, wurde im sowjetisch besetzten Lemberg vom NKWD verhaftet und nach Moskau ins Lubljanka-Gefängnis gebracht. Nach dem Pakt zwischen Sikorski und Majski von 1941 wurde er freigelassen. Die Armee ging zunächst in den Nahen Osten und nahm dann an der Befreiung Italiens teil (Schlacht von Monte Cassino und Bologna). Nach dem Krieg blieb Anders in der Emigration in London und wurde zu einem ihrer wichtigsten Anführer.

ANDRZEJEWSKI, Jerzy (1909–1983), Schriftsteller, Autor von *Asche und Diamant*, *Siehe, er kommt hüpfend über die Berge*, *Die Karwoche*, *Die Pforten des Paradieses*. Er trat vom Katholizismus zum Kommunismus über, nach 1956 verließ er die Kommunistische Partei und wurde in den siebziger Jahren zu einem der führenden Oppositionellen (1976 Mitbegründer der Oppositionsbewegung KOR).

BERIJA, Laurenti Pawlowitsch (1899–1953), sowjetischer Kommunist, Vertrauter Stalins. Trat 1921 in die Tscheka ein, die dann zur GPU umgewandelt wurde. Seit 1938 Chef des NKWD, berüchtigt für seine Brutalität und Gewalttätigkeit, seit 1942 stellvertretender Premierminister. 1953, nach Stalins Tod, verhaftet und hingerichtet.

BERMAN, Jakub (1901–1984), zweitwichtigster Politiker neben Bierut im Nachkriegspolen. Jurist, Mitglied der Kommunistischen Partei seit 1925. Den Krieg verbrachte er in der Sowjetunion. 1944 Mitbegründer des Zentralen Büros der Polnischen Kommunisten. Seit August 1944 Mitglied des Politbüros der Polnischen Arbeiterpartei, dann der Polnischen Vereinigten Arbeiterpartei. Seit 1948 in der Führungsspitze der Partei, er überwachte u.a. im Auftrag des Politbüros den Staatssicherheitsapparat und realisierte die stalinistische Politik in Polen. Seit März 1954 stellvertretender Premierminister; wurde 1957 aus der Partei ausgeschlossen.

BIEŃKOWSKI, Władysław (1906), Vorkriegskommunist, naher Mitarbeiter von Władysław Gomułka in der Polnischen Arbeiterpartei, die während des Krieges gegründet wurde. Er hatte bis 1952 verschiedene Funktionen im Parteiapparat inne. 1948 der »Rechtsabweichung und des Nationalismus« beschuldigt. Von 1956 bis 1959 Bildungsminister. Er half, den polnischen Primas Stefan Wyszyński aus der Gefangenschaft zu entlassen. Später, von Gomułka des »Anarchismus« beschuldigt, ging er in die demokratische Opposition.

BIEŃKOWSKI, Zbigniew (1913), Dichter, Literaturkritiker. Studierte Jura und Romanistik in Warschau und Paris. Während der Besatzungszeit nahm er am Kulturleben im Untergrund teil. Von 1945 bis 1946 Mitarbeiter der Zeitschrift *Odrodzenie* (Wiedergeburt).

BIERUT, Bolesław (1892–1956), polnischer Staatschef von 1947 bis 1956, seit 1948 Generalsekretär, dann Vorsitzender und Erster Sekretär der Polnischen Vereinigten Arbeiterpartei. Trat 1918 in die Polnische Kommunistische Partei ein. Von 1925 bis

1932 hielt er sich in der Sowjetunion auf, wo er als Funktionär der Komintern arbeitete. 1933 wurde er als Vorsitzender der Internationalen Hilfsorganisation für Arbeiter nach Polen eingeschleust und 1935 verhaftet. Von 1939 bis 1943 war er in der Sowjetunion und in Weißrußland. 1943 kam er nach Warschau, um den Vorsitz des Landesnationalrates, der von Moskau gesteuerten kommunistischen Regierung im Untergrund zu übernehmen, die 1945 die Macht ergriff. Er ist für die Realisierung des Stalinismus in Polen verantwortlich. Bierut starb am 12. März 1956 unter mysteriösen Umständen in Moskau (höchstwahrscheinlich wurde er ermordet), wohin er als Vorsitzender der polnischen Delegation zum XX. Parteitag der KPdSU gefahren war.

BOREJSZA, Jerzy (1905–1952), Publizist, Verleger, Kommunist. Gründer und Vorsitzender der Verlagsgenossenschaft »Czytelnik«. Von 1948 bis 1950 Redakteur der Zeitschrift *Odrodzenie*. Generalsekretär des Weltfriedenskongresses der Intellektuellen in Wrocław 1948.

BOY-ŻELEŃSKI, Tadeusz (1874–1941), polnischer Literatur- und Theaterkritiker, Dichter, Übersetzer und Journalist. Studierte Medizin und debütierte 1895 als Dichter in Krakau. Er übersetzte zahlreiche namhafte französische Schriftsteller (Montaigne, Rabelais, Molière, Balzac, Proust u. v. a.). In seinen satirischen Essays verlachte er die veralteten Sitten der polnischen Gesellschaft. Er schrieb für das Kabarett »Der grüne Luftballon« in Krakau. Am Anfang des Zweiten Weltkrieges befand er sich in Lemberg, wo er als Professor französische Literatur an der Universität unterichtete. Er wurde gemeinsam mit anderen Universitätsprofessoren von den Deutschen verhaftet und erschossen.

BRIEF DER 34, Offener Brief von 34 Schriftstellern und Wissenschaftlern an den Premierminister Cyrankiewicz, geschrieben am 14. 3. 1964, als Protest gegen die Kulturpolitik des Staates (u. a. Verschärfung der Zensur). Die Regierung nutzte ihn für eine Propagandakampagne und Schikanen gegen die Intellektuellen. Die Unterzeichnenden waren u. a.: Jerzy Andrzejewski, Maria Dąbrowska, Krystyna Estreicher, A. Gieysztor, Paweł Jasienica, T. Kotarbiński, Jan Kott, E. Lipiński, J. Parandowski, W. Tatarkiewicz, J. Turowicz.

BRONIEWSKI, Władysław (1897–1962), Dichter, Sozialist, Soldat der Polnischen Legionen von Piłsudski während des Ersten Weltkrieges, Offizier im Krieg gegen die Bolschewiki 1919/20. Anfang 1940 von den Sowjets in Lemberg verhaftet, 1941 entlassen. Dann trat er in die Armee von General Anders ein. Nach seiner Rückkehr nach Polen gab er dem politischen Druck nach und schrieb eine Serie von Gedichten, die den Stalinismus verherrlichten.

CHWISTEK, Leon (1884–1944), Philosoph, Mathematiker, Logiker, Kunsttheoretiker und Maler. Professor der Lemberger Universität. Schöpfer der »Einfachen Theorie der logischen Typitäten«, der philosophischen Konzeption der Vielheit der Realität sowie der »Formismus«-Theorie in der Kunst. In der Malerei erarbeitete er eine Theorie der »strephischen« Malerei. Befreundet mit Stanisław I. Witkiewicz.

CYRANKIEWICZ, Józef (1911–1989), Premierminister der Volksrepublik Polen 1947 bis 1952 und 1954 bis 1970. Sozialist noch vor dem Zweiten Weltkrieg, während des Krieges Gefangenschaft in den Konzentrationslagern Mauthausen und Auschwitz. Nach dem Zweiten Weltkrieg realisierte er das von den

Kommunisten aufgezwungene Konzept der Vereinigung der Sozialistischen mit der Kommunistischen Partei, wodurch die Sozialistische Partei vernichtet wurde. Sein Konformismus und Opportunismus erlaubten ihm, beinahe zwanzig Jahre die Stellung des Premierministers innezuhaben. Definitiv kompromittierte er sich im Dezember 1970, während der Arbeiterunruhen an der Küste, als er öffentlich drohte, mit Waffengewalt gegen die Arbeiter vorzugehen. Von 1973 bis 1986 Vorsitzender des Polnischen Friedenskommitees.

DĄBROWSKA, Maria (1889–1965), Schriftstellerin und Journalistin. Studierte Naturwissenschaften und Soziologie in Lausanne. Publizierte ihre erste Novelle 1913. Vertreterin einer realistischen und psychologischen, gesellschaftlich engagierten Prosa. Ihr bekanntester Roman ist *Nächte und Tage*, sonst in deutscher Übersetzung die Erzählbände *Der dritte Herbst*, *Nacht über der Erde*. (In vielen deutschen Ausgaben wird ihr Name »Dombrowska« geschrieben.)

DZIERŻYŃSKI, Feliks (1877–1926), organisierte als Pole die Oktoberrevolution mit und begründete die Tscheka (Gesamtrussische Außerordentliche Kommission zum Kampf gegen die Konterrevolution und Sabotage), die 1922 zur GPU umbenannt wurde. Von 1919-25 Volkskommissar für Inneres. Als Befürworter eines radikalem und brutalen Vorgehens, realisierte er eine Politik des blutigen Terrors gegen politische Gegner.

GAŁCZYŃSKI, Konstanty Ildefons (1905–1953), Dichter. In seinen Gedichten vermischt sich das Lyrische mit absurdem Humor. Auf deutsch sind seine grotesken Theaterminiaturen *Die grüne Gans* erschienen.

GIEREK, Edward (1913), Erster Sekretär des Zentralkomitees der Polnischen Vereinigten Arbeiterpartei (PVAP) von Dezember 1970 bis 1980. Nach der Einführung des Kriegszustandes 1981 interniert und aus der Partei ausgeschlossen. Verfolgte eine Politik der wirtschaftlichen Öffnung nach Westen (Kredite), ohne jedoch auf die Grundlagen der sozialistischen Wirtschaft zu verzichten. Das führte zu einer Verschuldung in Milliardenhöhe und zum Zusammenbruch der polnischen Wirtschaft.

GINCZANKA, Zuzanna (eigentl. Sara *Ginsburg*), (1917–1944), Dichterin. Eine der jüngsten Mitarbeiterinnen von *Skamander*, publizierte auch in *Sygnały* und *Szpilki*.

GOMBROWICZ, Witold (1904–1969), debütierte in Warschau 1933 mit dem Erzählband *Bacacay*, 1938 folgte der Roman *Ferdydurke*. 1939 unternahm er eine Schiffsreise nach Südamerika. Dort vom Kriegsausbruch überrascht, blieb er in Argentinien und kehrte erst 1960 nach Europa zurück. Auf deutsch außerdem erschienen: *Pornographie, Kosmos, Trans-Atlantik, Die Trauung, Yvonne, Prinzessin von Burgund, Das Tagebuch.*

GOMUŁKA, Władysław (Pseudonym Wiesław) (1905–1982), Erster Sekretär des Zentralkomitees der PVAP von 1956 bis 1970. Er repräsentierte eine vorübergehende Demokratisierung nach 1956. Vorkriegskommunist, 1935 Kominternschule in Moskau. Von 1943 bis 1948 Generalsekretär der Kommunistischen Partei bis zu ihrer erzwungenen Vereinigung mit der Polnischen Sozialistischen Partei. 1948 »nationalistischer Rechtsabweichung« beschuldigt, aller Funktionen beraubt, 1951 verhaftet, 1956 rehabilitiert. Im Oktober 1956 zum Ersten Sekretär gewählt, mit großer Unterstützung der Bevölkerung. 1970 entschied er, die Arbeiterunruhen an der Küste mit Gewalt zu unterdrücken, und wurde gezwungen, seine Funktionen aufzugeben.

HERLING-GRUDZIŃSKI, Gustaw (1919), Schriftsteller, Literaturkritiker, Publizist. Wurde in Zwangsarbeitslager in der nördlichen Sowjetunion verschleppt, verließ die SU dann mit der Armee von Anders. Nach dem Krieg blieb er zuerst in England, dann in Italien (Neapel). Arbeitete mit der Pariser *Kultura* zusammen. Sein bekanntestes Buch *Welt ohne Erbarmen* ist ein Bericht aus den sowjetischen Lagern, sonst Erzählungen *Der Turm und die Insel.*

HERTZ, Paweł (1918), Dichter, Prosaautor, Essayist und Übersetzer. Debütierte 1934 im *Skamander.* In den Jahren 1945–1948 Mitglied der Redaktion von *Kuźnica.* Ab 1949 im Verlag PIW tätig.

HOLLENDER, Tadeusz (1910–1943), Dichter und Satiriker, Übersetzer. Nahm aktiv am Kulturleben Lembergs teil. Verbunden mit der Linken.

INGARDEN, Roman (1893–1970), Philosoph und Literatur- und Kunsttheoretiker. Einer der Hauptvertreter der polnischen Phänomenologie. Schuf eine eigene Theorie der Literatur und der Grundlagen der beschreibenden Ästhetik.

IRZYKOWSKI, Karol (1873–1944), Literaturkritiker, Schriftsteller. Einer der wichtigsten Kritiker der Zeit zwischen den beiden Weltkriegen. Schuf die erste polnische Filmtheorie.

IWASZKIEWICZ. Jarosław (1894–1980), Schriftsteller, Dramatiker, Essayist und Dichter. Mitbegründer der Lyrikgruppe *Ska-*

mander, langjähriger Chefredakteur der Zeitschrift *Twórczość*. U. a.: *Die Fräulein von Wilko*, *Mutter Joanna von den Engeln*, *Ruhm und Ehre*, *Der Höhenflug*.

JASIENICA, Paweł (eigentl. L. L. *Beynar*) (1909–1970), Schriftsteller und Publizist, Autor eines Zyklus essayistischer Bücher über die Geschichte Polens, *Polen der Piasten*, *Polen der Jagiellonen*, *Die Republik beider Nationen*. Kämpfte im Zweiten Weltkrieg in der Landesarmee, weswegen er nach dem Krieg Repressionen erleiden mußte. Im März 1968 stellte er sich auf die Seite der Studenten, daraufhin verbot man die Neuauflagen seiner Bücher, und er bekam Veröffentlichungsverbot bis zu seinem Tod.

JASTRUN, Mieczysław (1903–1983), Dichter, Prosaautor, Essayist, Übersetzer. Debütierte 1924 in der Monatszeitschrift *Skamander*. Autor philosophischer und moralistischer Lyrik, verbunden mit der klassizistisch-romantischen Tradition und dem Symbolismus. Von 1945 bis 1949 Redakteur der Zeitschrift *Kuźnica*.

KADEN-BANDROWSKI, Juliusz (1885–1944), Romanautor und Publizist. Soldat der Polnischen Legionen, befreundet mit Piłsudski. Expressionistische politische Schlüsselromane. *Die schwarzen Schwingen*, *General Barcz*.

KASMAN, Leon (1905–1984), Chefredakteur der kommunistischen Tageszeitung *Trybuna Ludu* von 1948 bis 1967 und Mitglied des Zentralkomitees der PVAP.

KLISZKO, Zenon (1908–1989), Vorkriegskommunist, 1948 aus dem Zentralkomitee entlassen wegen »rechts-nationalistischer«

Abweichung. Naher Mitarbeiter von Gomułka, seit 1956 bekleidete er hohe Ämter in der Partei und der Regierung.

KOŁAKOWSKI, Leszek (1927), Philosoph, Essayist, Schriftsteller. In seiner Jugend Marxist, Mitglied der Kommunistischen Partei, die er 1966 verließ, wurde er später zum Kritiker des Marxismus. Unterrichtete zuerst an der Warschauer Universität, dann in Yale, Berkeley, z. Zt. in Oxford und Chicago. *Der Himmelsschlüssel, Gespräche mit dem Teufel, Leben trotz Geschichte.*

KOŁŁĄTAJ, Hugo (1750–1812), Philosoph, Schriftsteller, Politiker. Hauptideologe der polnischen Aufklärung. Arbeitete in der Kommission der nationalen Edukation und nahm teil an der Reorganisierung der Warschauer Universität. Mitautor der *Verfassung vom 3. Mai.* Anführer der Kuźnica Kołłątajowska, »Schmiede von Kołłątaj«, einer Gruppe von Journalisten, die in Warschau Reformen und Strategien ihrer Ausführung erarbeiteten. Mitbegründer des Warschauer Jakobinerklubs, der an dem Aufstand von 1794 teilnahm.

KOR (Kommitee zur Verteidigung der Arbeiter), Gruppe der demokratischen Opposition, gegründet nach dem gewalttätigen Vorgehen der Machthaber gegen demonstrierende Arbeiter in den polnischen Industriezentren im Sommer 1976, die gegen Lebensmittelpreiserhöhungen protestierten. Die Gründungsmitglieder von KOR (Wissenschaftler, Künstler, Juristen, Schriftsteller usw., u. a. Jacek Kuroń, J. J. Lipski, Adam Michnik, Halina Mikołajska, Zbigniew Romaszewski u. v. a.) sammelten Geld für die Verhafteten und ihre Familien, dokumentierten die Prozesse, stellten Verteidiger. KOR kämpfte um die staatsbürgerlichen Rechte und um Freiheit, inspirierte und unterstützte unabhängige gesellschaftliche Initiativen – wie illegale Untergrundverlage, Weiterbildungskurse, unabhängige Gewerkschaften (daraus entstand die Solidarność) und Protestaktionen.

KORCZAK, Janusz (eigent. Henryk *Goldszmit*) (1878–1942), Pädagoge, Arzt, Schriftsteller, Begründer und Leiter des Jüdischen Waisenhauses in Polen (1911–1942). Autor der Kinderbücher *König Hänschen I.*, *König Hänschen auf der einsamen Insel* und vieler pädagogischer Arbeiten (*Wie man ein Kind lieben soll*, *Das Recht des Kindes auf Achtung*, *Verteidigt die Kinder!*). Starb im Konzentrationslager Treblinka, wohin er gemeinsam mit den Kindern seines Waisenhauses freiwillig fuhr, nachdem er den Vorschlag, das Ghetto mit Hilfe der polnischen Untergrundbewegung zu verlassen, abgelehnt hatte.

KRALL, Hanna (1937), Journalistin und Schriftstellerin. Am berühmtesten sind ihre Gespräche mit Marek Edelmann, einem der wenigen überlebenden Aufständischen des Warschauer Ghettos, *Schneller als der liebe Gott* und Sammlungen von literarischen Reportagen *Unschuldig für den Rest des Lebens*, *Legoland*.

KRASIŃSKI, Zygmunt Graf (1812–1859), Lyriker und Dramatiker, einer der drei großen romantischen Dichter Polens neben Mickiewicz und Słowacki. Sein berühmtestes Werk ist das Drama *Die ungöttliche Komödie*.

KRUCZKOWSKI, Leon (1900–1962), Schriftsteller, verbunden mit der kommunistischen Linken, Autor von Romanen *Rebell und Bauer* und Dramen *Die Sonnenbruchs*, *Der erste Tag der Freiheit*.

KULTURA, wichtigste politisch-kulturelle Zeitschrift der polnischen Emigration nach dem Zweiten Weltkrieg. Seit 1947 vom Literarischen Institut zuerst in Rom, dann in Paris herausgegeben. Gründer und Chefredakteur war Jerzy Giedroyć. Die Zeitschrift beschäftigte sich mit der neuesten Geschichte und neuen politischen Konzepten (vor allem mit der Strategie des Kampfes gegen die Expansion des Kommunismus und den Perspektiven, wie Polen zur Unabhängigkeit gelangen könnte) sowie mit der polnischen Kultur (Veröffentlichungen von in Polen verbotenen Schriftstellern) und fremden Kulturen (u. a. der ukrainischen, weißrussischen, litauischen, deutschen). 1953 wurde ein Verlag gegründet, in dem viele Bücher erschienen, deren Veröffentlichung in Polen nicht erlaubt war (u. a. die gesammelten Werke von Gombrowicz und Miłosz). Für die Einführung der Zeitschrift nach Polen oder allein für ihren Besitz drohten Haftstrafen.

KUŹNICA (Die Schmiede), gesellschaftlich-literarische Wochenzeitung, herausgegeben von 1945–1950, zuerst in Łódź, seit Mai 1949 in Warschau. Gegründet auf Initiative von Jerzy Borejsza von einer Gruppe der kommunistischen Partei nahestehender Intellektueller und Schriftsteller. In ihrem Programm knüpften sie an die »Schmiede von Kołłątaj« und die sozialistischen Traditionen an. Sie kämpften um den Realismus in der Literatur. Chefredakteur war Stefan Żółkiewski, später P. Hofman, zu den Redaktionsmitgliedern gehörten: Mieczysław Jastrun, Jan Kott, Zofia Nałkowska, Adolf Rudnicki, Kazimierz Brandys, Stanisław Dygat, Paweł Hertz, Ryszard Matuszewski, Adam Ważyk, Jerzy Żuławski.

LANDESARMEE (Armia Krajowa), konspirative Polnische Armee, die während des Zweiten Weltkrieges auf polnischem

Boden gegen die Deutschen kämpfte. Sie unterstand den Befehlen der polnischen Exilregierung in London und war etwa 350 000 Mann stark. Hauptantriebskraft des Warschauer Aufstandes 1944, bei dem jedoch die erwartete sowjetische Hilfe ausblieb und der von den Deutschen niedergeschlagen wurde. 1945 aufgelöst. Nach dem Krieg wurden ehemalige Soldaten der Landesarmee von den Kommunisten verfolgt.

LIPSKI, Jan Józef (1926), Literaturhistoriker und Kritiker, Journalist. Soldat der Landesarmee während der deutschen Besatzung, Teilnehmer des Warschauer Aufstands. Mitinitiator des »Briefes der 34«. Gründungsmitglied des Komitees zur Verteidigung der Arbeiterrechte (KOR), Initiator zahlreicher Protestaktionen, später aktives Mitglied der Solidarność, oftmals wegen seiner oppositionellen Tätigkeit verhaftet. Seit 1987 Vorsitzender der Polnischen Sozialdemokratischen Partei.

MATUSZEWSKI, Ryszard (1914), Literaturkritiker. Während seines Jurastudiums an der Warschauer Universität wurde er Gründungsmitglied des Künstlerklubs »S« (1932–1935). Debütierte 1931 in der Zeitschrift *Kuźnica Mlodych* (Die Schmiede der Jugend) zusammen mit Jan Kott und Włodzimierz Pietrzak.

MICHNIK, Adam (1946), Historiker, Schriftsteller, Essayist. Dissident, seit seiner Jugendzeit in der demokratischen Opposition. In den sechziger Jahren einer der Anführer der unabhängigen Studentenbewegung, von der Warschauer Universität exmatrikuliert, nach März 1968 verhaftet und zu drei Jahren Gefängnis verurteilt. 1969 durch eine Amnestie entlassen, arbeitete er zwei Jahre in einer Fabrik. 1975 beendete er sein Studium an der Universität Poznań. 1976 fuhr er auf Einladung von Jean-Paul Sartre nach Paris. Nach seiner Rückkehr 1977 Mitglied von KOR, mehrmals verhaftet. In den Jahren 1980–1982 Berater der Solidarność. Nach der Einführung des Kriegszustandes am 13. Dezember 1981 interniert. 1989 Teilnehmer der »Gespräche am runden Tisch«. Seit 1989 Sejm-Abgeordneter und Chefredakteur der zur Zeit populärsten polnischen Zeitung *Gazeta Wyborcza*.

MICIŃSKI, Bolesław (1911–1941), Philosoph, Essayist und Dichter. Seit 1939 in Frankreich.

MICKIEWICZ, Adam (1798-1855), größter polnischer Dichter der Romantik; zentrale Figur für das Verständnis der polnischen Literatur und des polnischen Bewußtseins. Studierte an der Universität in Vilnius, dort wurde er Mitbegründer der illegalen politischen Studentenorganisation der »Philomaten«. 1823 im Zusammenhang mit Prozessen gegen geheime Jugendorganisationen verhaftet und zusammen mit anderen Philomaten nach Rußland abtransportiert. Dort hielt er sich bis 1829 auf, freundete sich mit den Dekabristen und mit Puschkin an. 1829 fuhr er über Deutschland und Italien in die Schweiz, von wo aus er auf die Nachricht vom polnischen Aufstand 1831 hin nach Polen zurückkehrte. Seit 1832 zuerst in Dresden, dann hauptsächlich in der Emigration in Paris (von 1841 bis 1844 unterrichtete er am Collège de France, 1849 redigierte er die *Tribune des Peuples*). 1848 fuhr er nach Italien, wo er im Zusammenhang mit der italienischen Befreiungsbewegung eine polnische Legion organisierte. 1855 fuhr er während des Krimkrieges nach Konstantinopel, um bei der Organisation polnischer Armee-Einheiten für den Kampf gegen Rußland zu helfen. Dort starb er an Cholera. Zu seinen wichtigsten Werken gehören: das Nationalepos *Pan Tadeusz oder Der letzte Einritt in Litauen*, das Drama *Die Ahnenfeier*, *Konrad Wallenrod*, sonst Balladen und Sonette.

MIKOŁAJCZYK, Stanisław (1901–1966), Politiker, Mitglied der Polnischen Bauernpartei. Während des Zweiten Weltkrieges in London, seit 1941 stellvertretender Premierminister, 1943/44 Premierminister der polnischen Exilregierung in London. Gegen den Widerstand seines Kabinetts entschied er sich für eine Einigung mit der Polnischen Provisorischen (kommunistischen) Regierung, die 1944 in Lublin gegründet worden war. Nach seiner Rückkehr nach Polen 1945 wurde er stellvertretdender Premierminister und später Landwirtschaftsminister. Er war Vorsitzender der 1945 gegründeten Polnischen Bauernpartei, die bis 1948, als sehr populäre Partei, die einzige politische Opposition gegen die Kommunisten darstellte. Nach den von den Kommunisten gefälschten Wahlen zum Sejm 1947 verließ er Polen, da ihm Verhaftung drohte, und emigrierte heimlich wieder nach London.

MIŁOSZ, Czesław (1911 in Litauen), Dichter, Übersetzer. Emigrierte 1951 nach Frankreich, 1958 in die USA, Professor an der Kalifornischen Universität in Berkeley. Bekam 1980 den Nobelpreis für Literatur. Auf deutsch erschienen: *Verführtes Denken, Das Gesicht der Zeit, Das Land Ulro, Tal der Issa, West- und östliches Gelände.*

MINC, Hilary (1905-1984), bis 1956 die drittwichtigste politische Person im kommunistischen Polen. Von 1944 bis 1947 Industrieminister, 1947 bis 1949 Minister für Industrie und Handel, 1949 bis 1956 stellvertretender Premierminister, von 1948 bis 1954 Chef der Wirtschaftlichen Planungskommission. Befürworter der Zentralisierung, des Ausbaus der Schwerindustrie und der Kollektivisierung der Landwirtschaft. Seine Frau leitete in dieser Zeit die Polnische Presseagentur (PAP).

NAŁKOWSKA, Zofia (1884–1954), wichtigste polnische Schriftstellerin der Zwischenkriegszeit, Tochter eines berühmten Geographen und Sozialisten, Vertreterin einer realistischen psychologischen Prosa. *Medaillons, Die Schranke, Verhängnisvolle Liebe, Der Prinz, Landhaus mit Damen.*

NAPIERSKI, Stefan (eigentl. Stefan Marek *Eiger*) (1899–1940), Literaturkritiker und Dichter, stammte aus einer sehr wohlhabenden Familie, unterstützte Schriftsteller und literarische Zeitschriften finanziell. 1938/39 Herausgeber und Chefredakteur der Kulturzeitschrift *Ateneum.*

NATOLIN UND PUŁAWY, einander bekämpfende Fraktionen innerhalb der Polnischen Arbeiterpartei in den fünfziger und sechziger Jahren; so genannt nach den Orten, an denen sie sich am liebsten trafen – der Palais- und Parkanlage Natolin und der Pulawskastraße in Warschau. Die Natolin-Anhänger waren meistens ehemalige Partisanen, konservativ, prorussisch und prostalinistisch, mit nationalen und antisemitischen Tendenzen. Die Puławy-Anhänger waren liberaler, internationaler, meistens Intellektuelle im Gegensatz zu den Natolin-Anhängern, von denen viele bäuerlicher Abstammung waren.

NORWID, Cyprian Kamil (1821–1883), Dichter, Dramatiker, Prosaautor sowie Bildhauer und Maler. Entdeckt erst von der polnischen Moderne. Neuartige, intellektuelle Lyrik. *Vade-mecum.*

OCHAB, Edward (1906–1989), Vorkriegskommunist, wurde nach dem Tod Bieruts Erster Sekretär der PVAP, 1956/57. Staatsratsvorsitzender zwischen 1964 und 1968. Verlor 1968 alle seine Posten, da er gegen die antisemitische Kampagne der Partei protestierte.

PAX, Organisation von »sozial fortschrittlichen« Katholiken, offiziell existierte sie seit 1952, in Wirklichkeit 1945 gegründet. Der Begründer war Bolesław Piasecki (1916–1979), vor dem Krieg militanter Rechtsextremist. PAX erkannte die führende Rolle der Kommunistischen Partei an und war für die Dreieinigkeit »Katholizismus, Patriotismus, Sozialismus«. PAX besaß einen eigenen Verlag sowie eigene Firmen; von der katholischen Kirche mit Distanz behandelt.

PIŁSUDSKI, Józef (1867–1935), Politiker, Marschall von Polen. Seit 1892 in der Polnischen Sozialdemokratischen Partei. Von 1914 bis 1917 Kommandant der Polnischen Legionen, die auf der Seite der Zentralstaaten gegen Rußland kämpften und aus mehreren polnischen Unabhängigkeitsorganisationen gegründet wurden. 1917 verhaftet und in die Festung Magdeburg gebracht. Von 1918 bis 1922 Staatschef, seit 1920 Marschall von Polen (leitete erfolgreich den Krieg gegen die Bolschewiki 1918–20). Im Mai 1926 organisierte er einen Staatsstreich, seit 1930 führte er eine verschärfte Politik gegen die politische Opposition.

POLNISCHE ARBEITERPARTEI (PPR), Name der 1942 im Untergrund gegründeten polnischen Kommunistischen Partei. Die polnische Kommunistische Partei war 1938 auf Befehl Stalins durch die Komintern aufgelöst worden. Aus ihrer aufgezwungenen Verbindung mit der Sozialdemokratischen Partei entstand die POLNISCHE VEREINIGTE ARBEITERPARTEI, die bis 1990 existierte.

PIETRZAK, Włodzimierz (1913–1944), Literaturkritiker, Schriftsteller und Dichter, nahm an den Versammlungen des Kreises der Polonisten teil. Mitglied des Künstlerklubs »S«, zusammen mit Ryszard Matuszewski und Jan Kott. Mitarbeiter der Zeitschrift *Prosto z mostu*. Kämpfte während des Krieges in der Widerstandsbewegung und starb während des Warschauer Aufstands.

PROSTO Z MOSTU, Monatszeitschrift für Literatur, Kunst und Politik, herausgegeben 1935–1939 in Warschau unter der Redaktion von Sergiusz Piasecki. Verbunden mit der nationalen Rechten.

PRUS, Bolesław (1847–1912), Schriftsteller und Publizist, der bedeutendste polnische Romanautor seiner Zeit, Mitbegründer des polnischen kritischen Realismus, dem Positivismus nahestehend. Autor des Romans *Die Puppe*, ferner *Pharao*.

PRUSZYŃSKI, Ksawery (1907–1950), Prosaautor und Journalist, Diplomat. Kriegskorrespondent während des Spanischen Bürgerkrieges, kämpfte im Zweiten Weltkrieg in Westeuropa. Nach seiner Rückkehr nach Polen arbeitete er mit in der Zeitschrift *Odrodzenie*.

PRZYBOŚ, Julian (1901–1970), Dichter, Essayist. Hauptvertreter der »Krakauer Avantgarde«. Mitarbeiter der Zeitschrift *Nowe Widnokręgi* und später *Odrodzenie*.

RUDNICKI, Adolf (1912–1990), Prosaautor und Essayist. Arbeitete in Lemberg 1940/41 in der Zeitschrift *Nowe Widnokręgi*, nahm aktiv am Kulturleben der Widerstandsbewegung teil, kämpfte im Warschauer Aufstand mit. Zwischen 1945 und 1949 Mitarbeiter von *Kuźnica*. Auf deutsch erschienen: *Goldene Fenster*, *Das lebende und das tote Meer*, *Die Ungeliebte*.

SIENKIEWICZ, Henryk (1846-1916,) der populärste polnische Autor von historischen Romanen; Nobelpreis 1905. Werke: *Quo vadis?, Die Kreuzritter, Durch Wüste und Wildnis*. Sehr beliebt ist in Polen seine Romantrilogie *Mit Feuer und Schwert, Die Sintflut, Herr Wołodyjowski*.

SŁONIMSKI, Antoni (1895–1975), Dichter, Publizist. Mitbegründer der Dichtergruppe »Skamander«. Verbrachte den Krieg im Londoner Exil. Zeitweise Vorsitzender des Polnischen Schriftstellerverbandes, protestierte gegen die Zensur (Mitinitiator des *Briefes der 34*) und gegen die Unterdrückung der Studentenbewegung 1968. Opfer einer offiziellen Verleumdungskampagne, engagierte er sich in der demokratischen Opposition.

SŁOWACKI, Juliusz (1809–1849), Dichter, Dramatiker. Einer der drei großen romantischen Dichter Polens neben Mickiewicz und Krasiński. Werke: *Anhelli, Balladyna, Fantazy, Kordian, Lilla Weneda, Maria Stuart, Mazepa, Beniowski*.

STAWAR, Andrzej (1900–1961), Literaturkritiker, Übersetzer. Begann seine Karriere 1924, schrieb für die Zeitschriften *Dźwignia* und *Miesięcznik Literacki*. Redigierte die Zeitschrift *Pod prąd*. Einer der ersten Vertreter marxistischer Literaturkritik. Seit 1959 in Paris.

STEMPOWSKI, Jerzy (Pseudonym Paweł Hostowiec) (1894–1969), Essayist und Literaturkritiker. Seit 1940 in der Schweiz. Ständiger Mitarbeiter der Pariser Zeitschrift *Kultura*. Führte eine lange Korrespondenz mit Maria Dąbrowska und anderen.

STRASZEWSKI, Stefan (1906–1989), besuchte vor dem Krieg

die Moskauer Kominternschule. 1936 in ein Arbeitslager an die Kolyma, einen Fluß in Sibirien verschickt. 1945 freigelassen, kehrte er nach Polen zurück. Von 1955 bis 1957 Sekretär des Warschauer Parteikomitees. 1968 seiner Funktionen enthoben.

TYGODNIK POWSZECHNY (Allgemeine Wochenzeitung), katholische Wochenzeitung für Kultur und Gesellschaft, seit 1945 in Krakau erscheinend unter der Redaktion von Jerzy Turowicz. 1953 von den Kommunisten aufgelöst und der Organisation PAX untergeordnet. Seit 1956 wieder unter der alten Redaktion.

TRYBUNA LUDU (Tribüne des Volkes), kommunistische Tageszeitung, Organ des Zentralkomitees der PVAP, erschien von 1948 bis 1990. Umgewandelt in *Trybuna*.

URBAN, Jerzy (1933), Journalist, Satiriker; von 1981 bis 1989 Pressesprecher der Regierung von General Jaruzelski. Heute Chefredakteur und Herausgeber der Zeitschrift *Nie*. In den fünfziger Jahren Mitarbeiter der Zeitschrift *Po prostu*.

VERBUM, katholische Vierteljahreszeitschrift für Kultur, erschien in Warschau 1934–1939. Gerichtet hauptsächlich an katholische Intellektuelle, eng verbunden mit der Gruppe von Pater Korniłowicz aus Laski. Sie setzte sich zum Ziel, das religiöse Leben zu erneuern und eine katholische Kultur im Geiste des christlichen Personalismus zu entwickeln. Inspiriert am Denken des französischen Philosophen Jaques Maritain, knüpfte sie erneut an den Thomismus an.

VOLKSARMEE (Armia Ludowa), konspirative kommunistische Organisation, gegründet am 1. Januar 1944 vom Nationalen Landesrat. Ziel der Organisation war der bewaffnete Kampf gegen die deutschen Besatzer und um ein sozialistisches Polen. Oberbefehlshaber war General Rola-Żymierski.

WASILEWSKA, Wanda (1905–1964), Romanautorin, Journalistin, Politaktivistin. Tochter eines bekannten polnischen Sozialisten. Zuerst Mitglied der Polnischen Sozialistischen Partei, seit 1941 der Kommunistischen Partei der Sowjetunion. Mitarbeiterin von Jugendzeitschriften. Blieb nach dem Krieg in der Sowjetunion.

WAT, Aleksander (1900–1967), Dichter, Prosaautor, Übersetzer. Einer der ersten Futuristen in Polen, Mitarbeiter von avantgardistischen Zeitschriften, u. a. *Miesięcznik Literacki*. Sympathisierte vor dem Krieg mit dem Kommunismus. 1941 wurde er in Lemberg vom NKWD verhaftet und nach Kasachstan verschickt. Seit 1946 wieder in Polen, fuhr 1959 in den Westen und lebte seit 1961 in Frankreich. Am bekanntesten sind seine von Czesław Miłosz inspirierten gesprochenen Memoiren *Mein Jahrhundert*.

WAŻYK, Adam (1905–1982), Dichter, Übersetzer russischer und französischer Literatur. Gehörte zur Krakauer Avantgarde. Während des Zweiten Weltkrieges kämpfte er in der Polnischen Armee von General Berling (gegründet in der Sowjetunion). Nach dem Krieg Mitarbeiter von *Kuźnica*, aktiv in der Kommunistischen Partei. Sein 1955 erschienenes Gedicht *Ein Poem für Erwachsene* wird als das wichtigste Werk zur Abrechnung mit dem Stalinismus angesehen.

WINAWER, Bruno (1883–1944), Komödienautor und Publizist, Physiker. Schrieb ironisch-groteske Komödien und Farcen über die Situation der Wissenschaft und Technik in der modernen Welt, auch Kabarettexte.

WITKIEWICZ, Stanisław Ignacy (1885–1939), Schriftsteller und Maler, Philosoph, Kunsttheoretiker. Sohn von Stanisław Witkiewicz (1851–1915), einem bekannten Schriftsteller und Architekten. Im Unterschied zu seinem Vater auch »Witkacy« genannt. Verbrachte seine Jugend in Zakopane, studierte an der Akademie der Schönen Künste in Krakau, machte mehrere Auslandsreisen. Befreundet mit Karol Szymanowski, Tadeusz Miciński, dem Ethnologen Bronisław Malinowski und dem Philosophen Leon Chwistek. Begründer der Theorie von der »Reinen Form« in der Kunst, Repräsentant des Katastrophismus in der polnischen Literatur und im Theater. Auf deutsch erschienen die Romane *Unersättlichkeit, Abschied vom Herbst* und die meisten Stücke (u. a. *Das Wasserhuhn, Narr und Nonne, Die Mutter, Die Metaphysik des zweiköpfigen Kalbes, Die da!, Die Schuster, Im kleinen Landhaus*).

WITTLIN, Józef (1896–1976), Dichter, Schriftsteller, Übersetzer. Verbunden mit dem Expressionismus. Bekannt für seinen 1937 erschienen Roman *Das Salz der Erde*.

WOROSZYLSKI, Wiktor (1927), Dichter, Prosaautor, Übersetzer russischer Literatur. Anführer einer Gruppe von jungen militanten kommunistischen Schriftstellern, den »Pickeligen«. Sein Studienaufenthalt in Moskau änderte seine Überzeugungen. Seit der »Tauwetterperiode« 1956 in der Opposition. Gründungsmitglied von KOR.

WYSZYŃSKI, Stefan (1901–1981), Kardinal, Primas von Polen seit 1948 bis zu seinem Tod. Geistiger Anführer der polnischen

Katholiken in der Zeit der politischen Unterdrückung. Verhaftet im Jahre 1953, wurde erst in Oktober 1956 aus dem Gefängnis entlassen.

ZAGÓRSKI, Jerzy, (1907–1984), Dichter, einer der »Katastrophisten« von Vilnius und Mitglied der Künstlergruppe Żagary.

ZAWIEYSKI, Jerzy (1902-1969), Schriftsteller, Dramatiker, katholischer Politiker.

ŻYCIE WARSZAWY (Warschauer Leben), Warschauer Tageszeitung.

ŻEROMSKI, Stefan (1864–1925), einer der bekanntesten polnischen Schriftsteller, Autor von Romanen mit politischen und sozialen Themen, den Sozialisten nahestehend. Übte großen Einfluß auf ganze Generationen aus. Beschäftigte sich kritisch mit dem polnischen Patriotismus und der Unabhängigkeit Polens. Auf deutsch erschienen: *Die Geschichte einer Sünde, Vorfrühling, Der getreue Strom* u. a.

NAMENVERZEICHNIS

Jan Kott

In gleicher Ausstattung liegen vor

Shakespeare heute
386 Seiten, ISBN 3-923854-46-3

Das Gedächtnis des Körpers
Essays zu Theater und Literatur
415 Seiten, ISBN 3-923854-51-X

Gott-Essen
Interpretationen griechischer Tragödien
328 Seiten, ISBN 3-923854-53-6

Literatur

Peter Abrahams
Xuma
Ein Roman aus Südafrika

Jonathan Cott
Telefongespräche mit Glenn Gould

Erich Fried – Heiner Müller
Ein Gespräch

Gregor Gysi
Einspruch!

Max Jacob
Ratschläge für einen jungen Dichter

Michail Kusmin
Die Abenteuer des Aimé Lebœuf
und
Florus und der Räuber

Dacia Maraini
Der Junge Alberto Moravia

Yukio Mishima
Patriotismus

Robert Musil
Über die Dummheit

Heiner Müller
Gedichte
und
Den Pessimismus organisieren
Heiner Müller liest Walter Benjamin
Ton-Cassette, 52 Minuten

Amos Tutuola
Mein Leben im Busch der Geister
Mit einem Nachwort von Ulli Beier

Theater

Georges Banu
Der Schauspieler kehrt nicht wieder –
Japanisches Theater heute

Dietmar N. Schmidt (Hrsg.)
Regie. . . Luc Bondy

Peter Brook
Der leere Raum
und
Wanderjahre –
Schriften zu Theater, Film und Oper 1946–1987

Michael Haerdter und Sumie Kawai (Hrsg.)
Die Rebellion des Körpers – BUTOH – Ein Tanz aus Japan

Erland Josephson
Spielräume
Notizen während einer Tournee mit Peter Brooks Inszenierung des »Kirschgarten«

Fritz Kortner
Aller Tage Abend
Mit einem Nachwort von Klaus Völker

Yoshi Oida
Schauspieler zwischen zwei Welten
Mit einem Vorwort von Peter Brook

Barbara Schwerin von Krosigk
Der nackte Schauspieler
Zur Entwicklung der Schauspieltheorie Jerzy Grotowskis

Lee Strasberg
Schauspielen & das Training des Schauspielers
Herausgegeben von Wolfgang Wermelskirch

Alexander Tairow
Das entfesselte Theater
Mit einem Vorwort von Paul Pörtner

Kunst

SCHRIFTEN ZUR KUNSTTHEORIE
Herausgegeben von Hein Stünke

I: Benedetto Croce
Was ist die Kunst?

II: Oscar Wilde
Kritik als Kunst

III: Gottfried Semper
Über die formelle Gesetzmäßigkeit des Schmuckes und dessen Bedeutung als Kunstsymbol

IV: Charles Baudelaire
Das Schöne, die Mode und das Glück

V: Ernst Cassirer
Grundprobleme der Ästhetik

VI: Herrmann Lotze
Grundzüge der Ästhetik

VII: Leo Trotzki
Proletarische Kultur

VIII: Yvonne Duplessis
Der Surrealismus

Klaus-Jakob Thiele
Über Hans Scharoun

Stefan Wewerka
Bäume
und
Skizzen im Zug
Zeichnungen und Skizzen